AF306039

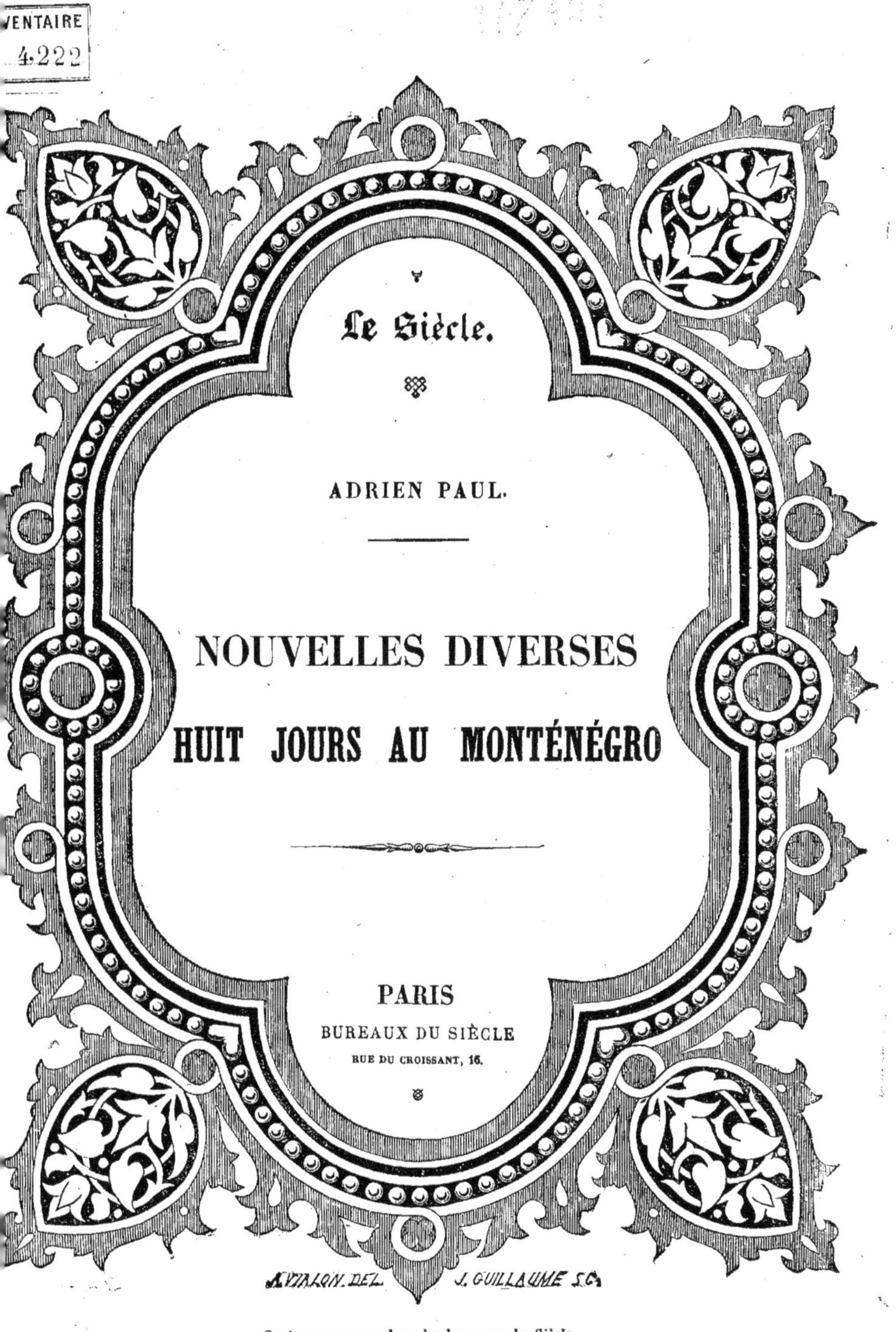

Le Siècle.

ADRIEN PAUL.

NOUVELLES DIVERSES

HUIT JOURS AU MONTÉNÉGRO

PARIS

BUREAUX DU SIÈCLE

RUE DU CROISSANT, 16.

A. VIALON DEL.   J. GUILLAUME SC.

Adrien Paul

NOUVELLES DIVERSES

MARIE DE SIRVEN

I

LES ADIEUX AU COUVENT.

Par l'une des matinées du printemps de 1856, matinée de soleil ou de pluie, je n'en sais, ma foi ! rien, un petit coupé de bon goût, correct et bien attelé, s'arrêtait au haut de la rue de Sèvres, devant la porte des Oiseaux.

Une femme descendit de ce coupé et entra.

— Jeune ou vieille ? — demande le lecteur.

Jeune, selon nous, qui ne dédaignons pas les femmes de Balzac complétées par l'amour et par la maternité, souvent par la souffrance, et qui s'épanouissent dans le rayonnement complet de leur beauté ; bien entendu que cet épanouissement ne s'écarte pas de certaines limites, en dehors desquelles la grâce, l'élégance et la distinction deviennent impossibles.

Vieille, selon les blasés, aux yeux de qui la femme n'est que la fleur d'un jour, une éphémère naissant à seize ans pour mourir à vingt.

En d'autres termes, madame Herminie de Fougerolles, femme d'un banquier de la Chaussée-d'Antin, pouvait avoir de vingt-cinq à trente ans.

Elle fut introduite dans le salon de la supérieure.

— Madame, — lui dit-elle, — je viens, ainsi que nous en sommes convenus, chercher mademoiselle Marie de Sirven, ma sœur.

— Vous nous enlevez cette charmante enfant, madame ; ce sera un jour bien triste pour toutes ces demoiselles. Cette chère Marie est si gaie, si folle, si rieuse ! C'est elle qui met tous les jeux en train ; et, avec cela, un si bon cœur, une âme si naïve, des sentiments si élevés ! Je regretterai longtemps mademoiselle de Sirven, et je vous

assure que son absence va laisser un grand vide parmi ses compagnes.

— Je suis bien charmée, — reprit madame de Fougerolles, — de tout le bien que vous me dites de ma sœur, et je n'en attendais d'ailleurs pas moins d'une jeune personne élevée sous vos auspices. Mais Marie vient d'accomplir sa dix-huitième année...

— Et le monde la réclame, n'est-ce pas ? — reprit la supérieure ; — puisse cette chère enfant y trouver tout le bonheur qu'elle mérite ! Seulement, j'avoue que j'ai quelque peur, car elle est d'une sensibilité extrême...

— Je saurai la surveiller, — dit madame de Fougerolles.

— On surveille les actions, — reprit la directrice, — mais le cœur, qui s'ignore parfois soi-même...

— Raison de plus pour qu'il se trahisse.

— Quand il se trahira, il sera trop tard ; Marie n'aimera qu'une fois, et fasse alors le ciel que l'homme qu'elle aura distingué soit digne d'elle !

— Et mon expérience de vieille femme, — demanda en souriant madame de Fougerolles, — me feriez-vous l'injure de la compter pour rien ? D'ailleurs, n'est ce pas notre devoir à toutes de n'aimer qu'une fois ?

— Le devoir, oui ; mais l'essentiel est que la tâche soit légère et ne dégénère pas en fardeau.

— Sa mère, qui était la mienne, — dit avec émotion la jeune femme, — m'a légué, en mourant, le soin de faire le bonheur de Marie, et je m'efforcerai de la remplacer dignement. — La supérieure sonna et demanda que l'on fît venir mademoiselle de Sirven. Quelques minutes après, la porte du parloir s'ouvrait de nouveau, et une jeune fille, l'œil vif, les couleurs fraîches, la bouche souriante, s'élança avec un cri de joie dans les bras de madame de Fougerolles. — Je viens te chercher, — dit cette dernière en embrassant sa sœur avec effusion.

— Quel bonheur ! — s'écria la jeune fille en tapant ses petites mains l'une contre l'autre, — nous ne nous quitterons plus ; toujours, toujours ensemble !

Puis, toute honteuse de cette exclamation qui lui était échappée devant la supérieure, elle rougit ; et, la tête inclinée, les yeux baissés, elle alla présenter à la vénérable femme son front à baiser.

La supérieure l'embrassa avec une tendresse de mère ; et, lui prenant les deux mains, elle l'attira doucement à elle :

— Ne sois pas honteuse, chère enfant, — lui dit-elle, — de ta joie et de ton bonheur. Va, ma bonne petite Marie, va dans ce monde que tu ne connais pas encore, et qui te paraîtra bien séduisant en comparaison de cette grande maison qui a emprisonné ta jeunesse... Là-bas t'attendent des fêtes, des plaisirs, des joies et des succès de toute sorte... Tu n'auras plus la voix sévère et grondeuse de la vieille supérieure qui arrêtait l'élan de ta gaieté... Tu n'es plus une enfant, te voilà devenue une jeune fille ; mais souviens-toi que ma voix grondeuse sera remplacée par une autre voix intime et cachée, qu'il faudra toujours écouter et qui s'appelle la conscience... Si jamais tu viens à souffrir, elle te consolera ; si tu chancelles, elle te soutiendra. Adieu, mes vœux et mes bénédictions t'accompagnent. — Ces paroles maternelles, prononcées d'une voix grave et émue par la supérieure, avaient tout à coup attristé le visage si rayonnant de la jeune fille. — Madame de Fougerolles, — reprit la supérieure, — je remets entre vos mains mademoiselle de Sirven ; ma mission est terminée.

— Remercie madame du fond de ton cœur, — reprit la sœur aînée en s'adressant à Marie ; — remercie-la pour ses bons soins, pour sa tendre affection, qu'elle voudra bien, je l'espère, te conserver toujours.

Mademoiselle de Sirven s'inclina une dernière fois devant la supérieure, en murmurant bien bas quelques paroles qui tremblaient entre ses lèvres, et suivit sa sœur.

Au moment de monter en voiture, elle entendit la voix d'une de ses compagnes qui lui criait :

— O Marie, que tu es heureuse !

Quand elle détourna la tête pour faire à cette amie un dernier signe d'adieu, deux larmes brillaient sous ses longs cils noirs, mais deux larmes qui n'y restèrent pas longtemps, et s'effacèrent aussi vite de ses yeux que de son cœur.

La vie ne s'était pas encore chargée de lui apprendre les douleurs dont on pleure longtemps.

II

ANGUILLE SOUS ROCHE.

Nous voici de retour à la Chaussée-d'Antin.

Marie a remplacé l'uniforme du couvent par une toilette ravissante. Ses longs cheveux noirs, bouclés à la Ninon, tombent gracieusement le long de ses joues. Une simple robe de mousseline blanche enserre sa taille souple et ronde comme un jeune peuplier. Une branche de bruyère du Cap, dérobée à l'une des jardinières du salon, se détache sur sa tempe gauche d'un petit air mutin ; un bouquet pareil égaye sa ceinture, dont les longs rubans bleus voltigent autour d'elle. La peau de son visage est si blanche et si fine, que l'on voit le sang circuler dans ses veines. Ses traits, j'avais oublié de le dire, ont une régularité remarquable. Ses yeux brillent à la fois d'une expression douce et vive qui répand sur toute sa physionomie des reflets charmants. Sa bouche, aux lèvres fines et vermeilles, laisse entrevoir, en souriant, des dents blanches et admirablement rangées.

Elle est heureuse de tout, elle admire tout, elle touche à tout. Quelle différence entre ce luxe qui l'entoure maintenant et ce vilain couvent si sombre, si triste, si sévère, dont les longs corridors silencieux serrent le cœur rien que d'y penser.

Monsieur de Fougerolles, sa femme et Marie, sa petite belle-sœur, viennent de sortir de table et d'entrer au salon.

Celle-ci s'est mise au piano.

Mme de Fougerolles s'est nonchalamment assise sur une chaise longue. Elle est un peu pâle, abattue, et semble indifférente à ce qui se passe autour d'elle. Une jolie petite fille de quatre à cinq ans, toute blonde, toute bouclée, entre dans le salon et se précipite sur les genoux de sa mère. Celle-ci la baise au front, mais d'un air distrait, sans joie et sans sourire.

Quelles préoccupations peuvent ainsi assombrir cette femme jeune, belle, riche, élégante, cette enfant gâtée du sort, pour qui la vie semble une fête perpétuelle émondée de toute épine et de toute tristesse ?

Peut-être allez-vous le deviner tout à l'heure.

Monsieur de Fougerolles est un homme d'une quarantaine d'années, banquier depuis la tête jusqu'aux pieds, toujours illustré d'une cravate blanche et de lunettes d'or, chiffrant le cœur comme un bordereau, regardant sa femme, du haut de ses profonds calculs, comme une jolie poupée qu'il a mission de couvrir de dentelles et de velours : le caissier de sa femme plutôt que son mari, persuadé que les menues gentillesses de l'amour sont de mauvais goût en ménage, que les diamants remplacent avantageusement les petits soins, et que les vingt-sept à vingt-huit ans de madame de Fougerolles n'exigent plus d'autre culture que l'amitié banale et l'indifférence courtoise de l'éditeur dont la responsabilité ne court plus de risques.

Pendant que Marie fait de la musique et que madame de Fougerolles s'absorbe en elle-même, le banquier digère et roule machinalement dans ses doigts quelques cartes de visite à coins brisés qu'il vient de trouver sur la cheminée du salon.

— Ah ! — dit-il, — monsieur de Macau est donc venu aujourd'hui ?

— Je ne sais, — reprit Herminie.

Ai-je dit que madame de Fougerolles s'appelait Herminie ?

— Puisque voilà sa carte... Je suis bien aise de le savoir tiré de cette affaire : c'est un charmant garçon, que j'aime beaucoup, et j'étais inquiet.

— Quelle affaire ? — demanda madame de Fougerolles ; — inquiet de quoi ?

Et, sortie tout à coup de son indifférence contemplative, elle parut comme suspendue aux lèvres de son mari, dont elle attendait la réponse avec une anxiété mal contenue.

— Je ne connais pas bien les détails, — reprit le banquier ; — mais il paraît qu'hier, au cercle, avant mon arrivée, ce cher de Macau s'est pris de querelle avec un monsieur dont je ne me rappelle plus le nom. De Macau s'est emporté, disait-on ; il a très malmené ce monsieur, qui lui en a demandé raison... si bien qu'ils devaient se battre ce matin.

— Se battre !... — répéta madame de Fougerolles d'une voix mal assurée ; — se battre ce matin ! — Et, par un mouvement involontaire, spontané, elle se pencha vers un cordon de sonnette et le tira violemment. Un domestique parut. — Cette carte du baron de Macau, — demanda-t-elle, — a-t-elle été remise aujourd'hui ?

— Vingt minutes à peu près avant que madame ne rentrât.

— Par lui-même ?

— Par monsieur le baron lui-même.

— C'est bien.

— Allons, tant mieux, — dit monsieur de Fougerolles, — l'affaire se sera arrangée... et cependant j'en doute, car, du caractère dont je connais de Macau...

Marie venait de quitter le piano.

— Comment, — dit-elle, — monsieur Georges de Macau s'est battu en duel ? Est-on bien sûr qu'il n'a pas été blessé ?

— On le présume, petite sœur... Marie, tu le connais donc, monsieur de Macau ? — demanda le banquier.

— C'est le frère d'une de mes meilleures amies du couvent ; il venait souvent voir sa sœur. Cette chère Henriette ! heureusement qu'elle n'en a rien su... Dans quelle inquiétude mortelle elle aurait été !

— Herminie, — reprit monsieur de Fougerolles en s'adressant à sa femme, — ce n'est pas pour vous faire un reproche, mais voilà trois fois que je ramasse votre mouchoir et vos gants.

— Ma sœur, — dit Marie, — tu parais souffrir.

— Non, — reprit madame de Fougerolles, — mais je me sens un peu fatiguée.

III

UN QUATRIÈME AU WHIST.

Quelques visites étaient survenues dans la soirée.

Vers neuf heures, on annonça monsieur de Macau.

Monsieur de Fougerolles alla vivement à lui et lui serra la main avec cette affection particulière qui semble dire à celui qui en est l'objet :

— Vous savez à quel point je prends intérêt à tout ce qui vous touche, et combien je suis heureux de vous voir sorti de cette fâcheuse affaire.

Seulement, avec ce tact de haute convenance qui distingue l'homme du monde, monsieur de Fougerolles, pensant que monsieur de Macau voulait peut-être garder le secret de cette aventure, ne lui en dit pas un seul mot.

Ce dernier, apercevant Marie assise un peu à l'ombre, fit un mouvement de surprise.

— Vous voilà sortie du couvent, mademoiselle, — lui dit-il, — et bien heureuse, n'est-ce pas ? Cette pauvre Henriette doit être bien triste de votre absence.

— Cette pauvre Henriette serait bien plus désolée encore, — reprit mademoiselle de Sirven en affectant un ton marqué de reproche, — si elle savait que son frère pense assez peu à elle pour aller se battre ; car nous avons appris, monsieur, que vous vous êtes battu ce matin ; vous n'êtes pas blessé, au moins ?

Le baron parut visiblement embarrassé de se trouver en face d'une interpellation aussi claire.

— Non, mademoiselle, — reprit-il, — je ne suis pas blessé. Seulement je regrette qu'on ait raconté cette affaire, qui ne méritait pas la peine de vous occuper un seul instant.

Le jeune homme, en parlant ainsi, se tourna légèrement vers madame de Fougerolles, qui ne laissa pas, je suppose, de s'apercevoir de ce mouvement, bien que ses yeux fussent baissés jusqu'à terre.

— Je ne voulais pas vous en parler, — reprit le banquier ; — mais, puisque ma petite belle-sœur s'est un peu étourdiment chargée de trancher la question, permettez-moi de vous dire combien nous sommes tous enchantés de vous voir ici ce soir, et combien nous vous savons gré d'une visite qui nous ôte toute inquiétude.

Le baron serra une seconde fois la main du banquier, et alla s'asseoir à côté de madame de Fougerolles, laquelle avait conservé la même attitude contemplative, sans paraître prendre aucune part à la conversation.

— Permettez-moi, madame, — lui dit-il, — de vous demander des nouvelles de votre santé ? Vous semblez souffrante, ce soir.

— C'est ce que je ne cesse de répéter à ma sœur, — dit mademoiselle de Sirven, qui s'était avancée ; — elle me répond toujours qu'elle n'a rien.

Alors seulement Herminie souleva lentement la tête, tandis qu'elle laissait sa sœur prendre une de ses mains.

Il y avait dans les traits abattus de cette jeune femme tout un mystère d'agitation et de souffrance.

Le jeune homme sentit un frisson lui parcourir les membres.

— Oui, — dit tristement madame de Fougerolles, — je suis souffrante, ce soir.

Cette conversation, futile en apparence, devait se rattacher à des pensées secrètes dont la source était au cœur. A bien scruter les traits du baron, on eût deviné qu'ils reflétaient la souffrance morale qui se traduisait chez la jeune femme par l'abattement et le silence. Mille idées se croisaient dans sa tête sans qu'une seule s'y arrêtât. Mille paroles sollicitaient ses lèvres sans qu'une seule pût ou osât s'en échapper.

Il aurait sacrifié son avenir entier pour pouvoir être seul, ne fût-ce qu'une minute, avec Herminie ; et cependant, si ce bonheur lui eût été accordé, peut-être serait-il resté sans voix, timide et tremblant devant cette douleur qu'il devinait, mais qu'il n'osait interpréter. Mme de Fougerolles était la seule femme que, au milieu de ses aventures de jeune homme insouciant et léger, il eût véritablement aimée. Il s'était fait de cette conquête une idée fixe, intime, profonde, recueillie. Or la réputation parfaitement intacte de madame de Fougerolles, jointe à sa beauté, à son esprit et à l'isolement de cœur dans lequel on savait que la laissait son mari, avait fait une passion réelle de ce qui, dans tout autre cas sans doute, n'aurait été qu'un caprice de quelques jours ou de quelques mois.

C'est triste à dire, mais cela est.

D'un autre côté, l'émotion soudaine ressentie par madame de Fougerolles à l'annonce du danger couru par monsieur de Macau, bien qu'elle fût en apparence restée froide, insensible et réservée, démontrait assez que cet homme occupait sa vie.

Le banquier était attelé à un whist dans un coin du salon.

Marie feuilletait un album.

Le baron de Macau profita d'un moment où chacune des personnes présentes était attentive ou occupée pour se pencher vers madame de Fougerolles, et lui dire tout bas :

— Oh ! madame, je vous en supplie, quittez cet air triste qui me rend si à plaindre !... Vous ne savez donc pas que je donnerais ma vie pour un de vos sourires, pour un de vos regards...

— Merci, monsieur de Macau, — reprit à demi-voix la jeune femme, — merci d'une affection que je crois sincère. Mais, je vous en conjure, au nom même de cette affection, ne me parlez plus ainsi.

— Puis-je dire autre chose que ce dont mon cœur est plein ? Serez-vous donc toujours sans pitié ? Je vous croyais bonne, sensible, indulgente... hélas ! je ne vous ai jamais trouvée que froide et sévère, sans un mot de consolation qui me donnât de la force et du courage.

Pour la première fois, madame de Fougerolles se retourna en face du baron de Macau ; et, entraînée par un mouvement involontaire, irrésistible, elle lui dit, la voix tremblante et en joignant ses deux mains :

— Ai-je donc du courage, moi ? ai-je de la force ? Ne voyez-vous pas que je souffre ?

Après ces paroles échappées comme malgré elle, après ce cri d'angoisse d'une douleur longtemps concentrée, une teinte pourprée colora les joues d'Herminie.

Quant au jeune baron, son émotion faillit le trahir.

— Ciel ! que dites-vous ? — reprit-il tout bas.

Madame de Fougerolles semblait épuisée sous le poids de la révélation subite de ce secret, dont l'inviolabilité aurait dû être la sauvegarde du bonheur et du repos de sa vie.

Pour tout au monde, elle aurait voulu reprendre ses paroles et les effacer de la pensée de celui qui les avait entendues. Elle venait de commettre sa première faute comme femme et comme mère, et de se créer son premier remords ; à quoi lui servait désormais d'avoir souffert et pleuré, pendant six mois, dans le silence et le recueillement ; d'avoir accepté ses tourments comme l'expiation d'une pensée qu'elle voulait chasser à chaque heure du jour et de la nuit, et qui revenait à chaque heure, chaque jour et chaque nuit ?

Elle sentit son cœur frémir sous le poids de ces cruelles impressions. Elle n'osait plus tourner son regard vers le baron de Macau.

Lui avait tout deviné, et, le cœur gonflé d'une joie immense, il était allé s'asseoir à côté des joueurs de whist.

Herminie lui sut un gré infini de cette délicatesse de sentiment. Elle pouvait au moins, seule avec elle-même, essuyer furtivement ses yeux qui se mouillaient de larmes, et baiser les cheveux blonds de sa petite fille, qu'elle venait d'attirer sur ses genoux et qui, pensait-elle, serait sa sauvegarde.

Un des joueurs venait de partir.

— Baron, — demanda le banquier, — voulez-vous remplacer le sortant ? Sans vous, nous en serions réduits à faire un mort.

Monsieur de Macau avait une grande antipathie pour le jeu : le whist, en particulier, lui causait d'affreuses crispations. Cependant, comme il venait de braconner un peu sur les terres de monsieur de Fougerolles, il crut devoir, par compensation, lui faire le sacrifice d'accepter.

Ce serait d'ailleurs une douche salutaire sur sa joie, qu'il avait quelque peine à dissimuler.

La partie s'engagea.

— Je joue la dame de carreau... Ah ! diable, le roi ! — ajouta le jeune baron en voyant son voisin de droite ramasser la levée ; — je crois que j'ai fait une faute.

— Je vous croyais bien deux carreaux, — dit le banquier.

— J'en ai trois, — reprit le baron.

— Et vous jouez la dame sur une invite de cette nature ?

— Je croyais...

— Bon ! voilà que vous me surcoupez à présent ! — dit monsieur de Fougerolles. — Décidément, baron, vous êtes par trop distrait.

— Ce n'est pas de la distraction, — repartit monsieur de Macau, — c'est de l'ignorance, et je vous demande mille pardons...

Le *rubber* fini, monsieur de Macau avait commis tant de fautes qu'on crut lui devoir cette preuve de confiance de le remplacer par un mort.

Monsieur de Macau s'était levé, et, n'osant s'asseoir de nouveau auprès de madame de Fougerolles, il prit le parti de s'en aller. Du reste, il avait comme peur de lui-même. Il prit donc ses gants, et employa dix minutes à les mettre, comme un homme embarrassé de sortir ou de rester. Puis il s'approcha lentement d'Herminie.

— Adieu, madame, — lui dit-il à demi voix en lui tendant la main.

Madame de Fougerolles ne changea pas d'attitude, ne détourna pas la tête, et tendit, de son côté, la main au jeune baron, qui la serra légèrement entre ses doigts, et sortit du salon.

IV

Une fois au grand air, une fois qu'il ne craignit plus que ses pensées se reflétassent sur son visage, monsieur de Macau se livra à tout ce bonheur qui gonfle le cœur d'un jeune homme alors qu'il se sait aimé d'une femme jeune, belle, adorable, que tous les hommages et tous les respects entourent dans le monde.

Quel plan de conduite allait-il devoir suivre ?

Comment avancerait-il pas à pas, presque à l'insu d'elle-même, dans le cœur de cette femme si notoirement honorable et attachée à ses devoirs ?

Non pas que monsieur de Macau étudiât un rôle indigne, non pas qu'il se fît un jeu de cet amour, mais parce que, ainsi que tous les cœurs véritablement épris, il doutait de lui-même et craignait d'aventurer par une fausse démarche ce qu'il considérait comme le bonheur de sa vie entière.

Vous savez que le cœur est une dupe sublime, et que c'est toujours du bonheur de la vie entière qu'il s'agit en pareil cas... quitte à revivre à nouveau quelques mois après.

Mille projets plus ou moins fous ayant été tour à tour conçus ou rejetés, monsieur de Macau s'arrêta au système épistolaire.

Le système épistolaire a cela de bon que l'on sait à peu près ce que l'on écrit tandis que l'on ne sait pas toujours ce que l'on dit ; ensuite, le discours s'envole, au lieu qu'une lettre lue et relue est comme une conversation sans cesse répétée.

Il a cela de mauvais que le papier est le plus perfide et le plus dangereux des confidents. Les amants le croient leur ami, il n'est jamais que leur délateur. C'est vainement qu'on l'enveloppe d'ombre et de mystère ; c'est toujours lui qui dénonce les heureux coupables à leurs ennemis naturels.

Après cela, tous les systèmes ont leur défaut, celui-ci ou celui-là, et c'est bien le moins que l'on coure quelque risque... d'autant que c'est comme l'assaisonnement qui triple la saveur du délit.

Monsieur de Macau s'appliqua donc à composer un petit chef-d'œuvre du genre ; il y accumula tout ce qu'il n'avait pas osé dire depuis six mois, ce qu'il ne pourrait et n'oserait certainement pas dire s'il parlait ; il donna à sa lettre tout ce décousu si difficile à bien enchaîner, la relut vingt fois, la recopia trente, la ploya de façon à ce qu'elle pût être tenue parfaitement cachée dans le creux de la main, s'étudia devant une glace à la cacher avec naturel et la glisser adroitement... Puis il se coucha après avoir mis sous son oreiller ce bienheureux petit papier, qui pour le moment résumait sa vie.

Je plains le lecteur, soit oublieux, soit éteint, que ces naïvetés feraient sourire.

Le lendemain, quand monsieur de Macau se rendit chez madame de Fougerolles, il tremblait comme un enfant, et fut presque heureux de trouver mademoiselle de Sirven, avec laquelle il engagea la conversation.

Ce petit dialogue, fort insignifiant par lui-même, lui fut d'un grand secours ; car il servit à dissimuler son émotion et à lui donner une contenance plus assurée.

Le banquier était là par hasard.

Le jeune baron s'avança assez naturellement vers lui, lui donna une poignée de main, et s'approcha de madame de Fougerolles ; il trouva même quelques paroles à lui dire qui ne furent ni trop ridicules, ni trop gauches.

— Un temps superbe aujourd'hui ! — dit le banquier ; — je vais aller faire un tour au bois.

Il n'entrait pas dans les calculs de monsieur de Macau de rester seul avec Herminie, qui bien certainement refuserait sa lettre. Tout au contraire, la présence d'un tiers, du mari surtout, devait la contraindre à l'accepter par prudence et sans objection.

Ensuite on a vu des banquiers jaloux, bien que ce soit rare. Or, en sortant avec monsieur de Fougerolles, en ne profitant pas d'un tête à tête parfaitement autorisé par les bienséances, il rassurait, le cas échéant, l'époux soupçonneux.

— Si vous voulez m'accorder quelques instants, — reprit donc le jeune homme, — j'aurai l'honneur de vous accompagner.

— Volontiers, cher baron, — reprit le banquier ; — tous les instants que vous voudrez. Justement j'ai quelques lignes à écrire... il y a là ce qu'il faut... Vous permettez, n'est-ce pas ?

— Comment donc ! — Monsieur de Fougerolles s'installa devant un guéridon qui faisait face à une croisée. Mademoiselle Marie de Sirven arrangeait des fleurs dans les jardinières. Monsieur de Macau comprit que c'était là un fortuné hasard, que jamais pareille occasion ne se présenterait s'il la laissait échapper. Il alla s'asseoir près d'Herminie, et, se penchant vers elle, il lui dit à voix basse : — Pendant toutes les longues heures qui viennent de me séparer de vous, madame, je n'ai fait que recueillir dans ma pensée et dans mon cœur ces quelques mots que vous avez laissé échapper hier soir...

— Ah ! monsieur !...

— Ils m'ont rendu à la fois bien triste et bien heureux.

— Herminie baissa la tête pour cacher la rougeur subite qui colora son visage. Le jeune homme se rapprocha un peu plus encore, et, détournant à moitié la tête, il vit le banquier qui pliait sa lettre. Il lui restait une minute à peine. Alors il prit le papier qu'il tenait caché dans la poche de son gilet, et le laissa tomber sur les genoux de la jeune femme. — Oh ! madame, je vous en supplie, — lui dit-il, — lisez... lisez cela ! — Et aussitôt il se leva. — Monsieur de Fougerolles, — reprit-il tout haut, — je suis à vos ordres.

— Et moi aux vôtres, cher baron.

Herminie n'avait pas fait un mouvement, n'avait pas prononcé une parole ; seulement, quand son mari s'était levé, par une inspiration machinale peut-être, elle avait jeté son mouchoir sur ses genoux.

Le billet téméraire se trouvait ainsi à l'abri de tout œil indiscret.

Le jeune homme vit ce mouvement et en fut ravi.

— Elle n'a pas l'air trop irrité, — se dit-il ; — oh ! elle le lira, j'en suis sûr.

— Eh bien ! y sommes-nous ? — demanda le banquier.

— Parfaitement, cher monsieur.

Et ils partirent.

Un quart d'heure s'était écoulé depuis leur départ, et madame de Fougerolles n'avait pas fait un seul mouvement qui indiquât la vie. Son regard semblait comme cloué sur le papier que recouvrait son mouchoir.

Marie, en voyant écrire son beau-frère, s'était tout à coup rappelé qu'elle devait une lettre à sa chère Henriette, la sœur de monsieur de Macau, restée au couvent. Elle avait pris la place du banquier, et sa plume courait à grandes guides sur le papier, racontant sa nouvelle existence, ses joies, ses plaisirs, les naïves sensations de son cœur frais éclos.

Il y avait, je vous jure, un étrange contraste entre ces deux sœurs que quelques années séparaient à peine : l'une gaie, folâtre, insoumise comme l'hirondelle, toute aux illusions de l'avenir ; l'autre, revenue déjà des beaux rêves de sa jeunesse, courbée comme une fleur après l'orage, apprenant les larmes et le remords.

Ce que se disait cette pauvre Herminie, chère lectrice, vous le devinez, j'en suis sûr. Elle se disait qu'elle ne lirait pas ce billet ; que, le lendemain, elle trouverait moyen de le rendre à monsieur de Macau, et de lui faire comprendre qu'elle ne l'avait pas ouvert... C'était là la ferme résolution de sa conscience et de sa raison. Mais celle de son cœur ? Or vous savez que le cœur est parfois bien fort contre la raison.

Indécise et tremblante, madame de Fougerolles se retira dans son appartement, et enferma le billet dans un de ces charmants petits coffret que les femmes ont toujours dans quelque coin mystérieux.

Malheureusement, le soir, quand elle se retrouva seule dans sa chambre, tout près de cette lettre qu'il avait écrite, qu'il avait pensée, pleine des effluves d'une passion loyale et discrète, elle se sentit tout émue.

Quelle femme ne comprendra pas cela et osera lui jeter la première pierre ?

Herminie ouvrit le coffret... rien que pour regarder. Elle resta ainsi dans une contemplation muette, les yeux fixes, la poitrine oppressée, frôlant le papier de ses doigts tremblants. Puis... comment cela se fit-il ?... sans le vouloir, sans s'en douter, elle ouvrit le papier, le lut et le relut vingt fois avec ses yeux, avec son cœur, avec cette ardeur d'un amour naissant, le premier qu'elle eût ressenti, le premier qui fût venu agiter sa vie, jusqu'alors si limpide et si calme... Il était bien tard quand madame de Fougerolles songea à se coucher.

Le lendemain, lorsque le baron revint, Herminie était seule dans le salon ; ses yeux cernés, sa pâleur indiquaient qu'elle avait bien peu dormi. Ses deux mains pendaient, inertes, aux bras du fauteuil, comme deux gouttes de rosée à la marge d'une fleur.

Le jeune homme ne dit pas une parole ; mais, pour la première fois, il osa prendre une de ses mains tièdes et parfumées ; il la porta sous ses lèvres et y mit un long baiser, traîné depuis le poignet jusqu'aux ongles avec une délicate volupté.

A dater de ce jour, le baron vint plus fréquemment que jamais ; et ce fut de lui à Herminie une correspondance suivie, que cette dernière ne partageait pas, mais qu'elle n'avait pas le courage de refuser.

Nous devons ajouter que, à la grande satisfaction du banquier, monsieur de Macau mordait au whist avec une aptitude qu'on ne lui aurait jamais supposée.

Tout n'est pas rose en amour.

V

LE PREMIER BAL.

Marie de Sirven à Henriette de Macau.

Janvier 1857.

Chère Henriette,

Si tu savais comme je suis heureuse !... J'ai fait, il y a quelques jours, ce que l'on est convenu d'appeler mon *entrée dans le monde*, au bal de l'ambassade de Naples. Jusque-là rien de plus monotone et de plus régulier que mon existence ; j'étais presque retombée d'un couvent dans l'autre, car ma vilaine sœur, qui est belle au possible et que j'aime tout plein, semble avoir pris à tâche d'être toujours triste et de fuir le monde. Le matin, je prends mes leçons de piano et d'aquarelle. Dans l'après-midi, nous allons nous promener, soit à pied, soit en voiture ; puis nous rentrons, et, après nous être habillées, nous restons habituellement dans le salon de ma sœur à travailler jusqu'au dîner. Le soir, viennent quelques amis entre deux âges : on parle finances et politique, deux variétés du sanscrit que je n'ai jamais appris. Je prépare le thé, ce qui est une distraction médiocre. Puis on se met à jouer gravement un jeu que les Anglais ont baptisé du nom de *whist*, ce qui signifie *bouche cousue*. Il paraît que c'est fort gai, mais d'une gaieté triste et silencieuse à laquelle j'ai beaucoup de peine à m'habituer. Aussi n'hésité-je pas à donner la préférence aux charades et aux petits jeux du couvent. Il était temps que cela finît.

Je te disais donc, bonne petite, que je suis allée, il y a quelques jours, au bal de l'ambassade de Naples. J'étais coiffée en bandeaux, avec une simple branche de bruyères roses dans les cheveux, tu sais que c'est ma fleur de prédilection ; j'avais une robe de crêpe blanc, très-simple, garnie seulement de trois bouquets de bruyères naturelles, pareilles à celles de ma coiffure. Ton frère, qui était là au moment où nous partions pour le bal (il vient très-

souvent), ton frère m'a fait un compliment sur ma taille
et sur la rondeur de mon bras, pendant que je mettais
mes gants.

Figure-toi que j'avais passé dans une agitation singulière la nuit qui précéda ce bal... Tu sais que l'apparition
officielle d'une jeune fille au milieu de fêtes dont les convenances de son éducation l'ont tenue éloignée jusqu'a-
lors encourage et autorise pour ainsi dire les préten-
tions de ceux qui peuvent demander sa main. J'étais mal
à l'aise et comme irritée en songeant que des indifférents
allaient m'examiner, me commenter, supputer ma dot,
peser ma naissance, me classer, d'une façon plus ou
moins avantageuse, dans la catégorie des *demoiselles à
marier*.

J'entrai dans le premier salon de l'ambassade, appuyée
sur le bras de mon beau-frère. Ma sœur nous suivait, accompagnée de notre vieille tante maternelle, madame de
Brisebarre. Il fallut l'accueil plein de grâce et de bonté de
madame l'ambassadrice de Naples pour m'encourager un
peu.

Nous entrâmes dans la galerie où l'on dansait ; je fus
presque éblouie de l'éclat, de la magnificence des toilettes.
Une amie de ma sœur nous offrit de nous ménager une
place auprès d'elle ; nous acceptâmes, et je m'assis entre
Herminie et ma tante... Après tout, ce n'était pas aussi
effrayant que je l'avais craint ; le coup d'œil était charmant, la musique délicieuse...

Au bout de quelque temps, monsieur de Rouville, un
vieil habitué de notre salon, vint demander à ma tante et
à ma sœur la permission de leur présenter son neveu, un
jeune capitaine d'état-major qui venait d'arriver d'Afrique... A toi, ma confidente et ma meilleure amie, je puis
avouer que je n'avais vu personne encore de comparable
à monsieur d'Egmont, c'est le nom du jeune capitaine.
Monsieur d'Egmont est d'une taille moyenne, mais de la
plus extrême élégance. Ses traits, d'une régularité parfaite, ont quelque analogie avec ces têtes d'Alcibiade et
d'Antinoüs qui nous servaient de modèles. Il a des cheveux châtains, les yeux bruns, les dents petites et blanches, un pied, une main à rendre une femme jalouse...
Vingt-cinq à vingt-six ans tout au plus... Il portait l'uniforme de son grade, rehaussé de la croix de la Légion
d'honneur... J'ignore comment j'ai vu tout cela ; car, bien
certainement, je l'ai à peine regardé.

Ma sœur et ma tante avaient connu et reçu chez elles
monsieur d'Egmont avant son départ pour l'Afrique ; mais
elles ne l'avaient pas revu depuis deux ans. Ces dames lui
tendirent la main, qu'il prit avec une grâce pleine de respect ; puis il s'inclina de mon côté.

— Monsieur d'Egmont, capitaine d'état-major, — me
dit monsieur de Rouville en me présentant son neveu.

— Mademoiselle Marie de Sirven, ma sœur, — ajouta
Herminie en me désignant au jeune homme.

La conversation s'engagea, et nous fûmes bientôt en
confiance. Son teint légèrement basané, son regard d'une
vivacité extrême, sa voix nette, vibrante et comme habi-
tuée au commandement, je ne sais quoi d'aisé, de simple
et de franc dans le maintien, le faisaient essentiellement
différer de toutes les jolies petites poupées à ressorts, en
habit noir et en bas de soie, qui passaient et repassaient
devant moi.

L'orchestre préludait.

Monsieur d'Egmont s'inclina de nouveau devant moi.

— Mademoiselle de Sirven, — dit-il, — voudra-t-elle
me faire la grâce de danser avec moi la première contredanse.

Je me sentis rougir.

— Oui, monsieur, — répondis-je en jetant un regard
inquiet sur ma tante et sur ma sœur, comme pour solliciter leur approbation.

La contredanse commença, monsieur d'Egmont eut le
bon goût de m'épargner des compliments toujours em-
barrassants pour une jeune personne. Il fut très-simple,
très-gai sans méchanceté, me parla de ma tante avec une
affectueuse vénération, de ma sœur avec un sympathique
respect, de son oncle avec tendresse. Il est musicien ; nous
causâmes musique. Il préfère les maîtres allemands ; je
préfère les maîtres italiens... Il mit une si aimable bonhomie dans la discussion que, à la fin de la contredanse,
il ne m'intimidait presque plus.

Il me ramenait à ma place lorsque nous nous croisâmes
avec une fort jolie femme, éblouissante de pierreries,
très-brune, très-mince, d'une tournure très-élégante,
d'une physionomie fière, presque hardie, dardant partout de grands yeux noirs très-perçants. Elle donnait le
bras à un habit blanc, que j'ai su depuis être un colonel
autrichien.

— Vous êtes bien oublieux de vos amis, monsieur
d'Egmont, — dit-elle d'une voix sonore et douce à mon
cavalier.

— Je ne mérite pas ce trop aimable reproche, — reprit
ce dernier en saluant avec infiniment de respect. — Arrivé ce matin d'Alger, j'espérais avoir demain l'honneur
de vous faire ma cour.

C'était chose bien simple, ma bonne Henriette, que
cette rencontre et que cet échange de paroles courtoises :
il n'en fallut cependant pas davantage pour étendre comme une espèce de crêpe noir sur ma joie.

Plus tard, dans la soirée, je vis passer cette femme et
monsieur d'Egmont emportés par le tourbillon d'une
valse. Elle avait une taille accomplie, et tous deux val-
saient à ravir. Les boucles de ses cheveux, noirs comme
du jais, qu'elle portait très-longs, flottaient avec grâce
autour de sa tête expressive, un peu renversée en arrière.
J'éprouvai comme un serrement de cœur. D'autres
contredanses, auxquelles je fus engagée par quelques
jeunes gens de notre monde, ne purent me faire surmon-
ter cette impression.

Nous quittâmes le bal. Monsieur de Rouville et son neveu, qui sortaient aussi, nous retrouvèrent dans le salon
d'attente. Monsieur d'Egmont demanda les gens de ma
sœur et nous apporta nos pelisses.

Lorsque nous fûmes montées en voiture, ma sœur dit à
monsieur d'Egmont, qui lui avait offert le bras jusqu'à la
portière :

— Maintenant que vous voilà de retour, monsieur
Edouard, j'espère que nous aurons le plaisir de vour voir
souvent avec votre cher oncle. Vous savez que je n'aime
pas qu'on me néglige.

Monsieur d'Egmont assura ma sœur de son empressement à lui obéir, et nous rentrâmes à l'hôtel.

Telles ont été, ma bonne Henriette, les impressions de
mon premier bal.

Que deviennent les tourterelles que je t'ai laissées ? Ne
meurent-elles pas de chagrin de ne plus me voir ?

A propos, tu sais, il s'appelle Edouard... Comment trouves-tu ce nom ?

MARIE DE SIRVEN.

VI

UN CŒUR QUI SE CHERCHE.

Marie de Sirven à Henriette de Macau.

Février 1857.

Il y a quinze grands jours que je ne t'ai écrit, chère
Henriette, et chacun de ces jours a presque fait époque
dans ma vie. Et moi qui, à part le bal à l'ambassade de
Naples, dont je t'ai parlé, me plaignais de mon existence
monotone !... Tout est devenu matière à sensation pour
mon pauvre cœur en tumulte : un tilbury qui s'arrête devant l'hôtel ; le coup que l'on frappe au marteau de la
porte cochère ; la porte du salon qui s'ouvre ; la voix du

valet de pied qui annonce une visite... Et ma toilette donc !
Il y a quelques semaines à peine que ma sœur me reprochait de me négliger ; elle ne me le reprochera plus, j'en
suis sûre.

Veux-tu que nous reprenions un peu toutes deux, à partir de ce bal, les petits chemins de mon cœur ? Tu m'ai-
deras peut-être à y mieux voir et à m'y reconnaître.

Dès le lendemain, en rassemblant mes souvenirs, en me
rappelant les moindres détails de la soirée, le résultat de
mes impressions fut presque triste. Parmi ces souvenirs,
un seul dominait les autres : c'était celui de monsieur
d'Egmont valsant avec cette femme que tu sais une valse
de Weber... Cet air, assez mélancolique, me revenait sans
cesse à la pensée, tandis que je ne me rappelais pas celui
de la contredanse que j'avais dansée avec monsieur d'Egmont.

J'avais cependant été très-entourée. Il me semblait, sans
fausse modestie, qu'on me trouvait belle. J'avais remarqué que mesdemoiselles X... et Z... avaient à peine dansé
trois ou quatre contredanses, tandis que moi j'avais dû en
refuser plusieurs. Je n'avais pu m'empêcher d'entendre
sur mon passage cette espèce de murmure toujours flatteur aux oreilles d'une jeune fille. Monsieur d'Egmont,
sans contredit l'un des hommes les plus agréables de cette
brillante réunion, avait été très-asssidu auprès de nous,
et pourtant...

Ma sœur est entrée dans ma chambre, au milieu de ces
préoccupations de mon esprit.

— Comment trouves-tu le neveu de monsieur de Rouville ?— me demanda-t-elle tout à coup.

— Je le trouve très-bien, — lui dis-je, un peu troublée
de cette question subite.

Herminie me regarda attentivement, garda un moment
le silence et reprit :

— Si monsieur de Rouville nous demandait ta main
pour ce beau neveu, que faudrait-il lui répondre ?—D'a-
bord je fis un geste d'étonnement ; puis, pour cacher
mon trouble, je crois, je me mis à rire aux éclats. — Que
trouves-tu de si déraisonnable à cette supposition, ma
petite Marie ? Monsieur d'Egmont est d'un âge parfaitement proportionné au tien. Il est à la fois élégant et sérieux, ce qui est rare ; il a une position, de la fortune, un
nom honorable...

— Il ne lui manque plus qu'une seule chose, ma chère
Herminie.

— Quelle chose, petite sœur ?

— C'est de me connaître et de m'avoir vue... ailleurs
qu'au bal et pendant une seule contredanse.

— Je vois que tu ne lui pardonnes pas de ne t'avoir
engagée qu'une fois.

— Méchante !

— Sournoise !

En ce moment le cabriolet de ton frère est entré dans
la cour de l'hôtel, et ma sœur m'a quittée pour aller le
recevoir.

Ce que venait de me dire Herminie de la possibilité de
mon mariage avec monsieur d'Egmont me fit profondément réfléchir lorsque je me trouvai seule.

Peut-être, sans les remarques de ma sœur, serais-je
restée longtemps sans me rendre compte de l'impression
que le neveu de monsieur de Rouville avait faite sur moi.
Je m'interrogeai franchement, sérieusement, et je ne pus
m'empêcher de reconnaître qu'un grave intérêt venait de
surgir dans ma vie.

Ainsi, au bruit de la voiture qui amenait ton frère, je
m'étais précipitée vers la fenêtre, et j'avais éprouvé comme un désappointement en reconnaissant monsieur de
Macan... C'était bien mal, n'est-ce pas ? D'autant que le
frère de mon Henriette est un peu le mien, et qu'il a tous
les titres possibles à mon amitié.

Quelques jours après, nous sommes allées à l'Opéra ; on
donnait *Guillaume Tell*. En entrant dans notre loge, la
première personne que je vis, presque en face de nous,
fut cette même femme à qui j'avais dû de voir ma joie
troublée au bal de l'ambassade. Un turban de gaze blanche lamée d'argent allait merveilleusement à son teint
un peu brun et à ses cheveux noirs comme du jais. Elle
portait une robe de velours cerise à manches courtes, et,
malgré ses gants longs, on pouvait juger de la perfection
de ses bras.

Je fis tout au monde pour être au moins indifférente à
la beauté de cette femme ; je ne pus m'empêcher d'en être
attristée.

Monsieur d'Egmont occupait une stalle d'orchestre. Pendant l'entr'acte, je le vis se lever, et je me sentis curieuse
au dernier point de savoir s'il viendrait nous faire visite
avant d'aller saluer la dame en question.

Pendant quelques minutes, cette curiosité fut pour moi
presque de l'angoisse ; mon cœur battit bien fort lorsque
j'entendis ouvrir la porte de notre loge... Je ne doutais
pas que ce ne fût monsieur d'Egmont.

C'était lui.

Je me sentais troublée, je n'osais pas retourner la tête ;
il souhaita le bonsoir à ma tante et à ma sœur.

Ma sœur me toucha légèrement le bras, et me dit :

— Marie, monsieur d'Egmont !

Je me retournai, et je m'inclinai en rougissant. Je ne
trouvai pas une parole à dire... A un certain moment je
levai les yeux sur lui ; nos regards se croisèrent,.. Le sien
me parut si triste, si affecté de mon silence, qu'il attri-
buait peut-être au dédain, que je me sentis sur le point
de pleurer de chagrin et de dépit.

Heureusement que la toile se leva... J'éprouvais un
trouble profond, une sorte de vertige que la puissance de
la musique augmentait encore ; chacune des pensées qui
m'agitaient était pour ainsi dire accompagnée d'une harmonie tour à tour rêveuse, tendre ou passionnée, qui n'é-
tait que trop d'accord avec l'état de son cœur,.. La musique semblait traduire mes pensées les plus secrètes et les
plus confuses.

L'acte fini, j'écoutais encore. J'étais si absorbée que ma
sœur dut m'appeler à plusieurs reprises pour me tirer de
ma rêverie.

J'oubliais de te dire que, pendant tout le temps que
monsieur d'Egmont était resté dans la loge, la dame d'en
face nous avait lorgnés avec une attention soutenue jusqu'à l'impertinence.

Au retour, pendant que nous étions en voiture, ma
tante dit tout à coup à Herminie :

— Monsieur d'Egmont a donc rompu avec madame de
Ruremonde, qu'il n'a pas mis les pieds dans sa loge de
toute la soirée ?

— Sans doute, — reprit ma sœur, en rappelant par un
signe à ma tante qu'il ne convenait pas d'entamer ce sujet devant ma petite personne.

Rompu avec madame de Ruremonde !... *il* a donc aimé
cette femme ?... il l'aime peut-être encore ! et la voix de
mon cœur ne me trompait pas.

Figure-toi que, comme nous rentrions, Prudence, la
femme de chambre de ma sœur, est accourue au-devant
de nous, jetant les hauts cris, m'annonçant que ma perruche s'était envolée, et que toutes les recherches faites
dans le voisinage pour la retrouver avaient été infruc-
tueuses.

Il y a quelques jours à peine cette perte m'aurait fait
pleurer à chaudes larmes ; eh bien ! c'est horrible à dire,
mais je suis restée parfaitement insensible.

Pauvre perruche ! Ingrate Marie !

Heureusement je t'aime toujours.

MARIE DE SIRVEN.

VII

LA DÉCLARATION.

Marie de Sirven à Henriette de Macau.

Avril 1857.

Bonne petite Henriette, je ne vis plus d'une façon appréciable. Je me sens comme attachée aux ailes d'un moulin à vent, et je tournoie dans l'espace. Je suis tour à tour d'une gaieté folle, ou triste à en mourir, sans avoir plus de motif pour être gaie que pour être triste. Je me lève la nuit pour parler aux étoiles. Je recommence vingt fois le même livre, sans me rappeler un seul mot de ce que j'ai lu. Il m'est impossible d'aller au delà de la quatrième ou de la cinquième mesure des partitions que je sais le mieux. Je descends au jardin et j'effeuille des marguerites; je m'assieds, je marche et je cours, tout cela dans la même minute. L'autre jour, je bousculais mes tiroirs pour y chercher un dessin de tapisserie que je tenais à la main. Ma sœur prétend que je ne sais plus faire le thé, et m'a destituée de mes fonctions. Dimanche dernier, je voulais absolument aller à la messe de midi, ayant oublié que j'étais allée à celle de huit heures .. Si j'allais devenir folle !

Je vais cependant tâcher de mettre un peu d'ordre dans mes idées.

Cinq à six semaines se sont écoulées, je crois, depuis cette soirée à l'Opéra dont je t'ai parlé. Monsieur d'Egmont a d'abord commencé par venir nous voir de temps à autre, puis tous les deux jours, puis tous les jours, puis deux fois par jour.

A mesure que notre intimité augmentait, je découvrais en lui mille qualités charmantes ; impossible de rencontrer un caractère plus égal, plus prévenant, plus délicatement attentif ! Tu sais si, au couvent, je m'étais promis de me défier de toutes les louanges : eh bien ! les siennes sont si fines, si ingénieuses, si adorablement déguisées, que je m'y laisse prendre sans sourciller. Ardent et généreux, il n'y a pas une noble cause qu'il ne défende avec chaleur. Modeste au possible, il souffre visiblement lorsqu'on lui parle des actions d'éclat qui lui ont valu son grade et sa croix... Quant à ses succès dans le monde, quoique par convenance un tel sujet soit rarement traité devant moi, il est facile de deviner que, sans compter madame de Ruremonde, il a dû en avoir beaucoup, et qu'il n'y met aucune fatuité. Sa conversation est, quand il le veut, sérieuse et instructive. Il a beaucoup voyagé, il a vu et retenu. Il aime et cultive les arts...

Je te vois d'ici te moquer de moi, et me demander ne fût-ce qu'un pauvre petit défaut pour rompre un peu la monotonie de ses qualités... Eh bien ! ma chère Henriette, e lui en ai cherché, mais je n'en trouve pas. Autant te dire tout de suite que je l'aime, comme si tu ne l'avais pas deviné... Oui, je l'aime !... tout a changé ici pour moi depuis qu'il y vient. Le plaisir de le voir, le désir de lui plaire, la crainte de n'y pas réussir, les ressouvenirs qui succèdent à sa présence, les longues rêveries, enfin les mille anxiétés d'un cœur qui s'éveille me jettent dans un trouble continu. Le temps ne marche plus, il vole.

Oui, mon Henriette, je suis tour à tour bien heureuse ou bien malheureuse.

Heureuse lorsque, dans mes rares accès de croyance en moi, dans mes jours d'orgueil, je me demande si Edouard pourrait trouver dans une autre les garanties de bonheur que j'ai la conscience de pouvoir lui offrir.

Malheureuse, oh ! bien malheureuse, lorsque, doutant de moi, de ma jeunesse, de ma beauté, doutant presque de mon cœur, je n'ose croire qu'il puisse m'aimer... En ces moments, je me persuade qu'il est plus que jamais attaché à cette madame de Ruremonde.

Cependant, au milieu de mes doutes les plus accablants, je me rassure un peu en pensant que ma sœur et mon beau-frère ne recevraient pas si ouvertement, si particulièrement, monsieur d'Egmont, s'ils ne savaient à quoi s'en tenir sur ses vues.

Mais pourquoi Herminie ne revient-elle plus sur ce projet de mariage qu'elle m'a un jour jeté au cœur d'une façon si inattendue ? Quant à moi, je mourrais plutôt que de lui en reparler la première.

La calèche est attelée ; nous allons au bois... ton frère caracole dans la cour sur un beau cheval; il va sans doute nous escorter... Dire que monsieur d'Egmont n'a pas eu cette idée !... Je suis sûre qu'il doit être très bien à cheval.

J'achèverai cette lettre ce soir ou demain.

19 avril 1857.

Toutes mes angoisses ont cessé hier, 18 avril. Cette date ne sortira jamais de mon souvenir. J'étais seule dans le salon de ma sœur, où j'avais cru la trouver, mais elle était sortie en donnant ordre de dire aux personnes qui pourraient la demander qu'elle ne tarderait pas à rentrer.

Je brodais, ou plutôt je pensais sous le prétexte de broder, lorsque la porte du salon s'ouvrit.

On annonça monsieur d'Egmont.

Jamais je ne m'étais trouvée seule avec lui ; je me sentis dans un embarras mortel.

Je vais te rappeler mot à mot les incidents de cette entrevue, qui vient de décider de ma vie.

— On m'a dit, mademoiselle, — commença monsieur d'Egmont, — que madame votre sœur allait bientôt rentrer, et qu'elle priait les personnes qui viendraient de vouloir bien l'attendre. — Puis, après avoir hésité un instant, il ajouta d'une voix émue : — Je ne croyais pas avoir le bonheur de vous trouver ici, mademoiselle ; aussi permettez-moi de profiter de cette rare et précieuse occasion pour...

— Monsieur, mon beau-frère doit être dans son cabinet, souffrez que je le fasse prévenir...

Et je me dirigeai vers un cordon de sonnette.

C'était une affreuse trahison de ma part, un subterfuge indigne, car je savais parfaitement que monsieur de Fougerolles n'était pas chez lui.

Seulement, que veux-tu? je tremblais si fort !

— Mademoiselle, je vous en supplie, — dit monsieur d'Egmont, — daignez m'entendre !

— Monsieur... je ne sais... que pouvez-vous avoir à me dire ? — répondis-je en balbutiant, avec un battement de cœur presque douloureux.

Alors, d'une voix émue dont je ne pourrai jamais te rendre l'accent enchanteur, il me dit :

— Tenez, mademoiselle, laissez-moi vous parler avec la plus entière franchise... et soyez assez bonne pour me promettre de me répondre de même.

— Je vous le promets, monsieur.

— Eh bien ! mademoiselle, mon oncle, monsieur de Rouville, un ancien ami de votre famille, abusant d'un secret qu'il a pu pénétrer, mais que je ne lui ai jamais confié, était décidé à demander pour moi votre main à monsieur de Fougerolles, votre tuteur, et à madame votre sœur... Je l'ai conjuré de n'en rien faire.

Le courage me manqua... Je ressentis au cœur un coup violent ; je crus que monsieur d'Egmont éprouvait de l'éloignement pour moi, et je répondis d'une voix faible :

— Il était inutile de m'apprendre, monsieur...

Je ne pus achever.

— Non mademoiselle, — reprit-il, — ce n'était pas

inutile, permettez-moi de vous le dire ; je ne pouvais autoriser monsieur de Rouville à faire cette demande à monsieur de Fougerolles avant d'avoir obtenu votre consentement.

— Et c'est mon consentement que vous venez me demander ?— m'écriai-je, sans pouvoir cacher ma joie, sans même penser à la cacher.

A un mouvement de surprise de monsieur d'Egmont, je regrettai presque ma franchise ; je craignis qu'il ne l'interprétât défavorablement ; je rougis, je me troublai, je ne pus ajouter un mot.

Après quelques instants de silence, Edouard reprit :

— Oui, mademoiselle, c'est votre consentement que je viens solliciter sans oser l'espérer. Vous êtes libre de votre choix, et j'aurais toujours regretté d'avoir été le sujet de quelque demande, de quelque insistance qui aurait pu vous être désagréable.

— Monsieur, je...

Edouard m'interrompit, et me dit avec un accent de sérieuse tendresse :

— Mademoiselle, un mot encore avant de vous voir renverser, peut-être par un refus, non de présomptueuses espérances, mais des vœux que j'ose à peine former... Quand vous m'aurez entendu, vous pourrez, mademoiselle, préjuger de l'avenir avec autant de certitude que s'il était accompli ; j'ai peu de qualités peut-être, mais j'ai toujours été loyal et sincère dans l'exécution de ma parole... — Tu ne saurais croire, chère Henriette, combien je me sentais touchée de la manière à la fois grave et affectueuse dont monsieur d'Egmont s'exprimait. — J'ai toujours résolu, — continua-t-il, — de ne me marier qu'à une femme que j'aimerais de l'amour le plus respectueux et le plus vif... de cet amour fervent et saint qui ne ressemble pas plus aux goûts passagers de la première jeunesse que la durée des liaisons éphémères qui en sont la suite ne ressemble à la durée du mariage... Au contraire de tout le monde, rien ne m'a toujours semblé plus romanesque qu'une union tendrement assortie... telle que je la rêve... Au lieu de le dissiper en quelques mois, il s'agit de ménager le trésor de félicités qui peuvent durer autant que nous : alors on traverse avec enchantement, dans une confiance mutuelle, une vie de tendresse et d'amour que le génie du cœur peut délicieusement varier.....

Je ne sais pourquoi, à ce moment, le souvenir de madame de Ruremonde traversa ma pensée. Je ne pus m'empêcher de dire à monsieur d'Egmont :

— Pourtant, monsieur, ces liaisons éphémères dont vous me parlez semblent quelquefois...

— Ah ! mademoiselle. — s'écria-t-il en m'interrompant, — peut-on jamais les comparer à un bonheur légitime et vrai ? Ah ! croyez-moi... quand on aime pour la vie, on reconnaît bien vite le néant de ces affections fugitives ! Quel est donc leur charme pour qu'on puisse les préférer à un amour béni par Dieu ? Parce qu'une femme nous appartient devant le ciel et devant les hommes, appréciera-t-on moins tout ce qu'il y a de charme dans une longue soirée passée près d'elle ? Jouira-t-on moins de ses préférences parce que, chaque jour, on les aura méritées aux yeux de tous à force de soins et de tendresse ? Son esprit, sa grâce, ses succès vous seront-ils moins chers parce que son regard pourra sans crainte chercher le vôtre et vous dire : « Jouissez de ce que vous inspirez ! » Si, au milieu du monde, elle accueille un signe de vous par un mystérieux et doux sourire, ce sourire sera-t-il moins doux parce qu'il n'annoncera pas une coupable intelligence ?... Parce que ces fleurs dont elle est parée ont été choisies par une main amie et respectée, ont-elles moins d'éclat et de parfum ?... Si l'on veut voyager et se reposer du tumulte de Paris dans la contemplation des beautés de la nature, faut-il enlever absolument une fille à son père, une femme à son mari, pour jouir des mille ravissements d'un voyage amoureux ? Le beau ciel d'Espagn ou d'Italie sera-t-il donc voilé pour tous

ceux qui peuvent s'aimer sans rougir ?... Oui, mademoiselle, il y a des trésors inépuisables de bonheur pur, de plaisirs même romanesques dans une union basée sur l'amour, telle que mon cœur la comprend... Il me serait impossible de voir dans le mariage un isolement à deux, une vie indifférente ou seulement convenable et polie... Oh ! non... non... je voudrais concentrer dans cette vie toutes les joies, toutes les adorations, toute la puissance de mon cœur ! Maintenant, voyez-vous, que je connais les faux plaisirs d'une jeunesse aveugle et irréfléchie, ils me semblent aussi loin du vrai bonheur que la superstition est loin de la religion... Je ne sais, mademoiselle, si vous m'avez bien compris ; je ne sais si j'ai pu vous donner une faible idée de mes sentiments, de mes pensées... Si j'étais assez heureux pour cela, si, contre tout espoir, vous me permettiez d'autoriser la demande que mon oncle désire faire pour moi à monsieur de Fougerolles, croyez-en ma foi d'honnête homme... mademoiselle... aimé de vous... je serais en tout digne de vous...

En disant ces derniers mots, monsieur d'Egmont, qui était assis dans un fauteuil près du mien, se leva par un mouvement d'une gravité touchante, presque solennelle.

Tout cela, chère Henriette, en passant par ma plume, est bien décoloré ; mais, ce qu'il aurait fallu entendre, c'est cette voix entraînante et persuasive, cette abondance de cœur, ce feu de l'expression qui décuplaient la valeur des mots !

Je ne puis te dire toutes les émotions que ce langage si nouveau pour moi éveillait dans mon âme ; il me semblait qu'un nouvel et radieux horizon s'offrait à ma vue... J'étais trop profondément heureuse pour cacher ma joie, pour mettre la moindre dissimulation dans ma réponse. Je sentais mes joues brûlantes, mon cœur battre, non de timidité, mais de résolution généreuse... Je voulus être à la hauteur de l'homme qui venait de me parler ce noble langage, et dont les paroles m'inspiraient une invincible confiance.

— Je ne serai ni moins franche ni moins loyale que vous, — lui dis-je... — Je suis orpheline, je ne dois compte qu'à Dieu et à moi du choix que je puis faire... j'ai fo dans l'union que vous me peignez si douce et si belle... et je l'accepte.

— Mademoiselle, il serait vrai !... je pourrais espérer !

— Maintenant, une dernière question, — repris-je aussitôt en baissant les yeux et en balbutiant ; — madame de Ruremonde...

Je ne pus dire que ces mots.

Edouard me répondit aussitôt :

— Je vous comprends, mademoiselle ; les bruits du monde sont parvenus jusqu'à vous... Depuis mon retour d'Afrique, ou plutôt depuis le bal de l'ambassade de Naples, je vous le jure sur l'honneur, je n'ai été occupé que d'une seule pensée... je n'ose dire que d'une seule personne.

Je lui tendis la main sans pouvoir retenir deux larmes ; oh ! de bien douces larmes !.

— Si vous voulez la main de l'orpheline, — lui dis-je, — elle est à vous devant Dieu ; je vous la donne.

— Devant Dieu aussi je fais le serment de la mériter, — reprit Edouard.

Et il tomba à genoux d'une manière si naturelle, si charmante, je dirais presque si pieuse, en portant ma main à ses lèvres, que je trouvai ce mouvement tout simple et comme nécessaire.

Je joignis les mains avec force, et je dis d'une voix profondément émue :

— Mon Dieu ! mon Dieu ! que je vous remercie de me faire la vie si riante et si belle !

Un roulement de voiture qui retentit dans la cour annonça le retour de ma sœur.

— Marie, — me dit Edouard, c'était la première fois qu'il osait m'appeler ainsi, — voulez-vous me permettre de faire tout à l'heure, là, devant vous, ma demande madame de Fougerolles ?... Alors je pourrai peut-être revenir passer cette soirée près de vous.

— Oh ! oui, oui, — m'écriai-je avec joie... — Vous avez raison... Ainsi vous reviendrez ce soir.

Herminie entra dans le salon, suivie de mon beau-frère.

— Monsieur de Fougerolles, — dit Edouard, — et vous, madame, ce que je vais avoir l'honneur de vous dire es, bien grave... Je choque sans doute les usages reçus en abordant un tel sujet sans préparation ; mais je suis si heureux, et surtout si jaloux de jouir le plus tôt possible du privilége qui me sera peut-être accordé... que je viens, sûr de l'agrément de mademoiselle Marie, vous demander sa main.

— Ah ! bah ! — s'est écrié mon tuteur, — cela ne s'est jamais vu !... Cela éclate comme une bombe ! — Seulement, il était facile de deviner à son air que la demande lui agréait, et qu'il ne ferait pas d'objections. Ma sœur se prit à sourire, et me fit de l'index un gracieux petit signe de reproche, comme pour signifier que j'étais une dissimulée, et que j'avais manqué de confiance en elle. Je courus me jeter dans ses bras. — Mais c'est que, en vérité, je suis encore tout étourdi de cette nouvelle ! — reprit mon tuteur. — Ça ne s'est jamais fait comme ça, mon pauvre Edouard ! Ce sont les grands parents qui se chargent de ces ouvertures, avec toutes sortes de préliminaires et de préambules. On en cause pendant quinze jours, un mois, et, après d'autres préambules encore, on fait venir la petite fille, et on lui dit qu'il se pourrait bien faire qu'on songeât un jour à la marier, que, dans ce cas-là, un jeune homme qui réunirait tels et tels avantages semblerait un parti sortable...

— Eh bien ! mon cher beau-frère, — dis-je gaiement à monsieur de Fougerolles, — figurez-vous que le mois est passé, que les préambules sont finis, et que vous avez dit à la petite fille qu'un parti sortable se présentait...

— Eh bien ! — demanda mon tuteur.

— Eh bien ! la petite fille accepte, et voilà qui est dit.

— Allons, — reprit monsieur de Fougerolles, — il n'y a plus d'enfants... Je consens volontiers, sauf l'approbation de monsieur de Rouville, l'oncle d'Edouard.

— Mon oncle devait vous faire lui-même cette demande, — reprit monsieur d'Egmont, transporté de joie.

Quand je me suis trouvée seule avec ma sœur, Herminie m'a serrée contre sa poitrine et couverte de baisers presque convulsifs.

— Au moins, toi tu seras heureuse !... — m'a-t-elle dit à travers ses larmes.

Pauvre sœur ! il est vrai que, depuis quelque temps, je ne sais quel chagrin la ronge ; je crois te l'avoir écrit... Son mari est cependant plein d'égards et de bonté pour elle. Oui, mais... Enfin je suis sûr qu'Edouard sera bien plus tendre et plus empressé.

J'ai cherché plusieurs fois à provoquer la confiance d'Herminie ; elle m'a toujours répondu que j'étais une petite folle, que je rêvais, que le vrai bonheur était concentré, qu'elle était mère, qu'elle n'avait plus dix-huit ans, que je verrais plus tard... Je demande à Dieu que ce soit le plus tard possible.

Tu sais nos conventions ? Prépare-toi à être ma demoiselle d'honneur.

MARIE DE STRVEN.

VIII

OU LE BERGER INTRODUIT LE LOUP DANS LA BERGERIE.

Revenons à madame de Fougerolles et au baron de Macau.

La jeune femme suivait malgré elle cette pente rapide sur laquelle la tête tourne et les yeux se ferment.

Cependant elle avait fait un héroïque effort dont nous devons lui savoir gré. Cet effort, qui fera peut-être sourire les esprits superficiels et ne leur paraîtra pas très-pénible, consistait à essayer de s'étourdir en allant beaucoup dans le monde.

On ne rend pas assez justice au tourbillon des fêtes parisiennes. Pour une femme jeune, belle, entourée de séductions, dont la tête et le cœur s'entr'ouvrent à ces agitations qui grisent le cerveau, Paris est une sauvegarde contre elle-même, contre ses pensées, contre ses amours, contre sa conscience aux abois. Paris jette à ce cœur chancelant tous ses trésors de plaisirs et de bruit ; Paris vient à son aide, et le garde contre la méditation et l'isolement, ces deux ennemis tentateurs qui font rêver la femme aux saveurs du fruit défendu. Paris agite ses grelots dorés, secoue ses paillettes éblouissantes, et les rêves s'éteignent dans le fracas de la vie réelle.

Le monde, dit-on souvent, a perdu bien des femmes ; et on l'accuse. Si on savait combien il en a sauvé, on le bénirait, au contraire.

Aussi, tant que madame de Fougerolles resta à Paris, son amour, contre lequel elle luttait avec tant de vaillance, n'y put prendre de profondes racines. Les raouts, les bals, les spectacles, l'enveloppaient de leurs inextricables réseaux. Monsieur de Macau ne lui apparaissait qu'à de rares moments, à moitié caché par le tourbillon qui l'enveloppait. Elle aurait voulu penser à lui qu'elle n'en aurait pas eu le temps.

Malheureusement l'hiver ne tarda pas à faire place à l'été, et monsieur de Fougerolles avait une terre à quelques lieues de Paris : deux malheurs bizarres, n'est-ce pas ? et que beaucoup de personnes prendraient naïvement pour des félicités. Rien de facile, du reste, comme de s'y tromper au premier coup d'œil.

On partit donc pour la campagne.

Une séparation ! se dit le lecteur ; voilà madame de Fougerolles à peu près sauvée. Oui, mais la solitude... sans compter que, à part certaines têtes légères pour lesquelles l'absence et l'oubli ne sont qu'un, la difficulté et l'impossibilité de se voir chauffent souvent une simple fantaisie de cœur à des degrés d'ébullition qui font sauter la machine.

Il est utile d'entrer ici, plus tard on saura pourquoi, dans quelques détails sur le château de monsieur de Fougerolles, et de donner une idée aussi exacte que possible de ses dispositions extérieures et intérieures.

Le bâtiment rappelait en partie ces anciens castels du moyen âge dont l'architecture dénotait bien plus la pensée d'une place de guerre que d'une maison de plaisance ; heureusement que le temps, avec un goût et un tact fort rares, en avait abattu la portion la plus sombre et la plus triste, tandis qu'il en avait respecté la partie la plus habitable et la plus gaie.

Monsieur de Fougerolles avait acheté cette propriété après le décès d'un original qui avait eu toute sa vie un goût prononcé pour le déplacement des pierres, et qui s'était livré, d'années en années, à de si notables *améliorations* que sa fortune avait fini par s'en trouver démolie, sans qu'il eût trouvé moyen de la reconstruire.

N'est pas maçon qui veut à ce métier de refaire fortune.

L'ancien propriétaire avait donc fait bâtir une aile nouvelle pour restituer à ce castel invalide le membre qu'il avait perdu ; ce qu'il appelait une aile nouvelle était tout un corps de bâtiment dont une des extrémités s'adossait à l'ancien château, alors que l'autre, terminé par un perron de trois à quatre marches, était ombragé et presque entouré par les arbres touffus du parc.

C'était ce corps de bâtiment qu'habitaient le banquier et sa famille.

Au premier, les appartements de monsieur de Fougerolles et les chambres à donner. Au rez-de-chaussée, ceux d'Herminie, et tout à côté ceux de Marie, qui communiquaient avec ceux de sa sœur.

La chambre et le petit salon réservés à mademoiselle de Sirven terminaient ce nouveau corps de logis. Ainsi Marie, qui par un reste d'habitude du couvent se levait de bonne heure et aimait à respirer l'air pur du matin embaumé par le premier parfum des fleurs, Marie, disais-je, avait du côté du perron une sortie particulière, et pouvait descendre au jardin sans passer par les appartements de sa sœur.

Comme promenade, sans quitter les abords du château, il y avait le grand et le petit parc : le grand parc, vaste et large, qui s'étendait au loin sur le revers d'une colline et dominait une plaine immense au bord de laquelle coulait la Seine : le petit parc, entourant le château et formant sur les côtés deux bois assez touffus, percés dans leur longueur d'allées sinueuses et parfaitement ombragées.

Ce dernier bois était l'asile respecté du gibier, qui y trouvait refuge et protection grâce à la commisération de ces dames.

La vie, du reste, s'écoulait là dans un calme apparent, qui ne semblait devoir recéler que des idylles et non le drame que nous allons dérouler.

Bien entendu que c'est de ce drame intime que nous entendons parler, sans aucune espèce d'analogie avec les choses de ce nom illustrées de poignards et de meurtres qui ont cours aux boulevards.

Monsieur de Fougerolles, Herminie et sa sœur, tels étaient les hôtes du château. Encore le banquier allait-il tous les jours à Paris, d'où il ne revenait que pour l'heure du dîner.

Madame de Brisebarre, la tante de ces dames, et monsieur de Rouville, l'oncle du fiancé de Marie, venaient, par-ci, par-là, passer quelques jours.

Le fiancé, lui, rappelé momentanément à Alger par les exigences de son grade, devait bientôt revenir avec un congé de six mois ardemment postulé, mais qui ne s'en allait pas moins cahin-caha par les hiérarchiques lenteurs des bureaux de la guerre.

Ça leur est bien égal, aux bureaux de la guerre, qu'une jeune fille soupire et qu'un jeune homme brûle à petit feu !

Quelques voisins et voisines rendaient de temps en temps des visites au château.

Soit calcul profond, soit que madame de Fougerolles l'eût supplié de ne pas venir, monsieur de Macau n'avait pas reparu.

Des promenades dans les bois, un peu de broderie, un peu de musique et beaucoup d'ennui, à cela se bornaient les distractions permises aux deux sœurs. A moins d'être très-faciles à amuser, cela ne pouvait suffire ; aussi y suppléaient-elles par de longues rêveries, en se renfermant chacune en soi-même avec une chère image et d'ardents souvenirs.

Il y avait toutefois cette différence que Marie avait le droit de prendre sa sœur pour confidente et de rêver tout haut, tandis que la passion de cette pauvre Herminie en était réduite à ne pas laisser échapper d'étincelles et à cuire sous la cendre.

Il y avait bien encore là, à quelques portées de fusil, la belle madame de Ruremonde, qui s'était avisée, on ne sait trop pourquoi, de louer une maison de campagne dans les alentours, alors qu'elle avait en Normandie une

terre magnifique ; mais ces dames, et surtout mademoiselle de Sirven, ne se sentaient aucune sympathie pour elle.

Ces choses-là ne se commandent pas.

Or le banquier rentra un soir de Paris, radieux, triomphant, se frottant les mains comme un homme qui vient de faire une découverte précieuse et dont il se promet beaucoup d'agrément.

Vous allez voir qu'il y avait de quoi.

— Enfin je tiens la clef du mystère ! — dit-il à sa femme.

— Quel mystère, monsieur ? — demanda madame de Fougerolles.

— Figurez-vous qu'on ne le voyait plus nulle part ; il s'était en quelque sorte retiré du monde et négligeait ses meilleurs amis ; à ce point que, étant allé un jour le réclamer jusque chez lui pour avoir le mot de cette éclipse totale, il avait prétexté de voyages, de travaux sérieux, de misanthropie, et autres sornettes dont il est vrai de dire que je n'avais pas cru un mot.

— De qui voulez-vous parler ? — demanda Herminie.

— De monsieur de Macau ! — reprit le banquier ; — à Paris, il nous faisait de fréquentes visites, tandis que, depuis que nous sommes à la campagne, vous avez pu remarquer comme moi....

— C'est vrai, — interrompit mademoiselle de Sirven, — Henriette, sa sœur, m'a écrit qu'elle l'avait trouvé très-changé la dernière fois qu'il est allé la voir au couvent ; elle me demandait de ses nouvelles ; à mon grand regret, je n'ai pu lui en donner.

— Il y a six lieues d'ici à Paris, — dit madame de Fougerolles en affectant le calme et l'indifférence, — on ne peut pas exiger...

— Ce n'est pas une raison pour négliger ses meilleurs amis, — repartit mademoiselle de Sirven ; — pour ma part, je lui en veux beaucoup.

— Bah ! — reprit le banquier, — ce ne sont pas les six lieues... Que diriez-vous donc si vous saviez qu'il vient tous les jours rôder à quelques pas d'ici, dans les environs ?

— Qui ? — s'écria Marie.

— Je sais tout ! — ajouta le banquier. Madame de Fougerolles devint froide comme marbre, et la voix lui manqua. — Il n'y a pas un quart d'heure que je l'ai rencontré derrière le quinconce.

— Il venait ici ? — demanda Marie.

— Non pas ; et la preuve, c'est qu'il est reparti.

— Ah ! le vilain !

— De la vie, — poursuivit monsieur de Fougerolles, — vous n'avez vu de physionomie plus bouleversée que celle de ce pauvre baron pris en flagrant délit de chevalerie errante !

Madame de Fougerolles passait par les alternatives les plus cruelles ; sa conscience avait beau ne lui reprocher qu'une affection involontaire et victorieusement combattue, jusque-là du moins, la bonne humeur de son mari avait beau témoigner d'une sécurité parfaite, elle ne pouvait s'empêcher d'éprouver d'implacables peurs.

— Ne trouvez-vous pas qu'on étouffe ici ? — demanda-t-elle en se levant pour ouvrir une fenêtre.

— Non, — reprit naïvement Marie ; — le temps s'est même rafraîchi ; mais, du moment que tu étouffes...

— Le fin mot de ses pèlerinages, — dit le banquier, — c'est qu'il soupire pour une divinité dont le temple est dans ces parages. L'accès du temple lui est interdit, à ce qu'il paraît ; mais, avec de la persévérance et une bonne tactique...

— Vous faites là, sans doute, une supposition gratuite, — hasarda madame de Fougerolles d'une voix mal assurée.

— Non pas ; de Macau ne m'a pas nommé la personne, par délicatesse ; mais, à certains indices et à quelques paroles qui lui sont échappées, je devine, ou pour mieux dire je suis sûr...

— Que...? — demanda Herminie.

— Qu'il s'agit de madame de Ruremonde, récemment installée dans les environs.

— Pauvres femmes! — dit madame de Fougerolles; — un indice, une parole échappée, moins que rien, et les voilà compromises !

— Mais du tout, madame, du tout ! vous exagérez ! Tous les jours il arrive à un galant homme de s'éprendre d'une jolie femme, d'en être pour ses soupirs, et de faire douze lieues à cheval, aller et retour, rien que pour contempler à distance le donjon où elle respire, sans que cette jolie femme soit le moins du monde responsable de la poursuite dont elle est l'objet, et qu'elle n'a rien fait pour encourager .. Notez que je dis cela en général, et nullement pour madame de Ruremonde, qui encourage assez volontiers, à ce qu'on prétend.

— Là ! vous voyez bien !

— Dame ! si madame de Ruremonde prête un peu le flanc aux suppositions, est ce donc de ma faute? Je n'invente rien, ce me semble, et sa liaison avec monsieur d'Egmont a fait assez de bruit pour...

— Monsieur ! — interrompit Herminie en désignant sa sœur.

— C'est vrai, j'oubliais, je ne pensais pas que...

— Que je serai bientôt sa femme, n'est-ce pas ? — acheva Marie avec cette sécurité d'une rivale qui se sait belle et préférée; — je m'en suis expliquée avec Edouard, et je sais à quoi m'en tenir. Edouard m'a juré...

— Du moment qu'il a juré, — reprit monsieur de Fougerolles avec un imperturbable sérieux, — tout est dit.

— Et, pour en revenir à monsieur de Macau...?— demanda Herminie.

— Je lui dois cette justice qu'il ne m'a nommé personne,—répondit le banquier;—c'est à ma seule perspicacité... Du reste, il finira sans doute par se trahir, car il vient s'installer ici pas plus tard que demain.

— Lui ! monsieur de Macau ! s'installer ici ? — s'écria Herminie toute tremblante, et luttant avec énergie contre ce qui était peut-être son vœu le plus cher ; — voilà ce que je ne souffrirai pas, par exemple !

— Et pourquoi donc, chère amie ? Je l'ai formellement invité ; il est vrai qu'il a refusé d'abord ; mais, sur mes instances...

— Vous n'y songez pas, monsieur! Dans toute autre circonstance, je ne dis pas ; mais que nous servions de complices à une intrigue...

— Précisément, chère amie; il n'aura plus douze lieues à faire pour venir se morfondre sous les fenêtres de l'objet de sa flamme ; il sera tout naturellement porté sur sa ligne d'opération ; il pourra tracer ses parallèles, creuser ses tranchées, dresser ses batteries, étudier sur place les progrès du siége... Entre hommes, on se doit de ces petits services...

— C'est d'une inconvenance !... — dit madame de Fougerolles; — quand ce ne serait que par respect pour moi, pour Marie...

— Sans doute, — reprit le banquier, — si vous étiez censées au courant de l'aventure et que vous lui servissiez ouvertement d'auxiliaires; mais il est entendu que vous ne savez rien, et que c'est moi seul... — Madame de Fougerolles était une femme de sens et de raison, ce qui est assez rare aujourd'hui, et peut-être à toutes les époques, parmi les jeunes femmes; elle savait se rendre compte d'elle-même; elle s'analysait par esprit de principe et de conduite; elle se suivait pour ainsi dire des yeux; elle se surveillait avec conscience, avec crainte, peut-être même avec regret; aussi se sentait-elle grandement effrayée à la pensée de voir monsieur de Macau s'installer chez elle. D'une part elle lui en voulait de ne pas avoir éludé l'offre de son mari; mais de l'autre elle ne pouvait s'empêcher d'être touchée des discrètes pérégrinations du jeune homme, qu'elle savait bien, elle, ne pas être à l'adresse de madame de Ruremonde. — Cela nous distraira, — reprit le banquier en se frottant les mains avec jubilation ; — nous assisterons, sans en avoir l'air, aux petites escarmouches dont ce cher baron reviendra tour à tour triste ou radieux, selon qu'il aura été repoussé avec perte ou qu'il aura pu établir ses ouvrages plus près de la place. La vie de campagne est souvent monotone ; aussi ne vois-je pas pourquoi nous tournerions le dos à la comédie qui nous arrive providentiellement de Paris... Ensuite de Macau commence à jouer très-bien le whist, et ce sera une ressource pour les soirées.

Madame de Fougerolles haussa les épaules.

Pascal découvrait à l'âge de douze ans la trente-deuxième proposition d'Euclide ; mais l'esprit le plus observateur, le plus subtil analyste, et nous ne sommes malheureusement ni l'un ni l'autre, ne trouvera jamais la première proposition du cœur de la femme, tant cela varie à l'infini, tant cela est insaisissable, tant cela tient du caméléon, et se modifie selon le vent qui souffle ou la mouche qui vole.

Essayons toutefois de poser quelques prolégomènes :

A Paris, et cela est triste à dire, la femme vit presque autant par la vanité que par l'amour ; c'est l'ensemble des petites choses qui fait ou défait les grandes passions. Un ongle en deuil, une cravate mal mise, un trait de bêtise, une simple naïveté, une situation ridicule, démolissent plus d'hommes dans le cœur de leurs maîtresses et de leurs femmes que n'eussent fait les vices les plus réels et les torts les plus graves. En ménage surtout, il n'y a pas de petites misères ; tout s'y agrandit par le contact incessant des sensations, des désirs, des idées; on se croyait sur les roses ; les roses ont bientôt un pli. Or, dans l'esprit des femmes, nous le croyons du moins, les plis ne tardent pas à se convertir en blessures. Un pli du cœur est un abîme comme un pli de terrain dans les Alpes : à distance, on ne s'en figurerait jamais la profondeur ni l'étendue. Il faut donc que celui qui passe pour le maître, qu'il le soit ou non, justifie jusqu'à un certain point cette prétention, et qu'il évite de creuser ces plis qui deviennent des abîmes : là est sa sauvegarde; mais s'il vient à montrer le bout de l'oreille d'Aliboron, s'il déchoit ou s'il s'avilit, s'il met sa femme dans le cas de hausser les épaules de dédain et de rougir de lui, si cette femme éprouve une passion coupable qui l'épouvante, qu'elle fuit, qu'elle combat, et que son mari lui amène sottement par la main l'objet de cette passion, le lui jette en quelque sorte à la tête et le lui impose pour commensal ; s'il introduit de son plein gré le loup dans sa bergerie à lui, qu'il croit celle du voisin, et qu'il se réjouisse à l'avance des moutons qui seront croqués, quelle pitié voulez-vous avoir de cet imbécile, et pourquoi ne serait-il pas traité selon ses mérites ?

Il ne lui reste plus alors qu'une chance de salut : c'est que sa femme soit vertueuse par vertu, c'est-à-dire pour la conscience seule et par respect d'elle-même.

IX

DE TOURTERELLES, D'UNE CROIX DE CORAIL, D'UNE PRISE DE VOILE ET DE VARIATIONS SUR LE « CARNAVAL DE VENISE. »

Henriette de Macau à Marie de Sirven.

Du Sacré-Cœur, mai 1857.

Tu dois être bien heureuse, car tu ne m'écris plus guère. Rien n'a changé ici depuis ton départ. Ce sont toujours les mêmes cloches, les mêmes travaux et les mêmes plaisirs. J'ai été première en anglais et en ethnographie : j'avais d'abord cru que c'était là le vrai bonheur, mais je commence à m'apercevoir que je me suis trompée. Le cœur est donc bien difficile à satisfaire ! Nous avons eu ici une prise de voile... Pauvre sœur Félicité !... il y a des noms qui sont comme des épigrammes. La chapelle du couvent resplendissait de fleurs, de lumières, d'encens, de toilettes brillantes. Félicité était en costume de mariée : elle se fiançait à Dieu. Monsieur l'abbé Coquereau, l'aumônier général de la flotte, présidait la cérémonie. Quand il a demandé à la pauvre enfant si elle renonçait au monde, à sa famille, à ses amis, et qu'elle a répondu que oui, d'une voix claire et ferme, toute l'assistance fondait en larmes. Sa mère sanglotait... Perdre son enfant par la mort, ce doit être bien terrible. ... mais la perdre toute vivante, rayonnante de santé et de jeunesse, vivre séparées à toujours, de plein gré, à quelques pas, sous le même ciel, l'une ici, l'autre là, séparées seulement par l'épaisseur d'un mur et par un simple vœu, ce doit être plus affreux encore !... puis ses cheveux sont tombés sous les fatals ciseaux ; puis on lui a ôté, un à un, sa couronne et sa parure de mariée ; puis on l'a couchée dans une bière pour signifier qu'elle mourait au monde... J'ai la chair de poule rien que d'y penser !

Mon frère me néglige beaucoup.

J'ai déchiffré hier de ravissantes variations sur le *Carnaval de Venise.*

Tu sais la petite croix de corail à laquelle je tenais tant ? eh bien ! je l'ai perdue... C'est un grand malheur !... Toi qui vas avoir des diamants, cela te fait sourire.

Tes tourterelles vont bien et supportent ton absence avec plus de philosophie que ton

HENRIETTE.

P. S. Marie-toi donc bien vite, que je sois demoiselle d'honneur.

X

LE RENDEZ-VOUS.

Le lendemain, ainsi que l'avait annoncé monsieur de Fougerolles, et à la grande terreur de cette pauvre Herminie, monsieur de Macau était installé au château.

Le banquier, que ses affaires appelaient chaque jour à Paris, lui laissait le champ parfaitement libre. Cependant Georges n'en abusait pas ; il semblait au contraire prendre très au sérieux son rôle d'amoureux de madame de Ruremonde, et passait une grande partie de son temps au dehors, comme pour pousser les opérations de son siège.

Cette tactique avait une double portée :

D'une part, elle faisait naître la jalousie au cœur de madame de Fougerolles, qui, tout en voulant rester pure, redoutait cependant de ne plus être aimée, et se demandait si cette passion feinte pour madame de Ruremonde n'était pas réelle. Elle se disait que l'on est bien près d'être la personnification d'un rôle que l'on joue si bien.

De l'autre, Marie se rappelait trop les angoisses que lui avait causées cette coquette madame de Ruremonde, dont elle savait que Édouard, lui aussi, avait subi le joug, pour ne pas être charmée de voir un tiers s'emparer de la place.

Chaque jour à table, et le soir au salon, le banquier faisait de malignes allusions à l'espèce de braconnage galant auquel le baron de Macau était censé se livrer.

Le baron paraissait-il d'humeur chagrine ?

— Cela va mal, — disait monsieur de Fougerolles en hochant la tête ; — je parie que les assiégés ont fait une sortie, que nos ouvrages avancés sont détruits, et que nous avons été repoussé avec perte. — Le baron était-il gai ? — Ah ! ah ! — disait encore le banquier, cette fois en se frottant les mains, — les affaires marchent ; nous avons repris nos positions. Quand vous en serez à la dernière parallèle, baron, et que vous donnerez l'assaut, vous me préviendrez, n'est-ce pas ? Que diable, entre amis !...

On devine à quel point les discours de ce financier, qui s'enferrait si bêtement, devaient humilier sa femme, et les étranges regards qu'elle échangeait alors avec Georges.

Au bout de quelques jours, madame de Fougerolles se sentit à bout de forces. Cette vie de dissimulation et de réticences pesait à son âme bien faite. Elle résolut de faire appel à l'honneur de Georges et d'obtenir de lui qu'il retournerait à Paris.

Hélas ! peut-être aussi se disait-elle que, en l'éloignant d'elle, elle l'éloignait de madame de Ruremonde.

Un matin donc que le baron et elle se promenaient sur la pelouse qui se déroulait au bas du perron, pendant que Marie dévalisait les parterres, madame de Fougerolles prit la parole en ces termes :

— Vous ne sortez donc pas ce matin, monsieur de Macau ?

— Non, madame.

— Vous abandonnez vos opérations, comme dirait mon mari ; que va penser madame de Ruremonde ?

— Ah ! madame, — reprit Georges, — cessons ce jeu, je vous prie. Vous savez bien que je suis ici pour vous, rien que pour vous. Arrière cette contrainte ! arrière ces mensonges perpétuels de ma conduite et de ma bouche ! Je ne veux désormais plus vivre que là où vous êtes, et je ne sortirai plus d'ici que vous n'en sortiez vous-même.

— Georges, — demanda tristement Herminie, — voulez-vous que je devienne folle ?

— Je veux que vous m'aimiez, — dit résolûment le baron.

— Peut-être n'êtes-vous que trop exaucé ! — reprit madame de Fougerolles d'une voix tremblante. — Mais, comme j'aime aussi mes devoirs...

— Plus que vous ne m'aimez ! — demanda le baron.

— Oui, — reprit faiblement Herminie, tant elle avait de peine à arracher ce mot de son cœur ; — comme je veux rester une épouse honorée, une mère sans tache, — poursuivit la jeune femme ; — comme je sais que les résolutions les plus vaillantes succombent à cette entreprise surhumaine de vaincre une tendresse que fomentent des relations de chaque jour, je veux que vous partiez aujourd'hui même.

— Impossible ! — dit le baron.

— En ce cas, Georges, c'est moi qui vous céderai la place.

Monsieur de Macau se prit à réfléchir ; ils firent deux tours de parterre sans échanger un mot.

— Eh bien ! soit, — dit enfin le baron, — je partirai, non-seulement d'ici, non-seulement de Paris, mais de la France. Je mettrai le monde entre vous et moi, mais à une condition.

— Laquelle ? — demanda la jeune femme, heureuse ou désolée, je ne sais trop, d'être si promptement obéie.

— Écoutez, — reprit monsieur de Macau, — vous ne savez rien de ce cœur dont vous refusez l'hommage ; vous croyez à une de ces conquêtes d'amour-propre qui n'ont que trop cours dans le monde. C'est à peine si j'ai eu, çà et là, l'occasion, tout de suite envolée, de vous parler sans témoin. Accordez-moi une heure d'entrevue secrète.

Madame de Fougerolles refusa. Georges s'y attendait ; mais il se prit alors à parler avec tant d'émotion des souffrances de son prochain exil, l'expression de son visage était si triste, sa voix si découragée, que la jeune femme se sentit tressaillir; bientôt le refus chancela sur ses lèvres.

Et puis n'était-ce pas la première faveur que lui demandait monsieur de Macau? La voir une heure seule à seule, rien qu'une heure, et cela pour prix de tant d'amour!

Herminie finit par répondre ce que répond toujours une femme lorsqu'elle ne veut pas dire non et qu'elle n'ose pas dire oui.

— Mais, je ne puis... c'est impossible!

Georges se rapprocha d'elle, et lui dit à demi-voix, mais d'un ton suppliant:

— Ce soir, votre mari doit aller faire sa partie de whist au château de ***, à un quart de lieue d'ici; dites que vous êtes fatiguée, souffrante, et restez. Votre mari ira sans vous...

— Oh! non!... non!... — dit madame de Fougerolles; — je ne le veux, je ne le puis pas... mon mari peut changer d'avis; il peut vouloir rester.

La pauvre femme capitulait déjà.

— Il ira, — reprit le baron; — du reste, toutes mes précautions seront prises. Je partirai aujourd'hui même, comme vous me l'avez imposé; je laisserai une lettre à monsieur de Fougerolles; je prétexterai d'une affaire, d'un voyage. Ce soir, je reviendrai clandestinement; j'attacherai mon cheval dans le petit bois... personne ne me verra, et je vous bénirai tous les jours de ma vie. Si votre mari n'était pas sorti, vous fermeriez une demi-persienne à chacune des croisées de votre chambre.

— O mon Dieu!... — dit Herminie, en faisant quelques pas pour s'éloigner.

Le jeune homme la suivit.

— Je viendrai, — reprit-il, — et, sur un mot, sur un signe, je m'éloignerai.

— Vous le jurez? — dit en frémissant la jeune femme.

— Je le jure! A ce soir, neuf heures.

En ce moment Marie accourait, folâtre, joyeuse, son petit tablier de soie rempli de toute une moisson de fleurs.

Dans la journée, monsieur de Macau prit congé, selon sa promesse, et, laissant au banquier une lettre d'excuses, il fit semblant de partir pour Paris.

Depuis quelque temps, Marie avait, à certaines heures fixes, de fréquents accès de fièvre qui commençaient à inquiéter sérieusement madade de Fougerolles. Presque aussitôt après le dîner son accès habituel la prit.

Madame de Fougerolles n'eut pas besoin d'un autre prétexte pour ne pas accompagner son mari.

— Mon ami, — lui dit-elle, — vous m'excuserez; Marie est ce soir plus souffrante que de coutume; je ne veux pas la quitter.

Vers les huit heures, le banquier partit.

Une demi-heure après, Marie de Sirven alla se coucher. Madame de Fougerolles s'enferma dans sa chambre, qui était voisine de celle de sa sœur, et la vieille tante de Brisebarre remonta dans ses appartements.

Quand Herminie fut seule, elle repassa dans son esprit toutes les émotions de la journée. Georges allait venir, elle le savait. Faut-il le dire? elle l'attendait. Certes, ce rendez-vous elle eût dû le refuser; mais il lui semblait, le cœur s'absout si facilement! qu'elle devait au moins une explication franche et loyale à ce jeune homme qui s'exilait pour elle. Sûre d'elle-même, elle l'attendait, non plus en tremblant, mais presque avec impatience.

D'un autre côté, elle n'avait aucune crainte du retour de son mari, sachant qu'il aimait beaucoup à faire sa partie et qu'il ne rentrait habituellement que fort tard.

Neuf heures venaient à peine de sonner que, dans la direction du petit bois, elle entendit le galop d'un cheval. Ce devait être monsieur de Macau, car, après s'être sensiblement rapproché, le bruit avait cessé tout à coup.

Herminie ouvrit doucement la porte de la chambre de sa sœur; celle-ci dormait. Alors madame de Fougerolles rentra dans le petit salon qui attenait à sa chambre à coucher.

Elle avait eu soin, sous divers prétextes, d'éloigner les domestiques, en sorte que Georges arriva jusqu'à elle sans rencontrer personne.

Après avoir frappé, il entra doucement.

Herminie était assise auprès de la fenêtre. En apercevant le baron, elle sentit tout son corps trembler et ne put retenir les palpitations de son cœur.

Le jeune homme s'approcha d'elle, prit une de ses mains qu'elle ne chercha pas à retirer, et la porta à ses lèvres.

— Ah! merci, — dit-il, — merci du premier bonheur que je vous dois! Tout à l'heure, en venant ici, j'avais le cœur plein de mille pensées. Mille paroles trépignaient sur mes lèvres. J'avais à vous raconter tout ce que j'ai souffert depuis six mois que vous avez absorbé ma vie... Maintenant, de toutes ces pensées et de toutes ces paroles, il ne m'en reste plus qu'une seule: Je vous aime!

Madame de Fougerolles avait la tête baissée. Évidemment elle souffrait. Sa main tremblait. Un instant elle resta sans répondre, recueillie en elle-même, demandant à Dieu le courage nécessaire pour désespérer cet homme qu'elle aimait. Puis elle leva doucement vers le jeune homme un regard bien triste.

— Je vous en supplie, — lui dit-elle d'une voix si faible que les mots pouvaient à peine se faire entendre, — ne me parlez pas ainsi; si j'ai consenti à vous voir ce soir, c'est que j'ai voulu être franche avec vous, et vous demander pardon, s'il le faut, d'avoir été si longtemps faible et irrésolue. J'aurais dû, dès les premiers jours, vous repousser avec froideur, avec dureté, éviter toutes les occasions de vous rencontrer... Mais il est si doux de se croire aimée!...

— Oh! ne parlez pas ainsi, — s'écria le jeune homme, — vous me désespérez!

Herminie lui fit signe de la laisser parler.

— Je vous l'ai dit, — reprit-elle, — je veux être franche, car il faut que vous m'estimiez; je ne veux pas que vous me preniez pour une de ces femmes qui se font un jeu d'attirer à elles les hommages pour les repousser ensuite...

Georges aimait sérieusement madame de Fougerolles.

— Madame, — interrompit-il, — je ne le vois que trop, vous me condamnez à souffrir, à vous aimer sans espoir... De vous j'accepterai tout sans murmurer. Que votre repos soit donc acheté aux dépens du mien... Soyez heureuse, indifférente, impitoyable... mais ne m'ôtez pas au moins la seule joie qui me restera, celle de vous voir!...

— Oh! non! non! — s'écria madame de Fougerolles, — pour vous, pour moi, je vous le demande, éloignez-vous! Partez!... ne venez plus ici, ne fût-ce que pendant quelques mois.

— Vous me demandez un sacrifice au-dessus de mes forces.

— Oh! par votre mère, par tout ce qui vous est cher!... au nom du ciel!...

Tout à coup on sonna à la grille d'entrée du château.

Madame de Fougerolles ne put retenir un cri d'effroi. Elle se pencha à la fenêtre et colla son visage contre les vitres.

— Mon Dieu! — dit-elle en se couvrant la face de ses mains crispées, — je suis perdue!... c'est mon mari qui rentre.

— Calmez-vous, madame, je trouverai moyen de colorer mon retour.

— Et lequel?... lequel, monsieur? On vous sait parti... Je suis perdue! perdue, vous dis-je!...

Le jeune homme lui prit les mains:

— De grâce, madame, calmez-vous! Votre émotion seule vous trahirait sans ressource. J'aurai peut-être le temps de m'éloigner.

Herminie se pencha de nouveau vers la fenêtre, en attirant le rideau avec elle.

— Non ! non ! — dit-elle, — c'est impossible, le voilà dans la cour... Que faire ? Mon Dieu ! que faire ?

— J'obéirai au moindre de vos ordres, madame, — dit Georges ; — n'avez-vous pas une autre issue ?

— Aucune... aucune... — Tout à coup madame de Fougerolles s'arrêta : — Si... si... peut-être, — dit-elle à voix basse ; — il y a une autre issue ; vous pourriez sortir par le petit bois sans être aperçu. — Et cette chance de salut sembla ranimer ses traits d'une soudaine énergie. — Mais Marie, — se dit-elle, — ma sœur ! pour sortir de ce côté, il faudrait passer par sa chambre... Oh ! jamais ! non ! non !

— Si vous voulez, madame, que je puisse m'éloigner, — dit le baron, — hâtez-vous, car le temps presse.

— Et cependant, — dit à voix basse Herminie, qui semblait en proie à une violente lutte intérieure, — cependant... c'est le seul moyen, ou je suis perdue !... perdue !... tandis que personne ne saura... — Et, se tournant vers le jeune homme, — Attendez ! — dit-elle.

Elle ouvrit la porte qui donnait dans la chambre de Marie, s'approcha du lit de cette dernière, se pencha vers elle et interrogea sa respiration.

La jeune fille dormait. Alors madame de Fougerolles défacha doucement les rideaux du lit, les fit retomber, les croisa soigneusement pour mieux cacher la couche virginale de sa sœur, puis elle revint près de monsieur de Macau.

Celui-ci s'était rapproché de la fenêtre et regardait dans la cour.

— Je ne vois plus monsieur de Fougerolles, — dit-il.

— Venez, — dit bien bas la jeune femme, — et surtout ne faites pas de bruit... quelqu'un dort dans cette chambre.

Herminie et le baron traversèrent tous deux la chambre à coucher et le petit salon sur la pointe du pied et en retenant leur respiration.

Tout était dans la plus profonde obscurité ; on n'entendait que la brise du soir qui agitait les arbres du petit bois.

Au moment de franchir le perron, Georges se retourna vers madame de Fougerolles :

— Vous reverrai-je ? — lui demanda-t-il.

— Jamais ! — Et, ce mot à peine prononcé, la porte se referma sur le jeune homme. Herminie rentra dans sa chambre — Mon Dieu ! — dit-elle en tombant épuisée sur un fauteuil, — vous savez que je ne suis pas coupable ! Si ce que j'ai fait est mal, pardonnez-moi !...

Pendant quelques minutes elle écouta attentivement, et, n'entendant aucun bruit, soit au dehors, soit à l'intérieur de la maison, elle reprit un peu de calme, pensant que monsieur de Fougerolles était remonté chez lui sans passer chez elle.

Il n'en était cependant pas ainsi.

X

QUE LES CHEVAUX QUI MÈNENT LEUR PROPRIÉTAIRE EN CONQUÊTE ONT LE PLUS GRAND TORT D'AVOIR DES BALZANES.

Après avoir traversé à peu près la moitié de la cour, tenté par la fraîcheur de la soirée, qui était magnifique, le banquier s'était décidé à rentrer en faisant le tour du château par le petit bois et le jardin anglais.

Il marchait en fumant un cigare, lorsqu'il entendit tout à coup du bruit dans le feuillage.

— C'est un daim, — pensa-t-il, — que je viens de déranger dans son premier sommeil... Mais non, c'est un

cheval, et tout sellé encore ! — Il se baissa, et, prenant un des pieds de devant du cheval, il tira successivement trois ou quatre fortes bouffées de son cigare, afin d'y mieux voir à la lueur du tabac. — Une balzane blanche¹ — reprit-il ; — mais c'est le cheval que le baron de Macau vient d'acheter à Crémieux... Fameuse bête ! J'ai eu la bêtise de me tenir à cinq cents francs de différence.. Mais comment ce cheval se trouve-t-il ici ? Le baron est donc revenu ? S'il est revenu, pourquoi est-il entré par le petit bois, et pourquoi a-t-il attaché son cheval dans ce fourré, au lieu de le donner à tenir, dans la cour, à un domestique ?... Ma femme était-elle prévenue de cette visite ?... Serait-ce pour cela qu'elle a refusé de m'accompagner ? En ce cas il serait providentiel que notre partie eût manqué, ce soir, faute d'un partenaire. — Le banquier n'était pas jaloux ; mais cela le taquinait néanmoins de ne pas trouver de réponse satisfaisante aux questions qu'il s'adressait. En ce moment il entendit un léger bruit vers l'extrémité du bâtiment neuf ; il se glissa de ce côté par un étroit sentier, et reconnut parfaitement, à la clarté de la lune, monsieur de Macau fermant doucement la porte persienne du pavillon. Le baron passa à cinq ou six pas du banquier, caché par les massifs, alla détacher son cheval et disparut bientôt. Monsieur de Fougerolles était resté debout à la même place, en face du perron par lequel monsieur de Macau venait de descendre. En voyant ce dernier sortir de l'appartement de Marie, il se sentit malgré lui respirer plus à l'aise. Herminie n'était pas coupable ; mais Marie !... sa sœur !... à dix-huit ans !... Le banquier ne pouvait s'arrêter à cette pensée que repoussait toute croyance. Cependant l'évidence était là. Il avait vu de ses propres yeux monsieur de Macau ouvrir et refermer la porte. C'était là qu'habitait Marie, Marie seule ! Nul ne pouvait sortir par cette issue sans passer par chez elle... et il était dix heures du soir. Ajoutez que, depuis quelques jours, sous prétexte d'être souffrante, mademoiselle de Sirven se retirait de fort bonne heure dans sa chambre à coucher. Monsieur de Macau connaissait Marie, même pendant qu'elle était au couvent. Peut-être déjà à cette époque s'entendaient-ils ensemble ? — Et moi qui croyais que Georges était ici pour madame de Ruremonde ! — pensa le banquier.

Dès que monsieur de Fougerolles n'eut plus en balance son propre bonheur, l'honneur et la réputation de sa femme, il fut au désespoir de cette découverte. Il monta chez lui et s'y enferma, songeant aux suites qu'il convenait de donner à cette découverte.

Un instant il eut la pensée de descendre chez sa femme, et de lui raconter ce qu'il venait de voir, et de lui demander un conseil en cette circonstance délicate. Mais il comprit que son affection de sœur serait plutôt un obstacle qu'une aide à ce qu'il pourrait décider. Il en arriva au contraire, de déduction en déduction, à se persuader que la personne à laquelle il devait le mieux cacher ce triste secret était madame de Fougerolles.

Au milieu de toutes ces alternatives, malgré lui le doute lui venait encore, et il l'acceptait. Mais quand il repassait dans sa tête ce qu'il avait vu, et les circonstances étranges qui s'y rattachaient, il arrivait à comprendre que le doute était indigne d'un homme sérieux, et que la vérité n'était malheureusement que trop évidente.

Il serait trop long d'énumérer ici toutes les pensées qui lui venaient à l'esprit, toutes les résolutions qu'il prenait et rejetait en quelques minutes. Tantôt il voulait aller chez monsieur de Macau, tantôt il voulait renvoyer Marie au couvent.

Le projet de mariage arrêté entre mademoiselle de Sirven et monsieur Édouard d'Egmont, alors en Afrique, venait encore augmenter les complications. Pour comble de malheur, Marie n'était pas seulement perdue aux yeux de son beau-frère, qui par solidarité de famille ne manquerait pas d'être circonspect et discret, mais elle l'était encore aux yeux de l'un des serviteurs du château, lequel, rentrant clandestinement par une brèche, à la suite

d'une excursion galante, je suppose, en avait vu tout
autant que le banquier.

— Bon ! — se dit le valet, — pourquoi donc nous gê-
nerions-nous, puisque les maîtres nous donnent l'exemple ?

XII

LE DÉPART.

Le lendemain, voici ce qui était irrévocablement arrêté
dans la tête de monsieur de Fougerolles :

Sa femme était jeune, à peine âgée de sept ou huit
ans de plus que sa sœur, lancée dans un monde où une
jeune femme est sans cesse entourée de mille séductions
qui combattent en elle la pensée du devoir. Le mauvais
exemple si près d'elle pouvait avoir sur son moral la plus
fâcheuse influence. Il fallait donc à tout prix l'y soustraire, l'éloigner pendant quelque temps de sa sœur, surtout sans qu'elle pût soupçonner la cause de son départ ;
car le banquier regardait comme le point le plus important de ne jamais lui révéler le secret que le hasard lui
avait fait découvrir.

Il se rappela fort heureusement, et surtout fort à propos, qu'il avait souvent parlé d'un voyage en Italie, que
nécessitaient depuis longtemps d'anciennes affaires restées en litige avec un banquier de Naples. Si sa présence
n'était pas positivement indispensable, elle pouvait être
au moins fort utile. Il résolut donc de partir immédiatement pour l'Italie avec sa femme, et de laisser Marie aux
soins de sa tante.

Le déjeuner fut silencieux, contraint, et du côté de
monsieur de Fougerolles, et du côté de sa femme, qui
n'était pas encore bien remise de sa frayeur de la veille.

Marie seule fut franchement elle-même, gaie et vive
selon son ordinaire.

Après le déjeuner, le banquier dit à sa femme qu'il
avait reçu des lettres de Naples, où les affaires dont il lui
avait parlé dans le temps nécessitaient sa présence immé-
diate.

Herminie, ne doutant pas que sa sœur serait du voyage,
accepta ce départ avec joie. Elle le considérait comme un
secours venu du ciel, comme le plus sûr et le meilleur
moyen d'éloigner de sa pensée le souvenir de Georges.

Lorsque monsieur de Fougerolles lui apprit que Marie
ne partait pas avec elle, mais resterait à Paris, confiée à
sa tante, madame de Fougerolles fit tout ce qu'elle put
pour changer cette décision ; elle pria, supplia, mais le
banquier resta inébranlable, disant pour toute réponse
qu'il ne serait pas raisonnable d'emmener Marie en Italie,
que du reste ce voyage ne devait durer que quelques
mois, et qu'ils seraient de retour dans les premiers jours
de l'hiver.

Marie pleurait, car elle n'avait plus qu'une pensée, le
départ de sa sœur.

La séparation, cette souffrance si cruelle qui lui avait
fait verser bien des larmes quand elle était enfant, venait
encore attrister les premiers beaux jours de sa jeunesse,
qui s'était annoncée si riante et si joyeuse.

Huit jours après, une chaise de poste attelée attendait
dans la cour du château.

Madame de Fougerolles serra dans ses bras sa chère
Marie, qui sanglotait. Elle aussi, elle pleurait : mais il lui
semblait qu'elle accomplissait un devoir, qu'elle se déro-
bait à une faute presque certaine, et ses regrets de quitter Marie s'en amoindrissaient.

— Adieu, ma sœur, — dit-elle, — ma chère Marie ; ne
pleure pas ainsi... tes larmes me font tant de mal...! Dans
quelques mois au plus nous serons de retour pour ne
plus nous quitter jamais. Sois raisonnable, Marie, et
écris-moi souvent.

— Oh ! oui, — dit Marie en sanglotant ; — tous les
jours, à toutes les heures. Adieu, ma sœur, reviens bien
vite, n'est-ce pas ?... Pense que ta pauvre sœur est toute
seule, triste et malheureuse. Adieu... embrasse-moi encore une fois... Oh ! tu reviendras bientôt, n'est-ce pas ?
Adieu.

Herminie serra une dernière fois sa sœur dans ses bras
et monta en voiture.

Mademoiselle de Sirven resta devant le perron, les
yeux gonflés de larmes, faisant de la main un signe à sa
sœur que les chevaux de poste emportaient au galop.
Quand la voiture eut disparu au détour de la route, elle
monta dans sa chambre et pleura encore longtemps.

Quelques jours avant son départ pour l'Italie, madame
de Fougerolles avait reçu un billet ainsi conçu :

« Je vous obéirai, madame ; je vous aime trop sincère-
» ment pour ne pas sacrifier, sur un mot de vous, toutes
» les espérances que j'avais conçues, tout le bonheur que
» j'avais espéré Adieu, madame ; dans trois jours je fuirai
» Paris, votre présence, jusqu'à votre souvenir. Puissé-je
» avoir le courage de ne pas vous revoir pendant ces trois
» jours où je dois rester encore si près de vous !

                    » GEORGES DE MACAU. »

Pendant les premiers temps qui suivirent le départ de
sa sœur, mademoiselle de Sirven fut bien triste ; à peine
si elle sortait de sa chambre, et, quelles que fussent les
instances de sa tante, elle refusa obstinément toute distraction.

Mais bientôt sa tante la ramena à Paris ; elle y revit
plusieurs de ses amies d'enfance, et la douleur bien vive
que lui avait causée le départ de sa sœur s'affaiblit peu à
peu.

Elle alla dans le monde ; elle y retrouva cette vie animée de chaque jour qui laisse à peine un moment libre
à la pensée ; elle s'abandonna au courant qui l'entraînait
avec l'insouciance de ses dix-huit ans.

Comme on doit facilement le supposer, l'absence de
madame de Fougerolles fut plus longue qu'elle ne l'avait
pensé elle-même ; son mari faisait sans cesse renaître des
obstacles à leur retour, si bien que Marie attendit pendant plus de dix-huit mois sa sœur, qu'elle se croyait
toujours à la veille d'embrasser.

Au reste, cette pauvre Marie semblait prédestinée à
l'attente : Édouard d'Egmont, son fiancé, avait d'abord
été retenu en Afrique par ses devoirs militaires, puis une
fièvre longue et cruelle l'avait mis à deux doigts de la
mort ; puis la guerre d'Italie était venue et il y avait
suivi le général dont il était l'aide de camp ; puis il avait
été grièvement blessé à Solferino.

Il en était, à la vérité, devenu officier de la Légion
d'honneur et chef d'escadron, mais on pense bien qu'il
y avait perdu en bonheur ce qu'il y avait gagné en dignité.

Marie, elle aussi, à qui tout manquait à la fois, payait
déjà bien chèrement la problématique félicité que lui
promettait l'avenir.

Un grand trompeur que l'avenir !

Les lettres les plus tendres, les serments les plus doux
de s'aimer toujours ; des portraits et des tresses de cheveux échangés de loin ; à coup sûr c'était quelque chose ;
mais le cœur se consume plutôt qu'il ne se soulage à ces
à peu près d'une passion à distance.

Ajoutons que Marie s'identifiait avec les souffrances de
son Édouard, comme si elle eût été atteinte elle-même de
ses blessures.

Un matin, mademoiselle de Sirven reçut ces quelques
lignes de madame de Fougerolles :

« Chère Marie, je t'écris bien vite pour t'apprendre que
» d'ici à peu de jours je serai près de toi ; nous quittons
» Naples aujourd'hui ; nous nous rendons directement à

» Paris. Tu as dû t'étonner d'être restée si longtemps
» sans recevoir de lettres de moi. J'ai été bien inquiète et
» bien tourmentée ; ta petite nièce a été malade, mais
» très-sérieusement malade ; enfin elle est tout à fait
» hors de danger et aussi bien guérie qu'elle peut l'être
» ici, car les médecins ont assuré que l'air de Naples est
» trop vif pour ma pauvre petite fille, et que, si nous y
» restions, sa convalescence serait fort longue. Tu dois
» penser que ma résolution, et celle de mon mari ont été
» bien vite arrêtées. Le temps de préparer nos malles et
» nous partons ; si je pouvais me réjouir de la triste cause
» à laquelle je dois ce départ si précipité, je serais bien
» heureuse, car je vais te revoir, ma chère sœur. Sais-tu
» qu'il y a un an et demi que je suis partie ? Tu dois être
» grandie, embellie, charmante.

» A bientôt ! Je t'embrasse ainsi que notre chère tante. »

Cette lettre combla de joie Marie ; elle compta les heures, les minutes... Enfin, trois jours après la réception de
cette lettre, madame de Fougerolles arriva.

Marie poussa un cri de joie quand elle entendit la voiture entrer dans la cour, et madame de Fougerolles n'é-
tait pas encore descendue de voiture que les deux sœurs
étaient dans les bras l'une de l'autre. Longtemps elles se
tinrent ainsi serrées sans prononcer une parole ; leurs
cœurs seuls parlaient, mais ils en disaient plus que les
discours les plus éloquents.

XIII

LE RETOUR.

Après les premiers épanchements de bonheur et de
joie, madame de Fougerolles regarda Marie et resta un
instant douloureusement étonnée.

Ce n'était plus la jeune fille au visage si riant, aux couleurs si rosées, et dont les lèvres étaient gracieusement
égayées par un sourire perpétuel.

Qu'étaient donc devenues toute cette jeunesse, toutes
ces couleurs et toute cette santé ? Car le visage de mademoiselle de Sirven était pâle, et ses yeux avaient une
expression plutôt de tristesse que de mélancolie. On
sentait que le sourire n'était plus l'hôte de cette jeune
figure.

— Pourquoi ne m'as-tu pas écrit, Marie ? — lui dit
madame de Fougerolles ; — est-ce que tu as été malade ?

— Cette année, je n'ai pas été malade.

— Oh ! non, — reprit sa tante ; — Marie, cette année,
a joui d'une santé parfaite.

Madame de Fougerolles n'insista pas, mais elle regarda
une seconde fois sa sœur.

Celle-ci se jeta à son cou et l'embrassa avec effusion.

— Si tu savais, — lui dit-elle, — comme je suis heureuse de te revoir ! j'étais si triste en ton absence ! C'est
bien long, dix-huit mois, sais-tu ?

— Maintenant, — reprit madame de Fougerolles en lui
rendant ses caresses, — nous ne nous quitterons plus.

— Oh ! non, non, ma sœur.

Monsieur de Fougerolles lui-même s'aperçut du changement de Marie ; car il était impossible de ne pas en
être frappé. Pendant que les deux sœurs étaient assises
dans un coin du salon, il alla à madame de Brisebarre.

— Est-ce que vous ne trouvez pas Marie très-changée,
ma tante ? — lui demanda-t-il.

— Vous trouvez ? je ne m'en suis pas aperçue ; ensuite,
moi, je la vois tous les jours. Pourtant, l'année dernière,
après votre départ, elle a été assez malade... pendant un
mois à peu près ; rien de bien grave toutefois. Depuis,
elle ne s'est jamais plainte une seule fois.

Marie était montée dans la chambre de madame de

Fougerolles pour embrasser sa petite nièce, qu'elle avait
complétement oubliée dans les premiers moments de
l'arrivée de sa sœur.

Herminie alla donc s'asseoir à côté de sa tante, et entendit les dernières phrases de la conversation.

— N'est-ce pas, — dit-elle à son mari, — vous avez
été frappé comme moi du changement de Marie ? Elle
qui avait de si fraîches couleurs, une si belle santé, des
yeux si brillants... aujourd'hui on dirait qu'elle est
épuisée, qu'elle souffre... Je suis vraiment fort tourmentée.

— Pour souffrir, — reprit la tante, — vous pouvez être
parfaitement tranquille, ma nièce, elle ne souffre pas
ensuite le caractère de Marie, je dois vous le dire à sa
louange, est bien changé. Vous ne la reconnaîtrez pas ;
elle est devenue sérieuse, raisonnable, préférant le calme
de la maison aux distractions extérieures.

— Vraiment ! — dit le banquier enchanté, — tant
mieux !

— Avant votre départ, — continua madame de Brisebarre, — vous vous rappelez, ma chère nièce, elle était
folle ; il lui fallait chaque jour, ou plutôt chaque nuit,
des fêtes nouvelles, sa petite tête en était complétement
tournée ; ça a duré encore un peu de temps ; puis, petit
à petit, surtout vers la fin de l'hiver, ça s'est calmé.
C'est bien heureux ; sans cela vous m'eussiez trouvée enterrée ; à mon âge, on ne danse pas toutes les nuits. Elle
parlait moins souvent d'aller au bal. C'est à cette époque
que je la trouvai un peu pâle, un peu maigrie. Elle m'a
assuré qu'elle n'avait rien. Dans les derniers temps, elle
avait pris un tel goût pour la vie intérieure que, si je
l'eusse écoutée, elle ne serait pas sortie du tout. Les rôles
étaient tout à fait changés. Ce n'était plus elle qui me
menait au bal ; c'était moi qui l'y entraînais.

— Voilà d'excellentes dispositions, — dit monsieur de
Fougerolles, qui se félicitait intérieurement de la triom-
phante idée qu'il avait eue de provoquer une séparation
qui semblait avoir tourné si fort à l'avantage de Marie.
Toutes ses craintes avaient disparu.

— Je vous conseille, ma nièce, loin de vous en inquiéter, — reprit madame de Brisebarre, — d'entretenir Marie
dans ces excellentes idées, qui font la seule base du véritable bonheur. Il n'est pas absolument indispensable
qu'une jeune fille adore le bal. Est-ce que je l'ai jamais
aimé, moi ? Enfin ma mission est terminée, puisque vous
voilà de retour. Je vous rends Marie que vous m'aviez
confiée, je vous la rends avec des idées sérieuses dans la
tête, un cœur calme, dont toutes les agitations de la vie
du monde se sont heureusement éloignées. Si j'ai un conseil à vous donner, ma nièce, laissez cette jeune âme à
son recueillement ; faites qu'elle persévère dans cette
unique voie des félicités réelles dans ce monde et dans
l'autre.

Après avoir gravement prononcé ce petit discours, qu'elle
avait évidemment préparé à l'avance, madame de Brisebarre se replaça droite et raide dans son fauteuil, et garda
un profond silence.

Madame de Fougerolles avait écouté attentivement les
paroles de sa tante ; elle était loin de trouver ce changement aussi heureux pour sa sœur que le pensaient sa
tante et son mari ; ce calme intérieur dont on lui parlait
tant ne motivait pas à ses yeux la pâleur de Marie et
l'empreinte de tristesse mal cachée qui était répandue sur
tous ses traits. Suivant elle, un changement si subit, si
complet dans le caractère de sa sœur ne pouvait provenir
d'une cause naturelle.

Les obstacles successifs apportés au retour de son fiancé
auraient pu l'expliquer jusqu'à un certain point. Mais
Marie abordait toujours ce sujet avec une résignation
convenable. Ensuite, si sa tristesse provenait de là, rien
ne l'aurait empêchée de l'avouer.

Madame de Fougerolles pensa donc qu'il y avait un
motif secret à la prostration morale de sa sœur, motif qui
avait bien pu échapper à la clairvoyance d'une vieille

tante, mais qu'elle se promit, elle, de sonder et de découvrir dès qu'elle serait seule avec Marie.

Le soir donc, elle attira Marie près d'elle et lui fit mille questions; mais elle ne put en arracher que des réponses vagues, sans application formelle, ayant l'air de dire quelque chose, mais au fond ne disant rien. Seulement elle remarqua à plusieurs reprises que Marie était rêveuse et mélancolique presque malgré elle.

Évidemment il y avait un secret entre le visage de Marie et sa pensée. Madame de Fougerolles en fit de nouveau l'observation à son mari, qui secoua la tête et se dit à lui-même :

— Pourvu qu'il n'y ait pas quelque nouvelle intrigue sous jeu ?

Ainsi se passèrent plusieurs jours : Marie toujours triste et songeuse, madame de Fougerolles toujours inquiète et tourmentée.

Un matin, monsieur de Fougerolles venait de sortir presque aussitôt après le déjeuner, et madame de Fougerolles était montée chez elle pour écrire quelques lettres; Marie était restée seule au salon.

Elle prit un livre pour lire, mais presque aussitôt elle le ferma.

Une demi-heure après, madame de Fougerolles descendit au salon. Elle poussa doucement la porte restée entr'ouverte; mais, avant d'entrer, elle s'arrêta quelques instants à contempler Marie, qui ne l'avait pas entendue.

Assise sur le canapé, la tête appuyée sur sa main, mademoiselle de Sirven était pâle comme toujours; son corps semblait s'affaisser sur lui-même, comme si la séve eût manqué à cette frêle organisation. Un profond découragement était empreint sur sa physionomie; mais ce découragement avait quelque chose de calme, qui paraissait annoncer plutôt un état de souffrance habituelle qu'un malheur momentané.

Le cœur d'Herminie se serra bien douloureusement; elle s'approcha de sa sœur, qui fit en l'apercevant un léger mouvement.

— C'est toi, ma sœur, — dit-elle; — tu as fini d'écrire toutes tes lettres ?

— Oui, — répondit madame de Fougerolles en s'asseyant auprès de Marie. Elle la serra dans ses bras et la couvrit de larmes qui coulaient involontairement. Quand elle releva la tête, elle retrouva Marie toujours pâle, mais calme et à peine émue. — Hélas ! — pensa madame de Fougerolles, — elle ne m'aime plus.... puisqu'un baiser de moi ne lui a pas arraché le secret de sa pâleur et de sa mélancolie.

Et ses larmes coulèrent de nouveau avec abondance. Alors ce fut Marie qui l'entoura de ses bras, et lui dit :

— Ma sœur, qu'as-tu donc? Pourquoi ces larmes? Souffres-tu? Oh ! parle !... ouvre-moi ton cœur !

— Et toi, Marie, — interrompit madame de Fougerolles, — ne m'ouvriras-tu pas le tien?... Tu me demandes si je souffre ! c'est moi qui suis venue à toi, c'est moi qui te tends les bras. N'as-tu pas compris que je venais te consoler, et non te demander des consolations? Qu'est devenu ce temps où, lorsque je pleurais, tes petites mains m'essuyaient les yeux, et où tu me disais : *Sœur, pourquoi pleurer, puisque je suis heureuse ?* Alors, Marie, tu comprenais que ce qu'il fallait à mon cœur c'était ton cœur, que ton bonheur était mon bonheur, que ta tristesse serait ma tristesse. Maintenant tu me demandes : Souffres-tu? et moi je te réponds : Oui, parce que tu souffres.

— Tu te trompes, ma sœur, — reprit Marie doucement, — je ne souffre pas... je suis bien... Quelle affliction pourrait m'atteindre, moi ?... N'es-tu pas revenue? Interroge ma vie. Où trouves-tu un chagrin? Edouard m'aime toujours, il ne va pas tarder à revenir, et je suis sûre de lui... Tu le vois bien, ma sœur, je ne puis pas être malheureuse.

— Tu me trompes ou tu te trompes, Marie, car tes yeux sont humides et ternis par la souffrance... ou par une

pensée ; ton front est décoloré, ta taille se courbe avec langueur... Tu es changée à ce point, ma pauvre enfant, que mon cœur seul t'a reconnue.

— Il y a bien longtemps que tu m'as quittée, ma sœur, et tu t'effrayes de ce qui est pour moi un état tout à fait normal. Je suis accoutumée à être ainsi, je t'assure.

— Mais crois-tu donc que mes yeux ont désappris à lire sur ton front et dans ton cœur? Dix-huit mois d'absence ont-ils pu effacer tant d'années d'affection et d'amitié? Peux-tu le croire? — dit Marie en levant sur sa sœur ses deux grands yeux abattus et cernés.

— Marie.... — continua madame de Fougerolles d'une voix émue, — notre mère t'a confiée à moi, ta sœur aînée; en son nom, j'ai le droit de t'interroger. Qu'as-tu fait de ta santé, de ta fraîcheur? Qu'as-tu fait de ta gaieté, de ton insouciance? Qu'as-tu fait de ton bonheur enfin ?

Mademoiselle de Sirven resta quelques minutes sans répondre.

XIV

QUEL EST DONC CE MYSTÈRE?

Après quelques minutes de concentration, Marie commença, d'une voix si navrée à son insu que c'était à fendre le cœur :

— Tu me demandes compte d'impressions que je ne puis analyser, que je sais à peine comprendre. Je te le répète, j'étais une enfant quand tu m'as quittée; j'ai grandi, je suis femme maintenant, j'ai appris la vie...

— La vie !... — répéta madame de Fougerolles avec amertume. Elle s'arrêta un instant, puis elle reprit : — Mais, pour une jeune fille, la vie c'est le bonheur, c'est une suite de jours qui se succèdent joyeux, calmes, fleuris. La vie, c'est le monde avec sa bienveillance et ses plaisirs.

— Le crois-tu, ma sœur ? — répondit mademoiselle de Sirven. — Eh bien ! je trouve, moi, que, même pour une jeune fille, la vie n'a pas ces riantes couleurs dont tu me parles. Il faut bien que cela soit ainsi, puisque je l'éprouve. — En parlant ainsi, deux larmes roulèrent dans ses yeux. Elle prit les deux mains de madame de Fougerolles, et, avec un élan de cœur indéfinissable, elle s'écria : — Tu m'interroges, ma sœur, et c'est moi qui viens au contraire te supplier de m'expliquer ce que je ressens. Tu me demandes si j'ai souffert. Je crois que oui, car j'ai souvent pleuré... Pourquoi, dis-le-moi, ma sœur? En vain je me le suis demandé. Mon cœur était triste... Je l'ai bien prié de m'apprendre quelque chose... je l'ai bien tourmenté, ce cœur... il ne m'a rien répondu. Si j'étais malheureuse, je ne puis pas le savoir, car, à part l'éloignement d'Edouard, je ne sais pas ce que, dans la vie, on appelle un malheur.

— Serait-ce cet éloignement qui te désespère?

— Il m'afflige, à coup sûr, mais ce n'est pas cela.

— Mais alors pourquoi donc pleures-tu, ma pauvre Marie? — demanda madame de Fougerolles.

— Parce que j'ai le cœur gros et que j'ai envie de pleurer... Oh ! vois-tu, je suis bien contente que tu sois revenue, car tu pourras m'expliquer ce que je ne puis m'expliquer moi-même. Sans doute les rêves du couvent m'avaient faussé l'esprit; j'avais cru le monde autrement qu'il est... J'avais soupçonné des joies qu'il n'est pas en son pouvoir de donner... Voilà ce qui m'a attristée... Pourquoi es-tu partie?... J'étais si heureuse quand tu étais auprès de moi ! ton affection et celle d'Edouard me tenaient lieu de tout. Toi présente, je n'aurais peut-être pas fait la dure expérience des désenchantements... Ou bien tu m'aurais dit : Ma sœur, le monde est ainsi... et je me serais accoutumée à cette pensée.

— De quels désenchantements parles-tu ? Tes compagnes, tes amies du couvent, n'étaient-ce pas là pour toi de sincères et solides amitiés de cœur que le monde ne pouvait t'enlever ?

— Je le croyais, ma sœur, mais je ne vois pour ainsi dire plus mes anciennes compagnes. Soit par une circonstance, soit par une autre, le hasard les a éloignées. C'est cela surtout, vois-tu, qui m'a fait beaucoup de peine,

— Mais Bathilde, ta jeune amie, si tendre et si gaie, Bathilde, qui est sortie du couvent presque en même temps que toi... Vous étiez du même âge ?

— Je ne la vois presque plus, — répondit tristement Marie.

— Et cette autre amie dont j'ai été si souvent jalouse, celle dont tu me parlais tant dans tes lettres, Laure, à qui tu disais toutes tes pensées, et qui, en échange, t'aimait comme une sœur ?

— Elle est partie.

— Mais ses lettres.

— Elle m'en a écrit deux ou trois à de bien longs intervalles. Je lui en ai écrit plus de dix, moi, depuis un an à peu près .. plus un seul mot d'elle.

Et les deux larmes qui, depuis quelques instants, roulaient dans les yeux de la jeune fille tombèrent sur la main d'Herminie.

Madame de Fougerolles sembla pendant un instant en proie à de sombres réflexions, puis elle reprit :

— Mais belle, jeune, riche, dans ce monde où tu allais, tu devais être fêtée, entourée ; car tu possédais les trois qualités suprêmes qui attirent le plus.

— Si tu savais quelle tristesse et quel ennui m'y saisissaient... Sans doute je me suis trompée ; mais il me semblait ne plus voir un visage me sourire, un seul regard m'appeler... Je me sentais le cœur serré d'être ainsi seule, presque abandonnée au milieu de cette foule qui m'avait paru d'abord si brillante, si animée ; et, quand je voyais un enfant auprès de sa mère, une sœur auprès de sa sœur, une jeune fille entourée d'amies que le hasard m'avait toutes enlevées, à moi !... quand mes yeux ne rencontraient que des figures étrangères, alors je me sentais prise d'une telle souffrance que j'ai renoncé à aller dans le monde, et je suis restée auprès de ma tante.

Madame de Fougerolles avait attentivement écouté sa sœur, et, à mesure qu'elle écoutait, son visage, dont l'expression était habituellement plutôt languissante qu'animée, avait laissé voir une agitation inaccoutumée. Elle se leva et alla pendant quelques instants s'appuyer à la cheminée ; puis elle revint près de sa sœur.

— Marie, — lui dit-elle, — je t'ai bien écoutée. Il y a dans tout ceci un mystère que je ne puis pénétrer ; je t'ai laissée belle, forte, entourée, aimée de tous ; je te retrouve pâle, malade, délaissée... Voyons... rappelle tes souvenirs, dis-moi, jour par jour, ta vie ; laisse-moi chercher quel ver rongeur a flétri ta santé et ton bonheur sans que tu t'en doutes. Moi, mon expérience m'éclairera.

Elle reprit sa place à côté de Marie.

Presque au même instant la porte s'ouvrit ; un domestique annonça monsieur et madame de Vertbois, de ces amis de pacotille comme on en a tant dans le monde.

Certes, jamais visite ne vint dans un plus mauvais moment, ne fut plus désagréable à madame de Fougerolles ; cependant elle se leva et alla au-devant de madame de Vertbois en lui tendant les mains.

— Bonjour, bonjour, chère, — lui dit celle-ci, en roulant, selon son habitude, deux gros yeux gris et secs dans des orbites disproportionnés ;—comme votre voyage vous a engraissée ! Vous nous revenez avec une santé parfaite,.. Naples, quel beau pays ! — Et, se retournant vers Marie, elle lui dit avec un accent moitié protecteur, moitié indifférent : — Bonjour, petite.

— Bonjour, madame, — répondit mademoiselle de Sirven. — Il y a bien longtemps que je n'ai vu Adeline.

— Je vous en veux beaucoup, — dit madame de Fougerolles, — de ne m'avoir pas amené mademoiselle de Vertbois.

— Trop bonne, trop bonne, — reprit madame de Vertbois, — Adeline est souffrante. — Et, comme si elle eût eu hâte de changer de conversation, elle reprit : — Comment avez-vous trouvé Naples ?

— Fort bien, madame, mais fort triste ; car Naples est bien loin de Paris, l'Italie est bien loin de la France.

— Moi j'adore Naples, — dit monsieur de Vertbois, un vieux beau de l'Empire dans toute l'acception du mot. — Quand j'étais jeune, je m'y suis fort amusé... il m'y est arrivé des aventures fort piquantes.

— Il vous est toujours arrivé, monsieur de Vertbois, des aventures fort piquantes, — dit madame de Vertbois d'un air courroucé.

Ce fut au tour de madame de Fougerolles de détourner la conversation ; car elle prévit qu'un orage grondait à l'horizon conjugal. Elle recourut à la première banalité qui lui passa par la tête.

Une heure entière fut ainsi tuée. Les visites les plus importunes sont toujours celles qui se prolongent le plus longtemps et se succèdent avec le plus d'opiniâtreté. A peine monsieur et madame de Vertbois furent-ils partis que d'autres personnes arrivèrent.

Ce ne fut que le soir assez tard que madame de Fougerolles put disposer d'elle-même.

Marie était dans sa chambre ; madame de Fougerolles alla l'y rejoindre, car elle était trop agitée pour trouver un instant de sommeil. Marie, de son côté, n'avait pas eu un seul moment l'intention de se coucher. Il était évident qu'elle attendait sa sœur. Ces deux cœurs, si intimement liés l'un à l'autre, avaient besoin de ce doux épanchement d'amitié fraternelle.

Herminie s'assit bien vite, puis, attirant la jeune fille à elle, elle l'embrassa au front et lui dit :

— Voyons, ma chère Marie, dépêche-toi de parler ; j'ai hâte de tout apprendre... Que ce monde, toute la journée, était insipide et ennuyeux ! Rappelle tes souvenirs, tes pensées, tes impressions, tes larmes... toute ta vie enfin.

Marie se recueillit un instant, puis elle releva doucement la tête et reprit avec une touchante simplicité :

— Oui, ma sœur, je vais te dire toute ma vie, ou plutôt ce que je me rappelle de ma vie. Comment m'y prendrai-je ? je l'ignore ; car. sauf la maladie et la blessure de monsieur d'Egmont, aucun événement grave ne l'a signalée. Je vais essayer toutefois... Lorsque tu m'as quittée, ma sœur, j'ai été bien triste, j'ai pleuré, j'ai souffert ; je t'aimais tant ! En te voyant partir, mon cœur fut ému d'un cruel pressentiment ; il me sembla que mon bonheur s'éloignait. Ma tante m'emmena chez elle. Quand je me trouvai dans cette maison que tu n'avais pas habitée, où mon cœur seul me parlait de toi, je crus t'avoir quittée une seconde fois. Ma tante me regardait avec autant d'étonnement que de pitié ; aussi me disait-elle en me voyant pleurer : « Pauvre petite ! vous n'êtes pas raisonnable ; vous êtes triste, il faut vous distraire. » Etrange manière, n'est-ce pas, de consoler une douleur que l'on ne comprend pas ? Cependant ma tante était bonne, mais elle avait traversé la vie sans affections, sans sympathies, jugeant les autres d'après elle-même, d'après son passé ; elle n'éprouvait pas ce qu'elle ne comprenait pas ; elle me glaça. Pendant que j'étais à Paris, — poursuivit mademoiselle de Sirven, — je rencontrai plusieurs de mes bonnes amies d'enfance ; elles furent charmantes, affectueuses pour moi ; alors ce n'était pas comme à présent. Elles me consolèrent... Tous les jours j'allais chez elles ou elles venaient chez ma tante. Peu à peu je retrouvai ma gaieté, pardonne-le-moi, ma sœur, presque mon bonheur d'autrefois ; les bals, les fêtes recommencèrent ; j'aimais tant les bals et les fêtes ! mais je passe vite sur ces quelques mois de bonheur, car tout ce que je ressentais alors, mes lettres te l'ont dit. J'arrive à l'époque de ma maladie. Je fus retenue au lit tout un mois. Ma tante me soignait, me veillait avec bien de l'affection. Je l'en aimais davantage. Je fus assez longtemps à me rétablir, et je m'étonnai de n'avoir vu aucune de mes amies d'enfance accourir à mon chevet. Voilà la première pensée triste qui blessa mon cœur. C'était bien mal à elles, n'est-ce pas, ma sœur ! Je pensais surtout à Laure, Laure mon amie de prédilection ! Nous nous étions toutes deux promis au couvent une amitié si inaltérable ! Je me persuadai qu'elle n'avait pas su ma maladie, je me reprochai de ne l'avoir point prévenue, et, une fois rétablie, ma première visite fut pour elle. Il y avait si longtemps que je ne l'avais vue que mon cœur battait en montant l'escalier. On me fit entrer dans sa chambre. Elle était seule. Je crus la voir rougir au moment où elle venait au-devant de moi. « Tu as été malade,—me dit-elle,—mais tu es mieux, n'est-ce pas ? » Ma sœur, elle savait que j'avais été malade ! « — Je suis bien, — lui répondis-je tristement, tout en me sentant les larmes aux yeux. — Ma bonne Marie, — me dit-elle au moment où j'allais ôter mon chapeau et m'asseoir, — viens dans l'autre chambre, dans celle de ma gouvernante. — Mais nous serions mieux ici pour causer; j'ai tant de choses à te dire ! — Oh ! certainement, — me répondit-elle, — nous serions mieux; mais on ne veut plus que nous soyons seules ensemble; viens vite, je serais grondée.— Mais pourquoi donc ? - demandais-je à Laure. — Maman l'exige ainsi, — me répondit-elle. — Quoi ! plus jamais d'intimes causeries, plus de doux épanchements. — Je ne sais pas, mais je ne l'espère plus. » Cette visite se passa péniblement. Je ne trouvais rien à dire, je répondais à peine, puis enfin je sortis en m'essuyant les yeux. Pourquoi ne voulait-on plus que nous fussions seules ? Cependant je retournai chez Laure. Ce jour-là, une autre de ses amies se trouvait chez elle. Elles étaient seules. Ah ! quel bonheur !... pensai-je aussitôt, on a révoqué l'ordre cruel qui nous avait séparées. Mais il y avait à peine quelques minutes que j'étais arrivée lorsque la gouvernante entra. Je m'étais trompée, ma sœur, l'ordre n'était pas révoqué... Je revins souvent; mais plus jamais je ne revis Laure seule à seule. Quelquefois... je crus que d'autres, plus heureuses que moi, causaient librement avec elle, mais bien certainement cela n'était pas ; pourquoi cela aurait-il été ? n'étais-je pas sa meilleure amie ?

En prononçant ces dernières phrases, la voix de Marie s'était peu à peu affaiblie, ses mains avaient quitté les mains de sa sœur et étaient tombées sur ses genoux, puis sa tête s'était inclinée doucement et son visage s'était subitement abaissé vers sa poitrine.

XV

SYMPTOMES ALARMANTS.

Madame de Fougerolles eut un instant une affreuse pensée. Elle crut Marie atteinte d'une maladie de langueur. Elle fit venir un médecin, le consulta, lui confia ses craintes avec des larmes dans les yeux. Le médecin examina bien attentivement la jeune fille, et assura que dans ce visage si pâle et dans ces yeux si tristes il ne découvrait aucun symptôme de ce mal qui avait tant effrayé la sœur aînée de Marie.

Mademoiselle de Sirven, tout au bonheur de revoir sa sœur et tout à l'espoir du retour prochain d'Édouard, semblait moins souffrante ; si les couleurs n'étaient pas revenues à ses joues, on sentait que la joie était remontée à son cœur. Elle n'était plus isolée ; Dieu lui avait

rendu cette moitié d'elle-même dont l'absence lui avait causé tant de larmes.

— Tout ce que je t'ai raconté, — disait-elle à sa sœur d'une voix caressante, — c'est un songe pour moi maintenant, un songe dont le souvenir s'est envolé en même temps que le souffle de mes paroles ; n'y pensons plus, ma sœur, j'étais folle, sans doute, je traduisais ma tristesse personnelle en une froideur, en une contrainte que je croyais rencontrer partout. Maintenant que tu es près de moi, maintenant que je sens dans mes mains les mains de ma sœur chérie, maintenant que c'est bien toi... toi, qui es là... vois-tu, je suis toute changée, toute heureuse, toute revenue à la vie et à la joie. Dieu, en faisant deux sœurs, ne les a pas créées pour qu'elles se séparassent, il n'a pas voulu qu'elles pussent vivre éloignées l'une de l'autre.

Madame de Fougerolles embrassa Marie en la serrant dans ses bras. Elle sentit toutes ses craintes s'évanouir en entendant sa sœur parler ainsi, et en retrouvant dans ses yeux cet éclat brillant et vif qu'elle avait cru perdu pour toujours. Elle se dit que la tristesse de Marie, cette souffrance morale qu'elle ne pouvait définir, étaient le résultat de l'isolement subit dans lequel s'était trouvée cette pauvre enfant, confiée à une vieille femme qui n'avait rien su comprendre à un cœur de jeune fille.

Aussi, une semaine après, ni l'une ni l'autre n'étaient plus sous l'influence de ces tristes pensées.

— Y a-t-il longtemps que tu n'as vu la marquise de Boischaumont ? — demanda un matin madame de Fougerolles à sa sœur.

— Près de deux mois, — répondit Marie.

— Comment ! ne m'avais-tu donc pas écrit que tu étais fort liée avec ses deux filles, et que la marquise te faisait mille amitiés.

— Oui, ma sœur, cela est vrai ; Anna et Amélie étaient pour moi deux bien bonnes amies ; je les aimais de tout mon cœur, je les voyais fort souvent ; elles venaient deux fois la semaine au moins ; quand leur mère ne pouvait les conduire, c'était avec leur gouvernante ; puis, peu à peu, leurs visites sont devenues plus rares : et ma tante m'a dit que, puisque Anna et Amélie ne venaient plus, il n'était pas convenable que j'allasse chez elles.

— Elles étaient peut-être souffrantes. Notre tante a été la cause, j'en suis sûre, par son rigorisme de l'étiquette, de ce refroidissement dans toutes tes affections et relations du monde.

— L'autre jour, je les ai rencontrées aux Tuileries ; elles ont été, comme toujours, charmantes, affectueuses ; mais elles sont restées à peine quelques minutes... Amélie était enrhumée, à ce que m'a dit sa mère, et elle a craint qu'elle n'eût froid. Il faisait pourtant un bien beau temps.

— Je ne les ai point vues encore depuis mon retour,— reprit madame de Fougerolles ; — si tu veux, nous irons ensemble chez elles ce matin ?

— Oh ! oui, avec grand plaisir ! — s'écria Marie.

Madame de Fougerolles et mademoiselle de Sirven allèrent donc chez la marquise de Boischaumont.

C'était un mercredi, le jour où la marquise restait chez elle le matin.

Lorsque Herminie et sa sœur entrèrent, il y avait déjà plusieurs personnes dans le salon.

La marquise eut mille prévenances pour madame de Fougerolles. Marie s'assit entre Anna et Amélie.

— C'est la sœur de madame de Fougerolles, — dit à voix basse une jeune dame à une de ses amies, — j'en avais entendu parler, mais je ne l'avais jamais vue. Est-ce bien vrai tout ce que l'on dit de sa légèreté inconcevable à son entrée dans le monde ?... et cette histoire que l'on a colportée ?

— Il n'était bruit que de cela... ce n'est peut-être pas une raison pour que la vérité en soit évidente ; mais, en admettant même que ce ne soit pas tout à fait exact, il faut qu'il y ait au moins quelque chose pour qu'une jeune fille donne lieu à des suppositions de ce genre ; il n'y a pas de fumée sans feu.

— Je suis de votre avis, — reprit la jeune dame, — et c'est d'autant plus étrange qu'elle avait un modèle parfait sous les yeux ; il est impossible d'avoir une tenue plus réservée, un maintien plus digne, une conduite plus irréprochable que madame de Fougerolles.

Cette conversation, qui se tenait à voix basse dans un des coins du salon, fut interrompue par l'arrivée de plusieurs personnes qui entrèrent successivement.

On annonça la baronne de Subervic, monsieur et madame de Fontanges.

— Eh ! bonjour donc, ma chère, — dit la baronne de Subervic en apercevant madame de Fougerolles. — Je ne voulais absolument pas croire à votre retour. On ne vous a vue nulle part.

— J'ai trouvé ma sœur très-souffrante, — dit Herminie ; — il en résulte que j'ai été fort préoccupée de sa santé ces jours-ci.

— Bonjour, ma chère enfant, — dit la baronne à Marie, qui s'était levée à son arrivée. — Oui, en effet, elle est changée ; je la trouve un peu maigrie. J'ai des reproches à lui faire, elle n'est pas venue me voir depuis quinze jours.

Marie prit à la fois les deux mains de la baronne et les serra bien étroitement dans les siennes.

La baronne l'embrassa au front, et, se retournant vers madame de Boischaumont :

— J'espère que nous vous verrons jeudi soir, chère marquise ; je suis venue tout exprès pour vous avertir que nous aurions jeudi les Italiens.

— Je n'aurai garde d'y manquer, — reprit la marquise ; — vous connaissez mon faible pour les Italiens. Venez donc, chère baronne, vous asseoir sur ce divan.

Quelques minutes après, madame de Fougerolles emmena sa sœur.

Le jeudi suivant, elles allèrent toutes deux chez la baronne de Subervic. Monsieur de Fougerolles ne les accompagna point. Il y avait beaucoup de monde, et madame de Fougerolles se trouva réunie à toutes ses anciennes connaissances, qui allèrent à elle et la comblèrent d'amitiés. Herminie, objet de toutes ces prévenances, remarqua avec douleur que ces mêmes personnes étaient loin d'être pour sa sœur ce qu'elles étaient pour elle-même ; qu'on adressait bien à Marie quelques mots bienveillants, aimables, affectueux même en apparence, mais que cette bienveillance et cette amabilité extérieures étaient un sacrifice aux convenances du monde bien plus qu'un témoignage d'intérêt. C'était d'autant plus frappant que les marques d'affection dont chacun entourait Herminie servaient pour ainsi dire de contraste à l'indifférence dont sa sœur était l'objet. Ce qui fut plus visible encore pour madame de Fougerolles, ce fut l'espèce de gêne, de contrainte avec lesquelles les jeunes personnes du même âge que Marie lui adressaient la parole, et la surveillance inaccoutumée que les regards de leurs mères semblaient exercer sur la conversation.

Pour mademoiselle de Sirven, elle se trouvait de nouveau en contact avec ce monde qui l'avait blessée au cœur, elle se trouvait rejetée dans cette mêlée de plaisirs, de joies et de sourires, qui ne lui apportaient à elle que larmes et douleurs ; malheureuse enfant, elle semblait déshéritée par une puissance invisible de cette part de bonheur qui était accordée à tous. Elle avait fui devant une souffrance qui brisait son propre cœur sans qu'elle pût la comprendre. À cet âge si heureux où la vie n'est qu'un rêve d'espérance et de joie, elle seule avait vu tous ses rêves éteints, toutes ses espérances effeuillées une à une ; elle était venue avec un cœur naïf et pur, pleine de confiance, offrant au monde qui s'ouvrait devant elle son âme de jeune fille, qui avait tant besoin d'être heureuse et surtout d'être aimée ; et le monde pour elle avait été froid et dur : il semblait lui tendre une main bienveillante et protectrice, et, pendant qu'elle avançait pour la saisir avec effusion, de l'autre main ce monde la repoussait. À côté de bonnes et douces paroles, il y avait comme une arrière-pensée de réprobation. Le mal étouffait le bien.

Aussi avait-elle perdu toutes ses sérénités. L'oiseau ne chantait plus ; triste, il avait caché sa tête sous son aile.

Il est impossible d'analyser ce qui se passa dans son âme lorsqu'elle vit encore cette même douleur plus aiguë que jamais, mais toujours inexplicable, la poursuivre jusque dans les bras de sa sœur.

Ainsi donc elle s'était encore trompée ; elle avait cru qu'avec sa sœur revenait pour elle la vie heureuse qu'elle croyait perdue. Cette espérance l'avait ranimée ; elle oubliait déjà ce qu'elle avait souffert ; mais, hélas !.. elle entre, et cette foule semble pour elle seule devenir un désert, et toutes ces affections qu'elle voit prodiguer à ceux qui l'entourent semblent tomber et s'éteindre devant elle.

— O mon Dieu ! — se dit-elle en elle-même, — qu'ai-je donc fait, moi... pour souffrir comme je souffre ?

Un quart d'heure se passa. Madame de Fougerolles était presque aussi triste que sa sœur, car la moitié de ce terrible mystère s'expliquait à ses yeux ; mais l'autre moitié lui échappait. Si elle n'eût pas espéré que, au milieu de ce monde qui l'entourait, quelque chose viendrait lui apprendre ce qu'elle ignorait encore, elle fût partie, car elle devinait ce que devait souffrir Marie. Elle se contenta de lui prendre les mains, et, les lui serrant avec effusion, elle lui dit :

— Je t'aime bien, ma sœur.

Marie retrouva un sourire pour cette bonne parole ; mais, en même temps qu'elle souriait, une larme tomba sur la main de madame de Fougerolles.

La baronne de Subervic arriva. Elle alla d'abord à madame de Fougerolles.

— Bonjour, très-chère amie, — lui dit-elle, — je ne vous avais pas encore aperçue, et je m'apprêtais à être très-fâchée contre vous. Pourquoi n'entrez-vous pas dans le premier salon ? Vous serez beaucoup mieux, vous y trouverez toutes ces dames, et cette chère Marie sera en pays de connaissance, car elle y verra mesdemoiselles de Boischaumont et de Richebourg.

— Merci, madame, — dit Marie en faisant tous ses efforts pour ne pas pleurer ; — je suis un peu souffrante ce soir, et je craindrais que la chaleur ne me fît mal.

— Encore souffrante, chère enfant ? — dit la baronne en la regardant. — En effet, elle est toute pâle. — Elle aperçut les yeux de Marie qui étaient gonflés de larmes ; alors elle secoua la tête, et, s'asseyant à côté d'elle, elle l'attira un peu de son côté. — Voyons, ma chère enfant, — lui dit-elle, — vous savez que je vous aime, moi.

— Oh ! oui, — dit Marie, — vous êtes bien bonne.

— Eh bien ! je ne veux pas que vous soyez ainsi triste ainsi pâle et découragée. Est-ce qu'un visage comme celui-là va à une jeune fille de votre âge ? Il ne faut pas attacher à... cela plus d'importance que ça ne vaut. Le monde est si méchant ! Il dit bien souvent des choses qui ne sont pas ; mais il est aussi oublieux qu'il est crédule. Et puis à présent, chère enfant, vous avez auprès de vous votre sœur, votre bonne et excellente sœur, pour vous protéger et vous couvrir de son égide.

Mademoiselle de Sirven avait écouté avec le plus profond étonnement les paroles de la baronne, et cherchait vainement à les comprendre ; cependant elles s'étaient gravées dans sa mémoire.

— Que veut-elle dire ? — pensa-t-elle. Peut-être eût-elle eu la force de faire une question... mais la baronne de Subervic se leva presque aussitôt pour aller au-devant d'une personne qui entrait. Maario retomba dans sa tristesse. Madame de Fougerolles causait avec plusieurs dames qui étaient venues s'asseoir auprès d'elle. Un instant après le départ de la baronne de Subervic, Marie aperçut une de ses anciennes amies, lady Elbourne. Depuis longtemps elle ne l'avait pas vue. Elle sentit son cœur palpiter de joie malgré elle; elle lui fit, de la main et des yeux, un signe amical et se leva pour aller au devant de son amie; mais, avant qu'elle eût pu arriver jusqu'à lady Elbourne, qui cependant l'avait vue, soit pur hasard, soit volontairement, son mari l'avait entraînée, et elle avait disparu dans la foule. Marie était debout; elle resta fixe, immobile; son sang semblait s'être glacé dans ses veines; elle voulut faire un mouvement, elle ne le put; mais elle sentit les sanglots gonfler sa poitrine; et, touchant de la main le bras de sa sœur, sans détourner la tête, elle lui dit à voix basse : — Ma sœur... je t'en supplie... partons... j'étouffe !...

Madame de Fougerolles se leva aussitôt et fut effrayée de l'air étrange de sa sœur.

— Marie, — dit-elle, — qu'as-tu donc?

— Rien... rien... — dit la jeune fille en serrant fortement une de ses mains sur sa poitrine. Madame de Fougerolles prit le bras de sa sœur, et toutes deux sortirent. A peine furent-elles montées en voiture que Marie appuya sa tête sur la poitrine de sa sœur et laissa échapper un torrent de larmes. Madame de Fougerolles ne trouva pas une parole pour consoler la pauvre infortunée; elle posa ses deux mains sur sa tête inclinée, et pleura aussi. Bientôt elles arrivèrent à l'hôtel. Mademoiselle de Sirven monta dans sa chambre sans dire un mot, sans proférer une plainte. Toute sa douleur était renfermée dans son cœur. Herminie entra chez son mari et lui raconta ce qui s'était passé. Le banquier feignit de n'y pas comprendre plus que sa femme; mais, dès le premier mot, il devina facilement qu'un autre que lui avait pénétré le fatal mystère et avait eu l'imprudence de le dévoiler. Cependant il ne dit rien à madame de Fougerolles, voulant lui éviter autant qu'il le pourrait la douleur de cette triste révélation. Herminie monta chez Marie. Elle la trouva tout en larmes, à genoux sur son prie-Dieu. Lorsque sa sœur entra, la jeune fille détourna faiblement la tête, et, fixant sur madame de Fougerolles ses beaux yeux éteints : — J'essayais de me consoler un peu, ma sœur, — dit-elle.

Puis elle se leva et alla s'asseoir à côté de madame de Fougerolles.

Elle avait cessé de pleurer, mais on sentait combien, pour paraître calme et résignée, elle se faisait violence.

— Ma chère Marie, — lui dit sa sœur, — mon enfant bien-aimée, il ne faut pas te désoler; le monde est ainsi fait : incompréhensible dans son enthousiasme comme dans sa froideur. Il semble t'oublier aujourd'hui, demain tu seras son idole. Ne te laisse pas ainsi abattre par une douleur qui n'est pas raisonnable.

Mademoiselle de Sirven regarda un instant sa sœur sans répondre; puis, tout à coup, elle se cacha le visage dans ses deux mains, et s'écria :

— O ma sœur !... ô ma sœur ! — Les larmes et les sanglots débordèrent malgré elle. — Non, — poursuivit-elle d'une voix entrecoupée, — je n'ai plus ni force, ni courage, ni résignation. Ma sœur, tu l'as vu toi-même, toutes les affections s'éloignent de moi, toutes les mains me repoussent; mais qu'ai-je donc fait? Mon Dieu ! pourquoi, lorsque la vie est si souriante pour les autres, est-elle triste et misérable pour moi seule ? Ma sœur, qu'ai-je donc fait? Je ne te l'ai pas dit, mais si tu savais, pendant ton absence, combien de nuits j'ai passées à genoux devant ce crucifix, les mains jointes, demandant pardon à Dieu de mes fautes si j'en avais commis sans le savoir; tu le vois, Dieu ne m'a pas écoutée, ou Dieu n'a pas voulu me pardonner; mais qu'ai-je donc fait?... qu'ai-je donc fait ?—Elle se tut un instant, car les sanglots étouffaient sa voix, inondaient son visage. Peu à peu elle devint plus calme; ses yeux ne versaient plus de larmes, et si sa main était brûlante, du moins elle ne tremblait plus; elle baissa la tête, laissa tomber lentement ses deux mains sur ses genoux, et garda le silence. Bien des pensées venaient à la fois à la tête et au cœur de madame de Fougerolles. Que s'était-il donc passé pendant ces dix-huit mois qui

les avaient séparées toutes deux ? Quel événement était venu troubler le repos de cette jeune âme? Pourquoi celle que l'on avait accueillie d'abord avec bienveillance se voyait-elle repoussée aujourd'hui? Etait-ce le monde qui lui avait manqué, ou bien avait-elle manqué au monde ? Pendant qu'elle était ainsi livrée tout entière à ces tristes réflexions, Marie, sans faire un mouvement, sans détourner la tête, sans lever les yeux, reprit d'une voix basse qui semblait épuisée : — Parfois, ma sœur, comme toi, j'ai voulu douter; j'ai fermé les yeux à ce que je voyais; je me suis dit que j'étais un enfant et que ton absence me rendait ainsi. Oh ! je t'ai bien attendue, car tu devenais pour moi plus qu'une sœur, plus qu'une amie; tu devenais ma sauvegarde, mon appui.

— O ma sœur ! ma pauvre sœur ! — reprit Herminie, — ne parle donc pas ainsi, ne t'abandonne donc pas à cette douleur qui te tue et me fait mourir aussi, moi... relève la tête, sois forte et courageuse ; voyons, viens ici près de moi, essuie tes larmes, causons un peu : car il y a du bonheur, vois-tu, en dehors de ce monde; ce n'est pas lui qui fait la vie, c'est lui au contraire qui la flétrit souvent. Nous partirons, nous quitterons Paris, la France, nous irons où tu voudras, à Naples, où j'étais, ma sœur; là, le soleil est si brillant, le ciel est si beau, que tu te sentiras renaître à la vie et à la joie; là, c'est tout un autre monde, une autre existence que l'on ignore ici. Entends-tu, ma sœur, l'Italie, c'est le pays des merveilles, le rêve des poëtes. Oh ! nous y serons bienheureuses, va ! on te recevra à bras ouverts, on t'aimera. Tu m'entends, n'est-ce pas, Marie ?

La jeune fille secoua la tête.

— Non, ma sœur, — dit-elle, — les malheureux sont malheureux à Naples comme à Paris, en Italie comme en France; ceux qui doivent souffrir souffrent toujours et partout. Il n'est plus qu'un asile pour moi ; je t'en prie, ma sœur, ramène-moi au couvent, ramène-moi à cette vie si tranquille et si calme que je n'appréciais pas, car je ne connaissais qu'elle.

— Et ton fiancé, — interrompit Herminie, — Edouard qui va revenir, tu n'y songes donc pas ?

— Je songe que ma jeunesse est flétrie, et que ce serait désormais un triste cadeau à faire à un époux. Ramène-moi à mes compagnes de là-bas; celles-là, je l'espère, ne m'ont pas oubliée; celle-là voudront bien me tendre la main. Peut-être, en entrant dans ce lieu sacré, laisserai-je sur le seuil toutes mes douleurs et toutes mes larmes, comme, en le quittant, j'y ai laissé toute ma vie et tout mon bonheur. Je me retrouverai près de cette excellente et vénérable femme qui, pendant six ans, m'a servi de mère. J'irai à elle, je lui dirai : J'ai souffert... j'ai pleuré... j'ai été malheureuse, je reviens ici pour que vous me consoliez, pour que vous me donniez du courage. Oh ! j'en suis sûre, ma sœur, elle ouvrira ses bras à l'enfant qui revient, et j'oublierai auprès d'elle ce que je ne puis même pas oublier près de toi que j'aime tant!... Là, vois-tu, je passerai, sinon heureuse, du moins paisible, le reste des jours que Dieu me conserve encore; je prierai pour toi et pour les autres jeunes filles qui pourraient être aussi malheureuses que je l'ai été. Toi, tu reprendras ta vie si brillante et si belle, que je suis venue troubler par mes larmes, et, comme autrefois, n'est-ce pas, tu viendras voir ta sœur au couvent?

Madame de Fougerolles fit un mouvement de tête qui semblait dire : Cette vie si brillante et si belle, elle a disparu pour moi comme pour toi ; puis elle resta silencieuse, comme pesant dans sa pensée les paroles qu'avait prononcées la jeune fille; ensuite elle se rapprocha, et, prenant les deux mains de Marie dans les siennes :

— Ma sœur, — lui dit-elle, — il y a dans tout ce qui se passe quelque chose de si étrange, de si mystérieux, de si inexplicable, que je veux te faire une question, en te priant de bien te rappeler que nulle ne t'aime plus que ta sœur, que nulle ne t'a voué une affection plus sainte, plus inaltérable, plus... indulgente, en te suppliant de me répondre avec franchise. Tu me le promets, n'est-ce pas ?

— Je ne te comprends pas, ma sœur...—dit Marie d'une voix étonnée ; — mais je jure de te répondre comme je répondrais à Dieu.

XVI

L'INTERROGATOIRE.

Madame de Fougerolles regarda quelques instants Marie, en cherchant à mettre dans ses yeux toute la douce affection dont son cœur était plein. Puis elle reprit :

— Dis-moi, Marie, en allant dans le monde, et depuis le départ de monsieur d'Egmont, as tu distingué une personne... plus qu'une autre? T'es-tu aperçue que cette personne te remarquât... que, dans le monde, elle restât plus longtemps auprès de toi que n'y fût resté un indifférent?

— Non, ma sœur.

— As-tu senti dans ton cœur une préférence pour un autre qu'Edouard?

— Jamais ! — dit Marie ; — je ne sais pas ce que tu veux dire.

— Rappelle bien tes souvenirs, Marie, — continua madame de Fougerolles en attirant tendrement sa sœur vers elle. — N'as-tu pas, sans le vouloir, sans y penser, commis, je ne dis pas une faute, mais quelque imprudence, peut-être quelque inconséquence ?

— Je cherche en vain, ma sœur ; je ne me rappelle rien. — Il y eut, après ces derniers mots de la jeune fille, quelques moments de silence ; puis elle reprit tout à coup :

— Tu sais, ma sœur, pendant le concert, madame de Subervic s'est assise à côté de moi...

— Oui ; eh bien ?

— Elle m'a dit des choses qui m'ont beaucoup étonnée, et qu'il me semble encore entendre. Voici ses paroles : « Il ne faut pas attacher à tout ceci plus d'importance que » cela ne vaut. Le monde... est méchant... il dit bien sou- » vent des choses qui ne sont pas ; mais il est aussi ou- » blieux qu'il est crédule. »

— Madame de Subervic t'a dit cela, ce soir?

— Oui ; j'ai bien écouté, mais je n'ai pas compris.

— Je comprendrai peut-être, moi, — reprit madame de Fougerolles. Et elle ajouta tout bas : — Demain, j'irai chez madame de Subervic.

Le lendemain, presque aussitôt après le déjeuner, madame de Fougerolles se rendit chez la baronne de Subervic, afin de la trouver seule. C'était une mission difficile qu'elle allait remplir, et surtout bien délicate ; elle ne s'en aperçut qu'au moment où elle entra chez la baronne, et à l'embarras qu'elle éprouva lorsqu'elle essaya d'entamer la conservation sur ce sujet.

Dès les premiers mots, madame de Subervic comprit clairement le but de la visite ; mais, en femme d'esprit et qui sait son monde, elle sentit qu'elle n'était pas assez liée avec madame de Fougerolles pour se permettre une semblable confidence. Aussi elle répondit par des phrases détournées, ambiguës, aux questions d'Herminie ; elle feignit de ne rien savoir ou fit entendre qu'elle ne voulait rien dire ; et, lorsque madame de Fougerolles lui demanda l'explication de ses paroles de la veille, elle sut leur donner une interprétation à peu près raisonnable, et qui ne se rattachait aucunement à leur sens véritable. Toute la visite se passa ainsi à questionner d'un côté, à ne pas répondre de l'autre ; et, après bien des tentatives qui ne purent amener de résultat, madame de Fougerolles rentra chez elle sans être plus instruite qu'avant d'en être sortie.

On eût dit qu'un mystère terrible planait sur la tête de madame de Fougerolles et de sa sœur, que tout ce qui les entourait y lisait comme dans un livre ouvert ; et que ce livre se refermait tout à coup lorsqu'elles voulaient en approcher et y plonger le regard.

Le lendemain et la journée suivante n'amenèrent rien de nouveau.

Le surlendemain, lorsque monsieur de Fougerolles descendit pour déjeuner, son visage, d'ordinaire froid et presque sévère, était souriant et déridé. Pendant le déjeuner, il parla, ce qui lui arrivait bien rarement ; il fut même gai. Lorsque l'on passa au salon, au lieu de se plonger dans la lecture de ses journaux du matin, ainsi qu'il le faisait invariablement chaque jour, il se tint debout devant la cheminée, et, lorsque Herminie et sa sœur furent assises, il les regarda toutes deux d'un air triomphant qui avait quelque chose d'étrange. Madame de Fougerolles seule s'en aperçut. Marie ne le remarqua point.

— Marie, — dit enfin le banquier, — je suis porteur de grandes nouvelles pour vous.

— Pour moi ? — répondit Marie, qui alors seulement leva la tête et regarda son beau-frère.

— Oui, pour vous. Et j'espère qu'elles vous seront agréables.

— Quelles nouvelles, mon ami ? — s'empressa de dire Herminie.

— J'ai reçu des nouvelles d'Italie. Monsieur d'Egmont est tout à fait guéri de ses blessures et revient dans deux jours.

A l'annonce de ce retour, Marie fut heureuse sans doute ; mais le chagrin, la défiance, la peur, une peur d'autant plus grande qu'elle résultait de fantômes qu'elle ne pouvait définir, l'empêchaient de ressentir désormais une joie sans mélange.

Un ver rongeait le fruit.

XVII

OU LE BONHEUR REPARAIT.

Cependant Edouard d'Egmont revint plus empressé, plus amoureux que jamais.

Marie, aux rayons de cette vive tendresse, renaissait peu à peu. Le bonheur semblait revenir à elle.

Tous les jours, souvent même deux fois dans la journée, son fiancé accourait lui ouvrir son cœur et causer de l'avenir. Oh ! que les heures s'écoulaient vite dans ces délicieux épanchements de l'âme, dans ces rêveries à deux ! C'est le bonheur d'ici-bas qui, dans la pensée de l'homme, doit se rapprocher le plus du bonheur du ciel.

Bientôt mademoiselle de Sirven eut tout oublié ; elle n'avait plus un souvenir triste ; c'était une joie sans mélange, une félicité pure et naïve qui brillait dans ses yeux et rayonnait dans son cœur. C'était bien là ce qu'elle avait rêvé lorsqu'elle était toute jeune fille et qu'elle disait : Je serai heureuse ; elle ne voyait plus dans ce qu'elle avait souffert, ou cru souffrir peut-être, que les épreuves nécessaires de la vie avant d'arriver au port ; elle se sentait toute honteuse d'avoir eu si peu de courage et de résignation.

Madame de Fougerolles était dans le ravissement, car elle voyait enfin cesser la fatale influence de ce mystère qu'elle n'avait pu découvrir, et retrouvait sur les traits de sa sœur chérie les couleurs si vives et si joyeuses qui avaient un instant disparu pour faire place à une pâleur maladive.

De son côté, Edouard d'Egmont ne savait qu'inventer pour plaire à Marie. Tous les matins elle trouvait à son réveil les fleurs les plus fraîches et les plus nouvelles ;

tous les soirs aussi, c'était quelque agréable surprise : un jour une bague, un autre jour un bracelet qu'il avait trouvé de bon goût, et dont Marie se parait avec ivresse.

Pour la première fois depuis bien longtemps, elle songeait à être jolie, presque coquette ; elle se regardait dans une glace, arrangeait ses cheveux, et prenait grand soin que sa robe n'eût pas de mauvais pli à la taille.

Elle se sentait tant de joie au cœur qqand Edouard, le soir, en lui serrant la main, lui disait :

« Marie, je ne croyais pas que ce fût possible, mais vous êtes encore aujourd'hui plus charmante qu'hier. »

Trois semaines les séparaient encore de l'époque de leur mariage.

Un soir, neuf heures étaient sonnées, lorsque Edouard arriva ; c'était la première fois qu'il venait aussi tard.

Il y avait plusieurs personnes chez madame de Fougerolles, et parmi ces personnes des amis personnels de son mari, auxquels monsieur d'Egmont n'avait pas été présenté et qui désiraient vivement faire sa connaissance.

Lorsqu'il entra, tous les regards se tournèrent vers lui ; mais sa figure, d'ordinaire si animée et si ouverte, avait une expression de souffrance mal dissimulée ; son visage était pâle, et ce fut bien lentement qu'il arriva au milieu du salon pour saluer monsieur et madame de Fougerolles. Il s'inclina silencieusement devant les personnes auxquelles on le présenta, et tendit ensuite la main à Marie.

La jeune fille avait été une des premières à s'apercevoir du changement répandu sur les traits de monsieur d'Egmont ; tout son cœur était trop entièrement dans le cœur du jeune homme pour qu'elle ne s'en alarmât pas malgré elle et pour ainsi dire à son insu. Alors elle aussi, qui tout à l'heure l'attendait si gaie, si joyeuse, l'âme si palpitante, devint triste sans savoir pourquoi, seulement parce qu'il l'était et qu'il portait avec lui toutes les pensées de la jeune fille, toute sa vie, tout son bonheur.

Aussi elle l'attira doucement dans un coin du salon.

— Qu'avez-vous ce soir ? — lui demanda-t-elle.

Monsieur d'Egmont, qui avait machinalement suivi la jeune fille, fit un mouvement presque brusque en entendant ces paroles ; elles semblaient le réveiller de quelque profonde méditation. Il regarda autour de lui, et, voyant tant de monde dans le salon, son front se plissa, et il répondit :

— Je suis un peu souffrant.

— Quelque chose vous a contrarié ?

— Non... non.... — répondit le jeune homme en s'arrêtant assez longtemps entre chacun de ces vieux mots.

— Vous faites bien d'être souffrant, — lui dit Marie d'un air à la fois tendre et attristé ; — sans cela, je vous aurais bien grondé, monsieur.

— Pourquoi ? — répondit celui-ci sans faire évidemment attention à ce qu'il disait.

— Pourquoi ? Ah ! voilà un mot bien vilain, monsieur ; et décidément je vous gronderai demain, quand vous serez bien portant. Regardez à la pendule, s'il vous plaît. Savez-vous pourquoi maintenant ? Neuf heures presque et demie.

— Je ne croyais pas qu'il fût si tard.

— Je le savais bien, moi, — dit Marie avec un petit air boudeur d'une naïveté charmante. Puis la conversation en resta là pendant quelques instants. Edouard appuya sa tête sur sa main. Marie le regarda et se rapprocha de lui. — Décidément, — lui dit-elle, — vous avez quelque chose qui vous préoccupe. Je vous en prie, dites-le-moi. Je vous assure que cela me fait beaucoup de peine de vous voir ainsi. — Et comme monsieur d'Egmont ne répondait pas, elle ajouta : — Dans trois semaines, je serai votre femme ; vous ne devez pas avoir de secrets pour moi. Il me semble que je ne pourrais pas en avoir pour vous ; et que, si quelque chose m'attristait ou me contrariait seulement, je viendrais tout naturellement vous

en parler, sans croire le dire à personne qu'à moi-même.

Monsieur d'Egmont regarda Marie en face ; un instant on eût pu croire qu'il allait répondre par une confidence entière à cette interrogation du cœur ; mais il détourna la tête, passa vivement la main sur son front, puis dans ses cheveux, et répondit d'une voix basse :

— Je vous assure, Marie, que je n'ai rien.— Mademoiselle de Sirven n'insista pas davantage. Ils échangèrent encore quelques phrases ensemble ; mais leur conversation, d'ordinaire si animée, était ce jour-là languissante. Marie, en voyant monsieur d'Egmont aussi souffrant et préoccupé, ne se sentait pas le cœur d'être heureuse comme elle l'était tous les jours, elle se reprochait presque de ne pas souffrir, puisque lui il souffrait. Un horizon nouveau pour elle s'ouvrait tout à coup à ses yeux. Depuis le retour de son fiancé, Dieu semblait être venu toucher son malheur du doigt pour le changer en une félicité céleste. Malgré elle, son sourire conservait l'empreinte des larmes effacées, et son âme tremblait encore d'une crainte douloureuse quand le soir elle s'agenouillait pour prier. Dix heures venaient à peine de sonner lorsque monsieur d'Egmont se leva. — Vous m'excusez, n'est-ce pas, de rester si peu de temps ? — dit-il à Marie ; — mais je suis véritablement fort souffrant ce soir. Adieu.

Et il serra la main de la jeune fille dans les siennes.

— Vous viendrez de bien bonne heure demain pour nous donner de vos nouvelles ; pensez, n'est-ce pas, mon ami, que je serai inquiète et tourmentée.

Monsieur d'Egmont la regarda bien tristement ; heureusement elle ne s'en aperçut point ; et, lui serrant de nouveau la main, il répondit tout bas :

— Oui... adieu... adieu.

Il venait de quitter le salon ; madame de Fougerolles alla vers sa sœur.

— Monsieur d'Egmont est parti de bien bonne heure, ce soir, — dit-elle.

— Il est très-souffrant, — répondit Marie ; — je crains même qu'il ne le soit plus encore qu'il ne l'a dit ; car, lorsqu'il m'a tendu la main en s'en allant, elle était toute brûlante.

— Savez-vous, Marie, — dit le banquier à sa belle-sœur, qui s'était rapprochée donnant le bras à Herminie, — savez-vous que votre futur mari a été peu aimable pour nous ce soir ? Je tiens beaucoup à ce que ces messieurs ne jugent pas mon futur beau-frère sur cet aperçu peu avantageux.

— Monsieur d'Egmont est connu de longue date, — reprit l'un des assistants ; — nous savons tous que c'est un jeune homme accompli, chez qui l'élégance des manières et les qualités du cœur le disputent seules à l'intelligence et au courage. J'ajoute qu'il porte un beau nom, ce qui ne gâte rien.

— Bravo ! — dit le banquier en souriant, — voilà un compliment bien rédigé, c'est un véritable cadeau de noces.

Marie fut agitée toute la nuit. A peine si elle put dormir quelques heures. Longtemps elle resta éveillée, la tête appuyée à son chevet. Ce n'était pas au moins qu'elle cherchât à interpréter en tristesse ou en souffrance du cœur ce malaise passager de monsieur d'Egmont. Loin de là : toute la douce naïveté, la crédule confiance de son âge lui étaient revenues. Elle était agitée parce que le bonheur a ses insomnies ainsi que la douleur.

Le matin, elle se leva longtemps avant l'heure où sa femme de chambre avait l'habitude d'entrer chez elle. D'abord et avant toutes choses, la jeune fille s'agenouilla devant son prie-Dieu. Elle se rappelait combien de prières douloureuses elle avait faites à cette même place, combien de larmes elle avait versées sur ses mains jointes, et elle éprouvait une félicité indicible à lever au ciel des yeux reconnaissants et à remercier le Seigneur.

« Mon Dieu !... dit-elle d'une voix douce et radieuse, vous avez écouté la pauvre jeune fille qui pleurait et vous suppliait, vous avez trouvé qu'elle avait assez souffert, et vous avez envoyé à son cœur la félicité la plus douce et la plus sainte. Merci.... mon Dieu ! du fond de mon âme ! Tous les jours de ma vie seront des élans de reconnaissance. Ici, mon Dieu ! bien souvent... j'ai courbé la tête en criant : « Je suis malheureuse !... » Aujourd'hui, je la relève et je vous dis : « Je suis bien heureuse ? Ah ! oui, » bien heureuse !... » Vous, mon Dieu ! vous qui lisez dans toutes les pensées, vous savez à quel point je l'aime, car c'est vous qui me l'avez rendu au jour du désespoir, pour qu'il me consolât et me fît renaître au bonheur. »

Après cette prière, mademoiselle de Sirven se releva. Son visage était plus rayonnant encore ; la joie immense de tout son être semblait s'être épurée par ce contact avec la divinité.

Quoique trois semaines, comme nous l'avons dit, la séparassent encore de l'époque fixée pour son mariage, déjà elle s'occupait avec anxiété de sa toilette de mariée. Tous les matins, elle sortait d'un grand carton sa robe de noces, qui était déjà prête depuis plus de huit jours, son voile, sa couronne de lilas blancs ; elle étalait sur des fauteuils ce riche trésor, emblème de son bonheur à venir, elle le regardait avec les yeux, avec le cœur ; elle lui souriait, elle lui parlait comme à un ami ; puis elle s'asseyait en face. Et, après avoir vingt fois touché chacun des objets dont il se composait, arrangé un des plis de sa robe, relevé une des branches de sa couronne, placé et replacé le voile, elle restait des heures entières en contemplation. C'était presque le recueillement de l'avare devant sa cassette.

Après le déjeuner, elle était dans la chambre de sa sœur, et toutes deux examinaient différentes parties du trousseau, lorsqu'un domestique apporta une lettre de monsieur d'Egmont.

XVIII

COUP DE FOUDRE.

Madame de Fougerolles prit la lettre.

— Tiens, Marie, — dit-elle, — voici des nouvelles de monsieur d'Egmont. Il est aimable d'avoir pensé à nous écrire. — Puis elle ajouta en souriant et en s'efforçant de donner à sa voix un ton sérieux : — Prenez cette lettre, mademoiselle de Sirven, c'est votre bien ; car, si elle m'est adressée, c'est à vous qu'elle est écrite... Lis-la pendant que je vais serrer ces mouchoirs. — La jeune fille prit la lettre avec un mouvement de joie indicible. Mais à peine en eût-elle parcouru les premières lignes que son visage devint d'une pâleur effrayante. Par un effet étrange, ses yeux s'entourèrent tout à coup d'un cercle sanglant, sa poitrine se gonfla, elle fit un faible mouvement comme pour porter ses deux mains à son cœur, et elle tomba sans connaissance. — Mon Dieu ! qu'y a-t-il donc ? — s'écria madame de Fougerolles en se précipitant vers sa sœur. — Marie !... Marie !...

Mademoiselle de Sirven était sans mouvement.

Telle fut l'épouvante de madame de Fougerolles, en voyant ce visage livide, ces lèvres violettes, en sentant cette main glacée, qu'elle se pencha vers sa sœur, la souleva dans ses bras, la transporta sur un canapé, et ne pensa pas un seul instant à regarder ce que contenait de si terrible ce papier qui venait de causer son évanouissement. Elle lui fit respirer des sels, ne songeant pas non plus à appeler quelqu'un à son aide. Son visage était presque aussi pâle que celui de la pauvre enfant qu'elle soignait, et ses yeux roulaient de grosses larmes, qui tombaient sur les cheveux et sur le front de Marie.

Peu à peu la jeune fille revint à elle. Ses yeux d'abord s'ouvrirent faiblement, puis se refermèrent. Sa poitrine se souleva, oppressée et haletante ; elle passa ses deux mains sur ses yeux, sur son front, dans ses cheveux, promena lentement un regard vague et indécis autour de la chambre dans laquelle elle se trouvait et qu'elle ne semblait pas reconnaître. Enfin elle vit sa sœur, qui, debout devant le canapé, la tête tristement baissée, attendait que la vie fût entièrement revenue à cette infortunée jeune fille et, avec la vie, le sentiment profond de la douleur.

Avant de recommencer à souffrir, Marie eut encore un moment d'oubli. Elle tendit ses deux mains à madame de Fougerolles, et appuya sur la poitrine de la jeune femme sa tête qui tremblait.

Mais tout à coup elle aperçut à terre la fatale lettre que ses mains avaient froissée avant de la laisser échapper. Un mouvement nerveux, presque convulsif, contracta les traits de son visage ; elle se souleva à moitié, saisit d'une main tremblante le bras de sa sœur, puis, de l'autre, lui montrant le papier, elle lui dit d'une voix entrecoupée :

— Ma sœur... toujours... cet horrible mystère. . qui pèse sur ma tête... et qui me tue... toujours !... toujours !... — Et, levant à la fois ses deux mains vers le ciel ; — O mon Dieu ! mon Dieu !—s'écria-t-elle d'une voix déchirante ;—mais dites-moi donc ce que j'ai fait ?... Il est impossible de me laisser souffrir ainsi plus longtemps !... Je deviendrai folle, et alors, mon Dieu !... je ne pourrai plus prier, je douterai de vous peut-être !

En prononçant ces derniers mots, le cri le plus affreux de son désespoir, elle se leva toute droite ; on eût dit que le vertige la prenait déjà.

Madame de Fougerolles en fut effrayée, et, lui posant la main sur les lèvres :

— Ma sœur,—s'écria-t-elle,—oh ! tais-toi !... tais-toi !...

Mais Marie la regarda un moment de son regard immobile, glacé, et, lui montrant toujours le papier, elle ne prononça que ces mots :

— Lis... lis...—Madame de Fougerolles ramassa la lettre et l'ouvrit ; elle allait y jeter les yeux lorsque Marie ajouta :—Lis tout haut, ma sœur ; je veux... tout savoir... tout... je sens... le courage qui me revient... Je veux entendre mon arrêt.

Herminie hésita un instant, puis, d'une voix lente, elle lut ce qui suit :

« Madame,

» Pourquoi ai-je appris ce secret fatal que la bonté du » ciel me laissait ignorer ? Pourquoi un hasard terrible, » en me mettant en face de la vérité, m'a-t-il contraint à » une résolution qui me déchire le cœur et me tuera, je » l'espère ? Mais ce souvenir entre Marie et moi est im-» possible ; il empoisonnerait notre repos à tous deux. Le » courage, la force me manquent pour vous écrire, com-» me hier tous deux m'ont manqué pour vous parler. Oh ! » que j'ai souffert hier au soir ! plaignez-moi, il me » faut renoncer à cette union, qui était toute ma vie, tout » mon avenir.

» J'aime mademoiselle de Sirven comme jamais on n'a » aimé ; mais je sens que maintenant je la rendrais mal-» heureuse. Adieu pour toujours ! adieu à Marie ! adieu » à tout le bonheur que j'espérais ! Je pars, le cœur na-» vré, pour ne revenir jamais ; si vous avez quelque pitié » d'un infortuné, souhaitez-lui de mourir bientôt.

» ÉDOUARD D'EGMONT. »

En lisant les dernières lignes de cette lettre, la voix de madame de Fougerolles s'était tellement altérée qu'il était bien difficile de pouvoir comprendre le sens des mots qu'elle prononçait. Mais si elle les lisait, pour ainsi dire, avec la pensée, Marie les comprenait avec le cœur.

Quand elle eut fini, un morne silence succéda à tant d'agitation. Toutes deux étaient anéanties sous le poids de ce nouveau malheur, qui venait les accabler d'une façon si imprévue ; toutes deux avaient beau chercher dans le fond de leur âme la force d'y résister, elles n'y trouvaient, hélas ! que la force de souffrir.

Madame de Fougerolles rompit la première le silence.

— C'est affreux ! — dit-elle ; — tu as raison, toujours ce mystère qui pèse sur toi et qui t'accable !... Mais au moins, cette fois, ma pauvre sœur, nous le pénétrerons. Je vais porter cette lettre à monsieur de Fougerolles, et le prier d'aller demander à monsieur d'Egmont l'explication de sa conduite. Il faudra bien qu'il parle. S'il est vrai qu'une fatale et mystérieuse influence te poursuive... oui, ma sœur, nous le saurons aujourd'hui même, et alors tu seras sauvée.

La jeune fille était retombée sur le canapé ; à l'énergie fébrile qui l'avait surexcitée tout à l'heure avait succédé un profond abattement ; elle semblait pétrifiée.

Madame de Fougerolles la serra dans ses bras avec des larmes et des baisers, puis monta chez son mari.

XIX

QUE M. DE FOUGEROLLES ÉTAIT FIN COMME L'AMBRE.

Herminie s'avança vers son mari, en lui tendant d'une main tremblante la lettre de monsieur d'Egmont.

— Je viens vous apprendre un affreux malheur, — lui dit-elle, — un malheur et une honte !... Monsieur d'Egmont refuse la main de ma sœur sans s'expliquer autrement que par cette lettre. Lisez... lisez vous-même. — Le banquier saisit brusquement la lettre, et son visage exprima toutes les émotions qui l'agitaient. Madame de Fougerolles ajouta : — Quand, vous l'aurez lue, je vous en supplie, allez chez monsieur d'Egmont ; sans doute il ne sera pas encore parti. Demandez-lui l'explication de tout ceci. Il faut que nous sachions enfin quel est ce secret dont il parle... ce mystère effroyable qui poursuit ma pauvre sœur partout où elle va, l'accable sans pitié et éloigne d'elle toutes les affections.

Le banquier, après avoir lu la lettre, la posa froidement sur la table, alla fermer la porte que madame de Fougerolles avait laissée entr'ouverte, puis revint auprès d'elle.

— Je n'ai pas besoin, — dit-il, — d'aller chez monsieur d'Egmont pour comprendre le sens de sa lettre.

— Comment ! — reprit madame de Fougerolles en fixant sur son mari un regard stupéfait ; — vous savez...?

— Oui, je sais.

— Et lorsque je vous ai parlé de ma pauvre sœur, de mes inquiétudes, du mystère impénétrable qui enveloppait tant de souffrances, vous ne m'en avez rien dit ?

— Pourquoi vous en aurais-je parlé ? — reprit le banquier, dont la voix devint douce, presque émue, et perdit son caractère habituel de gravité et de froideur. — Ne valait-il pas mieux lui laisser ignorer cette triste histoire jusqu'au dernier moment ? Lorsque monsieur d'Egmont est venu demander votre sœur en mariage, j'ai pensé que la pauvre Marie avait assez expié par ses larmes cette première faute de sa jeunesse. — Herminie écoutait dans le plus profond étonnement les paroles de son mari ; elle était si interdite qu'elle ne répondit pas un mot et qu'elle attendit en silence ce que monsieur de Fougerolles allait lui apprendre. — Asseyez-vous un instant, — reprit celui-ci, — et, puisqu'il le faut absolument aujourd'hui, je vais tout vous dire. Il y a environ deux ans de cela, nous étions à notre château de ***. Vous vous rappelez comment sont distribués les appartements que nous occupions et le petit salon de votre sœur, qui avait une sortie particulière sur le quinconce qui l'entourait ?

— Oui... oui... — dit Herminie, qui tremblait d'un horrible pressentiment, et dont le regard était cloué sur monsieur de Fougerolles, dévorant avec anxiété chaque parole qu'il prononçait.

— Un soir, je revenais, vers dix heures, de faire le whist chez un de nos voisins de campagne ; j'avais pris par le petit bois pour rentrer par le jardin anglais. A peine y étais-je que j'aperçus avec le plus grand étonnement un cheval attaché dans la partie la plus touffue du bois. Presque dans le même moment, j'entendis du bruit dans la direction du perron.

— O mon Dieu ! — dit madame de Fougerolles d'une voix sourde, — ce serait affreux !

Le banquier continuait toujours :

— La porte du salon de Marie s'ouvrit, et, à la clarté de la lune, je reconnus très-distinctement monsieur de Macau qui descendait le perron. La porte se referma. Monsieur de Macau, sans m'apercevoir, alla détacher son cheval dans le fourré et s'éloigna ; nous ne l'avons plus revu depuis. — Herminie porta ses deux mains à sa poitrine ; tout le sang lui était remonté au cœur. Ainsi que Marie, elle était sans mouvement, sans voix ; elle se croyait la proie d'un cauchemar affreux ; elle voulait douter... Elle se frappait la poitrine de ses deux mains fermées, comme pour bien s'assurer qu'elle existait encore. Non ! ce n'était pas un songe, elle ne rêvait pas, tout ce qu'elle entendait était réel. C'était elle !!! Elle avait flétri la vie de sa sœur par une action coupable ; sa faute avait rejailli sur cette pauvre enfant, innocente et pure comme un ange du ciel ! Le banquier s'était tu un instant ; bientôt il reprit : — Vous savez tout, maintenant. J'espérais que ce secret n'était connu de personne et que je pourrais le laisser mourir en moi. J'espérais que, par un sentiment d'honneur, monsieur de Macau, qui partit, vous le savez, quatre ou cinq jours après pour rejoindre son régiment, garderait un éternel silence ; mais, soit par lui, soit par quelque autre témoin de cette visite clandestine, qui peut ne pas avoir été la seule, cette déplorable aventure se sera ébruitée. Voilà pourquoi Marie a été si mal accueillie dans le monde, presque repoussée par toutes les mères, qui craignaient pour leurs filles. Voilà pourquoi monsieur d'Egmont a refusé la main de Marie.

Il eût pu ainsi parler longtemps : madame de Fougerolles ne l'entendait plus ; tout le sentiment de son existence était concentré dans une seule pensée, qui la tenait morne et abattue. Alors, en une minute, toute l'immensité du malheur qu'elle avait causé lui apparut comme un éclair terrible ; toutes les larmes versées par Marie lui retombaient une à une sur la poitrine. Il lui semblait que ces larmes la brûlaient comme du feu. Ce récit douloureux, dans lequel la pauvre jeune fille, l'âme triste jusqu'à la mort, lui avait retracé tant de douleurs qu'elle ne comprenait pas, il était là, devant elle, gravé en caractères ineffaçables ; elle le relisait lentement, comme un châtiment ; elle voyait surgir devant elle le fantôme éploré de sa sœur, les joues creuses, le visage flétri ; ce fantôme la prenait par le bras et remontait avec elle, jour par jour, ces deux années passées dans l'isolement et l'humiliation... Elle joignait les mains, voulant demander grâce à cette vision terrible, mais sa poitrine était sans souffle et ses lèvres sans voix. Elle voulut se lever, les forces lui manquaient ; alors elle se prit la tête dans les deux mains et ses larmes coulèrent avec violence.

Le banquier attribua cette douleur de madame de Fougerolles à la révélation du secret qui flétrissait la vie de sa sœur, et il trouva ses larmes trop naturelles pour vouloir en interrompre le cours par des paroles qui n'eussent servi qu'à les augmenter.

Ainsi s'écoulèrent quelques instants. Enfin madame de Fougerolles, faisant sur elle-même un immense effort, se leva en s'écriant d'une voix déchirante :

— O mon Dieu !... mon Dieu !...

Puis, d'un mouvement plus rapide que la pensée, elle ouvrit la porte et disparut.

Elle s'élança d'un bond par l'escalier et traversa rapidement les diverses pièces qui conduisaient à sa chambre à coucher, où elle avait laissé Marie.

Elle ouvrit la porte et s'arrêta malgré elle sur le seuil, contemplant avec une douloureuse immobilité sa triste victime ; puis, sans la quitter du regard, elle s'avança lentement et s'agenouilla, laissant tomber son front sur les pieds de sa sœur, qu'elle couvrit de larmes et de baisers.

XX

LE SACRIFICE.

La jeune fille, par un léger mouvement, se souleva un peu, et, voyant sa sœur ainsi agenouillée à ses pieds, elle tendit jusqu'à elle une de ses mains, touchant du doigt cette tête inclinée.

— Ma sœur, — dit-elle d'une voix douce, — que fais-tu donc ?

— Je pleure, je demande pardon, — murmura madame de Fougerolles au milieu de ses sanglots.

— Tu pleures, tu demandes pardon, — reprit Marie, — et de quoi, ma pauvre sœur ? Si tu pleures, c'est que je pleure et que je souffre. Notre douleur à toutes deux n'a rien qui fasse courber le front ; elle est profonde, mais elle peut regarder le ciel et prier sans rougir.

Et le visage de la jeune fille prit une expression noble et superbe ; elle se relevait dans son martyre !

— Non... non... ma sœur, — dit madame de Fougerolles... A tes pieds... à tes genoux... le front courbé... toute ma vie à te supplier, à te demander pardon !...

— Mais pourquoi donc, Herminie ? Je ne te comprends pas.

— Parce que c'est moi qui t'ai perdue, Marie !

— Toi !... toi... ma sœur ?

— Parce que c'est moi qui ai flétri toute ta vie... entends-tu bien ?... c'est moi !

Et madame de Fougerolles se cacha la tête dans les plis de la robe de Marie.

La pauvre enfant ne comprenait rien encore ; mais, par un sentiment inexprimable de grandeur et d'énergie qui appartient à toutes les nobles âmes, elle sentit tout à coup la force lui revenir au cœur ; elle se leva, puis, se penchant vers sa sœur, elle l'attira doucement à elle, écartant les longues boucles de ses cheveux qui couvraient son visage, et lui dit :

— Ma sœur, je t'en prie... relève-toi...

Mais madame de Fougerolles ne fit pas un mouvement, elle resta à genoux devant Marie, la tête courbée, comme un criminel devant son juge ; et d'une voix entrecoupée par les sanglots elle raconta ce que venait de lui dire son mari. Marie l'écoutait attentivement, sans que sa figure changeât d'expression ; mais, à mesure que sa sœur parlait, sa douleur semblait rayonner sur son front comme une auréole.

Herminie s'arrêta un instant, puis elle reprit en joignant les mains ;

— Marie, par pitié, ne me maudis pas ! Je vais me confesser à toi comme à Dieu. Aies-en la bonté et la miséricorde !

La jeune fille était silencieuse, mais son visage était beau et calme. Avec sa robe blanche et ses longs cheveux luisants qui s'inclinaient sur son cou, on eût dit une vision céleste, un envoyé du Seigneur, devant lequel s'agenouillait le femme pécheresse comme Madeleine devant le Christ.

Elle se pencha vers Herminie, et lui dit:

— Ma pauvre sœur, ne vois-tu pas que je tends les bras ? Ce matin, tu pleurais de ma douleur ; c'est à mon tour maintenant de pleurer de la tienne.

Madame de Fougerolles se releva. Les deux sœurs se tinrent longtemps embrassées.

La pauvre femme se dégagea des bras de Marie.

— O ma sœur ! — dit-elle ; — ma douce Marie !... pour elle j'aurais donné ma vie tout entière... et c'est moi... moi ! Oh ! c'est affreux ! il est impossible que tu me pardonnes ! Ah ! j'ai été bien coupable... bien coupable sans le savoir ! Mon mari rentrait... il n'y avait pas d'autre issue. J'étais perdue... perdue à jamais ! Tu dormais dans ta pureté d'ange... Je l'ai fait sortir par cette porte pour qu'il échappât à tous les regards ; mais Dieu a voulu que la faute eût son expiation ; et c'est toi !... Ah !... ma sœur !... ma sœur ! Et vous, ma mère, vous qui en mourant avez appelé à votre chevet votre fille aînée et lui avez dit : « Songe, mon enfant, que je remets en tes mains le bonheur de ma pauvre Marie, orpheline à cet âge où l'on a tant besoin d'affection ; souviens-toi que tu dois la protéger, veiller sur elle, guider ses pas dans la bonne route, remplacer sa mère, enfin. » Voilà ce que vous m'avez dit, ma mère... et voilà ce que j'ai fait !

— Si ma mère t'entend et te voit, — dit Marie, — comme moi, à cette heure, ma mère te pardonne.

— Oui, — dit madame de Fougerolles, qui semblait avoir pris une décision soudaine, — oui, j'accepte ce pardon, Marie, pour te sauver et t'arracher au déshonneur injuste qui pèse sur ta tête... oui, j'accepte ce pardon, et j'en serai digne, car j'irai moi-même, partout et à tous, dire la vérité, proclamer ma faute et ton innocence.

Mademoiselle de Sirven prit la main de sa sœur.

Ce n'était plus cette jeune fille abattue, versant des torrents de larmes dans des accès de fièvre et de désespoir ; son visage épuisé avait pris une expression de sublime et sainte résignation... Il n'y avait plus de larmes dans ses yeux, ils étaient au contraire limpides et inspirés.

— Tu ne feras pas cela, ma sœur, — lui dit-elle, — car tu te perdrais sans me sauver... Puisqu'il fallait dans la volonté du ciel que cette faute de ta pensée fût expiée, ne valait-il pas mieux que ce fût la jeune fille, dont l'existence ne se rattachait qu'à elle-même, qui l'expiât aux yeux du monde ? Non, tu n'accompliras pas un si grand sacrifice, et tu me laisseras au moins pour consolation la pensée de ton bonheur et du repos de toute ta vie conservés par moi.

— Mais toi !... toi... ma sœur ! — interrompit Herminie, — non... il faut que la coupable seule courbe la tête.

— Songe, ma sœur, que ta vie ne t'appartient pas à toi seule, que tu en dois compte à deux personnes... à ton mari et à ton enfant !... Songe qu'en agissant ainsi tu les perdrais tous deux, et le monde ne t'épargnerait pas plus, vois-tu ! qu'il ne m'a épargnée ; il ne mettrait pas en compensation mes douleurs et mes larmes, et tu subirais à ton tour, ma pauvre sœur, cette torture de chaque jour. Oh ! tu ne sais pas ce que c'est... Je te le dis, c'est horrible ! — Herminie secoua la tête. Elle allait parler lorsque Marie lui fit doucement signe de la main de ne pas l'interrompre. — Et puis crois-tu donc, — lui dit-elle, — que quelque chose maintenant ait le pouvoir de me rendre ces deux années qui se sont écoulées ? Crois-tu donc que maintenant quelque chose puisse me faire heureuse, effacer sur mes joues la place de tant de larmes, et dans mon cœur celle de tant de souffrances ?... Non... non, ma sœur, ces deux années ont tué toute ma vie... Quand l'orage a passé sur une fleur et a brisé sa tige, penses-tu que la main qui la relève puisse lui rendre l'éclat et la vie ?... Regarde-moi, et tu verras que rien ne peut changer ma destinée... Le repos du couvent, l'asile de la prière, voilà ma consolation désormais... Je te le répète, ma sœur, que mon malheur serve au moins à ton repos.

— Oh ! ne parle pas ainsi avec cette douleur résignée ! — s'écria madame de Fougerolles en joignant les mains.

— Ne me dis que ma vie entière est flétrie à jamais... Chaque mot que tu prononces me retombe sur le cœur et le déchire. Par pitié ! laisse-moi espérer pour toi dans l'avenir... Tu rentreras dans le monde brillante et pure comme tu en as le droit ; et c'est moi, ma sœur, qui parlerai à tes côtés ; oh ! l'on me croira !

Presque au même instant la porte s'ouvrit, et monsieur de Fougerolles parut dans la chambre, menant par la main sa jolie petite fille.

Par un mouvement spontané, irrésistible, Herminie fit quelques pas au-devant de lui ; mais sa sœur la retint par le bras, et lui dit tout bas :

— Devant ta fille ! Oh ! tais-toi, ma sœur, pour cet homme dont le front est si calme, et qui est le père de cette enfant ; pour cette enfant dont tu es la mère, et qui te tend les bras... tais-toi !

Madame de Fougerolles baissa la tête, et, se penchant pour embrasser sa fille qui était accourue à elle, deux grosses larmes tombèrent sur les joues de l'enfant.

— Tu pleures, maman, — demanda la douce blondinette, — tu as donc du chagrin ?

Pour toute réponse, madame de Fougerolles la prit dans ses bras et la présenta à sa sœur.

L'enfant passa ses bras au cou de la jeune fille et l'embrassa.

Monsieur de Fougerolles s'approcha de mademoiselle de Sirven, lui tendant la main :

— Ma pauvre Marie, — lui dit-il avec une voix pleine d'une touchante sollicitude, — j'espérais que le ciel s'était enfin lassé de vous punir d'une imprudence qui a si cruellement rejailli sur toute votre vie. Je ne puis en vouloir à monsieur d'Egmont d'une résolution pour nous si triste et si douloureuse. Le monde lui a donné le droit d'en agir ainsi ; mais souvenez-vous, Marie, que vous avez près de vous un ami dévoué qui a tout oublié, et dont l'affection du moins ne vous manquera jamais.

Marie regarda fixement sa sœur pour lui ôter toute volonté de parler ; puis elle courba silencieusement la tête, et mit sa main, qui ne tremblait pas, dans celle que le banquier lui tendait.

Madame de Fougerolles sortit de la chambre, et envoya un domestique chez monsieur d'Egmont le prier instamment de ne pas partir sans passer à l'hôtel.

Elle attendit sur l'escalier tout le temps que le domestique mit à faire cette commission. Aussitôt qu'elle l'aperçut montant la première marche, elle l'interrogea.

Monsieur d'Egmont était parti sans rien dire à personne, mais le valet de chambre qui l'accompagnait avait dit au concierge qu'il ne pensait pas qu'il revînt de sitôt.

Le dernier espoir avait disparu, le malheur de Marie était irréparable.

Pendant quelques jours elle parut beaucoup moins abattue qu'elle ne l'avait été jusqu'alors ; à tel point que monsieur de Fougerolles, qui un moment avait eu de sérieuses inquiétudes, fut complétement rassuré. Il ne lisait pas au fond des cœurs, car il eût vu la plaie mortelle qui chaque jour s'agrandissait et minait l'existence de la victime, surtout à cause de ce calme apparent qui doublait la souffrance interne. Mais elle, du jour où elle s'était vouée tout entière à ce divin sacrifice d'abnégation, elle s'était fait une loi d'étouffer ses sanglots et de cacher ses larmes ; aussi, à dater de ce jour, nul, si ce n'est Dieu, n'eût pu dire ou soupçonner l'immense douleur que couvait en silence cette pauvre âme brisée ; nul n'eût pu comprendre combien ce désespoir morne et calme s'infiltrait lentement dans ses veines ainsi qu'un poison dévorant. Sa sœur elle-même fut trompée par ce divin mensonge d'amour et de dévouement.

XXI

Tous trois partirent pour le château de **.

On espérait que l'air de la campagne et les premiers beaux jours du printemps ramèneraient les couleurs sur les joues de mademoiselle de Sirven. Et l'on ne devinait pas que la vue fatale de ce château, source terrible de son malheur, accablerait davantage ses forces épuisées.

Cependant elle ne prononça pas une parole. Que lui importait désormais ce qui lui restait à vivre de jours douloureux et oubliés ? que lui importait de souffrir un peu plus ou un peu moins, puisqu'elle avait fait abnégation de tout aux pieds du Seigneur ?

Herminie pleurait et ne cachait pas ses larmes.

Lorsque chacun fut installé au château, Marie s'enferma presque aussitôt dans sa chambre, et, quand elle se vit bien seule avec elle-même, seule avec son âme, avec son cœur, son désespoir, si longtemps et si violemment contenu, s'échappa comme un torrent débordé ; puis à ce désespoir succéda un épuisement effrayant à contempler. On eût dit que la vie allait s'envoler comme un souffle de ce corps si frêle.

Cependant la campagne eut d'abord une influence salutaire sur sa santé. Dès le matin, chaque jour, elle sortait seule, à pied, et allait dans les hameaux voisins visiter les pauvres, les malades, et leur porter des secours ; elle s'asseyait auprès du chevet de ceux qui souffraient, et passait des heures entières à leur dire de douces et consolantes paroles. C'était son unique occupation, son unique joie, les seuls moments où elle se sentît un peu vivre ; aussi bientôt, dans le village, on ne l'appela plus que l'ange de charité.

Marie fut bientôt la providence du pays. Les vieillards, quand elle passait, découvraient leurs têtes blanches, et les enfants, qu'elle connaissait tous par leurs noms, allaient lui tendre la main et lui servaient de cortége. Elle était presque heureuse alors ; heureuse du seul bonheur dont elle pût jouir encore, de celui des autres. Elle servait dans ses bras ces petits anges si près de Dieu par leur enfance, et s'inclinait pieusement devant les vieillards si près aussi de Dieu par leur vieillesse.

Elle s'oubliait pour ainsi dire elle-même dans cette nouvelle vie qu'elle s'était créée. C'était noblement se venger de l'injustice du monde.

Aussi, chaque matin, à l'heure où elle avait coutume de venir, chacun l'attendait au village avec impatience : ceux qui souffraient, pour être guéris ou consolés ; ceux qui ne souffraient plus, pour être reconnaissants.

Un matin, dans le village, on l'attendit en vain ; la journée se passa, elle ne vint pas.

Alors, à la tombée de la nuit, enfants, femmes, hommes et vieillards quittèrent leurs demeures pour aller au château de ***. Rien de touchant comme de les voir tous entrer dans la cour, et demander avec anxiété des nouvelles de la jeune demoiselle de Sirven, qu'ils n'avaient pas vue de toute la journée et qui devait être malade ; ils n'en doutaient pas.

En effet, le matin de ce jour-là, quand Marie avait voulu se lever et sortir, elle était tellement faible qu'elle n'avait pu faire un pas.

Elle se sentit tout émue, toute joyeuse, quand elle entendit dans la cour ce bruit inaccoutumé, et qu'on lui dit que c'étaient les gens du village voisin qui venaient s'informer de sa santé. Son pauvre cœur battit comme il n'avait pas battu depuis bien longtemps. Quelque faible qu'elle fût, quelques remontrances qu'on lui fît, elle voulut aller elle-même les remercier. Elle jeta un châle sur ses épaules, prit le bras de sa sœur pour s'y appuyer, et descendit dans la cour. Son visage, quoique bien pâle, était radieux. En prenant congé de ces braves gens, elle leur dit de sa voix douce et triste :

— Merci, mes bons amis, ne vous dérangez plus de vos occupations pour moi ; bientôt vous me reverrez au milieu de vous. — Pauvre Marie ! ses forces, au lieu de revenir, s'épuisaient de jour en jour ; et bientôt elle ne put même plus quitter son lit. Plusieurs médecins de Paris furent appelés en consultation. Ils examinèrent longuement la malade, et leur réponse fut bien triste : l'art ne pouvait rien au mal de mademoiselle de Sirven ; tous les principes de la vie étaient malheureusement épuisés ; les forces ne pouvaient plus revenir, et la malade devait lentement, sans souffrir, s'endormir dans la mort. Mademoiselle de Sirven le savait depuis longtemps. C'était pour elle une espérance qui allait se réaliser. Aussi, quand elle fut seule avec madame de Fougerolles, qui pleurait amèrement sans avoir la force de cacher sa douleur, elle lui dit : — Pourquoi pleurer ainsi, ma sœur? Qu'y a-t-il dans la mort qui puisse m'attrister ou m'effrayer? N'est-ce pas l'asile où je dois enfin trouver le bonheur qui m'a été refusé sur cette terre ? J'ai passé dans cette vie pour souffrir ; le moment du repos est venu. Ma bonne sœur, laisse-moi le courage qu'il me faut pour nous séparer ; et, loin de te désoler ainsi à mon chevet, remercie le Seigneur, qui dans sa bonté me rappelle à lui.

— Non, non... — dit madame de Fougerolles, qui essaya d'arrêter ses larmes ; — tu te trompes, tu ne dois pas mourir. Les médecins ont dit qu'ils avaient bon espoir, que c'était une faiblesse passagère dont il ne fallait pas que tu t'inquiétasses ; entends-tu, Marie ?

— Les médecins se sont trompés, ma sœur, — dit Marie d'une voix calme. Et elle n'ajouta pas un mot. Quelques instants après, elle ferma les yeux et dormit un peu. Madame de Fougerolles était debout devant son lit, regardant avec effroi ce sommeil qui ressemblait tant à la mort, et écoutant avec anxiété le souffle si égal et si léger de la respiration, qui effleurait à peine les lèvres de la jeune fille. Un quart d'heure après, Marie se réveilla ; les dernières minutes de son sommeil avaient été fort agitées. Elle tourna lentement la tête du côté de sa sœur et essaya de sourire ; puis elle fit un mouvement et dit : — Je voudrais bien voir un prêtre.

On manda le curé du village. C'était un digne et vénérable vieillard, qui depuis quarante ans n'avait jamais voulu quitter la commune. Tous ses paroissiens l'adoraient ; il les avait vus naître, et, le premier, il leur avait parlé de Dieu.

Il s'assit à côté du lit de la jeune fille, et, inclinant sa tête blanche et calme auprès de ce jeune visage si pâle et si amaigri, il lui dit doucement :

— Le vieillard vient à vous, mon enfant ; c'est un serviteur de Dieu qui demande à joindre ses prières aux vôtres pour que vous retrouviez la santé et la vie. Je suis bien vieux et vous êtes bien jeune, j'ai bien marché sur ce chemin où vous entrez à peine ; chaque jour j'ai promis au Seigneur de ne vivre que pour l'aimer, pour le servir. Dieu, c'est notre père ; et nous devons aller à lui, l'âme remplie de joie, quand sa voix nous appelle.

— Oh ! oui... — dit la jeune fille en joignant ses deux mains sur sa poitrine.

Le vieillard continua :

— Oui, joignez les mains avec moi, enfant de Dieu ; priez pour vous qui avez péché sans doute, et pour tous ceux qui ont besoin de prières. Vous avez appelé près de vous le vieux curé de village ; le vieillard, le prêtre vous donne, chère enfant, tous les trésors de son cœur, la prière et la foi. Ce sont les deux anges gardiens de l'âme; avec eux vous vivrez en paix, avec eux vous remonterez au ciel purifiée et bénie. Vous avez pour parler de vous au Seigneur les voix qui montent le plus vite auprès de lui, celles des malheureux que votre charité a secourus.

— Oui, mon père, — dit Marie d'une voix douce et calme, — à cette heure suprême où la vie s'éloigne de moi,

je demande pardon de mes fautes, du fond de mon âme, et j'attends avec foi la félicité éternelle.

La voix de Marie, bien faible en commençant, s'était animée vers la fin ; on eût dit que le souffle de Dieu avait relevé ses forces presque éteintes. Faible créature de la terre, elle semblait déjà avoir sur son visage un reflet du ciel.

Tout à coup la porte s'ouvrit, et madame de Fougerolles, le visage rayonnant, tenant à la main une lettre, se précipita vers le lit de sa sœur, en s'écriant :

— Marie !... Marie !... il est revenu !

— Qui? — dit la jeune fille, dont les mains restaient jointes.

— Monsieur d'Egmont !

— Monsieur d'Egmont ? — répéta Marie. Et tout à coup deux grosses larmes roulèrent dans ses yeux.

— Pardon, mon père, — dit Herminie en tendant les mains au vieux prêtre, — pardon d'être entrée ainsi ; mais je suis si heureuse !

Et, montrant la lettre à sa sœur, elle lut :

« Pardon, pardon, madame ! je me jette aux genoux de
» Marie... Je suis si malheureux !... Au nom du ciel ! permettez-moi de la revoir et de m'humilier à ses pieds...
» Dieu a eu pitié de moi, de ce que je souffrais. . il est
» venu à mon secours... J'ai vu monsieur de Macau. Pardon... pardon, Marie, je vous aime plus que la vie ; mon
» repentir seul égale mon amour. »

Pendant que madame de Fougerolles lisait cette lettre, Marie s'était peu à peu levée sur son séant : et, les yeux fixes, la bouche entr'ouverte, elle écoutait. Sa poitrine se gonflait, et des couleurs inaccoutumées revenaient à ses joues. Quand sa sœur eut achevé de lire, elle resta quelques minutes éperdue, haletante ; puis, d'un mouvement presque convulsif, elle saisit la lettre et la porta a ses yeux avec avidité. Ses mains tremblaient.

— Oui... oui... — s'écria-t-elle, — c'est bien la même écriture !... C'est bien lui !... il revient ! il m'aime ! Tu l'as lu, ma sœur, il m'aime, il me demande pardon, il sait que je suis innocente !... O mon Dieu !... mon Dieu ! laissez-moi vivre maintenant, je ne veux plus mourir ! — Puis, se tournant vers sa sœur : — Mais comment a-t-il pu savoir... par quel miraculeux événement ?...

Madame de Fougerolles détourna la vue et ne put s'empêcher de rougir.

— Ah ! je comprends tout, — poursuivit Marie, — c'est toi-même qui... Ah ! cela est mal !... je t'avais défendu... tu m'avais promis...

— Ne sera-t-il pas mon frère ? — dit Herminie, — le secret ne sortira pas de la famille... Du reste il m'étouffait, et j'en serais morte en même temps que toi.

Mademoiselle de Sirven se pencha vers le prêtre.

— Mon père... mon père, — lui dit-elle d'une voix suppliante, — priez, priez avec moi !... Ma sœur... n'est-ce pas, les médecins ont dit qu'ils avaient bon espoir? Je suis si jeune, je suis si heureuse, il n'est pas possible que je meure !...

Son bonheur tenait du délire.

— La bonté de Dieu est infinie, — dit la voix du prêtre ; — ma fille, espérez !

XXII

TROP TARD.

Comme on doit facilement le supposer, un abattement excessif succéda à l'agitation fiévreuse qui avait transporté la pauvre Marie à la lecture de cette lettre. Elle murmura encore quelques mots qui s'éteignirent sur ses lèvres épuisées ; et, sans jeter un cri, sans proférer une parole, elle s'affaissa sur elle-même et ferma les yeux. Un éclair de bonheur l'avait plus fatiguée que huit jours de souffrances.

Cet évanouissement fut heureusement suivi de quelques heures de bon sommeil.

Quand elle se réveilla, elle aperçut sa sœur qui était assise auprès de son lit, et entendit, au premier mouvement qu'elle fit, le froissement du papier qui était resté sous son édredon.

— Je n'ai donc pas rêvé, — dit-elle ; — c'est donc bien vrai qu'il est revenu?

— Oui, — dit madame de Fougerolles avec joie, — oui, ma sœur, il est revenu ! Il t'aime, et, depuis deux heures, il est dans le salon, attendant son arrêt, c'est-à-dire son pardon.

— Il est ici !... — murmura la jeune fille. — Ma sœur, je veux le voir !

— Tu es si faible, Marie, tant d'émotions dans la même journée te feront mal peut-être ?

— Oh! non; le bonheur donne des forces. Tu vas m'aider à me lever.—Dans le premier mouvement de joie que lui avait causé cette nouvelle inattendue, madame de Fougerolles elle-même avait oublié la funeste prédiction des médecins, et en était venue à espérer presque un retour à la santé : car il lui semblait qu'il y avait le doigt de la Providence dans cet heureux événement, que Dieu achèverait l'œuvre qu'il avait commencée. Elle augurait bien dans sa pensée de l'entrevue de monsieur d'Egmont avec Marie, et ce fut avec une véritable joie qu'elle aida sa sœur à se lever. A peine Marie eut-elle fait quelques pas dans l'appartement qu'elle s'arrêta, et dit d'une voix triste :

— Je suis bien faible.

— Peut-il en être autrement?— reprit Herminie ;—depuis plus de dix jours tu ne quittes pas ton lit, et tu ne prends pour ainsi dire aucune nourriture.

Marie essaya de marcher encore, mais elle sentit de nouveau ses jambes faiblir, et sa respiration s'oppressa.

Elle s'assit dans un fauteuil en secouant douloureusement la tête.

— J'ai bien peur, — dit-elle, — que les médecins ne se soient pas trompés. Ce serait bien cruel, ma sœur, de mourir à présent.

— Ne parle donc pas ainsi, Marie, — reprit madame de Fougerolles, qui faisait tous ses efforts pour ne pas pleurer. — Ce n'est pas à ton âge que l'on meurt.

— Puisse Dieu penser comme toi, ma sœur ; car maintenant je n'ai plus d'espoir qu'en lui !—En s'appuyant beaucoup sur sa sœur, elle se leva et alla devant une table de toilette. C'était quelque chose qui serrait le cœur que de voir cette pauvre jeune fille regarder dans une glace son visage si pâle, si amaigri, et ses grands yeux, maintenant ternes et sans éclat, que la maladie semblait avoir agrandis encore. Elle se tourna vers sa sœur, et lui dit, en relevant par un demi-sourire le coin de ses lèvres blanchies :

— Il ne me trouvera plus jolie... mais j'ai tant souffert !

— Elle acheva lentement sa toilette, en s'arrêtant presque à toutes les minutes pour appuyer sa tête sur l'épaule de sa sœur. Quand elle fut prête, elle entra dans un petit salon qui était à côté de sa chambre, et s'étendit sur un canapé. — Avant de le faire entrer, — dit-elle à sa sœur, — attends un peu... je suis bien fatiguée. — Madame de Fougerolles lui fit respirer un flacon d'eau de Cologne. C'était la seule odeur qu'elle pût supporter, et, un quart d'heure après, elle descendit prévenir monsieur d'Egmont qu'il pouvait monter. Mademoiselle de Sirven resta seule pendant quelques instants, et alors elle pensa au bonheur inespéré du retour de monsieur d'Egmont. Elle n'était plus coupable à ses yeux ; la Providence, qui vient toujours au secours de ceux même qu'elle semble le plus abandonner, avait voulu que monsieur de Macau et lui se rencontrassent. La vérité triomphait enfin du mensonge par la volonté de Dieu seul, sans qu'elle eût fait un pas, prononcé un mot. L'auréole de sa pureté et de son innocence soulevait d'elle-même le voile qui l'avait étouf-

fée. Alors et dans ces quelques minutes revinrent à sa pensée toutes ces heures de désolation qui avaient flétri les plus belles années de sa vie, ses prières, ses angoisses, ses pleurs, tout ce cortége funèbre qui l'avait accompagnée à chaque pas ; seulement, en face de ce premier bonheur véritable qu'elle eût goûté, elle comprit toute la grandeur de son sacrifice, toute l'immensité de son dévouement. Un instant sa faiblesse hésita, et elle attendit ardemment sa sœur pour se jeter à ses genoux et lui dire :

— Pour une heure... pour un jour seulement, rends-moi à l'estime, à la vie du monde... rends-moi à moi-même !

Mais elle entendit un bruit de pas derrière la porte du salon, et toutes ses pensées s'évanouirent pour laisser tressaillir son cœur.

La porte s'entr'ouvrit. C'était Edouard d'Egmont.

Edouard s'arrêta tremblant sur le seuil en apercevant mademoiselle de Sirven étendue sur un canapé, les joues creuses et presque livides; contemplant ce pauvre visage qu'il avait vu si riant, si coloré, et qu'il retrouvait si pâle et si languissant, il ne put retenir un mouvement d'effroi et d'inexprimable angoisse.

Il lui semblait ne plus voir que le fantôme de Marie, et pour qu'il osât faire un pas il eut besoin d'entendre la voix de mademoiselle de Sirven, cette voix qu'il reconnaissait bien mieux que son visage, et qui était restée douce et limpide.

— Pourquoi rester ainsi à cette porte, monsieur d'Egmont? — lui dit-elle. — approchez donc !

Le jeune homme tressaillit.

— O mon Dieu !... — s'écria-t-il en se précipitant aux genoux de mademoiselle de Sirven. — Me pardonnerez-vous jamais ?

Marie lui tendit la main comme autrefois.

— Relevez-vous, Edouard, — lui dit-elle, — vous n'avez point de pardon à me demander ; vous n'êtes point coupable envers moi.

— Pardon !... pardon à deux genoux de vous avoir méconnue, ange d'innocence et de bonté, de n'avoir pas deviné sur ce visage si pur la chasteté de l'âme ! pardon d'avoir cru plutôt à des paroles honteuses et méprisables qu'à mon cœur qui m'appelait vers vous; ma vie entière sera une expiation. Marie, Marie... me pardonnerez-vous jamais ?

— Merci d'être revenu, — interrompit mademoiselle de Sirven; — je suis heureuse de vous voir; mais je crains bien que vous ne soyez venu trop tard.

— Ne prononcez pas de semblables paroles. Oh! non... Dieu est juste, Dieu est bon...' il n'ordonnerait pas un si affreux sacrifice! Non... il vous conservera à mon amour, à mes larmes, à mes prières. Vous vivrez, Marie, pour que ma vie entière vous soit consacrée. — Marie secoua tristement la tête et porta la main à sa poitrine. Le jeune homme prit cette main et la couvrit de baisers.—Chassez, par pitié, — s'écria-t-il, — chassez ces terribles pressentiments, Marie ; ne me regardez pas ainsi de votre regard si triste ! Oh ! non... non, cela ne sera pas !... Si cela devait être, je me tuerais avant...

Mademoiselle de Sirven fit un mouvement, et tendit à la fois ses deux bras vers monsieur d'Egmont. Elle s'était relevée à demi.

— Ne parlez pas ainsi, — murmura-t-elle.

Lui se mit à deux genoux devant elle, levant vers ce pâle visage qui le regardait ses yeux remplis de larmes.

— Vous ne savez pas,—dit-il,—combien je vous aime ! Au milieu de ma vie indifférente, sans intérêt, sans affection, vous m'êtes apparue comme l'idéal de mes rêves, la réalité de mon bonheur : partout où vous alliez j'allais pour vous voir, pour vous admirer, pour vous adresser quelques paroles. Toute ma vie c'était vous ; toutes mes pensées se recueillaient en vous comme en un sanctuaire; mon cœur s'épurait, mon âme s'élevait. Vous étiez tout pour moi, je vous adorais comme un ange.

— Vous l'entendez, mon Dieu !.... vous l'entendez !...—

s'écria mademoiselle de Sirven en se levant toute droite et joignant avec une crispation fébrile ses deux mains grelottantes. — C'est lui... c'est mon fiancé qui revient... que je puis aimer, que je dois aimer, qui m'aime, lui aussi, et qui me le dit !... Oh ! n'est-ce pas ? mon Dieu ! vous aurez pitié de moi... j'ai tant souffert ! Vous me laisserez être un peu heureuse. Je n'ai pas encore connu le bonheur, mon Dieu !... vous ne me condamnerez pas à mourir !

En parlant ainsi, Marie semblait avoir puisé dans son amour une force nouvelle, une énergie presque surhumaine.

Cette frêle organisation, si languissante, si épuisée, se relevait soudainement ; on eût dit que la vie, prête à s'échapper, rallumait sa flamme éteinte. Elle s'appuya doucement sur le jeune homme, qui fixait sur elle ses yeux pleins de bonheur.

— Vous ne pouvez pas non plus savoir, — reprit-il, — quels horribles déchirements mon cœur a soufferts lorsque je vous ai quittée. Vingt fois, malgré moi, entraîné par une puissance irrésistible, je suis venu à la porte de votre hôtel, et j'ai versé des larmes brûlantes sur la pierre insensible. Je vous fuyais... mais j'espérais mourir.

— Vous m'aimez ! — dit d'une voix douce et tendre mademoiselle de Sirven.— Ah ! ce mot c'est la vie qui me revient. On ne meurt pas après avoir entendu cela. Et moi aussi je vous aime... Quand vous êtes parti, que m'importait de vivre ou de mourir ? Mais maintenant je veux vivre ; et je vivrai, puisque la douleur ne m'a pas tuée, pourquoi le bonheur me tuerait-il ? Cependant je suis bien faible... encore... Tenez, ma tête tourne... Vous êtes toujours là... n'est-ce pas ?... Je ne vous vois plus.

Et tout d'un coup mademoiselle de Sirven s'inclina sur elle-même et retomba sur le canapé. Son corps était presque plié en deux : on eût dit la tige d'une fleur à jamais brisée.

Au cri de désespoir que poussa monsieur d'Egmont en touchant la main glacée de Marie, madame de Fougerolles, qui était dans la chambre à coucher, accourut toute effarée.

— Qu'y a-t-il ? — s'écria-t-elle.

— Marie... Marie !... — furent les seuls mots que put prononcer monsieur d'Egmont.

On s'empressa autour de mademoiselle de Sirven ; on la transporta dans son lit.

Au bout de trois quarts d'heure à peu près, elle reprit connaissance.

Elle regarda de tous les côtés, et ne vit dans sa chambre que sa sœur et deux jeunes filles du village, vêtues de blanc, qui avaient demandé, au nom de toute la commune, qu'on leur permît de soigner mademoiselle de Sirven, leur bienfaitrice.

Marie essaya de sourire à sa sœur et aux deux jeunes filles qui pleuraient au bord de son lit. Puis elle dit d'une voix bien faible, en s'arrêtant presqu'à chaque mot :

— Ne pleurez donc pas ainsi... regardez, il n'y a pas de larmes dans mes yeux. Je suis prête... et résignée. Oui, il est bien triste de mourir à mon âge... maintenant surtout ; mais que la volonté de Dieu soit faite ! — Elle attira à elle une des jeunes filles. — Mariette, — lui dit-elle en penchant la tête de l'enfant près de la sienne, car elle avait grand peine à parler ; — quand je ne serai plus là, tu soigneras bien ta vieille mère... et... tu prieras Dieu pour moi, n'est-ce pas ?

Comme la jeune fille sanglotait, Marie posa ses lèvres presque glacées sur son front. Puis elle ferma les yeux, laissa retomber sa tête sur son oreiller, et parut s'endormir un peu.

Vers les onze heures du soir, le digne curé de *** était assis près du lit de mademoiselle de Sirven. C'était bien tard pour le bon prêtre ; mais il avait trouvé mademoiselle de Sirven si faible qu'il n'avait pas voulu la quitter.

Au pied du lit était assise madame de Fougerolles. Sa tête était penchée sur une de ses mains... elle lisait pieusement un livre de prières. Plus loin, le banquier était appuyé debout contre la cheminée ; dans le fond de la chambre, on voyait à genoux les deux jeunes filles qui avaient obtenu de veiller la nuit près du lit de leur bienfaitrice. Une lampe recouverte d'un abat-jour vert, jetant une clarté blême, éclairait à demi ce triste tableau.

Un profond silence régnait dans la chambre.

Marie était étendue sur son lit, plus pâle encore peut-être que le matin ; mais la maladie n'avait pu altérer sur son visage cette expression si douce de bonté et de résignation qui lui était habituelle.

Elle attendait.

Comme sa vie n'avait été qu'une suite de sacrifices, elle accomplissait le dernier sans un murmure ; au milieu de la douleur qui l'entourait, elle seule était calme, ainsi que le vieillard, ministre du Seigneur, qui priait tout bas pour l'âme qui allait s'envoler.

Mais Dieu seul peut connaître la dernière pensée et la dernière agonie de cette âme qui avait tant souffert ; Dieu seul peut comprendre les dernières douleurs de cette jeune fille, qui sentait dans sa poitrine le germe incessant de la mort ; elle avait voulu, dans un dernier élan, tendre ses bras au bonheur qui revenait, mais ses bras alourdis étaient lentement retombés. Elle était plus cruelle et plus affreuse que toutes les autres, cette dernière torture qui avait un instant ramené la vie belle et pure à la mourante inclinée sur sa tombe, et lui avait fait prononcer ces tristes mots : « Il est trop tard ! »

Ainsi elle avait bu le calice jusqu'à la lie, elle avait souffert jusqu'à l'heure de la mort, elle avait épuisé toutes les douleurs, versé toutes les larmes, accompli tous les sacrifices. Elle avait l'âge où l'on commence à vivre, et elle mourait épuisée par la douleur.

Pauvre victime, cœur brisé, âme flétrie, elle n'emportait avec elle qu'un long sanglot qui devait s'éteindre au pied du Seigneur.

Aussi elle oubliait qu'il y a quelques heures à peine elle espérait encore ; elle disait adieu à tous, doucement, sans tristesse, et fermait les yeux pour mourir.

Elle vit venir sa dernière heure sans s'effrayer, sans se plaindre ; et, quand elle sentit qu'elle était là cette heure suprême, qu'elle allait sonner, elle inclina son front vers le prêtre, et lui dit d'une voix à peine articulée :

— Mon père, voici l'heure... priez pour moi !

Le vieillard se pencha vers la mourante, posant sur ses lèvres, d'où ne s'échappait plus qu'un souffle à peine perceptible, son humble crucifix de bois.

Au même instant la porte s'ouvrit lentement, et l'on vit apparaître dans l'ombre, comme un spectre errant, monsieur d'Egmont. Il pleurait à chaudes larmes.

Il n'avait pas quitté le château, et avait supplié qu'on lui permît d'attendre dans la chambre voisine.

Au moment où il entrait, le vieux prêtre lui fit signe de s'agenouiller, et dit en levant les deux mains vers le ciel :

— Ame chrétienne, que Dieu te reçoive dans son sein !

Puis, lui aussi, il s'agenouilla et s'abîma dans une fervente prière.

Mademoiselle de Sirven avait cessé de souffrir ; mais la mort n'avait pas osé laisser son empreinte sur cette angélique figure de jeune fille... elle semblait dormir.

Le banquier emmena monsieur d'Egmont, et il ne resta plus que deux vivants dans la chambre : madame de Fougerolles qui pleurait, et le vieux curé qui priait.

———————

TENUE DE GENDRES

EN PARTIE DOUBLE.

I

QUE LE HASARD MÈNE LA VIE.

C'était, il y a une vingtaine d'années, aux environs de Lille, par une soirée d'automne.

Le ciel, d'un bleu mat, se perdait au couchant en longues bandes embrasées.

L'atmosphère tiède et calme n'apportait aucune brise au feuillage immobile. Les champs étaient déserts, et leur silence n'était troublé, de loin en loin, que par le beuglement prolongé de quelque génisse rentrant à l'étable et par la chanson du pâtre qui la stimulait de sa branche de bouleau.

C'était, pour tout dire, un de ces moments, bien connus des natures nerveuses, où la campagne inspire je ne sais quoi de mélancolique et d'attristant qui fait que la poitrine se gonfle et que quelque chose d'humide sollicite le coin de la paupière, sans que l'on sache trop pourquoi.

Un jeune homme de vingt-cinq à vingt-six ans se promenait, seul dans son tilbury et la pensée ailleurs, par les chemins qu'il plaisait à son cheval de choisir.

Ce jeune homme s'appelait Alfred Millet.

Les sentiers étaient devenus si étroits que, de chaque côté, les roues du frêle équipage effleuraient les plants de seigle et d'avoine, du milieu desquels se détachaient çà et là des coquelicots et des bluets, lorsqu'un autre jeune homme, qui se promenait à pied, lui, et que l'exiguïté de la route allait forcer de se blottir dans les épis, s'écria tout à coup :

— Comment ! Alfred, c'est toi ? — Et avant même que le propriétaire du tilbury eût eu le temps de regarder l'inconnu qui lui parlait ainsi, celui-ci avait enjambé lestement le marchepied, et, serrant les mains d'Alfred avec effusion : — Ah çà ! mais tu ne me reconnais donc pas ?

— Attendez que je me rappelle... Hector, parbleu ! Hector Lemoine, mon compagnon de classe au collége, celui dont je faisais les versions grecques pendant qu'il écrivait mes pensums.

— A la bonne heure ! Moi, je t'ai reconnu tout de suite... je t'aurais reconnu entre mille... *Semper idem, eadem, idem.*

— Il me semble que tu es un peu changé, toi !

— Grandi, d'abord, n'est-ce pas ? Et puis la barbe... Sais-tu qu'il y a près de huit ans que nous nous sommes perdus de vue ?

— Huit ans ! Comme le temps passe !

— Pourvu que l'amitié reste, — reprit Hector en serrant de nouveau les mains de son ami dans les siennes. Hector Lemoine était le fils aîné d'une honnête famille bourgeoise qui s'était imposé de grands sacrifices pour lui donner de l'éducation, sans qu'il en eût beaucoup profité. Hector avait essayé un peu de tout ; mais il en était toujours revenu au punch, aux actrices et au billard, trois choses pour lesquelles il avait une prédilection marquée. C'était, au demeurant, un assez brave garçon, tapageur, dévoué au besoin, irréfléchi, mais sensible, causant de fréquents chagrins à sa famille, et tout prêt cependant à se jeter au feu pour elle, le cas échéant. Il est vrai que le cas n'échoit guère... aussi n'est-il pas bien sûr que ceux qui offrent de vous donner cet impossible et brûlant témoignage

de leur affection vous rendraient seulement un de ces services, plus vulgaires et plus tièdes, qui semblent à la portée de tous les cœurs. Hector tirait souvent le diable par cet appendice auquel les trois quarts du genre humain sont toujours attelés. On comprendra donc que la rencontre fortuite d'une bête pur sang, d'un équipage et d'un ami, les trois ne faisant qu'un, devait être pour lui une prodigieuse bonne fortune. — Ah çà ! — reprit-il, — tu as donc des millions ?

— Moi, mon cher ? Malheureusement non... Mon père a eu la folie d'être sage et de diriger des manufactures pendant un demi-siècle. Il est mort à la peine, au moment où un de ses amis venait de lui apprendre confidentiellement qu'il y avait au ciel des étoiles et du soleil...

— L'indiscret ! — dit Hector.

— J'en avais si bien par-dessus la tête de cette existence mécanique, — poursuivit Alfred, — que, une fois libre de mes actions, il m'a semblé que ma fortune étouffait dans ses coffres, et que je suis allé lui donner de l'air à Paris.

— On y respire beaucoup, n'est-ce pas ?

— Trop, cher ami ; il faut des poumons de fer pour y résister.

— Et tu es revenu ?

— Ma fortune avait besoin de se mettre au lait d'ânesse et de revoir les pâturages où elle est née.

— Ce cher Alfred ! *Fortunati nimium sua si bon norint...*

— Je sais le reste... Eh bien! peut-être ai-je la joie triste, mais je te jure que, sous le prétexte de m'amuser, je me suis ennuyé à mourir.

— Le pauvre homme !

— Glanant çà et là quelques fausses jouissances qui m'échappaient toujours au moment où je croyais les saisir ; goûtant à tout sans but, sans émotion, sans plaisir ; célibataire aujourd'hui et ennuyé du célibat ; uni le lendemain à quelque pimpante déité, bientôt las de ses roulades, qui me tympanisaient, et la plantant là...

— Le pauvre homme ! — répéta Hector.

— Réduit, comme tu le vois, — poursuivit Alfred, — à en revenir à la verdure des champs et à la lumière du ciel pour me refaire des tapis verts de nos soirées et des lustres de nos théâtres.

— Je te conseille de te plaindre !

— Je parierais que tu es plus heureux que moi, mon pauvre Hector... car je suppose bien que tu n'apprends plus le grec, ce vieil ennemi de ton repos.

— Voilà bien comme vous êtes tous !

— Qui cela, tous ?

— Eh parbleu ! vous autres, les ennuyés, les blasés, les... que sais-je, moi !... vous autres les prôneurs de la vie frugale et rustique, les charlatans de la continence, qui semblez n'accepter le bien-être que comme un fardeau qui vous pèse, et qui voudriez nous faire accroire que nous sommes plus heureux que vous.

— Un verre d'eau à l'orateur ! — dit Alfred en riant.

— Non, mais c'est vrai, cela ! — Et, dans son indignation, Hector, s'emparant des rênes, réveilla d'un coup de langue *Bajazet*, c'était le nom du cheval, qui partit au grand trot. — Que fais-tu ce soir ? — demanda-t-il à Alfred.

— Je déciderai cela à pile ou face.

— Veux-tu que je te présente à ma mère et à ma sœur ?

— Tu as une sœur ?

— J'ai cette audace.

— Va pour la présentation, cher ami.

II

UNE FAMILLE BOURGEOISE.

C'étaient de braves et modestes gens que ces Lemoine, à l'accueil franc et ouvert, ayant de bon vin dans leur cave, mais n'en buvant que le dimanche et aux anniversaires, vous invitant *à la fortune du pot* sans qu'il y eût un cordon bleu de louage derrière le rideau, allant doucement pour aller longtemps, et n'allumant les bougies que par un seul bout.

Ils habitaient, rue Française, une humble et vieille maison qui, néanmoins, avait cet aspect de propreté et d'ordre, lequel est aux pierres ce que le calme de la conscience est aux traits du visage.

Sans compter précisément les plis des tentures et les ramages du papier, nous avouons que nous trouvons quelque charme à initier le lecteur à la physionomie générale du cadre quelconque dans lequel se meut telle ou telle action.

D'abord on préjuge volontiers du caractère des personnes par le nid qu'elles se font; ensuite le patient (c'est du lecteur que je parle) choisit son coin, s'étale dans un fauteuil, roule un tabouret sous ses pieds, et, s'il veut s'en donner la peine, voit les choses en même temps qu'il les lit.

Deux fenêtres au rez-de-chaussée, trois à l'étage et le pignon par-dessus, voilà toute la maison.

Ces persiennes fermées sont celles du salon; elles ne s'ouvrent guère qu'à Pâques ou à Noël, alors que la façade est décorée de rameaux verts et que les trottoirs sont jonchés de sable et de fleurs, en raison de la procession qui va passer.

De plain-pied et parallèle au salon, mais recevant le jour du jardin, est la salle à manger, centre habituel des réunions de la famille. C'est là que, le soir, autour du foyer, se discutent les intérêts domestiques, que la bonne vient installer son rouet, que l'on se livre parfois aux émotions du loto ou du bain jaune, et que les enfants, avec le secours de leurs petits doigts indécis, épellent Letellier ou Lhomond sur les genoux de leur mère.

Là, tout est simple et sans prétention : une table ronde à coulisses; un buffet à l'antique, surmonté de porcelaines et d'une cave à liqueurs; aux deux coins de la cheminée, des vases du Japon; au centre, une pendule d'albâtre; sur les panneaux, peints en grisaille, des portraits d'aïeul et de bisaïeul en costume de noce; un thermomètre de Réaumur et de vieilles gravures pastorales à cadres étroits et jadis dorés... Seulement, dans un coin, et comme surpris de se trouver si mal enchâssé, s'épanouit un piano coquet de Pleyel ou d'Érard.

Ce piano a d'abord fait l'ornement du salon; mais comme le salon est une sorte de sanctuaire dont on ne franchit que rarement le seuil et que la flamme d'un joyeux foyer n'illumine que deux ou trois fois par an, l'instrument est tout naturellement venu se réfugier sous une latitude plus propice.

Si nous ne savions pas déjà qu'Hector a une sœur, rien que ce piano en serait la preuve. Ç'a été la première invasion du luxe dans la maison.

Il va sans dire que la bonne avait reçu les recommandations au sujet de cette *machine* qui parlait, et que son baldi avait l'ordre formel de n'en approcher qu'à la distance où les cigares se tiennent des poudrières.

Après cela, quand on a une fille qui sait juste assez d'anglais pour ne pas traduire *le Vicaire de Wakefield*, juste assez de musique pour écorcher la romance de *Ginevra*, juste assez de dessin pour croquer un arbre que l'on prendrait volontiers pour une perruque égarée sur un manche de plumeau, juste assez de géographie pour savoir où se morfondent les îles Moluques et ne pas trop savoir que Bordeaux est dans la Gironde; juste assez de tapisserie ou de crochet pour ne pas ravauder ses bas... quand on a un tel trésor, disions-nous, c'est bien le moins qu'on en soit fier et que l'on fasse légèrement peau neuve, ne fût-ce que pour ne pas exposer cette précieuse enfant à rougir de ses chers parents.

Aussi a-t-il fallu que la maman Lemoine remplaçât ses robes de mérinos foncé par des douillettes puce. Le père a dû, bon gré, mal gré, sacrifier un peu aux nuances et aux coupes de bon ton. On a même été jusqu'à recevoir, tous les mercredis, des personnes qui avalent de l'eau chaude sous des apparences de thé, et des avalanches de notes *croquées* sous des apparences de musique.

Quant à mademoiselle Valentine, je vous prie de croire qu'il n'y a rien de trop élégant pour elle. On se résigne à tous les sacrifices pour orner l'idole; et, si j'en juge par certaines préoccupations qui viennent assombrir parfois le front de monsieur Lemoine, il se pourrait bien qu'il eût demandé aux hasards de la hausse ou de la baisse un surcroît de ressources.

Ces révolutions successives dans les habitudes séculaires de la famille bourgeoise ne se sont pas accomplies sans petites guerres intestines. Le père a lutté d'abord; mais mademoiselle Valentine a si bien l'art de le cajoler, elle lui passe d'un petit air si doucereux et si patelin ses doigts effilés sur les joues, elle lui arrange si gracieusement le nœud de sa cravate, elle lui brode de si jolies pantoufles, que le brave homme est bien obligé de passer par où elle veut.

Ensuite Valentine était à marier; ce qui coupait court à bien des objections. Ce n'est pas le tout que d'avoir une fille, ne faut-il pas l'étaler dans son lustre, la draper artistement, la faire miroiter aux caressants reflets d'un jour favorable ?

Demandez aux jeunes Adonis des magasins de nouveautés, et il vous diront ce qu'il faut souvent de prestidigitation et d'adresse pour se défaire d'un article.

Si bien que, des petites aux grandes choses, mademoiselle Valentine était devenue une sorte de constellation autour de laquelle ne gravitaient que de très-humbles satellites. On ne renvoyait pas une bonne, on ne faisait pas une provision de cornichons ou d'anchois, on ne renouvelait pas un bail, on n'achetait pas une pièce de toile de Courtrai ou de Hollande, sans qu'elle l'eût voulu ou approuvé.

Hector seul avait le privilège de lui tenir tête et de lui arracher des condescendances : ce que nous expliquons par cette spécialité qu'ont les frères de présenter et de chaperonner des amis qui deviennent parfois des beaux-frères.

La famille Lemoine subissait cette espèce de mue sociale que nous avons essayé de décrire; elle était en travail latent de transformation et de *fashion*, quand Hector et son ami Alfred firent subitement interruption dans la salle à manger que vous savez.

Il pouvait être huit heures du soir.

Un petit garçon de trois à quatre ans, déshabillé, récitait ses prières, à genoux devant sa sœur.

Madame Lemoine avait devant elle un gros livre d'heures sur lequel reposaient ses lunettes, et tricotait des bas, en ménagère économe aussi bien que pieuse.

Sur la table, à l'endroit où l'abat-jour de la lampe projetait son cercle de clarté, un volume de Balzac, *le Lis dans la vallée*, témoignait de l'occupation de mademoiselle Valentine.

À l'arrivée d'un étranger, l'enfant fut dispensé de sa dernière oraison; on lui formula précipitamment le simulacre d'une croix sur le front, on lui donna un baiser sur la joue, puis la bonne l'emmena, en essayant de cicatriser par la promesse d'un bonbon sa douleur de se coucher si tôt.

La maman s'empressa d'enfouir dans les profondeurs de

sa poche sa tabatière et son mouchoir des Indes à carreaux bleus et blancs.

La corbeille contenant les détails du tricot, le livre d'heures, les chiffons et les jouets d'enfant furent relégués pêle-mêle dans l'obscurité d'un meuble d'encoignure. Le studieux abat-jour fut remplacé par le globe de cristal dépoli... Tout cela en un clin d'œil, si vite, si dextrement, qu'à peine Alfred put-il surprendre quelqu'un de ces mouvements réparateurs du flagrant délit de *bourgeoiseté* (pardonnez le mot) dans lequel il venait de les surprendre.

Sans compter que Valentine avait encore eu le temps de jeter un coup d'œil furtif à la glace, de lisser sa chevelure, d'aplanir son col et de croquignoler sa robe.

Petite, gracieuse, bien prise, l'ovale du visage encadré de deux bandeaux de cheveux bruns, le front éclairé par des yeux bleus que l'on aurait pu prendre la nuit pour deux étoiles tombées du ciel, la bouche souriante comme un nid de baisers prêts à prendre leur vol; la taille ronde comme un jeune chêne, le geste pétulant et la démarche féline, le tout jeune, vert et tendre comme une pousse d'avril : telle était mademoiselle Lemoine, fort appétissante à voir, je vous jure, pourvue de tous les hameçons désirables, et très-apte à ne revenir jamais que les filets pleins de la pêche aux galants.

— Je vous présente ci-inclus monsieur Alfred Millet, — dit Hector sans autre préambule; — c'est un ami à moi que je viens de rencontrer, lui et son tilbury, l'un portant l'autre. — Alfred salua des épaules. Madame Lemoine se leva et fit une profonde révérence, nonobstant sa fille qui lui faisait signe de rester assise, la coutume n'étant pas qu'une femme du monde fasse tant de frais pour un jeune homme. — Je voulais vous présenter aussi le tilbury, — — ajouta Hector en riant, — mais j'ai pensé qu'il éprouverait peut-être quelque peine à pénétrer jusqu'ici.

— Mon frère a des accès de folie, — dit Valentine en désignant une chaise ; — je vous prie de l'excuser.

Madame Lemoine était évidemment fort désorientée, écarquillant un sourire de l'une à l'autre oreille et fourrant dans ses cheveux ses lunettes, qu'elle prenait pour une aiguille à tricoter.

— Si nous faisions faire du feu au salon! — hasardat-elle en consultant sa fille du regard.

Valentine fit un imperceptible signe d'impatience.

— Monsieur voudra bien nous excuser, — reprit-elle,— de le recevoir sans façon.

— C'est-à-dire, mademoiselle, que je ne vous excuserais pas s'il en était autrement.

— C'est égal, — dit Hector, — tu as là un crâne cheval, et je donnerais bien tous mes oncles, y compris mes tantes, pour en avoir un pareil.

— Heureusement qu'il ne pense pas un mot de ce qu'il dit, — reprit la maman.

— Moi je voudrais vivre, boire, manger, dormir en tilbury ! Ce doit être le vrai bonheur.

— J'aime à croire qu'il y en a d'autres, — dit Alfred en coulant un regard vers mademoiselle Valentine.

Celle-ci le vit d'autant mieux, ce regard, que ses yeux paraissaient être occupés ailleurs.

La position d'Alfred devint bientôt l'objet de la conversation.

Orphelin !... sans mère !... seul au monde !... c'était là un thème que madame Lemoine variait avec une componction parfaite.

Pas de cœur auquel se confier, plus de sollicitude qui prévoie, plus de tendresse inquiète qui tremble pour vous, plus d'autre soi-même, plus de poitrine contre laquelle appuyer sa tête et pleurer... plus d'anxiétés à votre départ, plus d'affectueuses lettres pendant votre absence; personne qui, au retour, vous attende et vous saute au cou... rien qui vive par vous ou pour vous! Mortes les douces réunions du soir au foyer de la famille ! plus de veilles à votre chevet pendant vos souffrances... partout, autour de vous, sécheresse, indifférence et accaparement; pour des soins, de l'argent ! pour de faux semblants d'affection, de l'argent ! pour une coupe portée à vos lèvres pendant la maladie, de l'argent !... Orphelin ! la pire des calamités, le plus cruel et peut-être le moins apprécié des malheurs !...

Il est entendu que la bonne dame disait tout cela à sa manière, qui n'était sans doute ni la moins éloquente ni la plus mauvaise.

Puis elle s'écriait en joignant les mains:

— Est-il Dieu possible !

Quant à Valentine, son attendrissement se trahissait d'une façon moins prolixe : c'étaient de ces regards, aussitôt repris que lancés et comme honteux d'eux-mêmes, dont les pures jeunes filles ont le secret, sans s'en douter peut-être ; de ces capiteux regards qui semblent refléter leur âme tout entière avec ses trésors de dévouement sans bornes et de tendresses infinies.

Alfred, honnête et bon par nature, retrouvait sa sphère. Il vivait follement, il tuait son avenir, il se livrait bride abattue aux entraînements de la jeunesse et de l'inexpérience ; mais il était pour ainsi dire à la gêne dans ses désordres. Qu'une douce petite main le remît sur la bonne voie, et tout serait dit.

Or, cette mère de famille simple et laborieuse, ce petit garçon qu'il avait vu priant, cette jeune fille décente et pure, cet intérieur modeste et patriarcal, l'avaient en quelque sorte frappé de vénération, comme lorsque, bien des années, vous pénétrez, le soir, dans une église, et que, pendant que vos pas réveillent l'écho des voûtes solitaires, vous entendez tout à coup retentir la sainte harmonie des orgues.

Aussi Alfred sentait-il comme une brise bienfaisante rafraîchir son cœur ravagé. Ses souvenirs de famille et d'enfance renaissaient au souffle de cette honnête atmosphère, comme se redressent les fleurs à la rosée du soir.

Il fallut que Mariette, c'était le nom de la bonne, vînt disposer les apprêts du souper, pour qu'il s'aperçût qu'il dépassait les bornes restreintes d'une première visite.

Au moment où il se levait pour prendre congé, Valentine trouva le moyen de passer derrière sa mère et de lui glisser à l'oreille :

— Mais invite-le donc !

— J'y pensais, — reprit tout haut madame Lemoine ; — mais je crains que monsieur...— La jeune fille se mordit les lèvres et devint toute rouge d'être ainsi trahie. — Notre souper est si modeste, — poursuivit madame Lemoine, — que je ne sais vraiment...

— Ah ! — pensa Valentine, — la ville est bonne, et j'en aurais bien vite fait un souper charmant !

Alfred grillait d'accepter ; cependant, martyr des convenances, il devait refuser et refusa.

— Maintenant que monsieur Millet sait le chemin de chez nous, — reprit la maman, — j'espère qu'il voudra bien se le rappeler quelquefois... Le plus souvent sera le mieux.

Alfred se sentait si ému, qu'il ne put que s'incliner pour toute réponse.

Il espérait un mot de Valentine; mais la première escarmouche ayant tourné contre elle, celle-ci ne jugea pas à propos de sortir une seconde fois de ses retranchements. Elle ne répondit que par une cérémonieuse révérence aux adieux du jeune homme.

Seulement, au moment où Hector le reconduisait, elle se coula dans le salon, entr'ouvrit discrètement la persienne, toisa le tilbury, détailla le cheval, puis revint dans la salle à manger, où elle s'arrêta un instant devant une glace.

— J'étais mal coiffée ce soir, — pensa-t-elle ; — si au moins j'avais eu ma robe bleue !

Elle ne toucha guère au souper ; mais Hector fut criblé de questions sur le compte de son ami, qu'il dora sur toutes les coutures, racontant le peu qu'il en savait en même temps que le beaucoup qu'il n'en savait pas.

— Ce jeune homme est très-bien, — dit madame Lemoine en manière de conclusion. — Hector gagnerait assurément à n'avoir que des connaissances comme celle-là.

— Et toi, — demanda le frère à la sœur, — comment le
lo trouves-tu ?

— Ni bien ni mal, — reprit la jeune fille ; — du reste,
je l'ai à peine regardé.

Il y a des gens qui se flattent de connaître les femmes ;
j'avoue que je n'appartiens pas à cette classe de savants...
Tout ce que je puis dire, c'est que Valentine refusait depuis longtemps à son frère une jolie bourse en perles,
qu'elle lui donna spontanément ce soir-là.

Pour ce qui est d'Alfred, il ne lui vint même pas à l'idée
d'aller à ses endroits habituels de réunion.

— Monsieur est malade ? — demanda le domestique
d'Alfred en voyant rentrer son maître à cette heure vertueuse.

— Au contraire, Joseph, — reprit le jeune homme, — je
crois que je suis guéri.

III

TOUT CE QUI BRILLE N'EST PAS OR.

Le malheur était que, comme Alfred l'avait dit lui-même
à Hector, sa fortune relevait d'une maladie grave dont la
convalescence menaçait d'être longue.

Peut-être aurait-il pu ajouter qu'elle était à la veille d'u-
ne rechute et qu'il était à craindre, cette fois, qu'elle ne
s'en relevât pas.

Revenu à Lille avec de magnifiques plans de réforme
bientôt oubliés, il s'était, en effet, laissé aller à reprendre
insensiblement, à peu de chose près, son train de vie parisien. C'est que la médiocrité se marie mal aux élégances
de l'éducation, et ne s'apprend guère lorsqu'elle n'est pas
née avec nous.

Ensuite, à moins d'être Diogène ou Caton, le passé en-
chaîne, surtout dans une ville où tout le monde se connaît et où rien ne se fait sans passer au crible de l'opinion.

Le moyen de sortir, un beau matin, de sa spacieuse maison pour aller se cloîtrer dans un réduit modeste ! Le
moyen de ne plus rivaliser d'habits, de chiens, de chevaux, de maîtresses, avec les poupées de la mode ! d'aller
dîner à Sparte en sortant de chez Lucullus ! de s'assujettir
à une occupation régulière après n'en avoir jamais en
d'autre que de tuer le temps ! Le moyen, pour tout dire,
de museler ses goûts, de tordre ses mœurs, de rompre
avec ses gais compagnons d'hier, de rester impassible en
face de leurs provocations et de leurs fêtes !

Il faut assurément du courage pour monter le premier
à l'assaut d'une redoute hérissée de canons ; mais croyez-
bien que ce courage-là n'est rien en comparaison de celui
qu'il faut pour accepter la ruine en brave et mettre réso--
lûment le bout de sa botte vernie dans l'ornière commune.

Aussi, que de redoutes on prend ! et que de prétendus
riches qui sont pauvres !

Un autre malheur, c'est que, sauf le cas de catastrophe
patente, une fortune consacrée par le temps est peut-être
plus difficile à démolir, dans l'opinion, qu'à édifier.

Bien que cela ait l'air d'un paradoxe, rien n'est plus
vrai.

Le passé a fait engrais pour l'avenir. C'est-à-dire que le
crédit, stupide et bénévole, prête à la ruine ses dorures
d'emprunt, et lui fournit pendant longtemps encore toute
la poudre qu'il faut pour aveugler le vulgaire.

Une fois sur cette pente, le vertige arrive, et bien heureux ou bien adroit celui qui ne roule pas au fond !

Alfred allait, allait ! il allait toujours !... Après le crédit
était venu l'usure, tout le peuple rapace et onglé des es-
compteurs, des agioteurs, des courtiers...

A l'époque où nous commençons cette histoire, les éché-
ances, les protêts, les jugements, les grosses de papier,
tous ces hideux satellites de l'usure commençaient à dres-

ser leurs têtes de Méduse, sans que le malheureux Alfred
se fût seulement donné la peine d'y penser.

L'essentiel était qu'il eût toujours quelque cheval de
haute race dans son écurie et du papier signé *Garat* dans
son portefeuille.

Cependant en rentrant de sa visite chez les Lemoine, et
sous l'impulsion des bons souvenirs de la soirée, il se prit
à vouloir mesurer de sang-froid le fond du précipice qu'il
s'était creusé. C'était sans doute avec la pensée de remonter le talus, s'il trouvait quelque brin d'herbe auquel s'ac-
crocher.

Mais bientôt, pris d'éblouissements et cachant son front
dans ses mains :

— Allons, — se dit-il, — il est trop tard... n'y pensons plus.

Quelques jours se passèrent, pendant lesquels Alfred
résista vaillamment au désir de retourner rue Française.

Hector venait le voir fréquemment et le criblait d'invita-
tions. Mais Alfred pressentait que, s'il revoyait Valentine,
il ne pourrait plus s'en détacher, et il tenait bon.

Cependant une simple phrase tirée à bout portant par
son ami, un soir qu'ils se serraient la main, à la sortie du
spectacle, vint faire chanceler toutes ses résolutions.

Il est vrai que cette phrase était chargée jusqu'à la
gueule.

— Mon cher, — dit Hector, — on signe demain soir le
contrat de mariage de ma sœur. Il y aura une espèce de
petite fête, et j'ai promis à Valentine que tu viendrais. — Alfred se trouva sans voix, comme si une main vigoureuse
l'eût pris à la gorge. Hector lorgnait une petite femme qui
traversait le péristyle en trottant menu. — Viendras-tu ?
— reprit-il.

Alfred fit un suprême effort.

— Et qui... épouse-t-elle ? — demanda-t-il.

— Oscar Vignaud, un stagiaire, l'espoir des veuves et
des orphelins.

— J'irai, — dit Alfred en s'en allant droit devant lui
comme pris de vertige, et sans se rappeler que son cabriolet l'attendait à quelques pas de là.

— Tiens ! — se dit Hector, — où est-il donc passé ? Ohé !
Alfred ! L'écho seul me répond. . L'ingrat ! il a oublié sa
voiture ! S'il ne faut pas que la fortune soit sourde et myo-
pe pour se prodiguer à un original de cette force ! Mais, j'y
pense... si je me faisais reconduire...— Et, se dirigeant vers
le tilbury : — Tom, — dit-il au groom d'Alfred, — votre
maître est parti sans vous ; je crois que ce que vous avez
de mieux à faire est de partir sans lui... Je monte à sa
place... vous me jetterez chez moi en passant...

— Comment ! monsieur, que je vous jette ?

— C'est une expression élégante, Tom, fort usitée dans
le beau monde.

— Et je jetterai monsieur en passant où...?

— Rue Française, Tom... Justement, ce n'est pas votre
chemin.

L'argument parut sans doute irrésistible au groom, qui
s'empressa d'obéir.

Valentine attendait son frère avec une impatience mal
contenue, et que trahissait la célérité fiévreuse qu'elle im-
primait à son point de broderie.

En entendant une voiture s'arrêter à la porte, elle se
précipita vers le vestibule.

Mais, la réflexion lui venant, elle revint à sa place et
se mit la main sur le cœur pour en comprimer les battements.

Elle n'avait entendu qu'une fois rouler le tilbury d'Alfred, et cela avait suffi pour qu'elle le reconnût désormais
entre mille.

Madame Lemoine s'était béatement endormie sur son
tricot.

Hector entra naturellement seul dans la salle à manger.
La porte était déjà refermée sur lui que Valentine la dévo-
rait encore du regard, croyant y voir apparaître Alfred.

— Tu es seul ? — demanda-t-elle enfin.

— Et avec qui veux-tu donc que je sois ?

— C'est qu'il m'a semblé que tu revenais en voiture.

— Parfaitement... A propos, Alfred viendra demain.

— Ah ! — reprit Valentine avec autant d'indifférence que s'il se fût agi d'une nouvelle concernant la pluie ou le beau temps.

— Je l'ai invité de ta part.

— Comment ! de ma part ?

— Ne m'as-tu pas demandé si Alfred savait que tu te maries ?

— Peut-être bien... Mais qu'a de commun... ?

— Et, sur ma réponse négative, — poursuivit Hector,— n'as-tu pas ajouté qu'il conviendrait que je l'invitasse à la signature du contrat ?

— Je ne me souviens pas le moins du monde d'avoir dit cela.

— Voilà qui est fort, par exemple !

— Mais, l'eussé-je dit, — reprit Valentine, — je ne vois pas, encore une fois, ce qui pouvait t'autoriser à tronquer mes paroles... Que va penser *ce monsieur ?*

— Que veux-tu qu'il pense ?

— Qu'est-ce que cela peut me faire, après tout, qu'il vienne ou qu'il ne vienne pas ?

— Voilà bien du tapage pour peu de chose.

— Les hommes ne comprennent rien.

— Je comprends une chose, — reprit Hector avec impatience.

— Voyons cette chose, monsieur ?

— C'est qu'il te convenait, ce matin, qu'Alfred vînt demain soir, et que maintenant cela ne te convient plus... Voilà tout.

— Et, pendant que vous êtes en train d'être perspicace, monsieur mon frère, pourriez-vous me dire aussi à propos de quoi j'aurais changé d'avis ?

— *Parce que,* mademoiselle.

— Voilà une excellente raison.

— C'est la raison du caprice, la seule bonne que les femmes puissent donner les trois quarts du temps.

— Bien obligé, mon frère.

— Il n'y a pas de quoi, ma sœur.

— Et... voilà pourquoi vous êtes revenu en voiture ?

— Justement.

— En effet, le motif me paraît péremptoire.

— Je suis revenu en voiture parce que, au moment même où je lui transmettais ton invitation...

— Encore !

— Mon invitation, je veux dire, il a pris tout à coup la fuite, comme piqué de la tarentule... — Valentine devint pourpre. Elle courut à un tiroir, qu'elle bouscula de fond en comble, sous le prétexte d'y chercher n'importe quoi qu'elle n'eut garde de trouver. — Au fait, — poursuivit Hector, — maintenant que j'y songe... Ah ! le gaillard !

— Que voulez-vous dire ? — demanda Valentine.

— C'est cela même, — continua Hector en se parlant à lui-même... — Triple sot que je suis ! Cette jeune biche... à la sortie du spectacle... il l'aura suivie.

— Suivi qui ? quoi ? demanda Valentine, au comble de l'impatience et de la curiosité.

— Ceci est de la haute politique, — reprit Hector avec une emphase burlesque.

— Mon petit Hector !

— Tout à fait en dehors de la compétence des demoiselles.

— Je t'en prie !

— Nenni, petite sœur.

— Vous êtes insupportable !

— Naturellement, petite sœur... On est toujours insupportable quand on n'est pas le très-humble esclave de vos gracieuses volontés.

— Qu'est-ce qu'il y a donc, mes enfants ? — demanda madame Lemoine, sortie de son assoupissement.

— Rien, chère mère, — dit Hector : — c'est Valentine qui me demande si je préfère les lois de Zoroastre à celles de Lycurgue, et l'absolutisme à l'oligarchie.

— Et qu'est-ce que l'oligarchie, mon enfant ?

— C'est lorsqu'il y a plusieurs marmitons qui se mêlent de mettre la main à la pâte et de lier les sauces.

— Cet enfant sait tout, — dit madame Lemoine, — et s'il voulait seulement travailler...

— Du moment que je sais tout, chère maman, que voulez-vous donc que j'apprenne encore ?

Nous présumons que, ce soir-là, mademoiselle Valentine s'agenouilla plus longtemps que de coutume devant l'image de Marie qui décorait le fond de sa blanche alcôve.

Quant à savoir la couleur des rêves qu'elle ne manqua pas de faire, et si elle s'endormit sur un chevet jonché de feuilles de roses ou bourré d'épines, je confesse que ma perspicacité ne va pas jusque-là.

IV

UN FUTUR ORNÉ D'ESPÉRANCES.

Mademoiselle Valentine allait en réalité se marier.

Peu de temps après sa sortie de pension, un jeune avocat, à qui il ne manquait plus que des procès, ni beau ni laid, ni riche ni pauvre, ni Mirabeau ni Bridoison, avait sollicité et obtenu la permission de lui faire sa cour.

Comme âge, comme condition et comme égalité de fortune, de peu de fortune, veux-je dire, cela convenait assez des deux parts.

Seulement monsieur Oscar Vignaud avait un parrain riche, veuf, vieux, sans enfants et souvent malade ; moyennant quoi son filleul était orné de charmantes espérances, celle entre autres de le voir mourir le plus tôt possible.

Valentine, elle, sans autre expérience que la théorie amoureuse du couvent, n'avait d'abord vu en ce jeune homme que la solution de ces problèmes d'hymen que se posent volontiers les jeunes filles. Il était arrivé d'Oscar ce qui serait arrivé de Pierre, de Jacques ou de Paul : Valentine avait cru l'aimer.

Et, de fait, dans la disposition, je ne dirai pas de cœur, mais de tête, où se trouvent les jeunes personnes à leur entrée dans le monde, le premier visage d'homme qui se présente, Adonis ou magot, leur semble être tout bonnement l'idéal de l'humanité.

Qu'est-ce donc lorsque cet homme se donne la peine d'être aimable et galant ?

Ainsi Valentine s'était laissé aller à la première ivresse d'être aimée. Oscar lui disait qu'elle était belle, tournait avec émotion les feuillets de la partition qu'elle déchiffrait au piano, l'accablait de ces mille prévenances, de ces riens sans nom que la passion seule invente et discerne ; baisait le gant qu'elle avait porté ; cachait sur sa poitrine le bouquet qui s'était flétri à sa ceinture... Si bien qu'il avait tout de suite pris possession d'un cœur qui ne demandait qu'à se donner, disons mieux, à se prêter peut-être.

Du reste, cette union projetée, union de pacotille et à la grâce de Dieu, eût très-bien pu être heureuse si le hasard ne s'était avisé de lancer Alfred au beau milieu de ce jeu de quilles.

Mais aussi quel est le jeu de quilles qui se puisse vanter d'être à l'abri des Alfreds et autres Arthurs ?

Le jeune Millet avait pour lui l'élégance, la grâce, des mains de femme, de fines moustaches, un tailleur de choix, toutes sortes de brimborions en écaille et en or, un tilbury, et cette saveur, ce montant, ce je ne sais quoi des coureurs d'aventures dont les plus modestes filles d'Eve sont, on ne sait pourquoi, si affriandées.

Ces riens-là sont tout.

Dès le jour de la première émission de l'Alfred, les actions d'Oscar avaient donc subi une baisse énorme. Après quelque temps, et en raison de quelque brillant voyage accompli par mademoiselle Valentine dans le pays des chimères, là où les rois épousent des pastourelles, l'Oscar était à peine coté.

Cependant les préparatifs du mariage allaient leur train; le bout du fossé était à deux pas, la culbute était imminente, et Alfred ne revenait pas.

Qu'espérait Valentine?

Elle espérait sans doute en l'un de ces miracles que nous croyons toujours la Providence prête à faire pour nous, comme si elle avait plus particulièrement à s'occuper de notre précieuse personne que des autres.

C'est ainsi que j'ai connu un dissipateur dont la caisse inutile ne logeait plus que des toiles d'araignée; ce qui ne l'empêchait pas de l'ouvrir de temps à autre pour voir s'il n'y était pas tombé du ciel quelques écus...

Toutefois Valentine savait l'impression profonde qu'elle avait produite sur Alfred, les femmes ont des yeux tout autour de la tête pour voir ces choses-là; elle se disait que, la traînée de poudre étant faite, il n'y manquait plus que l'étincelle.

Or cette étincelle ne pourrait-elle pas être l'annonce de son mariage avec Oscar, éclatant sur Alfred comme une bombe d'artifice?

La pyrotechnie est un grand art.

V

DES PETITS CHEMINS PAR LESQUELS UNE FAIBLE FEMME
FAIT PASSER UN HOMME FORT.

Le lendemain de ce soir où, à la nouvelle du mariage de Valentine, Alfred avait pris une fuite insensée, après une nuit blanche passée à forger et à détruire tour à tour mille projets ridicules, le jeune Millet sortit de chez lui, vers dix heures du matin.

L'habit boutonné, la chevelure inculte et la démarche farouche, il ne voulait que prendre l'air. Mais, soit instinct, soit hasard, soit que l'air fût plus favorable à ses poumons dans les parages de la rue Française que partout ailleurs, il se trouva devant la maison Lemoine.

En province, où les locataires ne sont pas entassés les uns sur les autres comme les abeilles dans une ruche, on désigne volontiers la maison par le nom de ceux qui l'habitent.

Ce ne fut qu'au tintement de la sonnette qu'Alfred s'aperçut qu'il avait sonné sans le vouloir et sans y songer.

— Que vais-je faire là? — pensa-t-il. Il fit deux pas pour s'en aller et trois pour revenir. — Monsieur Hector Lemoine y est-il? — demanda-t-il à Mariette qui venait d'ouvrir.

— Il est sorti, monsieur, — reprit la bonne.

— Ah! très-bien! Peut-on le voir? — balbutia Alfred, comme un homme ivre, en plongeant des yeux hagards sous le vestibule.

— Mais puisque je vous dis qu'il est sorti, monsieur.

— C'est juste, — reprit le jeune homme; — en ce cas, je m'en vais.

Et il restait là comme un terme.

En cet instant le ciel s'ouvrit (lisez: une simple porte), et le joli minois de mademoiselle Valentine se montra de trois quarts.

— Qui demande-t-on, Mariette?

— Monsieur Hector, mademoiselle.

— Il n'y est pas pour le moment, mais il va rentrer; si monsieur voulait... Mais il me semble que c'est à monsieur Millet que j'ai l'honneur de parler... Donnez-vous donc la peine d'entrer, monsieur, je vous en prie!

— Mademoiselle... véritablement... je ne sais... je crains d'être indiscret... Et vous vous êtes toujours bien portée depuis que j'ai eu le plaisir de vous voir?

— A ravir, monsieur... Et vous-même? Seulement nous espérions que... Vous ne prodiguez pas vos visites... Maman sera désolée; elle est allée faire quelques emplettes...

Alfred s'était assis sur le bord d'un fauteuil et, le chapeau à la main, faisait du bout de sa botte des ronds sur le parquet.

— Le temps est magnifique, — reprit-il — c'est un plaisir de se promener.

— Mais je crois qu'il pleut, au contraire, — dit la jeune fille en courant vers la fenêtre avec des ondulations serpentines.

— Vous croyez, mademoiselle?

— J'en suis certaine, monsieur, et, tenez, vous êtes vous-même très-mouillé.

— Je ne m'en étais pas aperçu.

— Votre chapeau ruisselle... Vous n'aviez donc pas de parapluie?

— Non, mademoiselle... Et vous dites que monsieur votre frère va rentrer?

On n'a pas idée du degré de bêtise auquel peut parfois atteindre un roué, voire même un homme d'esprit, en face d'une jeune fille.

— J'attends Hector d'un moment à l'autre, — reprit Valentine.

Elle ne l'attendait pas le moins du monde; mais, grâce à ce subterfuge, la visite d'Alfred pouvait se prolonger tout naturellement.

— C'est que j'avais accepté son invitation pour ce soir, — reprit le jeune homme, — et je venais lui dire... qu'une affaire imprévue... Je regrette infiniment... Ainsi, mademoiselle, vous êtes à la veille de vous marier?

— Oui, monsieur, — dit Valentine en baissant les yeux. Alfred devint pâle comme un suaire; son chapeau s'échappa de ses mains et roula sur le parquet. — Ah! mon Dieu! — s'écria la jeune fille, — qu'avez-vous donc?

— Rien, mademoiselle, ne faites pas attention...

— Souffrez-vous quelque part?

Alfred mit la main sur son cœur; mais il crut devoir amoindrir cette audace, et ajouta bien vite:

— Ce sont des éblouissements; cela me prend quelquefois... Si vous étiez assez bonne pour me faire donner un verre d'eau.

— Comment donc, monsieur!

La jeune fille prit son vol, et, en un clin d'œil, le plateau, le verre, la carafe, le sucrier, la fleur d'oranger, tout fut prêt.

Valentine allait sucrer elle-même l'anodine potion; mais, Alfred l'arrêtant,

— Rien que de l'eau, — lui dit-il.

Il prit le verre en tremblant et but à petites gorgées, pendant que ses dents jouaient des castagnettes sur le cristal.

Valentine ranima le foyer.

— Vous avez la fièvre, — dit-elle.

— Peut-être bien.

— Quelle imprudence de s'exposer ainsi à une pluie battante! — Pendant ce temps, elle avait roulé un fauteuil devant le feu. — Mettez-vous là, bien chaudement.

— Quoi! vous voulez...?

— Je l'ordonne... Et ce tabouret sous vos pieds.

— En vérité, je suis confus!

— Et ce coussin sous votre tête.

— Que vous êtes bonne!

— Mais non, pas trop. Vous souffrez, je vous dorlotte un peu... quoi de plus simple?

Nous reproduisons bien les paroles, mais les douces inflexions de voix, les caresses du regard, les rougeurs subites, les soupirs échappés du cœur, toutes ces jolies herbes de la Saint-Jean, dont une belle et mignonne jeune fille en floraison d'amour assaisonne tout ce qu'elle dit, et surtout ce qu'elle ne dit pas, voilà ce que la plume, la mienne du moins, est impuissante à dire.

— Ah! — dit Alfred, — que je voudrais vivre et mourir ainsi... vivre surtout!

— Oui, je comprends ; vous êtes seul, et l'isolement... surtout quand on souffre... Mais vous vous marierez sans doute aussi... un de ces jours...

— Jamais ! — s'écria le jeune homme en se levant d'un seul bond violent, comme ces diablotins qui sortent des tabatières à surprise.

— Ah ! mon Dieu ! vous m'avez fait peur !

— Et moi qui oubliais... ! — reprit Alfred avec exaltation.

— Vous oubliez, vous oubliez quoi ? — demanda timidement Valentine.

— Moi dont la douleur s'assoupissait, leurrée par ces douces prévenances dont vous me comblez !

— Je ne comprends pas.

— Vous ne devez pas comprendre, mademoiselle... à quoi bon ? — Et, prenant son chapeau : — Je vais vous dire adieu, mademoiselle, — poursuivit Alfred. — Puisse l'union que vous allez former vous donner le bonheur !

— Monsieur Vignaud est un honnête homme, — reprit Valentine d'une voix émue, car elle sentait bien que le quart d'heure était décisif ; — il m'aime, à ce qu'il dit. Mes parents ont paru désirer cette union... je n'ai pas voulu leur infliger le chagrin d'un refus.

— Mais vous ne l'aimez donc pas ? — demanda Alfred avec une impétuosité qu'il réprimait mal.

— Je l'estime, — balbutia Valentine ; — on dit que cela suffit en ménage.

— Quelle hérésie! — s'écria le jeune homme. — Et c'est ce soir... ?

— Vous viendrez, n'est-ce pas ?

— Moi, mademoiselle !... ce soir, je serai loin d'ici !

— Vous partez ?

— Je pars.

— Et... pour où ?

— Je pars pour le hasard... à la grâce de Dieu!

— Je n'ai jamais vu ce pays sur la carte.

— C'est la patrie des désespérés, mademoiselle...

— Vilaine patrie, où il ne faut aller que le plus tard possible... Voulez-vous me faire une concession, monsieur Alfred, à la condition que je vous en ferai une autre ?

— Parlez, mademoiselle.

— Vous vous dispenserez de venir ce soir, puisque cela ne paraît pas vous sourire, mais vous ne partirez que demain... si vous partez. — Alfred enveloppa la jeune fille d'un long regard où l'anxiété, l'espoir, la passion, se lisaient tour à tour. Valentine lui tendit sa petite main, où les lèvres d'Alfred laissèrent comme une traînée de feu.

— Faites cela pour moi, — reprit-elle, — et je vous en saurai gré.

Alfred était comme un naufragé qui aperçoit vaguement la terre à travers une brume épaisse, sans trop savoir encore s'il pourra l'atteindre.

Il voulut confirmer son espoir.

Un petit bouquet de violettes prenait le frais dans un vase, sur la cheminée.

— Si vous daigniez ne pas vous en apercevoir, — dit-il, — je vous volerais ce bouquet.

— Je ferme les yeux, — répliqua l'espiègle en pirouettant sur elle-même.

Alfred s'empara des précieuses violettes, et prit la fuite comme un vrai voleur.

Il avait déjà fait quelques pas dans la rue lorsque Valentine courut à la porte, et le rappela.

— Rendez-moi ce bouquet, — lui dit-elle.

— Quoi !... vous voulez ?...

— Je veux qu'on m'obéisse !... La ! très-bien !... Il me déplaît que vous l'ayez volé... mais je vous le donne, — ajouta-t-elle en le lui rendant gracieusement.

Une demi-heure après rentrait madame Lemoine, illustrée d'un cabas gonflé comme un ballon.

Elle trouva Valentine tirant sur son piano des salves de gammes victorieuses, toutes plus chromatiques les unes que les autres.

Et le futur ? dira-t-on.

Et le contrat qu'on doit signer ce soir ?

Dame ! tout ce que je sais, c'est que la finesse de l'ambre n'est rien en comparaison de celle des jeunes filles.

<h2 style="text-align:center">VI</h2>

DE LA PAMOISON CONSIDÉRÉE COMME ARGUMENT PÉREMPTOIRE.

Le lendemain, de bonne heure, Hector prenait Alfred au saut du lit.

Sa sœur lui avait dit simplement ceci :

« M. Millet est venu te demander ; il avait l'air très-pressé de te voir. »

Et le pantin avait naturellement obéi à l'impulsion de la ficelle.

— Quoi de neuf? — demanda-t-il à Alfred.

— Rien, cher ami.

— Tu es cependant venu hier ; que me voulais-tu ?

— Je voulais simplement te dire de ne pas compter sur moi pour le soir.

— Je comprends ; la petite que tu as poursuivie se sera laissé attraper.

Il faut convenir que ce brave Hector avait une bien grande sagacité pour comprendre.

— Quelle petite ? — demanda Alfred.

— Fais donc le bon apôtre! Avant-hier, à la sortie du spectacle... Après tout, cela ne me regarde pas... C'est égal, tu as perdu de ne pas venir.

— Et... cela s'est bien passé ? — reprit Alfred, qui tout à la fois grillait de questionner et redoutait d'apprendre.

— Oh ! très-bien, cher ami ; l'exposition, la péripétie, l'évanouissement, rien n'y a manqué.

— L'évanouissement !...

— Laisse-moi procéder par ordre.

— Mais le contrat est-il... ?

— Ah ! mon cher, tu es un point d'interrogation vivant, toujours suspendu aux lèvres d'une réponse ! D'abord, tu sais que les grands parents devaient se réunir hier pour la signature du contrat de mademoiselle Ursule-Henriette-Valentine Lemoine, ma sœur, avec très-haut, très-éloquent et très-stagiaire sire Victurnien-Polycarpe-Oscar Vignaud, filleul de son parrain et autres lieux.

— Je savais cela, — reprit Alfred, — à part les prénoms qui importent peu.

— Rien n'importe peu, ou, si tu le préfères, tout importe beaucoup pour l'observateur, cher ami. Il y a même dans le *Tristram Shandy*, de Sterne, une théorie sur les noms de baptême...

— Passons, — interrompit Alfred avec impatience, — je la sais par cœur.

— Que c'est bête de savoir tout ! Cela ne permet seulement pas aux autres de placer çà et là un bout d'érudition !... Je te disais donc que les grands parents... Ah ! mon cher, que j'ai des cousins et des cousines qui sont cocasses !... Jamais je n'en ai vu la collection aussi complète... Et dire que ces gens-là se laissent voir pour rien!... Il y a surtout... chose... comment donc s'appelle-t-il ?

— Mon ami, fais-moi grâce de ces détails ! j'ai à sortir.

— Sors, mon ami, sors, je ne t'en empêche pas... Est-ce à pied que tu vas sortir ?

— Oui.

— Si j'allais promener ton tilbury ?

— Libre à toi... mais à une condition cependant.

— Laquelle ?

— C'est que tu vas me dire, en deux mots et sans remonter au déluge, ce que c'est que cet évanouissement dont tu parlais tout à l'heure.

— Eh bien! mon cher, au moment de signer, ma sœur

est tombée en syncope... une vraie attaque de nerfs, comme madame Dorval au troisième acte de...

— Le nom n'y fait rien.

— Si bien, ou plutôt si mal — poursuivit Hector, — que le médecin a dû remplacer le notaire.

— J'espère que cela n'a pas eu de suites ?

— Au contraire, mon ami.

— Ah ! mon Dieu !

— Valentine ne s'est jamais mieux portée que ce matin.

— Tu m'avais fait une peur ! Et le contrat ?...

— Ah ! le contrat ! ceci est une autre affaire... Revenue à elle, et à nous par la même occasion...

— Le bourreau ! — pensa mais n'osa pas dire Alfred.

— Revenue à elle, — acheva Hector, — ma sœur a fondu en larmes ; non pas de simples ruisseaux de pleurs, cher ami, mais quelque chose dont le saut du Niagara et la chute du Rhin, à Schaffhausen, ne sauraient te donner qu'une médiocre idée... Je n'aurais jamais pensé que de simples glandes lacrymales pussent sécréter de pareilles inondations.... Tu penses bien que Victurnien-Polycarpe-Oscar était aux cent coups !

— Et moi, — pensa Alfred, — je suis à la torture !

Hector ouvrit une croisée qui donnait sur la cour, et appelant le groom :

— Tom, — lui dit-il, — attelez Bajazet.

— Et enfin ?... —demanda Alfred.

— Prenez les harnais neufs, — ajouta Hector en continuant de s'adresser au groom. Puis à Alfred : — Cela ne te fait rien que je prenne les harnais neufs ?

— Prends les harnais que tu voudras. Seulement, pour Dieu ! achève ton récit !

— Je vois avec peine, — reprit Hector, — que tu as perdu le goût des formes littéraires... Suppose que Théramène vienne tout simplement dire à Thésée que son fils est mort, où sera le charme ?

— Adieu, — dit Alfred en prenant son chapeau ; — je crois que le plus court sera d'aller moi-même, en passant, m'informer de la santé de ces dames.

— Elles ne reçoivent pas aujourd'hui, cher ami.

— Il y a donc réellement eu une catastrophe, un malheur, quelque chose ?

— Tu ne me laisses pas finir !... Je continue ce récit lamentable : Donc, quand le Niagara fut tari et le Rhin desséché ; pendant que les deux familles étaient là, curieuses et haletantes, se demandant mutuellement le mot de l'énigme et n'obtenant pas de réponse ; pendant que Victurnien-Polycarpe-Oscar se demandait de son côté si quelque malheur survenu au nœud de sa cravate ne lui avait pas fait perdre soudain les bonnes grâces de sa promise, ma sœur, soulevant à demi ses paupières, a balbutié d'une voix défaillante... Mais Bajazet est attelé ; je l'entends qui piaffe ! — s'écria Hector en courant vers la fenêtre ; — c'est une trop noble bête pour la faire attendre.

— Plus noble que moi, je suppose, — dit Alfred, — puisque tu m'empêtres depuis deux heures dans les broussailles d'une histoire sans fin.

— En deux mots, — reprit Hector, — ma sœur a prétendu qu'elle se sentait à la veille de faire une grande maladie : que depuis plusieurs nuits elle voyait dans ses rêves une tombe entr'ouverte ; qu'une union contractée sous de pareils auspices serait un sacrilège ; qu'elle conserverait à Victurnien-Polycarpe-Oscar les mêmes sentiments d'estime et d'amitié que par le passé ; que le temps était un grand maître, et, somme toute, qu'elle ne se sentait encore ni la force, ni la volonté de quitter sa mère...

A mesure que parlait Hector, le cœur d'Alfred se dilatait en des joies infinies.

— Et le mariage en est resté là ? — demanda-t-il.

— Provisoirement. Victurnien-Polycarpe-Oscar grimaçait un peu ; l'assistance s'interrogeait du regard ; il y a même une vieille tante, paternelle ou maternelle, sempiternelle à coup sûr, qui s'est avisée de trouver étrange que l'on eût attendu le dernier moment pour faire un pa-

reil esclandre... mais alors ma sœur est tombée en resyncope, et tout le monde s'en est allé.

— Et tu dis que, ce matin, mademoiselle Valentine ne se ressent plus...

— Ce matin ?... Mais dès hier soir, cher ami, une fois que les importuns ont été partis, elle s'est mise à chanter et à danser comme une folle... C'est inimaginable, ma parole d'honneur ! On prétend que les femmes ont une côte de plus que nous : c'est possible ; mais elles ont bien certainement du bon sens de moins... Adieu, cher ami.

— Bonne promenade !... A propos, dis-moi : si ces dames se portent bien, qu'est-ce qui les empêche de recevoir ?

—Mais le décorum, cher ami. Quand on a eu, la veille, autant de syncopes que ça, quand on a révolutionné deux familles et remis la signature d'un contrat aux calendes grecques, sous le prétexte que l'on voit chaque nuit sa tombe s'entr'ouvrir, c'est bien le moins que l'on paraisse souffrir et que l'on s'isole quelque peu.

Cinq minutes après, Hector, fier et rayonnant, perché à deux coussins au-dessus du niveau de Tom qui se croisait les bras, partait, au grand trot de Bajazet, dans le tilbury d'Alfred.

Pour ce qui est d'Alfred, il sortit aussi, et s'arrangea de telle sorte que, pour aller n'importe où et pour en revenir, il fallût passer rue Française.

C'était bien le moins qu'il donnât cette marque d'empressement à la jolie rusée qui venait ainsi de rompre en un clin d'œil un mariage tout fait.

Par extraordinaire, les persiennes du salon de la maison Lemoine étaient ouvertes ce jour-là. Et chaque fois que passait et repassait Alfred, un coin du rideau, frémissant à je ne sais quel souffle, s'écartait imperceptiblement.

Un courant d'air, je suppose... La mousseline est chose si légère, qu'il suffit de moins que rien pour qu'elle flotte un peu de ci ou de là.

Seulement, qui casse paye. Or, il s'agissait maintenant, pour le jeune Millet, de restituer à mademoiselle Valentine un futur en échange de celui qu'elle venait de sacrifier.

VII

QU'IL FAUT SE DÉFIER DES TILBURYS D'AUTRUI.

En rentrant chez lui, vers trois ou quatre heures de l'après-dînée, Alfred trouva une lettre d'Hector.

Elle était datée de la prison pour dettes, et conçue en ces termes :

« Mon cher ami,

» Tu ne m'avais pas dit qu'il y avait certaines servitudes attachées à la possession momentanée de ton tilbury : non pas que je les eusse récusées, mais enfin j'aurais été bien aise de les connaître, ne fût-ce que pour te dire de mettre, à tout hasard, de l'or dans mes poches.

» Voici la chose :

» J'étais chez Zerline, le nom n'y fait rien, mais j'ai toujours remarqué que, en amour, il était prudent d'être indiscret ; Tom attendait dans la rue, planté comme une borne à la tête de Bajazet, qui blanchissait son mors d'une écume impatiente.

» N'ayant pu jusqu'ici attendrir Zerline par mon éloquence, j'espérais l'éblouir par ton luxe ; et véritablement, cher ami, je commence à croire qu'une voiture sans galant, sans phrases, sans bouquets, sans soupirs, rien que par sa coupe à la mode et ses panneaux bien vernis, trouvera toujours mieux le cœur d'une femme

» qu'un galant sans voiture. C'est flatteur pour la carros-
» serie, mais cela ne fait guère l'éloge de l'humanité.

» Or, pendant que j'étais aux pieds de Zerline et que
» ton équipage lui contait fleurette par ma voix, il paraît
» qu'un monsieur s'approchait discrètement de Tom et lui
» demandait si ce galant tilbury, groom et cheval com-
» pris, n'appartenait à M. Alfred Millet. Tom répondait
» bêtement et naturellement que oui. Si bien que, lorsque
» je suis descendu de chez Zerline, et au moment où je
» posais le bout de ma botte sur le marchepied de ta
» voiture, ce même monsieur, le chapeau à la main et le
» sourire en cœur, m'a prié de lui payer, séance tenante,
» la somme de trois mille quatre-vingt-trois francs et
» je ne sais combien de centimes, capital, frais, inté-
» rêts, etc., etc., etc., etc., etc. J'aurais bien payé, cher
» ami; mais, par un hasard qui ne se reproduit que trois
» cent soixante-cinq fois par an, je n'avais sur moi que
» les unités et les centimes de la somme réclamée... Je
« les offre ; on les refuse, et l'on m'arrête au nom de la
» loi... J'allais fuir peut-être, mais deux gourdins, sou-
» dain poussés de terre en même temps que deux recors,
» se disposant à prêter main-forte au monsieur en ques-
» tion, je me suis gentiment laissé conduire à la geôle
» avec tous les égards dus à ta voiture et à mon sexe.
» Et j'y suis.

» Si tu es en fonds, paye ; sinon, va respirer un air
» exclusivement composé d'oxygène et d'azote, sans al-
» liage d'huissiers. Dès que tu seras en sûreté, je décli-
» nerai mes noms et prénoms, chose que je me suis ab-
» tenu de faire jusqu'ici, et tout sera dit.

» Somme toute, je trouve à ce malheur trois bons côtés :
» 1° Je t'épargne, par mon arrestation pour rire, une
» arrestation sérieuse.

» 2° Ce séjour facultatif à la prison pour dettes fait que
» je serai déjà familiarisé avec l'établissement lorsqu'on
» m'y mettra pour mon compte.

» 3° Je demanderai à ton créancier, quitte à ne pas les
» obtenir, trois millions cinq cent cinquante mille francs
» de dommages-intérêts.

» Trouve-moi beaucoup de bonheurs qui aient autant
» de charmants côtés que ce malheur-là !

» Tout à toi, HECTOR. »

« P. S. Le pire est que Zerline était à sa fenêtre, et
» que les recors l'auront sans doute guérie de l'éblouis-
» sement causé par le tilbury. »

On comprend l'effet que dut produire sur Alfred ce coup
inattendu.

Il fit feu de toutes ses ressources, vendit, engagea, promit, signa tout ce qu'on voulut.

Non-seulement il ne pouvait tolérer que son ami restât en prison pour lui ; mais cette pensée corrosive : « Que
dira Valentine ? » ajoutait encore à son impatience et stimulait son zèle.

Enfin, le lendemain matin, dès huit heures, il était à la
geôle, payait et délivrait Hector.

Mais déjà le bruit de cette arrestation avait couru la
ville, et monsieur Lemoine accourait éploré au moment
où les deux amis franchissaient le seuil de la prison.

Monsieur Lemoine, représentant d'une maison de commerce et presque toujours absent, était comme s'il n'était
pas. En tout ce qui concernait la famille, sa femme portait le haut-de-chausse et dirigeait la barque. De là
l'ombre discrète dans laquelle nous l'avons laissé jusqu'ici.

Arrivé l'avant-veille pour assister, ou plutôt pour ne
pas assister à la signature du contrat de mariage de sa
fille, le brave homme se trouvait d'aventure à Lille tout
exprès pour avaler cette nouvelle couleuvre.

Il venait, le cœur plein de tendresses et de pardons,
consoler et sans doute sauver son fils prisonnier ; mais,
à la vue d'Hector libre, il crut de sa dignité de prendre un
ton sévère.

— Eh quoi ! monsieur, — lui dit-il, — comment donc !..
A-t-on jamais vu ?... Mais c'est affreux, cela !...

— Cher père, laisse-moi t'expliquer...

— Et de quelle somme s'agit-il ?

— Un millier d'écus, cher père, voilà tout.

— Voilà tout ! Ne dirait-on pas que l'argent pousse
comme les champignons ?... Mais tu as donc payé, malheureux enfant, que te voilà libre !

— C'est mon ami qui a payé, — dit Hector en présentant Alfred.

Monsieur Lemoine prit avec effusion les deux mains du
prétendu libérateur de son fils et les serra dans les siennes en lui disant :

— Aujourd'hui même, monsieur, je vous restituerai...

— Monsieur, — interrompit Alfred, — il y a un
malentendu dans tout ceci ; c'est au contraire votre fils
qui...

Hector se pencha vers l'oreille d'Alfred :

— Si tu ajoutes un mot, — lui dit-il, — je me brouille
à mort avec toi... J'ai mon idée... Le hasard est décidément une excellente personne... Je n'aurais jamais songé
à cet expédient, mais puisqu'il se présente de lui-même...

— Cependant, mon cher, en bonne conscience je ne
puis...

— Qu'il te suffise de savoir, — acheva Hector à voix
basse, — que sans ces mille écus qui m'arrivent comme
mars en carême, je serais bien et dûment coffré un de ces
jours en mon propre nom... Buvons donc le vin puisqu'il
est tiré.

Alfred était loin d'être persuadé, mais il ne savait trop
ni que dire ni que faire.

— Et comment avez-vous contracté cette dette ? — demanda monsieur Lemoine à son fils.

— Une invention, père, — reprit Hector, — une invention magnifique, que je n'ai pas eu le temps de perfectionner, et qui devait nous enrichir tous... Je voulais
vous en faire la surprise.

— Elle est jolie, la surprise !

— Voilà bien l'injustice des hommes ! — poursuivit
Hector. — *Væ victis !* malheur à ceux qui ne réussissent
pas !

— Et cette invention... ?

— Il ne s'agissait de rien moins, père, que de faire la
pluie et le beau temps à volonté. — Monsieur Lemoine regarda son fils, qui ne sourcilla pas. — Ceci étant avéré,
— reprit le jeune fou, — que les vapeurs terrestres, pom-
pées par le soleil, se condensent à l'état de nuages pour
retomber un jour ou l'autre à l'état de pluie, je me suis dit
que, si l'on pouvait arriver jusqu'aux nuages et les di-
later par un calorique quelconque, rien ne serait plus
facile que de provoquer des averses où et quand on voudrait.

Alfred ne pouvait s'empêcher de sourire.

— Serais-tu devenu fou ? — demanda monsieur Lemoine.

— Galilée aussi, — poursuivit Hector, — fut traité de vi-
sionnaire et de fou lorsqu'il s'avisa de démolir Ptolémée
à coups de Copernic. Il faut la tombe aux inventeurs ; ce
n'est que lorsqu'ils sont morts qu'ils commencent à vivre.

— Monsieur Lemoine ne connaissait ni Galilée ni Copernic;
encore moins comprenait-il que la vie pût ne dater que
de la mort. — Restait donc à trouver un appareil, —
poursuivit Hector, — une espèce d'échelle de Jacob qui
se développât jusqu'aux nuages, comme les tubes d'une
lorgnette.

— Et cet appareil, — dit Alfred, — tu l'as trouvé ?

— J'étais en train, cher ami ; mais le crédit m'a manqué, les huissiers sont venus...

— Et ton échelle s'est écroulée.

— Justement. Et voyez à quels résultats j'arrivais ! Le
temps était-il trop sec : on escaladait l'appareil, muni
d'un vaste réchaud dont la tiède haleine faisait bientôt
dissoudre en pluie bienfaisante le nuage attaqué... Les
averses se multipliaient-elles plus que de raison : on sub-

stituait au réchaud un soufflet de forge, lequel, refroidissant et condensant le nuage en question, l'empêchait d'humecter plus longtemps la terre de ses larmes perfides.

— O industrie ! — dit Alfred, — ce sont là de tes coups !
— Mon fils serait-il véritablement un homme de génie? — se demanda monsieur Lemoine en rentrant chez lui.

VIII

COURSE AU MARIAGE.

Nous franchirons d'un bond quelques semaines.

Alfred a été, une première fois, solennellement invité à dîner chez les Lemoine, où il a, fort à contre-cœur, subi les remercîments de la famille au sujet du service qu'il passe pour avoir rendu à Hector.

Ce dernier a-t-il employé les mille écus de son père trop crédule à de nouvelles tentatives pour escalader le ciel ? lui ont-ils, au contraire, tout simplement servi à se rapprocher de certaines étoiles plus accessibles et moins haut perchées que celles du firmament?

Devine qui pourra !

Toujours est-il qu'Alfred se trouve en face de cette alternative : se faire le muet complice d'une supercherie qu'il condamne, ou se fermer la maison Lemoine en se brouillant avec Hector. Or, s'il se tait, sa conscience n'en parle pas moins.

Mais qu'est-ce que parler lorsqu'il s'agit de conscience? On l'entend à peine quand elle crie.

Alfred est revenu souvent chez les Lemoine : d'abord de loin en loin, sous le voile de la politesse ; puis chaque semaine, sous celui de l'amitié ; et enfin tous les jours.

Timide comme ceux dont la passion est réelle et profonde, son amour ne s'est encore trahi que par ces échappées de cœur qui, de même que les échappées du ciel à travers les brumes du matin, dévoilent tout sans rien préciser.

Oscar vient aussi chaque jour ; en sorte que les deux prétendants, — l'un anonyme, l'autre officiel, — stimulés l'un par l'autre, courent à peu près de conserve sur l'hippodrome conjugal.

Nous croyons cependant qu'Alfred l'emporte au moins d'une longueur de tête.

Ainsi, c'était toujours son avis et non celui d'Oscar que partageait Valentine pour la nuance d'un ruban ou le choix d'une romance. Au whist, il était le partenaire qu'elle préférait ; à table, madame Lemoine avait pour lui de ces petites attentions, de ces cajoleries qui consistent on ne sait trop en quoi et qui froissent néanmoins ceux qui en sont exclus. Ainsi Alfred était invariablement placé à côté de Valentine. Les paroles d'Oscar passaient inaperçues ; les moindres mots d'Alfred étaient recueillis et pour ainsi dire enchâssés. C'était pour ce dernier que l'on rallumait le feu, que l'on fermait une porte, que Mariette faisait tel entremets plutôt que tel autre.

Il était impossible que ces deux jeunes gens ne comprissent pas que l'un devait exclure l'autre ; mais leur colère se rongeait le frein. Face à face, poursuivant le même but, se disputant une place, s'enviant un regard, rien de plus curieux que de les voir chercher et trouver, mille fois le jour, l'occasion de se lancer quelque sarcasme voilé, quelque ironie si bien enveloppée des palliatifs du savoir-vivre, que force était de l'avaler sans trop de grimace, comme une pilule dans un pain à chanter.

Cependant quelque chose, on ne savait trop quoi, oppressait dans l'atmosphère de cette maison, jusqu'alors si calme qu'une couvée de serins ou un rosier mort y avaient été considérés comme des événements.

Ajoutons que certain bruit rasait la terre : on disait que le parrain d'Oscar, le plus riche joyau de sa couronne de fiancé, se laissait accaparer par une jeune gouvernante très-capable de souffler à l'avocat l'héritage convoité.

C'était le coup de grâce.

Alfred se trouvait parfois seul avec Valentine ; alors la jeune fille, se rappelant leur première conversation, fixait sur lui de grands yeux étonnés qui semblaient lui dire :

— Mais vous savez bien que c'est à cause de vous que j'ai rompu mon mariage... Parlez donc ! la timidité et le respect sont de fort belles choses, mais tout a des bornes... Ce n'est cependant pas à moi qu'il appartient d'entamer ce chapitre-là !

Alfred comprenait très-bien, et, vingt fois pour une, l'aveu de son amour avait été sur le point de s'échapper de ses lèvres ; mais il s'arrêtait toujours à cette affreuse pensée : « Je trompe ces braves gens qui me croient riche. » Alors le remords s'emparait de lui ; il faisait des efforts surhumains pour plâtrer de la joie fausse sur sa douleur vraie ; il courait au piano, dont il faisait bondir le clavier sous sa farouche inspiration ; il revenait à Valentine, brouillant les mailles de la bourse qu'elle guillochait, déroulant ses bobines de soie, lui serrant les mains dans l'étau des siennes ; puis, à bout de dissimulation et de force, son secret l'étouffant, il prenait le premier chapeau venu et fuyait comme un trompeur qu'il croyait être.

Hâtons-nous de répéter qu'Alfred était incapable de se prévaloir d'une fortune qu'il n'avait plus. Interrogé sur sa position réelle, il l'eût avouée sans aucun doute.

Ensuite, le premier piége tendu l'avait-il été par lui, et pouvait-on lui faire un bien grand crime de ce que les Lemoine se prenaient dans leurs propres filets ?

Je crois que non.

IX

CE QUE FEMME VEUT...

Un matin, vers midi, Alfred entra dans la salle à manger de la maison Lemoine.

Oscar Vignaud y était déjà.

Il y avait sur une petite table à ouvrage, à côté de Valentine, le canevas d'une pantoufle en tapisserie.

La jeune fille roulait de la laine autour d'une bobine, tandis que l'avocat, à genoux sur un tabouret et les mains écartées à la hauteur des coudes, comme lorsque le prêtre psalmodie le *Dominus vobiscum*, faisait l'office de dévidoir.

Il n'y avait rien que de très-naturel à cela.

Cependant, à l'aspect d'Alfred, un léger nuage rose vint traverser les joues de Valentine. Mais il s'effaça comme la moiteur du souffle sur l'acier ; et, soit qu'elle pensât devoir un dédommagement au survenant, soit qu'elle voulût se venger sur Oscar de son désappointement d'être ainsi surprise, elle se mit à le rudoyer et à le traiter de maladroit, pendant les quelques instants que durèrent encore ses fonctions de dévideur.

Et bien que sa petite colère fût injuste, bien qu'elle eût même imposé à Oscar cette posture peu magistrale, nous sommes forcé d'avouer qu'elle était adorable ainsi.

— Que dites-vous de mon dévidoir ? — demanda-t-elle à Alfred.

— Je dis, mademoiselle, que j'envie sa place.

— Un grave avocat ! — reprit la jeune fille en riant ; — il ne lui manque que sa robe et sa toque... Monsieur Oscar, il faudra que j'aille vous entendre dans le premier procès que vous perdrez... Venez donc voir mes fleurs, monsieur Alfred ? —ajouta-t-elle en entraînant ce dernier dans le jardin.

— Et moi? — demanda Oscar.

— Puisque vous ne les aimez pas.

— Moi, mademoiselle! mais au contraire, je...

—Concevez-vous cela, monsieur Alfred, que l'on n'aime pas les fleurs? — reprit Valentine, sans tenir compte de la protestation d'Oscar.

— Au barreau, — reprit Alfred, — les fleurs de rhétorique doivent nécessairement l'emporter sur celles du bon Dieu.

— Vous croyez, monsieur? — demanda Oscar.

— Je le présume, monsieur, — répondit Alfred.

Oscar resta seul à arpenter la salle à manger, en se mordant les lèvres.

« Cette Valentine n'est, après tout, qu'une coquette,» se dit le lecteur; « je l'aurais plantée là! »

Ah! cher lecteur, c'est que vous n'avez pas encore aimé...

Oscar Vignaud voulait s'en aller; mais, sous l'empire de stupides espoirs, il restait.

Au bout de dix minutes, Alfred et Valentine rentrèrent du jardin.

— Vous êtes encore là? — demanda cette dernière à Oscar.

— Vous le voyez bien, — répondit sèchement celui-ci.

— Je croyais que vous deviez être à une heure au palais?

— Il n'est encore que midi et demi.

— La pendule retarde, — reprit Valentine.

Il y a parfois de plus impitoyables cruautés dans la voix doucereuse et flûtée d'une jeune fille qui vous dit tout simplement qu'une pendule retarde que dans les vociférations d'un assassin qui coupe sa victime par quartiers.

Le pauvre Oscar salua et sortit.

Or, Valentine avait logé dans sa bonne petite cervelle qu'Alfred s'expliquerait ce jour-là. La jeune fille avait repris sa tapisserie, Alfred feuilletait un livre. Le silence régna pendant quelque temps. Mademoiselle Lemoine jeta son ouvrage avec impatience et alla s'asseoir au piano.

Quel confident toujours docile, et quel refuge toujours prêt que le piano! Après trois ou quatre mesures de... tout ce que vous voudrez, sauf les *Mélodies* de Schubert, dont je trouve que les romanciers abusent, elle referma l'instrument avec tant de force que toutes les cordes en vibrèrent. La maman allait et venait, les finesses cousues de fil blanc de sa tactique matrimoniale étant de ne pas gêner l'entretien, tout en ayant l'air de le surveiller.

— A propos, — demanda tout à coup la jeune fille au jeune homme, — vous n'êtes pas parti?

— Parti, mademoiselle!... et pour où?

— Dame! je ne sais pas, moi, monsieur... mais il me semble bien qu'il y a deux mois, alors que vous êtes venu mouillé comme un fleuve sans vous apercevoir qu'il pleuvait, et que vous avez failli vous trouver mal ici même.

Alfred étancha la sueur un peu froide qui perlait sur son front.

— Oui, — reprit-il, — je me souviens.

— Je ne l'ai donc pas rêvé, ce projet de départ.

— Non, mademoiselle... à moins que je n'aie aussi rêvé que vous m'avez prié de rester.

— Jusqu'au lendemain seulement, — reprit la jeune fille en souriant avec malice.

— Le lendemain, mademoiselle, il m'est survenu un grand bonheur.

— Ah!

— Et je suis resté.

— Voyez comme on nous accuse à tort d'être curieuses, — reprit Valentine; — je ne vous demande même pas quel est ce bonheur.

— Mon Dieu! mademoiselle...

— C'est un secret peut-être?

— Oui, un secret qui m'oppresse et que je vais vous ire.

— Non, non, — reprit la jeune fille; — je n'aime pas les secrets, c'est trop difficile à garder. —Puis, ouvrant la fenêtre: — Maman, — cria-t-elle à madame Lemoine qui furetait dans le jardin, — vois donc ce rosier du Bengale, là-bas, comme il est en fleur!

— Il n'y a pas un seul bouton, — dit la mère.

— Tiens, je croyais... — Tout lui semblait en floraison comme son cœur. Alfred était là, debout, sous le charme de cette espèce d'hallucination qui naît de la présence de la femme aimée, de l'électricité de son souffle et du mirage de ses yeux! — Eh bien! — demanda Valentine en revenant vers lui, — et ce secret?... Ah! pardon! j'oubliais que je n'en veux pas.

Alfred lui prit la main, qu'il garda dans la sienne, et, fermant à demi les yeux, comme l'enfant qui appuie son doigt sur la gâchette d'une arme chargée:

— J'aimais une jeune fille, — reprit-il,—qui se fiançait à un autre.

— Et vous ne l'aimez plus?

— Non.

—Cela arrive tous les jours, ces choses-là.

— Je ne l'aime plus, — acheva Alfred, — je l'adore.

— Et vous dites qu'elle est fiancée à un autre. En ce cas, je vous plains.

— Le mariage a été ajourné.

— Ajourné seulement?

— Je n'en sais trop rien.

— Un mariage ajourné, — reprit la jeune fille, — est bien près d'être rompu.

Ah! — dit Alfred en mettant un genou en terre, — si j'en étais sûr!...

— Mon père revient de voyage ce soir, — reprit Valentine en baissant les yeux, — venez le lui demander demain.

Et ce disant, elle s'envola vers sa mère, non sans avoir répondu par une légère pression au baiser qui brûlait sa main.

Cinq minutes après, Mariette faisait irruption dans le jardin.

— Il est donc fou, ce jeune homme? — demanda-t-elle à Valentine.

— Quel jeune homme, Mariette?

— Monsieur Alfred, quoi!

— Qu'a-t-il donc fait?

— D'abord il m'a sauté au cou dans le corridor.

— Ah! mon Dieu!... Et il t'a étranglée?

— Non, mademoiselle; mais il m'a embrassée comme pain bénit, que j'en ai encore les marques sur la joue. Puis il m'a jeté sa bourse, que voilà, en me disant de la donner en son nom au premier pauvre venu.

— Est-ce tout?

— Non, mademoiselle. Il a emporté un parapluie au lieu de prendre sa canne, et le voilà qui s'en va, le riflard ouvert, par un temps superbe.

— Ce n'est pas de la folie, cela, Mariette; c'est de la belle et bonne joie, la plus saine et la meilleure de toutes!... Tiens, tu joindras cet argent au sien, et tu porteras le tout à cette pauvre veuve d'en face, dont les trois enfants sont malades.

— Bon — se dit Mariette en hochant la tête, — est-ce que par hasard mademoiselle aurait une araignée au plafond, comme on dit chez nous à propos de ceux qui ont perdu la tête?

X

OU ALFRED OUBLIE DE PRONONCER LE DISCOURS QU'IL A PRÉPARÉ.

Il n'y a que le premier pas qui coûte. A dater de cet entretien, Alfred se jeta tête baissée dans les incertitudes et dans les complications de l'avenir.

Le lendemain donc, vers le milieu de la journée, le jeune Millet, hermétiquement boutonné et le chapeau enfoncé sur la tête, se décida à aller tenter l'assaut de monsieur Lemoine.

Nous avons toujours remarqué, sans nous l'expliquer jamais, que ces deux préparations, purement physiques, de se boutonner jusqu'au cou et de bien assujettir sa coiffure communiquaient de l'aplomb au moral.

La brèche était naturellement déjà faite et la place prise d'avance, mais le candide Alfred n'en croyait pas moins à quelque Gibraltar imprenable.

Aussi élucubrait-il en marchant le petit discours que voici :

« Cher monsieur Lemoine, les charmes et les vertus de mademoiselle votre fille ont produit sur moi la plus vive impression... »

Arrivé à cet endroit de son improvisation, il se demanda s'il ne conviendrait pas d'ajouter le superlatif *la plus profonde* au superlatif *la plus vive*, et, après de longs débats intérieurs sur cette grave question, il se décida pour l'affirmative.

Que si le lecteur trouve cela contre nature, c'est qu'il n'a jamais préparé de discours ; c'est qu'il n'est ni académicien, ni membre d'une société quelconque, ni charlatan, ni rien.

« ... Ont produit sur moi la plus vive et la plus profonde impression. Voulez-vous accepter en moi un fils qui vous sera dévoué, un gendre sur lequel vous pourrez vous reposer du bonheur de votre enfant comme sur vous-même ?... Soyez mon père !... Rendez-moi toute une famille, une mère, des frères, des sœurs que j'ai perdus !... »

Ici Alfred se promit de faire une pause, afin de laisser à monsieur Lemoine la faculté de lui répondre. Mais, à l'instar de tous les bons tacticiens, depuis Polybe jusqu'au général Jomini, qui obvient par avance à une déroute possible, il mit les phrases suivantes en réserve pour le cas où le terrible beau-père le regarderait la bouche ouverte et sans lui répondre :

« Vous ne savez pas à quel point j'étais à plaindre avant d'être admis dans votre famille... dans votre sainte et vénérable famille ! » Deux qualificatifs qui ne font pas mal. « Oh ! que je souffrais de mon isolement !... Et quand arrivaient ces jours de solennité où se réunissent en un faisceau tous les rejetons de la même tige, » image attendrissante et fleurie, « quand je voyais tout le monde avoir, l'un son père et sa mère, celui-ci une tante, cet autre une sœur, chez qui on se serait inquiété de leur absence ou seulement d'un retard... et qu'alors je jetais les yeux sur moi, pauvre enfant isolé, que personne n'attendait... alors, cher monsieur Lemoine, j'étais abattu et découragé à me faire prendre en pitié !... »

Si, à cet endroit, monsieur Lemoine s'obstinait au silence, Alfred se promit de lui saisir les mains, qu'il presserait avec énergie, et d'ajouter en guise de péroraison :

« Eh bien! dites, voulez-vous être mon père ? »

Vous le voyez, il était de beaucoup plus jeune que son âge. Aussi cela ne se passa-t-il pas tout à fait ainsi qu'il l'avait arrangé : son programme fit la paire avec celui de l'hôtel de ville.

— Bonjour, — lui dit cordialement monsieur Lemoine en lui tendant la main, dès qu'il le vit entrer.

Ce mot si simple et l'aspect de cette bonne pâte d'homme déroutèrent la faconde d'Alfred.

— Monsieur Lemoine, — reprit-il, — vous êtes bien bon... Pas mal, et vous ?... Je suis venu... je voudrais... Et vous avez fait un bon voyage ?...

— Très-bon ; merci. Vous voudriez... disiez-vous ?—Alfred toussa, se moucha, et prit sur la table un couteau d'ivoire, dont il fit semblant d'admirer le curieux travail.

— Si je puis vous être bon à quelque chose, — reprit monsieur Lemoine, — vous pouvez disposer de moi. Je n'ai pas oublié que vous êtes spontanément allé au secours de mon fils arrêté pour dettes.

— Ne parlons pas de cela ! — interrompit Alfred.

— Au contraire, jeune homme, parlons-en. Hector vous a rendu de ma part les mille écus...

— C'est-à-dire, cher monsieur Lemoine...

— Comment ! est-ce qu'il les aurait gardés ?—demanda le brave homme.

— Non, cher monsieur, non. Hector est incapable de... et, quant à moi, je vous prie de croire... Nous causerons de cela une autre fois.

— A la bonne heure !... Je vous disais donc que nous vous avons restitué la somme ; mais le souvenir de votre généreuse action, nous l'avons précieusement conservé.

— Ça n'en vaut vraiment pas la peine.

— De sorte que, — ajouta monsieur Lemoine, — si vous avez quelque chose à me demander...

— Eh bien ! — reprit Alfred en respirant à peine, — je vous demande votre fille.

Et, le coup parti, il se trouva soulagé à peu près comme une personne qui, après avoir horriblement souffert d'une dent compromise, vient de se la faire arracher.

Monsieur Lemoine fit un bond sur son fauteuil.

— Diable ! — dit-il, — vous n'y allez pas par quatre chemins. Ces dames sont sorties, et vous savez que je ne me mêle guère du ménage... mais j'en parlerai à ma femme.

— Et de votre côté, cher monsieur, puis-je espérer... ?

— Votre caractère me va, et, si cela ne dépend que de moi... je vous promets de pousser à la roue ; à moins qu'elle ne roule toute seule... ce qui se pourrait bien.—Alfred se précipita vers son futur beau-père, et lui administra une poignée de main à déraciner les phalanges les plus robustes. — A propos, mon garçon, — reprit monsieur Lemoine, — vous ne vous attendez sans doute pas à avoir des millions ?

— Plus que cela ! — dit Alfred.

Monsieur Lemoine fit un haut-le-corps et reprit :

— Comment ! plus que cela ?

— Certainement, car j'estime mademoiselle Valentine bien au delà de tous les millions de la terre.

Un léger sourire glissa sur les lèvres de monsieur Lemoine.

— C'est joli !... joli, joli !... très-joli !... — reprit-il ; — je répéterai cela à mon épouse.

— La femme aimée est le plus précieux des biens, — dit Alfred, que l'excès de son malheureux bonheur rendait bête.

— Hum ! hum !—repartit le beau-père,—si l'on n'avait que cette monnaie-là pour faire bouillir la marmite... — Alfred le regarda avec une expression de dédain qui pouvait se traduire ainsi : « Ah ! monsieur, ce que vous dites là est bien trivial ! » — Cependant, — poursuivit le papa Lemoine, — il y a autre chose, mais ce n'est pas lourd. Nous avons encore de jeunes enfants dont l'éducation est à faire, et pour peu qu'Hector veuille perfectionner son échelle de Jacob... Mais, par exemple, Valentine est parfaitement élevée : elle est musicienne, elle sait l'anglais...

Apparemment que, aux yeux du bonhomme, cela valait une dot que de savoir l'anglais. Toutefois, à une guinée par mot, je réponds que mademoiselle Valentine n'en savait pas pour deux cents francs.

— Mon cher monsieur Lemoine, — interrompit Alfred, — je n'en veux pas entendre davantage sur ce point. Il serait au-dessous de moi d'affirmer qu'il n'entre aucun calcul dans le sentiment que m'inspire mademoiselle votre fille. A bientôt.

— Vous partez ?

— Ces dames vont sans doute rentrer, — reprit Alfred, — et j'avoue que je n'aurais pas le courage d'affronter leur présence avant de savoir... Vous me promettez votre appui, n'est-ce pas ?

— Je n'ai pas deux paroles, — dit solennellement monsieur Lemoine, — et à moins que mon épouse... Dans tous les cas, venez dîner à cinq heures.

XI

UNE ESPÈCE DE DOT QUI N'EST PAS UNE DOT EN ESPÈCES.

Alfred se fit attendre un peu.

Jusqu'à trois heures, il avait accusé de lenteur l'aiguille de sa montre. De quatre à cinq, il avait trouvé qu'elle marchait trop vite. Peut-être même, s'il n'avait pas été attendu à dîner, aurait-il prolongé son incertitude jusqu'au lendemain.

— Si le rosbif est trop cuit, — lui dit monsieur Lemoine en le voyant entrer, — je m'en prendrai à vous. — Madame Lemoine s'avança vers Alfred avec une sorte de bonhomie solennelle ; elle lui prit les mains et lui tendit ses deux joues. Cela voulait dire : « Valentine est à vous. » — Allons donc ! — reprit le beau-père en se mettant à table, — parce que l'on marie sa fille, ce n'est pas une raison pour manger froid.

— Rendez-la heureuse, c'est tout ce que je vous demande, — dit madame Lemoine en essuyant quelque chose qui passa pour une larme.

Alfred paraissait songer à tout autre chose qu'à dîner.

Ses regards plongeaient par les croisées qui donnaient sur le jardin, puis revenaient se fixer avec inquiétude sur la porte de la salle à manger.

— Je vois ce que c'est ! — dit madame Lemoine en souriant ; — à votre compte, il manque quelqu'un, n'est-ce pas ?

— Mademoiselle Valentine ! — dit Alfred.

— On l'a retenue à dîner chez une amie de pension.

— Bah ! — dit le bonhomme, — vous aurez bien le temps de la voir.

Cette réflexion ne pouvant résulter que de réminiscences conjugales peu flatteuses, madame Lemoine foudroya son époux d'un regard que nous pouvons traduire ainsi :

« Il faut que vous soyez un bien triste sire pour ne pas comprendre que vous jouez là le rôle du marchand qui déprécierait sa marchandise. »

Le dîner s'écoula assez tristement. Alfred songeait à Valentine absente. Monsieur Lemoine ne disait plus rien, dans la crainte de s'attirer un second regard pareil au premier. La maman était absorbée par les menus soins qu'exige la présence à table de deux jeunes enfants.

Soit qu'elle voulût égayer un peu cette espèce de repas d'accordailles, soit pour se rapatrier avec son mari devenu muet, dès que le dessert fut servi :

— Lemoine, — dit-elle au bonhomme, — tu ne fais donc pas goûter à monsieur Millet de ce fameux vin de Porto que tu as rapporté de Londres ? — A cette galanterie de sa moitié, monsieur Lemoine devint radieux comme un enfant que l'on a grondé et à qui l'on donne un gâteau en signe de pardon. Il ne fit qu'un bond de sa place à la cheminée, où pendaient les clefs de la cave. — Prends-en deux bouteilles, — ajouta madame Lemoine de son air benin, je sais que tu l'aimes.

Le vin versé :

— A la santé de mon futur petit-fils, — dit le bonhomme avec ce petit rire sec et saccadé qui est l'accompagnement habituel de toute phrase égrillarde.

— Bon, — dit la mère, — avant la layette, il faut le trousseau...

— Eh ! eh ! — reprit le terrible bonhomme, — j'ai parfois vu que le trousseau ne venait qu'après.

— Pas dans notre famille, grâce à Dieu ! — riposta madame Lemoine, en cinglant son mari d'une nouvelle bordée de regards flamboyants.

— On sait cela, ma femme, — reprit le bonhomme ; — et voilà pourquoi il est inutile de le dire... La vertu est modeste...

— Et le porto est capiteux... Tout ce que vous dites ce soir n'a pas le sens commun.

— Eh bien! je veux qu'il en soit de mes actions comme de mes paroles.

Et ce disant, il alla embrasser sa femme avec tant de jovialité et de rondeur, que la rancune de celle-ci ne put y tenir.

— Voilà comme ce vilain homme fait de moi tout ce qu'il veut ! — reprit-elle en s'adressant à Alfred, qui regardait machinalement les dentelures de la cathédrale de Chartres dans le fond de son assiette à dessert.

— Le moyen est agréable autant que facile, — reprit-il galamment.

Monsieur Lemoine avait le nez dans son verre, en sorte que sa femme ne put surprendre au passage la grimace qu'il se permit de faire à cette énormité d'Alfred.

— Vous trouvez peut-être que nous sommes un peu vieux pour faire ainsi les jeunes ? — demanda la maman.

— Je trouve, madame, qu'il est beau de conserver le cœur jeune, alors que l'enveloppe commence à ne plus l'être. Si tous les parents avaient ce bon esprit, les enfants n'emporteraient pas dans leurs jeunes ménages le germe des discordes de famille.

Cette botte portée, madame Lemoine versa à boire à celui qui allait être son gendre ; après quoi, massant lentement une prise de tabac dans sa boîte d'écaille :

— Monsieur Millet, — reprit-elle, — il faut que vous soyez bien pénétré d'une chose : c'est que nous sommes de bonnes et honnêtes gens...

— Le cœur sur la main, — ajouta le bonhomme.

— Mais nous ne sommes pas riches.

— Pauvreté n'est pas vice, — interrompit monsieur Lemoine.

— Nous avons essuyé beaucoup de malheurs, — continua la maman, — et, avant d'aller plus loin, nous voulons que vous sachiez positivement à quoi vous en tenir.. La probité avant tout !

— Voilà comme nous sommes ! — confirma monsieur Lemoine.

— Madame, je vous en prie, — dit Alfred, — à quoi bon entrer dans ces détails ? N'entremêlons pas le cœur et l'argent.

— Ardent et désintéressé !... — dit monsieur Lemoine ; — j'étais tout de même à son âge.

— Tout cela est bel et bon, — reprit la maman ; — mais si monsieur Millet ne songe pas à ces choses-là, c'est à nous d'y penser pour lui... Voulez-vous me prêter un instant d'attention ? — ajouta-t-elle en se tournant vers Alfred. A un signe affirmatif de ce dernier, elle continua:

— Vous savez, ou vous ne savez pas, cher monsieur, que notre Valentine devait épouser monsieur Oscar Vignaud...

— Second signe affirmatif de la part du jeune homme. — Ce mariage, elle a voulu le rompre au moment où il allait se conclure ; et, si je n'avais promis à ma fille de ne pas divulguer le secret de son cœur, rien ne me serait plus facile, cher monsieur, que de vous dire à dater de quelle époque et depuis quelle présentation ici de certain jeune homme par mon fils Hector les assiduités de ce pauvre Oscar ont été mal venues.—Charmant sourire de la mère et gracieux salut de la part d'Alfred. — Ce préliminaire, — reprit madame Lemoine, — était indispensable pour vous faire comprendre ce qui va suivre. L'établissement de notre fille à peu près décidé, nous avions capitalisé de quoi lui assurer un revenu d'environ quatre mille francs... C'était beaucoup eu égard à notre position de fortune... mais, si le sacrifice était grand, c'est que l'amour maternel est immense...—Ici madame Lemoine s'illustra le nez d'une seconde pincée de macouba et reprit:—Les choses avaient été ainsi acceptées par monsieur Vignaud, qui, lui aussi, aimait bien notre Valentine... eh ! qui ne l'aimerait pas, cette chère enfant !... lorsqu'un de nos plus anciens amis, négociant respectable, vint nous supplier à genoux de le sauver de la ruine et du déshonneur en lui prêtant une somme à peu près équivalente à celle que nous venions de réaliser.

—S'il eût pu flairer la somme,—ajouta le beau-père,— il ne serait pas arrivé plus à point.

— Et j'espère bien que vous ne la lui avez pas refusée ! — s'écria Alfred avec l'exaltation de son âge.

—Aux termes où nous en étions avec monsieur Vignaud, — reprit madame Lemoine, — nous n'étions pas les maîtres d'en disposer... Nous prîmes de parti de consulter monsieur Vignaud.

Alfred redouta que son rival d'hier l'eût privé de la joie de faire une belle action.

— Et qu'a-t-il décidé ? — demanda-t-il.

— Il nous a conseillé de prêter la somme, et aujourd'hui nous ne savons trop comment faire pour la redemander sitôt.

— La redemander !... et pourquoi ? — interrompit Alfred.

— Parce que nous comprenons très-bien que ce qui convenait à monsieur Vignaud pourrait ne pas vous convenir..

— Est-ce que vous croyez, — demanda Alfred en se levant de table avec véhémence, — est-ce que vous croyez que je consentirais à ce que le signal de mon bonheur fût celui de la ruine de cet honnête homme ? Je ne veux pas de cet argent.

En ce moment, le marteau de bronze retentit à la porte d'entrée.

On ramenait Valentine, éloignée à dessein pendant cette négociation périlleuse.

Sans se donner le temps de dénouer son chapeau, sans jeter un coup d'œil sur Alfred, elle courut embrasser sa mère, puis son père.

— Nous t'avons mariée pendant ton absence, — dit ce dernier en la poussant doucement vers le jeune homme; — embrasse donc aussi ton futur.

Pour toute réponse, Valentine alla se blottir, comme une colombe effarouchée, dans le sein de sa mère.

Alfred s'étant approché pour lui prendre la main, madame Lemoine souleva le front de sa fille, et leur dit :

— Embrassez-vous, mes enfants, je vous le permets... Et maintenant, — ajouta-t-elle, — agenouillez-vous là, devant moi, que je vous bénisse tous deux.

— Tableau ! — s'écria comiquement Hector, en faisant une bruyante entrée dans l'appartement.

XII

LA FOLLE DU LOGIS.

A part sa débâcle imminente, qu'il oubliait parfois, les jours qui suivirent furent les plus heureux de la vie d'Alfred.

Et il devait les payer si cher que nous nous sentons à peine le courage de les lui reprocher.

Désormais de la famille, il ne sortait pour ainsi dire plus de chez les Lemoine. Ayant perdu sa mère de bonne heure, et vécu depuis lors presque constamment hors de chez lui, déshérité des jouissances de la vie intime, cette halte douce et paisible après la course désordonnée qu'il venait de fournir se trouvait avoir pour lui de charmantes séductions.

Tous les contrastes plaisent. Quelques heures d'une misère éventuelle ne sont pas sans charme pour le riche. J'ai vu un jour, à la suite d'une excursion par la forêt Noire, dans un village perdu à quelques lieues de Baden, de jeunes femmes, vivant habituellement de biscuits et de suprêmes de volaille, mordre à belles petites dents blanches dans une croûte de pain de seigle, et regretter *sérieusement* de n'en pas avoir chaque jour à leur table ; comme si cela eût été moins facile que de faire venir leurs perles de Ceylan et leurs cachemires de l'Inde.

Il y a d'honnêtes gens qui se font une fête d'aller dîner, le dimanche, chez un restaurateur, tandis que les estomacs voués chaque jour à ces laboratoires culinaires sont heureux d'un dîner bourgeois.

Ce fut donc en raison des dévergondages du passé qu'Alfred s'initiait plus vite et plus avant à ce qui, indépendamment du repos après la lassitude, était surtout pour lui une existence *nouvelle*.

Ses matinées, il les passait à lire côte à côte avec Valentine, qui parfois se penchait vers lui pour suivre des yeux sa lecture ; moyennant quoi ses cheveux frôlaient ceux du jeune homme, sans compter que leurs cœurs battaient si bien à l'unisson qu'ils croyaient n'en avoir plus qu'un pour eux deux.

Le soir, ils faisaient de la musique ou causaient dans la pénombre, loin des rayonnements du carcel, de ces projets d'avenir, si riches de gracieux détails dans la bouche de jeunes fiancés qui se brodent à plaisir, sur le fragile canevas du lendemain, un bonheur éternel.

— Si nous avons une fille, — disait Alfred, — nous l'appellerons Valentine, comme vous.

— Si c'est un garçon, je prétends qu'il se nomme Alfred... et je le nourrirai.

— Nous en ferons un avocat.

— Méchant !... nous en ferons un homme d'État.

— Ou un général.

— Ou un grand artiste... je préfère cela.

— Artiste en quoi ? Peintre, poëte, musicien ?

— Comme vous voudrez.

— Il faudra bien qu'il le veuille aussi un peu, lui.

— Qui ?

— Parbleu ! le petit.

— Ah ! c'est juste; eh bien ! nous le consulterons... Ensuite, monsieur, vous ne me laisserez jamais seule.

— Jamais !

— Plus de soirées au café ni au club.

— Plus rien de tout cela.

— Plus de voyages, de spectacles, de bals... à moins que je n'en sois.

— C'est entendu.

— Jurez-le au nom de ce que vous avez de plus cher au monde.

— Je le jure au nom de Valentine !

Et mille autres divagations sur cette éternelle symphonie de l'amour écrite par Dieu pour le monde entier.

A onze heures ou minuit, lorsqu'il était question de se retirer, Valentine, sa mère, et jusqu'à Mariette, l'accompagnaient jusqu'à la porte. On le suivait encore du regard alors qu'on ne le distinguait plus dans l'ombre ; on lui parlait d'aussi loin que le son pouvait se percevoir.

— Couvrez-vous bien !... Prenez garde aux voleurs !... Dépêchez-vous de rentrer !... A demain de bonne heure !... Bonsoir !... bonsoir !...

Souvent il allait se promener par la ville avec madame Lemoine et sa fille. Ces dames s'arrêtaient devant les magasins de la rue Esquermoise.

On trouvait telle étoffe ravissante, tel parure de bon goût, telle chiffon gracieux.

— Je gage que ce sera dans ta corbeille, — disait en souriant et tout bas la mère à la fille.

— Je donnerais jusqu'à la dernière goutte de mon sang pour les lui offrir, — pensait Alfred.

Ce dernier avait, un jour, parlé inconsidérément de renouveler le mobilier de sa maison, une maison criblée d'hypothèques.

Depuis lors, on ne passait plus devant un marchand de meubles sans que madame Lemoine proposât d'y entrer.

Là, elle discutait, choisissait, marchandait, prétextant que les hommes n'entendent rien à ces détails.

— Achetez ceci... Comment trouvez-vous cela ? Je ne pense pas qu'il se présente jamais de meilleure occasion.

Alfred, embarrassé, ne disait ni oui ni non.

— On verra... rien ne presse... il me semble que j'ai aperçu mieux que cela chez... Chez qui, diable ! ai-je vu mieux que cela ? je crois que c'est dans la rue... Bon ! voilà que j'ai oublié la rue à présent !... je l'ai là sur le bout de la langue... Il suffit de chercher un nom pour qu'il s'obstine à vous fuir. — S'il n'y avait plus moyen d'éluder, il disait au marchand : — Mettez-moi cela de côté, je reviendrai demain.

Et, le lendemain venu, il s'empressait naturellement de n'y plus songer.

Le mariage restait fixé à trois mois de là. Alfred avait demandé ce délai sous le prétexte de prendre certaines dispositions et de mettre ordre à ses affaires.

Quand on est jeune, qu'on a de l'imagination, de l'amour, et trois mois devant soi, on s'endort chaque soir avec la demi-persuasion qu'une des fées de ce bon Perrault va revenir tout exprès, la baguette à la main, pour tapisser la maison de billets de banque et métamorphoser le vieil acajou des meubles en argent massif.

Qui donc empêcherait le facteur de vous apporter une lettre encadrée de noir, de laquelle il résulterait que votre oncle Machine est mort à Chose, vous laissant des millions ?

— Je n'ai pas d'oncle, direz-vous. Mais qu'importe ? Si vous en aviez un, ce serait tout simple qu'il mourût, et vous n'auriez que faire de l'intervention de mesdames Urgèle ou Mélusine.

Ensuite rien n'empêche cet oncle d'être tout simplement une tante, ou une cousine, ou moins que cela encore.

Richard III offrait son royaume pour un cheval, Alfred aurait volontiers donné le sien pour une idée, une de ces idées qui enrichissent tout de suite.

Il ne s'agissait plus que de la chercher... et de la trouver.

Encore ces idées-là n'enrichissent-elles le plus souvent que ceux qui les exploitent, et non ceux qui les trouvent.

Alfred songeait aussi parfois à écrire trois ou quatre drames rapportant chacun cent mille francs ; mais une chose le contrariait : c'était de commencer par le premier.

Les rimes suivantes, trouvées après sa mort, et parfaitement dignes d'un vaudeville quelconque, donneront la mesure des souhaits bizarres, des diables bleus et des rêves biscornus qui à cette époque lui ravageaient le cerveau :

L'auteur du monde, au lieu de semer l'or
A pleines mains sur la céleste voûte,
M'arrêterait au bord de la banq'route
S'il partageait avec moi ce trésor.
A mon hymen plus la moindre anicroche,
Astres charmants au disque radieux,
Si, plutôt que de vous morfondre aux cieux,
En bons louis vous tombiez dans ma poche.

Mais le temps s'écoulait, rapprochant chaque jour le délai fatal, et les étoiles ne paraissaient nullement disposées à changer de coffre-fort.

Quant à Oscar, son congé lui avait été apparemment signifié en bonne et due forme, car il n'en était pas plus question que des lunes d'autrefois.

Que si l'on s'étonnait que madame Lemoine ne sondât pas son gendre futur sur sa position de fortune, nous répondrions deux choses.

La première, que, Alfred ayant éparpillé son patrimoine aux quatre vents de Paris, sa ruine n'était encore notoire à Lille que dans les officines interlopes des agents d'affaires et des usuriers.

La seconde que, la dot de Valentine étant en quelque sorte négative, elle jugeait de bon goût de se donner, à l'égard d'Alfred, des airs de désintéressement et de confiance.

Éblouie par le train du jeune homme, et parvenue à cet âge où l'amour n'est plus que de l'arithmétique, toute sa préoccupation avait été de donner à l'ombre les apparences d'une dot réelle. Rassurée sur ce point, elle écartait tout ce qui pourrait éveiller chez Alfred une idée de comparaison entre le *rien* qu'on lui donnait et le *beaucoup* qu'il était censé apporter en échange.

Les bans allaient être publiés ; le trousseau de mademoiselle Valentine, largement fourni par les Lemoine, fanchettes brodées, canezous coquets, mousselines diaphanes, tout cela marchait un train d'enfer.

Ne voyant surgir ni fée, ni miracle, Alfred s'était accroché à une nouvelle variété d'espérances.

Il avait couru la vie de Paris en même temps qu'un jeune homme alors peu favorisé des dons de la fortune, et à qui sa bourse s'était généreusement ouverte d'elle même à plusieurs reprises. Or, ce jeune homme venait d'hériter deux millions, et habitait une terre dans les environs de Valenciennes.

Donc, un beau matin, Alfred, monté sur Bajazet et suivi de Tom, dans l'irréprochable tenue d'un gentleman de bon aloi, avait pris la direction du château de N..., où l'attendait nécessairement le plus cordial accueil.

L'intention d'Alfred était de demander tout simplement à son ami des anciens jours une centaine de mille francs, qu'il lui rendrait ou qu'il ne lui rendrait pas, selon les caprices de l'avenir.

Qu'est-ce que cent pauvres mille francs pour celui qui possède vingt fois pareille somme.

Voici comment calculait Alfred : moyennant cet appoint, il payait ses dettes et restait toujours à peu près ruiné ; mais il gardait sa maison, réformait son train, entreprenait n'importe quoi, devenait laborieux, économe, rangé, et pouvait encore offrir à celle qu'il aimait une condition modeste et sortable.

Comme théorie ce n'était pas mal... restait la pratique.

Si quelque chose peut sauver Alfred du ridicule d'avoir fondé quelque espoir sur une pareille démarche, c'est que, d'une part, l'amour lui faisait perdre la raison, et que, de l'autre on ne croit à tant de générosité chez autrui que lorsqu'on s'en sait capable soi-même.

Le jeune millionnaire organisa une chasse dans ses forêts en l'honneur d'Alfred ; il lui offrit des cigares de race, de plantureux dîners et... d'excellents conseils.

Somme toute, il n'avait jamais été plus pauvre que depuis qu'il était riche, et peu s'en fallut, disait-il, qu'il ne vînt frapper lui même au coffre-fort d'Alfred.

—Vous l'eussiez trouvé tout ouvert et inhabitée,—répondit ce dernier en souriant avec amertume.

Et il revint à Lille à peu près dans la situation d'esprit d'un condamné dont le pourvoi en grâce vient d'être rejeté.

XIII

LES SCELLÉS.

Le soir, vers minuit, Alfred rentrait chez lui, après une absence de cinq jours.

Joseph vint au-devant de lui.

Le bouleversement des traits du vieux serviteur révélait une douleur et une émotion récentes.

Il prit son maître par la main, et le conduisit ainsi successivement et silencieusement par les diverses pièces de l'appartement, lui montrant les meubles, les armoires, les secrétaires, clos au moyen de bandes de papier assujetties à leurs deux bouts par des cachets de cire.

— Qu'est-ce que cela? — demanda Alfred.

— Monsieur, — dit enfin le vieux Joseph à demi-voix, tant il semblait redouter que les murs n'entendissent, — ce sont les scellés.

— Et tu as permis? Ah! si j'avais été là!

— Je crois, monsieur, que vous n'eussiez rien empêché. Je me suis mis en colère, j'ai protesté, j'ai refusé d'ouvrir les appartements. Ils ont requis l'assistance d'un commissaire de police, en présence duquel ils ont bouleversé et inventorié tout ce qu'il y a dans la maison... C'est moi — ajouta le vieillard avec une sorte de honte, — c'est moi qu'ils ont désigné comme gardien des scellés... Ah! si feu votre digne père avait le malheur de vivre encore!

— Taisez-vous! — reprit Alfred d'un ton brusque, et en se couvrant le visage de ses mains crispées. Et, par une sorte d'intuition, toutes ses folles imprévoyances du passé défilèrent une à une dans son souvenir, en dansant des rondes infernales, comme les nonnes et les démons à la fin du troisième acte de *Robert*. Peu à peu, cependant, le calme lui revint; il se laissa tomber plutôt qu'il ne s'assit dans un fauteuil, et, se rappelant la dureté avec laquelle il venait d'apostropher le vieux valet de chambre de son père, il lui prit affectueusement les deux mains qu'il serra dans les siennes. — Et ils n'ont rien respecté? — demanda-t-il: — ni les secrets de mon cœur, ni mes correspondances intimes, ni ces mille choses saintes et révérées qui ne doivent pas sortir du sanctuaire des familles? — Joseph secoua tristement la tête. — Et ils ont vu, inventorié, raillé, reconnu peut-être ces trop confiants portraits de femme que toute jeunesse frivole conquiert sur sa route, et que la passion du jour lègue à l'oubli du lendemain!... Et ils ont évalué celui de ma mère, peint par Isabey!... Pauvre mère!...

— Voyons, monsieur, — reprit Joseph, — un peu de courage. Demain on avisera. Vous arrivez de voyage, vous devez être fatigué... et un peu de repos...

— Où veux-tu que je me repose désormais, puisque plus rien ici n'est à moi?

— Mais il faut espérer que tout cela va s'arranger, n'est-ce pas, monsieur?

— Que sais-je, moi, Joseph! Est-ce que j'entends rien à ces démolitions de patrimoines organisées par la bande noire de l'usure au préjudice des imbéciles comme moi qui s'y laissent prendre?... A propos, — ajouta-t-il en souriant à demi, car son naturel insoucieux reprenait déjà le dessus, — je crois que la loi me fait la galanterie de me laisser mon lit... c'est très-bien de sa part, cela!... mais je veux tout ou rien... Allons, mon vieux Joseph, va te coucher, et laisse-moi... J'ai besoin d'être seul et de me recueillir. — Joseph dut obéir; mais il saisit un moment où Alfred regardait ailleurs pour emporter une boîte de pis-

tolets qui se trouvait sur un meuble à portée de son maître. Lorsque le jeune Millet se retrouva seul en face de lui-même, au milieu de ce calme sombre de la nuit, vis-à-vis de ces meubles naguère à lui, et dont l'accès lui était maintenant défendu par ces terribles scellés, c'est-à-dire par moins que rien et plus que tout, il se sentit comme nu et dans un désert, bien que, extérieurement, rien ne fût changé. Ces bandelettes de papier, se détachant çà et là comme autant de petits fantômes blancs, le glaçaient de la tête aux pieds; jamais il n'avait aussi bien apprécié que dans ce moment toutes les jouissances de la possession et du chez soi. Il aurait donné l'impossible pour contempler un instant et presser de ses lèvres cette miniature d'Isabey représentant sa mère, qu'une simple cloison d'acajou séparait de lui; il éprouvait un irrésistible désir de revoir un à un tous ses souvenirs de famille, relégués depuis longtemps, sans qu'il y eût jamais songé, dans l'un des coins de son secrétaire, et qui maintenant, en raison de l'impuissance où il était de les avoir, se trouvaient acquérir un inestimable prix. — Ah! — se dit-il avec rage et les mains crispées, — si Joseph n'était pas le gardien de ces scellés, comme je les pulvériserais!...

Il était en face de son secrétaire; ses doigts frôlaient la serrure... Un mouvement de plus et le sceau était brisé...

La bougie venait de mourir dans sa bobêche de cristal. Rien que le temps d'en allumer une autre rappela Alfred à lui-même. Il s'éloigna de ce secrétaire dont l'aspect troublait sa raison, et se laissa retomber sur un canapé.

Lorsque Joseph, qui lui non plus n'avait pu reposer de la nuit, entra au petit jour chez son maître, celui-ci était encore sur ce même canapé, l'œil morne et fixe, avec l'apparence de ce calme stupide qui est le dernier degré de la douleur.

Le vieux serviteur épousseta d'abord machinalement à droite et à gauche. Il avait évidemment quelque chose à dire, qu'il ne savait comment entamer.

— Monsieur, — hasarda-t-il enfin après avoir beaucoup tourné autour de son maître, et en s'arrêtant en face de lui, — j'ai vu mourir madame votre mère, puis monsieur votre père, et je vous ai porté tout petit dans mes bras...

— Je sais cela, Joseph; mais à quel propos?

— Plus tard, — poursuivit Joseph, — j'ai été le confident discret de vos premières escapades de jeune homme. Souvent je vous ai attendu jusque bien avant dans la nuit pour épargner à monsieur votre père le double chagrin de vous savoir absent et d'avoir ensuite à vous adresser des reproches... Peut-être ai-je eu tort, monsieur Alfred, mais l'intention était bonne...

— Et qui donc en a jamais douté, mon brave ami?

— A la mort de monsieur votre père, — continua Joseph, — bien que je fusse vieux, cassé et bon à peu de chose, vous avez voulu me conserver sans m'imposer de service régulier. Libre de mes actions et de mon temps...

— Et c'est pour cela que tu travailles deux fois plus qu'un autre. Mais, encore une fois, où veux-tu en venir?

— J'en veux venir à ceci, monsieur, que nous sommes vis-à-vis l'un de l'autre dans des conditions, vous de vieille habitude, et moi de respectueuse reconnaissance telles que j'ai bien le droit...

— Voyons, quel droit? — demanda Alfred, que ce long préliminaire commençait à impatienter.

— Eh bien! monsieur, je voudrais... je serais si heureux... Vous ne vous fâcherez pas?...

— Mais parle donc, maudit bavard!

Joseph poursuivit en baissant les yeux et comme honteux de sa *témérité:*

— J'ai quelques mille francs qui me viennent des bontés de votre famille... sans compter que vous m'en avez bien donné votre part... Reprenez-les, monsieur Alfred, je vous en prie... cela vous aidera toujours un peu à sortir d'embarras. — A ces mots, le pauvre et brillant jeune homme se jeta dans les bras du vieux domestique, comme lorsqu'il était petit enfant et riche héritier. — Ah! monsieur, que vous êtes bon d'accepter ! — reprit Joseph en essuyant les larmes qui sillonnaient ses joues creuses.

— Accepter, mon ami ! jeter tes patientes épargnes au vent de mes folies !... Ah ! je n'ai été jusqu'ici qu'un imprudent et un insensé ; mais que serais-je donc si j'acceptais ?

— Cependant, monsieur...

— Et d'ailleurs, — reprit Alfred pour couper court à toute instance par un argument suprême, — une goutte d'eau dans l'Océan, voilà l'effet que produirait ta petite fortune dans le gouffre de ma débâcle.

On venait de sonner à la porte de l'appartement.

Joseph alla ouvrir, et revint annoncer qu'une dame d'un certain âge désirait parler à monsieur Millet.

— Je l'ai fait entrer dans la chambre à coucher de monsieur, — ajouta Joseph, — là, au moins, il n'y a pas de scellés.

— Qui diable peut venir chez moi à sept heures du matin ? — se demandait Alfred, lorsqu'il se trouva en présence de madame Lemoine.

XIV

LETTRE ANONYME.

Nous disions qu'Alfred se trouvait en présence de madame Lemoine.

— Puisqu'on ne vous voit plus, — lui dit-elle, — c'est à moi de venir.

Le jeune homme prit affectueusement sa future belle-mère par les deux mains, la conduisit vers un fauteuil, et, roulant un tabouret sous ses pieds : ·

— Quoi ! — s'écria-t-il, — vous-même ! à cette heure matinale !... J'espère bien qu'il n'est rien arrivé à Valentine ?

— Valentine est triste, inquiète, malade, alitée.

— Rien de sérieux au moins ?

— Que sais-je ! Ma fille est si délicate, si impressionnable !...

— Mais pourquoi triste et inquiète ?

— Vous le demandez !

— Ne vous avais-je pas prévenues qu'une absence...

— De deux jours, oui ; tandis qu'il y en a six aujourd'hui que vous avez disparu.

— Je ne suis arrivé qu'hier soir très tard.

— En ce cas, on écrit. — A ce point de vue, Alfred n'avait qu'une excuse : c'est que, dans l'impasse où il se trouvait, écrire et mentir ne faisaient qu'un, et qu'il avait préféré se taire. Seulement l'excuse devant aggraver la faute, il se dispensa de la faire valoir. — Monsieur Millet, — reprit madame Lemoine avec solennité, — j'ai de graves choses à vous dire. — Alfred sentit un léger frisson courir sur son épiderme. — En l'absence de mon mari, j'ai dû me résigner à faire moi-même cette démarche pénible... Avez-vous des ennemis ?

— Pas que je sache, madame.

— Avez-vous trompé un ami ou délaissé une femme ? Connaissez-vous enfin quelqu'un qui ait un intérêt direct à vous nuire ?

— Non, madame. Seulement, rien que l'opposition des intérêts peut engendrer la haine chez les cœurs ulcérés ; et c'est ainsi qu'on l'inspire parfois sans le savoir.

— Que pensez-vous de ceci ? — demanda madame Lemoine en présentant une lettre au jeune homme.

Alfred déploya lentement le papier, en jetant autour de lui des regards de détresse, et lut ce qui suit :

« Madame,

» Votre fils n'avait été arrêté pour dettes que par er-

» reur : monté dans le tilbury de monsieur Alfred Millet,
» on l'avait pris pour ce dernier.

» Monsieur Millet est un joueur, un coureur, un dissi-
» pateur complétement ruiné.

» Saviez-vous ces deux choses ? »

(Pas de signature,)

— C'est court, — reprit madame Lemoine, lorsqu'elle pensa qu'Alfred avait achevé sa lecture, et bien que les regards du patient restassent cloués sur le fatal écrit, — c'est court, mais c'est expressif et net. Vous voyez que je ne vais pas par quatre chemins. Je viens à vous franchement, répondez-moi de même : quel cas dois-je faire de ces accusations ?

— Madame, — reprit Alfred, — la première est vraie.

— Quoi, monsieur !... — s'écria madame Lemoine, — vous avez laissé planer sur Hector, sur ce généreux enfant...

— Il l'a voulu, madame.

— Belle raison, monsieur ! et ces mille écus que mon mari vous a fait remettre ?

— Il ne me convient pas d'accuser, madame, et je laisse à votre fils le soin de restituer lui-même aux faits leur véritable valeur... Quant à cet argent dont vous me parlez, il me suffira d'affirmer qu'il n'a jamais souillé ma main.

— Et le second grief ? — demanda la mère de Valentine.

— Ma ruine ?

— Oui, monsieur.

— Madame, — reprit Alfred après un moment de réflexion, — je vous demande jusqu'à ce soir pour vous faire une réponse précise.

Depuis quelques instants, madame Lemoine analysait avec attention la personne d'Alfred : il était habillé, non pas de cette toilette fraîche, lissée, tirée à quatre épingles, qui témoigne qu'on vient de la faire, mais de cette mise flétrie, lâche, décousue, qui dénote que les crises quelconques d'une nuit sans sommeil l'ont défleurée.

Ajoutez que ses traits étaient fatigués, livides, et que tout trahissait en lui les poignantes émotions subies depuis la veille.

De cet examen madame Lemoine passa à celui de l'appartement : le lit était intact, et la symétrie la plus parfaite régnait dans la disposition des meubles.

A six heures du matin, dans une chambre à coucher, cela était au moins remarquable.

— Ah ! — reprit-elle avec un amer sourire et un accent où la colère semblait le disputer au dégoût, — coureur, dissipateur, joueur, je crains bien que la lettre ne dise que trop vrai !... Ma pauvre fille !... Pourquoi ne pas tout avouer ? Pourquoi ne pas me mettre tout bonnement à la porte, moi qui, au moment où, après une nuit de débauches, vous alliez vous coucher sans doute, ai l'inconvenance de venir vous préoccuper de mes inquiétudes maternelles ?

— Ah ! madame, — reprit Alfred une larme au coin de la paupière, — que Dieu vous pardonne ces paroles, car elles sont bien coupables ! Si vous pouviez percer cela, — ajouta-t-il en se découvrant la poitrine qu'il meurtrissait de ses ongles, — si vous pouviez y lire la cause de ma pâleur et de mon abattement... !

Il y avait dans sa voix quelque chose d'austère et de persuasif qui imposa à madame Lemoine.

— Mais aussi, Alfred, — répliqua-t-elle, — pourquoi ne pas vous expliquer ?

— Ce soir, madame... D'ici là, emportez seulement le souvenir des paroles que je vais vous dire : J'aspire à Valentine comme un coupable aspire à sa grâce, comme un condamné aspire au ciel, comme une femme aimante et stérile aspire à son premier-né. Si elle avait une fièvre épidémique et mortelle, je voudrais la lui prendre et mourir pour elle !... Si elle était pauvre, je vendrais mon corps, mon sang, mon âme, pour qu'elle ne le fût plus !...

— Trois choses que personne n'achète, — pensa madame Lemoine.

— Si elle était insultée, — poursuivit Alfred, — stupide ou sublime, je ne sais pas au juste, je deviendrais peut-être assassin... Si elle avait à pleurer de brûlantes larmes, je me coucherais à ses pieds pour les recueillir et en être brûlé comme elle... Je voudrais pouvoir lui céder ma pauvre part de joies en ce monde et assumer en échange toutes ses tristesses... Je voudrais l'envelopper de moi comme d'une égide, afin que les fléaux de cette vie s'émoussassent sur moi avant d'arriver à elle... Pour celui qui aime ainsi, madame, il n'y a qu'une femme au monde.

— A la fois, — ajouta madame Lemoine.

— Pour celui qui aime ainsi, — reprit Alfred, — la vie s'épure, l'horizon s'agrandit, le cœur s'émonde... et, s'il est vrai que, la veille encore, il adorât des idoles, croyez qu'elles sont à jamais brisées.

— Cela est très-bien, — reprit la mère, — mais à la condition que les faux dieux n'aient pas absorbé tous les frais du culte.

Alfred songea qu'en effet il allait se voir forcément ramené à la simplicité de l'Eglise primitive, et ne répondit rien.

Madame Lemoine en savait assez pour deviner tout. Aussi, lorsqu'elle s'en alla, la déconfiture d'Alfred était-elle à ses yeux chose acquise.

D'où diable peut venir ce mot de *déconfiture ?*

XV

OÙ MADAME LEMOINE COMMENCE A S'APERCEVOIR QU'IL N'EST PAS TOUJOURS COMMODE DE CONDUIRE DEUX GENDRES ATTELÉS DE FRONT.

Valentine se cramponnait à la volonté d'épouser Alfred, qui, fortune à part, réunissait d'ailleurs ces qualités élégantes à l'appât desquelles se prennent toutes les femmes.

Elle l'aimait presque pour lui-même. Aussi cette lettre anonyme avait-elle attristé mais non changé son cœur ; aussi l'absence prolongée d'Alfred lui avait-elle causé les plus vives inquiétudes ; aussi était-elle réellement malade, et attendait-elle avec une impatience fiévreuse le résultat de la démarche que celle-ci était allée faire chez Alfred.

— Eh bien ! mère ? — lui demanda la jeune fille.

— Ruiné, chère enfant ! Il ne l'avoue pas encore tout à fait, mais les symptômes sont accablants et la lettre a dit vrai.

— S'il en est ainsi, — reprit Valentine, — il a plus besoin d'affection que jamais.

— Je commence à craindre que nous ne nous soyons trop hâtés de congédier Oscar.

Madame Lemoine achevait à peine ces paroles que Mariette, entr'ouvrant discrètement la porte, vint lui faire de la tête et de la main une de ces pantomimes qui signifient : « Grande nouvelle ! Venez vite ! »

Madame Lemoine se hâta de descendre, et qu'on juge de sa stupéfaction lorsqu'elle se trouva en présence d'Oscar lui-même.

— Bon ! — se dit-elle, — c'est le ciel qui l'envoie.

Encore un fameux endosseur de responsabilité que le ciel !

Il y avait plus de trois mois que l'avocat n'avait mis les pieds dans cette salle à manger que vous savez, déjà si fertile en péripéties amoureuses.

Le piano était fermé ; le tabouret en cuir rouge à clous dorés était relégué dans les pédales ; les partitions étaient symétriquement rangées sous une reliure de poussière.

Tout lui sembla mort là où il se rappelait avoir vu tout plein d'animation et de gaieté.

Madame Lemoine avait un mouchoir à la main et une larme à l'œil : la larme pour le mouchoir, le mouchoir pour la larme, larmes et mouchoir pour Oscar.

— Madame, — dit Oscar après l'échange des politesses d'usage, — puisque vous voulez bien prendre quelque intérêt à ce qui nous concerne, moi et les miens, j'ai la douleur de vous annoncer que mon parrain est au plus mal ; les médecins assurent qu'il n'a plus que quelques jours à vivre. Sa gouvernante a été mise à la porte, et je sais, de source authentique, que mes *espérances*, hélas ! sont à la veille de se réaliser.

— Mon pauvre garçon, — reprit madame Lemoine en tendant sa vieille main ridée qu'Oscar eut la faiblesse de baiser, — je suis heureuse, bien heureuse de vous revoir ici.

— Et mademoiselle Valentine ?... — demanda timidement le visiteur.

— Valentine est souffrante, elle garde le lit... Vous savez ce que c'est, mon cher monsieur Vignaud : on a une fille, on veut la rendre heureuse, on prend une fantaisie de son cœur pour un attachement véritable... et voilà comment on se donne parfois, vis-à-vis d'un brave garçon comme vous, l'apparence de torts très-sérieux... Quant à moi, je n'ai jamais pensé que monsieur Millet fût le mari qui convînt à ma fille ; je ne me laisse pas prendre à ce clinquant.

— On le dit au bout de son rouleau, — hasarda Oscar, — et, s'il faut en croire certains bruits...

— Ces bruits sont faux, — s'empressa d'interrompre madame Lemoine, qui ne voulait pas que son changement de front pût être attribué à des calculs d'intérêts.

— Cependant, madame...

— Au surplus, cela serait, — reprit madame Lemoine, — qu'une pareille considération ne serait nullement de nature à modifier nos projets. Ce n'est pas un peu plus ou un peu moins d'or, c'est la bonne conduite, c'est la fidélité à ses serments, c'est le respect de soi-même qui font le bonheur... Monsieur Millet contracte des dettes ; il a des maîtresses, et voilà ce dont je l'accuse. Il n'y a pas de félicité possible pour la femme d'un tel homme... Malheureusement, les yeux de Valentine ne sont pas encore dessillés ; mais, avec le temps et un peu d'habileté... Voulez-vous que nous montions la voir !...

Ils montèrent.

— Mademoiselle, — dit Oscar en entrant, — c'est moi, moi dont la vie est ici, et qui n'ai pu accepter sans appel l'arrêt qui me condamne à vous perdre.

Il voulut saisir la main de la jeune fille, qui la retira, et reprit d'une voix ferme :

— Monsieur Vignaud, je suis souffrante, vous le voyez ; j'ai besoin de repos. Si vous êtes venu pour entendre de ma bouche l'expression réelle de mes sentiments, je vous dirai avec franchise que j'aime monsieur Alfred Millet et que je n'en épouserai jamais d'autre que lui.

— Allons, Valentine, sois bonne et raisonnable, — dit la mère. Valentine prit une attitude de sommeil, et sembla s'être arrêtée au parti de paraître indifférente à tout ce qui se dirait désormais. — Il faut que tu sois folle, — reprit madame Lemoine, il faut que tu n'aies ni dignité ni amour-propre, pour tenir à un freluquet qui t'a si indignement trompée.

A cette accusation dirigée contre Alfred, le calme et le silence devinrent impossibles à la pauvre enfant.

— Il ne m'a pas trompée, ma mère ! — s'écria-t-elle ; — c'est nous qui nous sommes trompés nous-mêmes.

— Ce n'est pas de cela qu'il s'agit, — interrompit madame Lemoine en embrassant sa fille au front. — Pauvre chère dupe ! S'il t'aimait encore, je lui pardonnerais.... mais monsieur en aime d'autres.

— Ma mère, que dites-vous ?... Ce n'est pas vrai ! — cria Valentine en incrustant ses doigts dans le bras de sa mère.

— Et moi, — continua madame Lemoine, — je veux

que ma Valentine, que ma fille bien-aimée, inspire un amour sans partage...

— La preuve !... la preuve !... — s'écria la jeune fille.

— Une affection exclusive comme celle de monsieur Vignaud, par exemple, que le temps consolide au lieu de l'éteindre.

— Mais la preuve, mon Dieu !... Maman, donnez-moi la preuve de ce que vous dites !

— N'est-ce pas, — poursuivit madame Lemoine en s'adressant à Oscar, qui ne savait pas trop quelle contenance garder, — n'est-ce pas que vous la rendrez bien heureuse ?

Oscar balbutia quelque chose d'incompréhensible.

— Cela est faux ! — reprit Valentine avec énergie, — si vous aviez seulement l'ombre d'une preuve, vous l'auriez déjà produite...

— Tu n'es ni assez calme ni assez raisonnable pour que nous te la donnions à présent.

— Mais vous l'avez donc ?... Non, vous ne l'avez pas !... dites-moi que vous ne l'avez pas !

— Voyons, calme-toi ! — reprit madame Lemoine avec un ton de réserve hypocrite ; — nous t'expliquerons cela demain... plus tard. — Jusque-là Valentine avait fait preuve de courage ; mais il y avait tant de conviction dans les dernières paroles de sa mère qu'elle se mit à sangloter.

— Cela va lui faire du bien de pleurer !... — dit madame Lemoine à Oscar.

Une prostration complète succéda bientôt à ce quart d'heure de résistance héroïque, et ce fut une triste victoire que remporta Oscar lorsqu'il put saisir et couvrir de baisers la main inanimée de la jeune fille, qui pendait hors du lit.

Enfin, d'une voix faible et entrecoupée, Valentine laissa tomber ces paroles :

— Si vous le voulez, maman, je mourrai.

— Nous voulons que tu vives, pauvre chérie, que tu vives heureuse ; et tu le seras malgré toi. — Puis, se tournant vers Oscar : — Allons, — lui dit-elle en l'entraînant hors de la chambre, — en voilà assez pour une dernière fois. — Cependant, au lieu de congédier Oscar, elle le fit entrer dans la salle à manger, en ferma soigneusement la porte, lui désigna une chaise à côté de son fauteuil, et, prenant une attitude et une voix mystérieuses, elle lui dit : — Mon cher garçon, je crois que j'ai touché la corde sensible... Alfred serait absolument ruiné, comme vous le dites et comme je n'en crois rien, que l'exaltation s'en mêlerait, et que Valentine se croirait d'autant plus obligée de partager son sort. Vous ne savez pas ce dont ces petites têtes-là sont capables ! Mais une infidélité du jeune homme, si nous pouvions en acquérir la preuve évidente, écrite, ferait plus que tous les serments et que tous les raisonnements du monde... Or il faut que nous la sauvions, bon gré, mal gré : n'est-ce pas votre avis ?...

— C'est le plus cher de mes vœux, madame.

— Ayons cette preuve, et Valentine ne tardera pas à revenir à vous, à vous qu'elle n'a pas cessé d'aimer, car en ce moment elle marche à l'aveugle et s'ignore elle-même. — On croit volontiers ce qu'on désire ; aussi Oscar avala-t-il cette couleuvre. — Il serait bien extraordinaire, — reprit madame Lemoine, — qu'un jeune homme, et surtout Alfred, n'eût pas quelque peccadille de ce genre sur la conscience, et que, de par le monde de ses conquêtes, il n'eût pas laissé traîner quelque tendre billet qui serait une arme terrible... car les femmes peuvent tout pardonner, hors cela.

— Mais où la trouver, cette preuve ? — demanda Oscar.

— Dame ! je ne sais pas, moi. C'est à vous, qui êtes partie intéressée, de voir. Une pauvre femme comme moi, cela ne peut rien... mais un homme va partout. Ah ! si j'étais homme, moi, il me semble que je ne serais pas embarrassée. Je frapperais à toutes les portes ; il n'est pas un seul jour, pas une minute de la vie de mon rival dont je ne parviendrais à scruter l'emploi... On s'informe, on provoque une confidence...

— Et vous croyez qu'alors... ?

— Mon Dieu ! — reprit avec impatience madame Lemoine, — que les amoureux d'aujourd'hui sont méticuleux et niais !... De mon temps, ils n'étaient pas ainsi... Oui, monsieur, je crois, je suis sûre que le meilleur moyen de tuer l'amour, c'est de blesser l'amour-propre.

— Le marteau de la porte extérieure venait de retentir. Mariette entra vivement dans la salle à manger et renouvela le signe mystérieux qu'elle avait fait à sa maîtresse lors de l'arrivée d'Oscar. Cette brave fille, peu nourrie dans le sérail, en connaissait mal les détours. Elle craignait toujours de trop parler ou de trop se taire, et ne savait plus sur quel pied danser. — Vous pouvez parler, — lui dit madame Lemoine, — nous n'avons pas de secrets pour monsieur Vignaud.

— Madame, — reprit Mariette, — voilà monsieur Alfred qui descend de son cabriolet.

— Oscar, je vous en prie, — dit madame Lemoine en se levant avec terreur, — cachez-vous dans le salon. Je ne veux pas qu'il y ait de scène chez moi...

Trois secondes après, Alfred Millet était assis en face de madame Lemoine, sur la chaise même que venait de quitter Oscar Vignaud.

— Madame, — dit Alfred, — je vous avais demandé jusqu'à ce soir ; vous voyez que je devance l'heure.

— Pardon, — se hâta d'interrompre madame Lemoine — je suis à vous dans l'instant. — Et, en femme habile autant que prudente, sachant que du salon on pouvait entendre ce qui se disait dans la salle à manger, elle courut renvoyer Oscar, dont la présence l'inquiétait. — L'état où vous venez de voir Valentine, — objecta-t-elle en manière de calmant, — nous force encore à quelques ménagements envers monsieur Millet. Mais soyez sûr, Oscar, que son règne est près de finir, et que nous ne tarderons pas à le prier de nous faire voir ses talons... Un peu de patience, et à demain ! — Débarrassée de ce côté, madame Lemoine revenait vers Alfred lorsque Mariette fit une troisième apparition non moins mystérieuse que les deux autres. — Qu'y a-t-il encore, Mariette ?

— Madame, il y a que mademoiselle, toute malade qu'elle est, a l'oreille fine, et qu'il ne me paraît pas facile de lui faire croire que des vessies sont des lanternes... Elle a entendu le cabriolet de monsieur Alfred, et elle veut qu'il monte à l'instant chez elle. « S'il ne vient pas, » qu'elle a dit, « je vais me lever et descendre. »

— Ayez donc des enfants ! — soupira madame Lemoine.

Et, faisant signe à Alfred de la suivre, elle remonta chez sa fille.

Quand celle-ci vit entrer le jeune homme, elle tendit ses deux bras vers lui, et poussa un de ces cris aigus par lesquels les femmes traduisent toute sensation vivement éprouvée, joie, souffrance ou terreur.

Alfred s'élança vers la malade, et la tint longuement embrassée.

La mère était bien là, allongeant une singulière mine ; mais rien n'empêche l'aimant d'aller vers le pôle, et peu importait à Alfred, en ce quart d'heure, que les strictes convenances fussent ou non gardées.

Pendant quelques instants les sanglots de Valentine, tombant par perles brûlantes sur les mains du jeune homme, interrompirent seuls le silence, gros de sombres pensées, comme il arrive au ciel d'être gros de nuages bien avant qu'ils éclatent.

Tout à coup cependant un arc-en-ciel de joie vint rayonner à travers les pleurs de la jeune fille. Elle se dégagea doucement de l'étreinte d'Alfred ; puis, écartant d'une de ses mains pâlies les nattes de cheveux qui serpentaient irrégulièrement le long de ses joues, elle tendit l'autre avec amour à sa mère, en lui disant :

— Oh ! maman, que tu es bonne et que j'étais injuste !... Si vous saviez, mon ami, comme j'ai eu peur ! — ajouta-t-elle en ressaisissant Alfred, — si vous saviez comme j'ai souffert!... je voulais mourir.... mais maintenant, plus...

Jouant double jeu, madame Lemoine se tenait sans cesse sur le qui-vive, prête à interrompre les explications et à couper les phrases.

— Voyons, mon enfant, — reprit-elle, qu'il ne soit plus question de cela ; te voilà convaincue à présent que je ne travaille que pour ton bonheur.

— Que s'est-il donc passé ? — demanda Alfred en dardant sur madame Lemoine un regard sous l'obstination duquel elle fut obligée de baisser le sien.

— Mon Dieu ! rien, je vous assure.

Valentine comprit qu'elle devait venir en aide à sa mère.

— Maman a raison, monsieur, — reprit-elle ; — il ne s'est rien passé... Au surplus, je vous vois, je suis heureuse et j'oublie... Ce n'était peut-être qu'un rêve, un cauchemar, de la fièvre au cerveau... Mais plus on prenait à tâche de convaincre Alfred qu'il ne s'était rien passé, plus ce dernier se persuadait du contraire. — Voyons, monsieur, — dit Valentine, — embrassez maman ! — Et, comme Alfred ne se montrait que médiocrement pénétré des charmes d'une pareille tâche, elle ajouta ; — Mais aide-le donc, maman !... tu vois bien qu'il hésite, qu'il te croit fâchée contre lui. Fi ! que c'est vilain, monsieur, d'avoir de la rancune !

Il y a dans l'économie féminine certaines phases nerveuses pendant lesquelles cet esprit de diplomatie intime qui leur est inné les abandonne temporairement ; leurs traits reflètent malgré eux les sensations de leur âme. Il suffit alors de ne pas être aveugle pour déchiffrer à livre ouvert ce qu'elles pensent. Aussi n'était-il déjà plus question pour Alfred de savoir si on lui cachait quelque chose, mais bien ce que c'était que ce quelque chose, lorsque Hector entra dans la chambre de sa sœur. A une heure de là, il avait laissé Oscar en conférence avec sa mère. Il était donc naturel que, en apercevant chez Valentine une tournure de jeune homme à moitié cachée par les rideaux de l'alcôve, il prît ce jeune homme pour Oscar Vignaud.

— Tiens, — dit-il en s'adressant à Alfred, — tu es encore ici, Oscar ?... Je te croyais parti... — Et, s'apercevant presque aussitôt de sa méprise, il ajouta :—Par exemple, si c'était toi que je croyais trouver là, je veux bien que le diable m'emporte !

Alfred se laissa prendre et serrer machinalement la main par son ancien camarade de collége.

— Il était donc là tout à l'heure ?—demanda-t-il.—Ah ! Valentine!... Valentine !

— Il faut toujours que tu arrives comme un chien dans un jeu de quilles, — dit tout bas la mère à son fils.

Il était au-dessus des forces de Valentine d'affronter les reproches et les soupçons d'Alfred.

— Mais écoutez-moi donc ! — lui dit-elle ; — écoutez-moi ! O mon Dieu ! faites qu'il veuille m'entendre et me croire ! On me l'a amené ici ; j'étais mourante, je ne voulais pas le voir, je le repoussais, je ne lui parlais que de vous et de mon amour pour vous ! Je le conjurais de me laisser mourir en paix, et, malgré cela, il restait toujours ! Que pouvais-je faire ? Mais dites-moi donc, pour Dieu ! ce que je devais faire ? Me détourner de lui avec horreur ? Je l'ai fait. Ne pas lui laisser une lueur d'espoir ? Je ne lui en ai pas laissé.

— Assez, Valentine ! Le coupable c'est moi ! — s'écria Alfred en cachant son front dans ses mains. — Dire que le bonheur est là et que je me le suis rendu impossible ! Dire que j'ai semé d'or les pas de créatures sordides, et que je n'ai plus même le nécessaire à offrir à celle qui eût été la compagne éternelle, la sauvegarde aimante et dévouée de ma vie !

— Qu'est-ce qu'il dit donc ? — demanda Hector à sa mère.

— Cela ne te regarde pas, — répondit durement celle-ci.

Valentine continuait de sangloter.

— Madame, — reprit Alfred avec plus de calme, — je vous ai promis pour ce soir une réponse à la question que vous m'avez adressée ce matin... Oui, je suis ruiné, ou à peu près. Seulement il me reste une chance, que je vais courir... Si elle me favorise...

— Et quelle est cette chance ? — demanda madame Lemoine.

— Madame, c'est mon secret. Si elle me favorise, disai-je, je viendrai réclamer la main de mademoiselle votre fille... sinon...

— Sinon ?..... — demanda Valentine à travers ses larmes.

— C'est aussi mon secret, — répondit Alfred. — Madame, voulez-vous m'accorder huit jours ?

Madame Lemoine ne fit aucune objection, ce qui était consentir.

— Pas huit jours, — reprit Valentine, — mais toute la vie !

— Quant à l'arrestation d'Hector pris pour moi...

— Ah ! — interrompit ce dernier, — mon échelle de Jacob... cela commence à très-bien marcher.

— Taisez-vous, monsieur ! — dit la mère.

— Et, quant aux mille écus dont il a été question, — poursuivit Alfred, — j'adjure Hector de considérer que ma part d'erreurs est déjà bien lourde à porter, et je lui laisse le soin de me disculper.

Puis, un genou en terre, il mit un solennel baiser sur la main brûlante de Valentine, et s'arracha violemment à cette triste scène.

XVI

LE NUMÉRO 154.

En 1838, époque à laquelle remonte cette histoire, il y avait à Paris, au premier étage du n° 154, au Palais-Royal, deux salles éclairées par de spacieuses fenêtres ayant vue sur le jardin.

Ces deux salles, des coupe-gorge, si vous préférez, étaient cirées à miracle, décorées avec luxe et tenues avec soin.

On remarquait au centre de chacune d'elles une table oblongue recouverte d'un tapis vert sillonné d'angles, de losanges et de chiffres rangés par trois, mystérieux hiéroglyphes de la science du mal.

Au silence décent qui régnait dans ces salles, à voir ces laquais en culotte courte et en bas de soie qui faisaient circuler des plateaux chargés de rafraîchissements ; à voir tant de monde entourer ces tables, la tête découverte, le cou tendu, la bouche béante, les yeux attentivement fixés sur un même point, vous eussiez d'abord pu croire à une expérience de physique, au banquet de Mesmer, à un comité savant, à quelque chose d'avouable enfin. Cela avait ce vernis de décence et de bon goût, cette mince feuille de chrysocale dont les souillures les plus répulsives ont, à Paris, le dangereux talent de savoir se parer.

Mais lorsqu'on se rapprochait un peu de ces tables, lorsqu'on venait entendre la voix des croupiers retentir creuse et morne, que l'on étudiait toutes ces physionomies frénétiques d'anxiété, ou folles de joie, ou pâles de désespoir, l'honnête homme fourvoyé se trouvait bien vite avoir la mesure de la profonde immoralité de ce lieu.

Là se posait en effet la première assise de toutes les dépravations et de toutes les hontes. Hommes riches qui engloutissaient leur fortune acquise, employés pauvres qui perdaient en un instant le salaire de tout le mois et n'allaient plus rapporter chez eux que la misère et sa triste escorte de querelles et de déboires, commis infidèles aventurant les sommes confiées à leur honneur, jeunes gens faisant avec insouciance leur première enjambée dans le vice, vieillards au crâne d'ivoire, déprimés, avilis, incarnés aux combinaisons du jeu, se passant de dîner pour pouvoir risquer un écu, et se retrouvant à minuit dans la boue des rues, les entrailles criant et les bottes percées : mélange de tous les rangs, de tous les âges, de toutes les plaies sociales, voilà ce qu'il y avait à ce premier étage du n° 154, dans ce bouge doré, autour de ces linceuls verts que l'on appelait la roulette et le trente et quarante.

C'était là que devait se détruire ou se réaliser ce dernier et fol espoir de salut auquel s'était accroché Alfred, et dont il avait prudemment fait mystère à la famille Lemoine.

Le remède était en effet pire que le mal.

Alfred avait employé deux ou trois jours à faire rentrer quelques sommes prêtées jadis à des amis, à vendre un dernier coupon de trois cents francs de rente, à grossir de toutes ses ressources possibles et impossibles les troupes plus que légères sur lesquelles il comptait pour se prendre corps à corps avec la Fortune ; et, nanti d'une somme de neuf mille francs, tristes épaves d'une fortune d'un demi-million dévorée on ne sait comment, il était parti pour Paris.

Mais il fallait bien que son organisation cédât tôt ou tard à tant de secousses successives. Arrivé le soir à l'hôtel Richelieu, place Favart, il se coucha brisé, anéanti, en proie aux premières atteintes d'une fièvre typhoïde.

Il resta là pendant près de deux mois, étendu sur le lit d'une sombre et froide chambre d'hôtel, livré à l'insouciance de soins mercenaires, subissant à la fois toutes les misères de l'âme et toutes les douleurs du corps.

Dès que sa main débile avait pu guider une plume, il s'était empressé d'informer les Lemoine de sa maladie et de leur demander un nouveau délai. Mais interceptée sans doute au passage par la politique maternelle, sa lettre était restée sans réponse.

Enfin, par une radieuse matinée d'octobre, qui contrastait fort avec la sombre disposition de son esprit, Alfred, très-pâle encore et la démarche indécise, put achever sa toilette de convalescent.

A ses habits qui grimaçaient sur sa taille amaigrie, à ses bottes qui craquaient sur le sol, à cette hésitation, à cette mollesse des mouvements qui dénotent des habitudes perdues, il était facile de reconnaître que la maladie vaincue n'avait rendu sa proie qu'au seuil même de la tombe.

Alfred sortit, se dirigea vers les Tuileries, s'assit sous les marronniers, et se sentit un instant reverdir le cœur à l'aspect des groupes de joyeux enfants frais et roses qui jouaient autour de lui.

— Moi aussi, — se dit-il, — j'aurais pu être un heureux père, et voir là un petit garçon bondir, en même temps que sa balle, sous mes yeux et sous ceux de sa mère !

On ne revient pas d'une fièvre typhoïde, de la diète et des potions calmantes sans quelques douches sur l'esprit et quelques gouttes d'eau tiède dans le sang. Alfred se posa donc une dernière fois en face de l'avenir.

Ses neuf mille francs, utilement mis en œuvre, ne pouvaient-ils l'acheminer pas à pas vers l'indépendance et la fortune ? Que d'hommes partis de plus bas et arrivés socialement à des hauteurs alpestres ! Oui, mais il fallait pour cela de l'énergie et de la volonté ; il fallait tuer net cet amour dont le souvenir incessant s'interposerait entre lui et le travail.

Puis de moins bonnes réflexions succédèrent à celles-là. Valentine ne lui avait-elle pas donné des preuves d'une tendresse infinie ? Pouvait-il l'abandonner, l'exposer sans défense aux tortures d'un mariage antipathique et forcé ? Serait-il dit que lui, Alfred, avait hésité devant un sacrifice, reculé devant un danger dont le résultat, même improbable, les aurait pu réunir ? Lorsqu'on est déjà mal-

heureux, n'est-ce pas une belle partie que celle qui vous offre la perspective de gagner le bonheur, fût-ce à mille contre un ?

Et quelle certitude que le travail serait, même à la longue, couronné de succès ? Il faudrait se faire marchand, employé, commis, se traîner terre à terre, pauvre, rebuté, méconnu, par les rudes sentiers de toute chose qui commence... tandis que, pour être d'un seul coup riche et puissant, pour broder l'avenir d'or et de joies, pour que Valentine fût à lui, il ne fallait qu'une veine de quelques minutes, une série de *rouges* ou de *noires*.

Le mauvais génie l'emporta sur le bon ange.

Alfred se dirigea lentement vers la rue Richelieu, et acheta une paire de pistolets de poche chez Lepage.

Mort ou riche, tel était le coupable dilemme qu'il adoptait.

Vers quatre heures, après avoir préalablement déposé à la porte son chapeau, la seule chose que l'on fût à peu près sûr de remporter de ces tripots, il entra résolûment dans les salons du n° 154.

Il est entendu qu'Alfred n'avait pas de *système* et n'entendait rien à ce monotone pointage d'épingles au moyen duquel les maniaques prétendent dompter le sort.

Dès qu'il eut entendu le croupier dire : « *Faites votre jeu, messieurs, le jeu est fait!* » Alfred jeta devant lui et au hasard les huit billets de mille francs qui lui restaient.

C'était sur *noire*.

— Le jeu est fait, rien ne va plus, — reprit l'impassible voix du croupier.

Et la boule d'ivoire roula dans le bassin, ralentissant peu à peu sa course précipitée, s'accrochant aux angles des cases, reprenant son essor, allant de ci et de là, semblant hésiter entre le rouge et le noir, le pair et l'impair, le désespoir de l'un et la joie de l'autre.

Alfred s'était assis en face de son jeu, au bord d'un fauteuil, timidement, comme l'hôte fortuit d'un mauvais lieu et honteux de s'y voir.

Il ne tremblait pas, mais il avait comme froid au cheveux. Le tocsin sonnait dans ses tempes. Le tapis, les joueurs, les chiffres, l'or, les râteaux, les tentures, la pendule et les candélabres de la cheminée, les lustres, tout semblait grimacer et tournoyer autour de lui en une sarabande infernale.

Lorsque la roulette s'arrêta et que le cliquetis de la bille annonça qu'elle allait se fixer, il voulut regarder, mais des atomes vertigineux se condensaient en brouillards qui l'aveuglaient.

Par un mouvement machinal, ses deux mains se joignirent sous la table :

— Valentine, — balbutia-t-il, — prie en ce moment pour moi... et pour toi !

— Dix-neuf, *rouge*, impair et passe, — dit le croupier.

Lorsqu'il eut vu disparaître ses huit billets de mille francs, Alfred demeura encore quelques secondes à sa place. Un sourire livide et strident vint contracter ses lèvres violacées, puis il sortit.

A peine avait-il fait quelques pas sur l'escalier qu'il s'entendit appeler.

— Monsieur, — lui dit le préposé au vestiaire, — vous oubliez votre chapeau.

— C'est juste ! — reprit Alfred en remontant. Et, fouillant dans sa poche, il ajouta d'une voix douce et résignée : — Mon ami, je vous remercie ; voici pour vous.

— Diable ! — se dit le Cerbère de ce Ténare en empochant la pièce d'or qu'il venait de recevoir, — en voilà un qui vient de faire une râfle, ou je ne m'y connais pas !

Au moment où Alfred posait le pied dans la galerie de Valois, il entendit à quelques pas de lui une voix dont la vibration le fit tressaillir et qu'il crut reconnaître. Il se retourna vivement du côté d'où cette voix partait, et vit... il vit Valentine et Oscar qui, appuyés sur le bras l'un de l'autre, admiraient les somptueuses futilités d'un magasin de joaillerie.

XVII

LE BOUT DU FOSSÉ.

Heureusement que le malheureux jeune homme se trouvait à portée d'un des pilastres qui bordent le jardin, car ses jambes fléchirent, et il n'eut que le temps et la force de s'y appuyer.

Sa main serrait la crosse de l'un des pistolets cachés sous ses vêtements... une pensée sinistre montait à son cerveau.

Mais des flots de promeneurs, se croisant en tous sens dans la galerie, dérobèrent un instant à sa vue Oscar et Valentine. Cet instant suffit pour le rendre à lui-même.

— Il n'y a que moi qui doive mourir, — se dit-il, — et à présent plus que jamais. Cependant l'invincible entraînement du cœur faisait qu'il continuait à les suivre de loin et à les couver d'un implacable regard. Le couple cheminait lentement, faisant halte de temps à autre devant les merveilles de l'industrie parisienne, et à mille lieues de penser que la mort les frôlât de si près. — Je veux savoir le dernier mot de cette trahison, — se disait Alfred.

Et rattaché un moment à la vie par ce parti pris, il enfonça son chapeau sur ses yeux, louvoya le long des pilastres, et arriva ainsi, toujours sur les pas des nouveaux époux, jusqu'à la cour des Fontaines.

Ici, la lectrice ouvre une parenthèse, et, pénétrée d'une indignation que j'aime à lui voir, se demande comment Valentine a pu se résoudre à épouser cet homme qui naguère lui faisait horreur.

D'abord, chère lectrice, cette expression « faire horreur » n'a le plus souvent, dans la très-gracieuse mais très-prime-sautière bouche des femmes, qu'une portée fort anodine. Ainsi, ne leur arrive-t-il pas tous les jours de dire qu'elles *détestent* certaines choses ou certaines personnes, qu'elles aiment au contraire beaucoup sans se l'avouer ou même en se l'avouant ?

Ensuite Oscar, mis sur la voie par les insinuations de madame Lemoine, était parvenu à conquérir, à la pointe d'un bracelet galamment offert, l'une des nombreuses lettres semées jadis par Alfred dans les boudoirs du demi-monde.

Cette flèche amoureuse, décochée à une danseuse, se terminait ainsi :

. . . .

« Qu'on ne me parle pas de ces affections chauffées au
» bain-marie, filées sous le manteau de la cheminée mater-
» nelle, avec une petite fille raide et guindée, qui ne sait
» dire que oui et non, baisse à tout propos les yeux vers
» la pointe de ses bottines, et rougit comme cerise quand
» on lui presse le bout du doigt.

» Au diable ces mijaurées ! Vive toi, mon Esmeralda, ma
» gipsy, ma sylphide !...

» Je t'embrasse comme un fou.

» ALFRED »

Cette boutade datait de deux ans, c'est-à-dire d'une époque à laquelle Alfred ne connaissait même pas Valentine. La faute s'atténuait donc d'elle-même par son âge. Aussi Oscar avait-il gentiment et proprement déchiré la date, ce qui fait qu'Alfred avait naturellement eu son tour d'être *pris en horreur*.

Ajoutons qu'une déroute complète, y compris la mise à l'encan de son hôtel et de ses meubles, avait suivi le départ d'Alfred.

Ajoutons enfin que le parrain d'Oscar était mort tout exprès, au bon moment, pour changer en *tiens* les *tu l'auras* de ce dernier.

Ces motifs déduits, revenons à la cour des Fontaines.

Là, notre triste héros s'adressa à un commissionnaire qui stationnait au coin de la rue Montesquieu :

— Tu vois ce monsieur et cette dame.

— Oui, bourgeois.

— Tu vas les suivre partout où ils iront.

— Oui, bourgeois.

— S'ils s'arrêtent, tu t'arrêteras ; s'ils entrent quelque part, tu les attendras, fût-ce des heures entières.

— Oui, bourgeois.

— Tu iras ainsi jusqu'à l'hôtel où ils logent. Une fois là, tu trouveras, en ta qualité de commissionnaire, un prétexte pour y entrer avec eux ; n'importe lequel... celui que tu voudras.

— Oui, bourgeois.

— Ce n'est pas tout encore. Quand tu seras assuré que c'est bien là qu'ils logent, tu chercheras à savoir le numéro de leur appartement, soit en saisissant l'instant où ils prennent leur clef, soit en montant chez eux pour leur offrir tes services.

— Oui, bourgeois.

— Mais comprends bien qu'il me faut ce numéro... Muni de ces renseignements, tu viendras me les donner à ce café, au *Café de France*. Il y aura quarante francs pour toi.

Dix minutes s'étaient à peine écoulées que le commissionnaire revenait.

— Bourgeois, — dit-il, — je n'ai pas eu loin à aller ; ils logent près d'ici, à l'hôtel *Rossignol*, dans la cour même des messageries Laffitte et Caillard. Ça s'est bien trouvé, car je suis connu dans la maison comme le loup blanc.

— Et le numéro de l'appartement ?... — demanda Alfred.

— Je suis entré sans façon, — poursuivit l'Auvergnat, — histoire de dire un petit bonjour et de demander s'il n'y avait pas de bibelots à porter ; à preuve que j'ai entendu le monsieur, même que c'est un grand maigre, sec et assez pâle, demander la clef du numéro dix-neuf.

— Dix-neuf ! — répéta Alfred en se rappelant le chiffre fatal qui venait de lui enlever ses huit mille francs.

— Oui, bourgeois, dix-neuf... Il s'est aussi informé, le même grand maigre, sec et un peu pâle, de l'heure à laquelle ça commençait au Vaudeville ; si bien que je lui ai répondu que ça commençait à sept heures et demie.

— Voilà tes quarante francs.

— C'est tout ce qu'il y a pour votre service, bourgeois?

— Tout ! — reprit Alfred ; et il s'abîma dans ses douloureuses réflexions, en face d'un verre d'eau sucrée qu'il avait demandé par contenance.

— Ces amoureux, — se dit l'Auvergnat en retournant à ses crochets, — c'est de bons enfants tout de même : ça jette l'argent ni plus ni moins que s'il en pleuvait.

Vers le soir, Alfred alla prendre ses malles à l'hôte de la place Favart, où le matin même il avait réglé ses comptes.

Il s'installa, entre huit et neuf heures, à l'hôtel Rossignol, porte à porte des époux Vignaud.

Jusque-là mille projets contraires s'étaient heurtés dans sa tête sans qu'il sût encore auquel s'arrêter.

Cependant, en traversant l'office, après s'être fait servir une collation à laquelle il ne toucha pas, il décrocha la clef du numéro dix-neuf, et alla ouvrir la porte de l'appartement du jeune couple.

Puis, comme s'il s'était trompé, il descendit remettre cette clef au râtelier et prendre la sienne.

Lorsqu'il eut refermé sur lui la porte de cette fatale chambre, Alfred se prit à en contempler un à un tous les objets, avec un désespoir qui tenait de la folie.

La première chose qui le frappa fut une robe de voyage suspendue à l'espagnolette de la croisée. Il se rappela que Valentine avait mis cette robe, pour la première fois, un jour qu'il était allé avec elle et sa mère faire une partie de campagne aux environs de Lille, et que, pendant toute cette douce journée d'intimité charmante et de vie commune, ils s'étaient mille fois juré de s'appartenir.

Il reconnut encore sur la cheminée un livre de prièrés, *Dieu est l'amour le plus pur*, qu'il lui avait donné le jour de sa fête.

— La jeune femme a donc conservé les souvenirs de la jeune fille, — se dit-il, — puisqu'il lui est impossible de prier dans ce livre sans songer à moi !...

Alors, dans cette chambre où régnait tout le désordre d'une arrivée récente, et sans doute aussi d'un départ prochain, sa vue obscurcie par les larmes tomba tour à tour sur une foule de riens qui tous lui retraçaient un épisode du passé et lui faisaient remonter le courant de son bonheur... Mais bientôt l'aspect de vêtements d'homme mêlés à ces délicates choses de femme auxquelles il avait toujours rattaché comme un prisme de pureté idéale venait le rappeler à la triste réalité.

Une simple paire de bottes insolentes, rangée dans un coin à côté de petits brodequins larges comme un bec de cygne qu'elle semblait dominer et protéger, ouvrit à sa pensée tout un horizon de déductions lamentables.

Par moments il foulait tout cela du pied avec rage, puis recommençait à douter que Valentine appartînt à Oscar, tant cela lui paraissait impossible et monstrueux.

A onze heures, des pas retentirent dans le corridor.

Alfred éteignit précipitamment sa bougie, et se jeta dans un cabinet noir dont la porte vitrée était à l'un des angles de l'appartement.

C'était une femme de chambre qui venait faire du feu et préparer la couverture.

— Tiens ! — se dit cette bonne, — ils ont oublié, en sortant, de fermer leur porte.

Et ses réflexions n'allèrent pas plus loin.

Lorsqu'elle se fut retirée, Alfred rentra dans l'appartement, désormais éclairé par les seules flammes mélancoliques qui s'élançaient de l'âtre.

— Que viens-je faire ici ? — se demanda-t-il. — Me tuer sous ses yeux ?... Mais je ne veux pas être coupable de cela envers elle ; je lui épargnerai ce fantôme sanglant qui la poursuivrait comme un remords et la réveillerait en sursaut dans ses rêves... Le démon m'a bien suscité tout à l'heure une pensée homicide, mais je remercie Dieu de l'avoir détournée de mon esprit... Si le hasard maudit ne les avait pas jetés sur mes pas, si leur subit aspect n'était pas venu produire sur moi l'effet de ces reptiles sur lesquels on marche, et qui tout à coup se déroulent en sifflant, tout serait fini à l'heure qu'il est... et je n'eusse au moins pas emporté avec moi la certitude de son parjure !... Ah ! quittons cette chambre où je pressens qu'il arriverait malheur !...— Alfred voulut tourner le bouton de la porte, mais il se trouva que la bonne l'avait enfermé. — Allons, — se dit-il, — le sort le veut ainsi !... je la verrai, je l'entendrai une dernière fois... je jugerai du bonheur de leur union. Je veux que chacune de leurs paroles me retentisse dans le cœur et le déchire sans pitié !...

En ce moment on introduisit une clef dans la serrure. Alfred n'eut que le temps de se cacher dans le cabinet.

Oscar et sa femme entrèrent ; un domestique vint disposer le thé sur un guéridon en face de la cheminée, et remit une lettre arrivée à l'adresse de monsieur Vignaud.

— De qui ? — demanda Valentine.

— De ma mère, — reprit Oscar en la parcourant ; — elle me charge de quelques emplettes... Or, nos places étant retenues aux messageries pour demain matin, il faudra que je te laisse seule pendant quelques heures.

— Ah ! — dit la jeune femme de l'air le plus indifférent du monde.

— A quoi penses-tu donc ?—demanda Oscar; — il semble que tu sois à mille lieues d'ici.

— Mon Dieu ! à rien.

Et Valentine exhala un de ces longs soupirs qui sont toute une histoire de souffrances intimes pour qui sait sentir et comprendre.

— N'es-tu pas heureuse ? — demanda Oscar en lui tendant la main.

— Très-heureuse ! — reprit la jeune femme du ton dont elle aurait dit « Je voudrais être morte. »

Oscar passa un bras autour de sa taille, et déposa un baiser sur son front.

La triste épousée répondit à cette démonstration de tendresse par un déluge de larmes longtemps contenues, amoncelées au coin des paupières, et auxquelles il faut moins que rien pour qu'elles brisent leurs digues.

— Me diras-tu ce que signifient ces pleurs ? — demanda Oscar.

— Il me semble que j'ai entendu du bruit, là ! — reprit Valentine en se levant d'un bond et en désignant du doigt le cabinet noir.

Oscar prit une bougie, alla jusqu'à l'entrée du cabinet, et y fit plonger sa lumière.

— Je ne vois rien, — dit-il.

Alfred avait eu le temps de se blottir derrière un rideau de serge verte qui recouvrait un porte-manteau.

— Je croyais, — reprit Valentine, — il me semblait... J'en suis encore toute tremblante.

Oscar alla s'appuyer sur le dossier du fauteuil qu'occupait sa femme.

— Et maintenant, méchante, me diras-tu pourquoi tu pleures ?

— Pauvre duchesse de Chevreuse ! — reprit Valentine, faisant allusion à la pièce qu'ils venaient de voir jouer : *Un duel sous le cardinal de Richelieu...*

— Comment, c'est cela ! — dit Oscar en riant.

— Malheureuses femmes ! — continua Valentine, — voilà comme nous sommes toutes ! toujours martyres, toujours victimes, toujours sacrifiées... condamnées à de perpétuels combats dont on ne nous tient aucun compte... forcées de feindre, de plier sous le joug ; esclaves, moins la liberté de pleurer !

Apparemment que cette sortie ne fut pas du goût d'Oscar, car il repartit sèchement, en posant un pied dans le tire-bottes :

— Le théâtre gâte les femmes.

— Je sais, — reprit Valentine, — que l'usage ne veut pas que nous ayons raison. — Puis, comme si le souvenir des tristes devoirs qu'elle s'était laissé imposer se fût soudain réveillé en elle, elle ajouta : — Non, j'ai eu tort de dire cela... Vous me pardonnez, n'est-ce pas ?

— Quelle folie !... je n'y pensais plus.

Madame Vignaud, puisqu'il faut bien enfin l'appeler par son nom, prit le livre de messe que lui avait donné Alfred et s'agenouilla.

Sa prière dite, elle s'approcha de son mari qui était accoudé sur le chambranle de la cheminée, et, lui présentant son front pour le baiser d'adieu :

— Bonsoir, mon ami, — dit-elle, — toutes ces courses m'ont fatiguée, j'ai hâte de me reposer.

Un bonsoir maussade fut toute la réponse d'Oscar, qui se retira dans la petite chambre attenant au salon.

Au bout d'un instant, tout était rentré dans le calme. Alfred s'était assis sur une malle dans sa retraite.

Le malheureux grelottait la fièvre ; il mordait dans son mouchoir pour amortir le claquement de ses dents.

— Si elle l'aimait du moins ! — se dit-il. — Mais non ; j'en ai assez entendu pour savoir que si elle a donné sa main, elle a gardé son cœur.— Sa tête s'affaissa sur sa poitrine, et il demeura plongé dans un chaos d'hallucinations et que, s'il s'était possible de l'infliger aux plus grands criminels, on lèverait les épaules en songeant à tous les supplices qu'infligeait autrefois la justice humaine. Alfred fut rappelé à la situation par la clarté de l'aube qui filtrait à travers les persiennes. — Allons, — se dit-il, — rassemblons toutes mes forces pour le quart d'heure de vie qui me reste !—Il se leva dans l'intention de partir. Mais ayant au même instant entendu quelque bruit dans la pièce voisine, il lui fallut rester encore dans son cabinet noir. C'était Oscar qui se disposait à aller faire les emplettes dont sa mère l'avait chargé. Marchant avec précaution pour ne pas réveiller Valentine, il décrocha un

habit à deux pouces de la tête d'Alfred, et partit. — Ah !—
se dit Alfred en sortant de sa cachette, — que je la vois
une dernière fois ! que j'écoute encore le son de sa voix !...
qu'avant de mourir je me disculpe à ses yeux, et qu'elle
ne garde pas de moi un souvenir de malédiction !...

Il était ainsi arrivé jusqu'au pied du lit, lorsque, Valentine s'étant réveillée en sursaut, ils se trouvèrent en face
l'un de l'autre.

La jeune femme crut un instant à quelque rêve qu'elle
achevait. Ses yeux indécis, hagards, grands ouverts, se
fixèrent sur Alfred ; puis elle poussa un de ces cris aigus
qui déchirent l'espace, et retomba sans connaissance sur
ses oreillers.

Alfred, sans se préoccuper de l'imminence du danger,
la soutenait dans ses bras et lui faisait respirer un flacon
de sels, lorsque Oscar, ayant entendu d'en bas le cri de sa
femme, se précipita dans l'appartement, suivi de plusieurs
domestiques.

— Qu'on arrête l'*assassin !*... — cria-t-il en reconnaissant son rival.

— Vous n'arrêterez qu'un cadavre, — reprit Alfred.

Et, appuyant un pistolet sur son front, il se fit sauter
la cervelle.

Il y a de cela cinq olympiades, et nous savons bien
quelle épithète notre cher confrère et ami Louis Jour-
dan (1) infligerait au joli petit ménage qu'ont dû faire
Oscar et Valentine pendant cette éternité de vingt ans.

Non pas que nous prétendions que mademoiselle Lemoine eût été plus heureuse avec Alfred, loin de là.

— Mais alors où est le bonheur ? demandera-t-on.

Si c'est de bonheur *parfait* qu'il s'agit, nous relégue-
rons cette utopie au rang de la quadrature du cercle et
du mouvement perpétuel.

Si c'est du bonheur *relatif*, nous dirons que, en fait de
mariage, outre les convenances d'âge et de caractère, il
ne peut guère résulter que de l'égalité des fortunes et de
l'éducation.

S'estimer tout simplement et *ne pas se déplaire* sont
deux conditions plus rassurantes pour l'avenir qu'un
amour réciproque chauffé à la température du Sénégal.

Otez Alfred de leur chemin, faites que le hasard ne le
mette pas face à face avec Hector au premier chapitre de
cette histoire, et rien n'empêchait Oscar et Valentine d'atteindre à l'*à peu près* du bonheur.

Si l'on venait à songer que la destinée vous attend peut-
être, bonne ou mauvaise, au détour du premier chemin
que vous allez prendre, ce serait à ne plus oser sortir de
chez soi.

Madame Vignaud a elle-même aujourd'hui une fille à
marier.

— Maman, — se dit parfois cette jeune personne à propos de ses inclinations combattues, — maman oublie
qu'elle a été jeune.

— Hélas ! non, chère enfant, votre mère n'oublie pas ;
elle ne se souvient que trop, au contraire. Et c'est parce
qu'elle voudrait que son expérience vous servît qu'elle
tremble et qu'elle hésite.

(1) Auteur d'un livre intitulé *Les mauvais ménages.*

LE MORT MARIÉ

Deux jeunes gens partaient, il y a quelques mois, de
Marseille pour Paris.

Bien que compatriotes, il ne se connaissaient ni de près
ni de loin, et ce grand arrangeur de drames ou de comédies, c'est selon, qu'on appelle le hasard, les avait mis en
face l'un de l'autre dans le même vagon.

Après le premier quart d'heure, ils se mirent naturellement à causer de la pluie, du beau temps, de la vapeur,
du télégraphe électrique, de la prima donna, de la célérité vertigineuse des voyages, de ceci et de cela ; toutes
choses par lesquelles les langues se dérouillent en voyage,
et qui sont à une conversation plus expansive ce que
sont, à l'ouverture d'un opéra quelconque, les capricieux
préludes de l'orchestre.

Au bout d'une demi-heure, ils s'offrirent réciproquement des cigares, moyennant quoi le colloque traversa
les mers, passa par Manille, fit une pointe jusqu'à la
Havane, revint par Tonneins, et ne s'arrêta un instant
devant la régie que pour la vouer, entre deux bouffées
de tabac exotique, aux malédictions les plus éternelles.

A Mâcon, ils prirent ensemble quelque chose sur le
pouce, burent deux doigts de vin, échangèrent leurs réflexions sur le pied menu de telle voyageuse ou le frais
minois de telle autre, et leur intimité s'en accrut.

Avant d'être à moitié route, ils s'étaient ouvert le cœur
à deux battants, et chacun d'eux se pouvait promener
dans la conscience de l'autre comme dans la sienne
propre.

— Moi, — disait Jules de Cérisy, — je vais à Paris épouser une dot assez ronde, fille unique d'un ami intime de
mon père.

— Moi, — reprit Édouard Bernier, — je change tout
simplement d'air dans l'espoir de changer de position.
N'ayant rien et n'étant rien à Marseille, je me suis dit que
j'en trouverais toujours autant à Paris, sinon plus, et je
vogue philosophiquement vers Babylone sous les voiles un
peu lourdes de l'incertitude et de l'appréhension.

— Mon futur beau-père, — reprit Jules, — doit avoir
des amis, de l'influence, et, si je puis vous être utile en
quelque chose...

— Vous êtes mille fois bon... Et c'est un mariage d'inclination que vous faites, cela va sans dire ?

— Je l'espère.

— Comment ! vous l'espérez ?

— Mon Dieu ! oui.

— Je ne comprends pas.

— C'est pourtant bien simple ; mon père m'a dit :
« Mademoiselle Clémence de Vieuxville a dix-huit ans ;
elle est bonne, douce, jolie, parfaitement élevée, et fille
unique par-dessus le marché. »

— Diable ! mais voilà des qualités, — interrompit
Édouard.

— « Son père, » a continué l'auteur de mes jours, « est
mon camarade d'enfance. Il y a vingt ans que nous cares-
sons l'espoir de resserrer les liens de notre vieille amitié
en ne faisant plus qu'une famille. Dès que j'ai eu un fils,
il a voulu avoir une fille, rien que pour cela, et il l'a eue.
C'est à toi de voir maintenant si tu veux que nos châteaux
en Espagne se réalisent ou qu'ils s'écroulent. »

— Et vous avez accepté de confiance ? — demanda
Édouard.

— Dame ! — reprit Jules ; — que voulez-vous ?

— C'est-à-dire que vous vous mariez un peu à la façon
des princes, par procuration ?

— C'est bon genre, n'est-ce pas ?

— Peut-être est-ce bon genre ; mais, quant à moi, si je venais jamais à jouer ma liberté, mon bonheur, mon tout, il me semble que je voudrais tenir les cartes et diriger mon jeu moi-même comme je l'entendrais.

— Si j'avais eu une inclination, je ne dis pas ; mais mon cœur est libre comme l'air... Ensuite, quel est le fiancé qui connaît jamais sa future ? et j'ajouterai : quelle est la future qui connaît jamais son fiancé ?

— Cependant...

— Voyons, — reprit Jules, — comment les choses se passent-elles habituellement ? Une famille prend des renseignements sur un jeune homme qué lui a fourni la voisine, qu'elle a pipé à la promenade ou pêché dans un bal ; bon ! Si le candidat n'a pas de tare visible, s'il porte bien ses vêtements, s'il miaule la romance et danse la polka, s'il est vacciné, si les dots sont en équilibre et qu'il ait satisfait aux idées vulgaires sur l'éducation, on l'autorise à venir faire sa cour, n'est-ce pas ?

— Oui, c'est à peu près cela.

— Que fait alors le jeune homme ? — poursuivit Jules : — il repasse ses meilleurs rasoirs, arbore ses cols les plus irréprochables et ses cravates les plus victorieuses ; il se fait tendre et empressé, joue de ravissantes variations sur ce thème éternel qu'on appelle l'amour, et rentre ses griffes sous des ongles roses parfaitement limés. En un mot, il dissimule les défauts qu'il a, et se pare momentanément des qualités qu'il n'a pas. — Édouard fit un signe approbatif qu'il accompagna d'un sourire. — Passons à la jeune personne, — reprit Jules. — Sa mère lui a recommandé de bien veiller sur sa langue : elle l'a armée des instructions les plus positives sur le danger de montrer son vrai caractère ; elle lui a ordonné de graver sur ses lèvres un inamovible sourire de danseuse achevant une pirouette, et de ne rien laisser passer de son cœur sur sa physionomie. Elle est dès le matin, je parle de la future, lacée de pied en cap, coiffée, lissée, ficelée, pardonnez-moi l'expression, et chaussée de bottines qui se cambrent à miracle... Vous riez ?

— Oui, — reprit Édouard, — je ris de la vérité du tableau.

— Vous offre-t-on des conserves, — continua Jules, — c'est elle qui les a faites. Ce torse de Spartacus et cette tête d'Alcibiade, c'est elle qui les a dessinés. Ce meuble en tapisserie est l'œuvre de ses doigts de fée. Entendez-vous le piano ? c'est elle qui chaudronne. Elle va de la lingerie à l'office, de ses fleurs à sa perruche, de la broderie au tricot. Elle est active, elle est économe, elle est laborieuse... Heureux coquin que vous êtes d'avoir trouvé cet unique joyau parmi le strass, cette aiguille dans une botte de foin, cette violette parfumée parmi les chardons !...

— Ah çà ! — reprit Édouard, — vous devez être au moins veuf de deux ou trois femmes ?

— A Dieu ne plaise, cher ami ! mais je suis légèrement avocat...

— Peste ! vous appelez cela légèrement !

— Lourdement, si vous le préférez.

— Oh ! que non pas !

— Quant aux qualités du cœur et de l'esprit, — poursuivit Jules de Cérisy, — il va sans dire que la fiancée les a toutes... C'en est décourageant pour les autres, ma parole d'honneur ! Elle a horreur de la toilette, méprise souverainement les cachemires, et ne comprend pas qu'une femme mette sa gloire à faire ruisseler sur soi des rivières de diamants. Le bruit l'agace, le tumulte lui fait peur, le bal l'obsède, et le spectacle l'ennuie... Le royaume d'une femme est sa maison ; la félicité réelle est dans l'union de deux âmes faites l'une pour l'autre. La sienne est faite pour la vôtre, bien entendu, et réciproquement. Un cœur et une chaumière, Philémon et Baucis, Roméo et Juliette, Pétrarque et Laure, Héro et Léandre, et que sais-je encore ? Bref, cher ami, c'est la femme faite ange, c'est le ciel descendu sur terre tout exprès pour vous ; ce qui est une charmante attention de sa part, n'est-ce pas ?

— Je le crois bien ! — dit Édouard.

— En un mot, — reprit Jules, — on se costume l'âme et le corps ; on grimpe sur les échasses les plus inouïes ; on se trompe mutuellement que c'est une bénédiction ! Cela dure quelques semaines, souvent quelques mois ; sous l'anodine surveillance d'une mère indulgente, on se serre la main presque légalement, on chante au piano, on chuchote dans les coins, on se reconduit par les corridors sombres, on fait un échange régulier de fleurs et de billets doux... après quoi, le *oui* prononcé, les époux, bel et bien emprisonnés dans le mariage, jettent leur masque, ôtent leur fard, découvrent leurs rides, et ne peuvent plus se dégager de leurs liens...

— Que par effraction, — acheva Bernier.

— Justement. Et vous croyez que, après avoir ainsi posé, paradé, caracolé en face l'un de l'autre, ces gens-là se connaissent mieux que nous ne nous connaissons, mademoiselle de Vieuxville et moi, qui ne nous sommes cependant jamais vus ? — Nous avons généralement le bonheur bavard ; si bien que, cette thèse achevée, Jules se prit à entrer dans les plus minutieux détails, et à mettre tant de points sur les *i* que Édouard en sut bientôt autant que le futur lui-même sur la fiancée et sa famille. Le voyage s'acheva gaiement en même temps que les histoires. — Où descendez-vous ? — demanda Jules à son nouvel ami.

— Ma foi ! je ne sais trop, — reprit Édouard ; — mon intention était d'aller au hasard, les yeux fermés, et de charger le premier cocher venu de me conduire n'importe où.

— Le hasard, c'est moi, — reprit Jules en riant, — et je vous installe, de mon autorité privée, hôtel Richelieu, place Favart... C'est bien le moins que vous assistiez à mon mariage.

— Soit.

— Drôle de chose que la vie, n'est-ce pas ! — reprit Jules. — Hier, nous ne nous connaissions pas, et aujourd'hui... On a bien raison de dire qu'il n'y a pas d'endroit où il se passe plus de chose que dans l'univers.

Jules de Cérisy allait vers le port.

Edouard Bernier partait pour le cap des tempêtes.

Tout souriait à l'un, venu au monde sous un astre clément, à qui la vie n'avait envoyé que des sourires, et que pas une ronce, pas un ravin, pas un orage n'avaient arrêté dans sa route.

Tout semblait menacer l'autre, jeté sans lest, sans cargaison, sans boussole, au milieu des tourbillons et des brisants de la bataille humaine.

Il est donc évident que, si l'on avait demandé au premier venu : Lequel voudriez-vous être, d'Edouard ou de Jules ? le premier venu aurait opté pour Jules... Ce qui n'empêcha pas le pauvre garçon, malgré tous les secours imaginables, d'être enlevé en moins de rien, dès la première nuit de son arrivée à Paris, par une de ces implacables coliques auxquelles on a donné le lugubre nom de *miserere*.

C'est que rien ne trompe comme les surfaces, voyez-vous ! c'est que le phénomène du mirage se produit partout et à chaque pas ; c'est qu'il y a toujours en l'air, suspendu à un simple fil que le moindre souffle peut briser, un événement quelconque qui va tout à coup faire rire la tristesse ou pleurer la joie.

Edouard s'acquitta comme il le devait des tristes devoirs que lui imposait la circonstance. Il donna des ordres pour que les funérailles fussent convenables ; puis, sachant que le défunt était impatiemment attendu chez sa future, il se munit de tous les papiers de Jules, et s'achemina dès le lendemain matin vers le domicile du beau-père, dans l'honnête intention de lui remettre ces papiers et de l'informer de la catastrophe inattendue qui faisait de sa fille une veuve prématurée.

Monsieur de Vieuxville, sa femme et sa demoiselle Clémence étaient à la campagne, à Maisons-Laffitte.

Édouard prit le chemin de fer et y alla.

Jusque là rien ne s'écartait des règles de la plus farouche délicatesse.

Arrivé à la grille du château (c'était un château, ma foi !), les domestiques, instruits qu'un gendre devait arriver et voyant un jeune inconnu qui en avait l'encolure, les domestiques s'empressèrent de l'accueillir avec les honneurs dus à son rang, et coururent vers l'habitation en criant :

« Le voilà ! monsieur, le voilà ! »

Le beau-père lui-même vint de toute la vitesse d'une sciatique acharnée, serra le jeune homme dans ses bras, et, sans lui donner le temps de se reconnaître ou de parler, l'entraîna vers le parloir, où il le présenta à sa femme comme un gendre, et à sa fille comme un époux.

Le château était à tourelles, à paratonnerre et à machicoulis. Les hautes futaies avaient grande et belle mine.

La fille était ravissante, et le pudique incarnat d'une première entrevue achevait d'en faire un morceau de roi.

Le châtelain, bonhomme rond, jovial, un peu enluminé, avait tout l'air de ces excellentes pâtes d'homme que l'on pétrit à sa guise, et de ces caissiers, bénévoles mais trop rares, que donne parfois la nature.

Quant à la mère, elle arborait franchement ses cheveux gris, et ses trois mentons florissaient en cascades trop joyeuses pour qu'elle pût jamais devenir une de ces harpies désastreuses qui se liguent avec leur fille contre le repos de leur gendre.

Bref, c'était une maison et une famille au sein desquelles il ne devait pas être désagréable de prendre racine, alors surtout que l'on était ballotté par les vents contraires qui pouvaient vous pousser Dieu sait où.

Aussi Édouard ne put-il résister à l'idée de tirer éventuellement parti de la circonstance. Il joua parfaitement son rôle, et remit au beau-père et à la belle-mère les lettres dont le défunt était chargé pour eux.

On vint avertir que le dîner était servi.

Edouard fut placé à côté de sa prétendue, qui parlait peu, répondait à peine, mais rougissait souvent, ce qui est un genre d'éloquence fort prisé en amour.

Clémence était une jeune personne toute simple, de dix-huit à dix-neuf ans, au visage d'ange, au regard candide, au front pur et encadré de deux bandeaux de cheveux bruns soigneusement lissés. Sa mise était aussi fraîche et aussi simple que sa personne : une robe d'organdi lilas à mille raies, un peu décolletée vu la saison, mais dont une guimpe de batiste comblait pudiquement l'éclaircie ; un petit tablier de taffetas et des mitaines de résille noire d'où sortaient des doigts de lait et des ongles roses.

Cela ne ressemblait en rien à cette pauvre enfant de *la Demoiselle à marier*, guindée dans sa robe neuve, forcée de chanter son grand air, d'étaler ses croquis, et maudissant à l'avance son prétendu, rien que pour la ridicule contrainte que lui imposait sa famille.

Ajoutons que, de son côté, Édouard n'était pas mal tourné, qu'il y avait du feu dans son regard, de la douceur dans sa voix, de la distinction dans sa tenue, et de jolies petites moustaches en croc sur ses lèvres... Si bien que Clémence éprouvait déjà le classique je ne sais quoi, si mal défini par les psychologistes, et que sa guimpe indiscrète se soulevait par petites vagues, comme fait la mer ondoyante sous une brise légère.

Galant et empressé dans une juste mesure auprès de la jeune personne, attentif et prévenant avec le père et la mère, sérieux dans le maintien, aimable et gai dans le propos, Édouard avait en moins d'une heure conquis toute la famille.

Le dîner fini et le moka versé, la conversation devint plus précise. On parla de dot, d'arrangements, de la corbeille de mariage, et de ces mille jolies choses qui font que le *oui* s'échappe du cœur des jeunes filles sans qu'elles en sentent le moins du monde l'amertume... Il est vrai que plus tard elles font souvent une affreuse grimace.

Le soir, on fit un tour dans le parc.

Monsieur de Vieuxville ayant la goutte, sa femme lui donnait naturellement le bras, et tous deux marchaient de ce pas lent des vieillards qui semblent craindre d'arriver au terme du voyage.

Édouard et Clémence, eux, allaient au contraire de ce pas impatient et rapide de la jeunesse qui ne fait qu'effleurer le présent pour arriver plus vite à l'avenir.

Les allées étaient silencieuses et ombragées ; les oiseaux se gazouillaient de tendre ramages sous la discrète feuillée ; les fleurs prodiguaient les effluves de leurs calices ouverts... C'était l'heure où parle la tendresse, où les sens languissent, où les mains se cherchent, où les voix tremblent, où les poitrines se soulèvent, où le silence, plus éloquent que la parole, prélude aux aveux qui papillonnent sur les lèvres.

Les coquettes prolongent indéfiniment ces extases charmantes. Elles savent que c'est là le moyen d'enchaîner l'inconstance et de faire monter au cerveau les soifs capiteuses du désir.

Mais Clémence n'était pas apprise à ces manéges pervers. Elle était la franchise même, la simplicité en personne.

Ensuite ils devaient se marier, et c'était le cas ou jamais de faire connaissance.

— Monsieur, — demanda-t-elle timidement, — avez-vous toujours mon portrait ?

— Diable ! — pensa le jeune homme, — Jules ne m'avait pas dit cela. — Puis, tout haut : — Votre portrait, mademoiselle ?... Certainement... je... il est là... sur mon cœur ; il ne m'a jamais quitté.

— Et trouvez-vous que je lui ressemble ?

— Oui... c'est-à-dire, non ; vous êtes bien mieux, bien plus...

— Vous savez que ce n'est pas un compliment que je vous demande, mais bien la franche expression de votre pensée ?

— Vous ignorez donc à quel point vous êtes belle, et suis-je le premier à vous l'apprendre ?

— Je sais que je ne suis pas précisément affreuse, — reprit en souriant la jeune fille, — mais voilà tout.

— Je vous aimais déjà rien que sur la foi de cette miniature, — reprit Édouard, — mais maintenant je...

— Vous ne savez pas une chose ? — interrompit Clémence.

— Quelle chose, mademoiselle ?

— C'est que j'avais une peur affreuse de vous voir arriver.

— Ah ! Et pourquoi cela ?

— C'est bien mal ce que je vais vous dire : mais quand j'ai su que vous étiez en route, je me suis prise à désirer... non pas qu'il vous arrivât un accident, je suis trop bonne pour cela... mais que quelqu'un ou quelque chose vous retînt loin d'ici.

— Et peut-on savoir ?...

— Dame ! c'est votre portrait qui est le coupable.

— Comment ! — pensa Edouard, — elle a aussi le portrait de Jules ?... Mais alors je suis dans un affreux guêpier.

— C'est que vous ne lui ressemblez pas du tout, à ce portrait, mais du tout, du tout !

— Je le crois bien, — pensa le jeune homme.

— D'abord vous êtes brun...

— Vous croyez ?

— Ensuite vous avez le front plus élevé, le teint moins...

— On change avec le temps, — balbutia Edouard ; — l'âge modifie les traits.

— L'âge ! ne dirait-on pas que vous avez cinquante ans !

— J'ai fait une maladie, — dit le jeune homme.

— Ah ! tant mieux ! — interrompit Clémence.

— Et cela m'a complétement changé.

— Tant mieux ! — répéta la jeune fille. — Tenez ! voulez-vous que je vous parle à cœur ouvert ?

— Dites, mademoiselle.

— Il me répugnait beaucoup de rompre ces projets de mariage, auxquels je sais que nos deux familles attachent le plus grand prix ; mais je m'étais réservé de m'adresser à votre délicatesse, à votre honneur...

— Pour...? — demanda Edouard.

— Les rompre vous-même.

— Ainsi vous voulez ?

— Je veux d'abord que vous fassiez savoir, de ma part, à votre peintre marseillais qu'il est un affreux barbouilleur.

— Et ensuite ?

— Ensuite...

Clémence n'acheva pas ; mais elle se baissa gracieusement pour cueillir une marguerite, qu'elle effeuilla pétale à pétale... Il y a toujours un moment où la femme effeuille des marguerites, même quand on est dans un salon et qu'il n'y a pas de marguerites.

— Pauvre Jules ! — pensait Edouard ; — il a peut-être bien fait de mourir.

— A propos, — dit la folle enfant, — vous ne savez pas, j'ai un grand défaut.

— Vraiment !

— Je ne touche pas du piano.

— Bah !

— J'avais commencé ; mais, lorsque je me suis aperçue que je n'arriverais jamais qu'à croquer des notes et à martyriser des sonates, j'ai planté là le maître et l'instrument.

— Je savais bien que vous étiez parfaite, — reprit Edouard ; — mais il y a une phrase que vous aviez commencée tout à l'heure, et que vous avez oublié d'achever.

— Vous croyez ?

— J'en suis sûr ! « Ensuite... » disiez-vous.

— Je ne me rappelle pas du tout.

— Je crois plutôt qu'il s'agissait de me dire quelque chose de bien dur, et que vous hésitez par bonté d'âme.

— De bien dur, en effet, — reprit l'espiègle.

— Allez toujours, pendant que j'y suis...

— Je faisais des vœux pour que vous n'arrivassiez pas, n'est-ce pas ?

— Oui, eh bien ?...

— Eh bien !... — acheva Clémence d'une voix entre-coupée par les tumultueux battements de son cœur, — je remercie Dieu de ne pas m'avoir exaucée.

Et elle courut vers sa mère, dans le sein de qui elle dissimula sa rougeur, sous le prétexte de la couvrir de baisers.

Edouard subissait déjà la punition de sa félonie. Il grillait à petit feu sur un brasier compliqué de toutes les épines d'une passion sans espoir et d'une sorte de sacrilége sans issue.

L'homme et l'amour se livraient en lui des batailles acharnées.

Cependant la nuit lui porta conseil ; il comprit que, poussée plus loin, la plaisanterie dépasserait toute mesure, et la vertu triompha comme s'il se fût agi de clore un cinquième acte des boulevards.

Toutefois la pièce commençait à peine.

Donc, le lendemain matin, au moment où monsieur de Vieuxville venait lui proposer une promenade à cheval dans la forêt de Saint-Germain, Edouard lui annonça résolûment qu'il partait.

— Et où allez-vous ? — demanda le châtelain.

— J'ai une affaire à Paris qui m'oblige à vous quitter, — reprit le jeune homme.

— Comment ! quelle affaire pouvez-vous avoir dans une ville où vous venez pour la première fois et où vous ne connaissez personne ?

— Tout cela est parfaitement vrai, cher beau-père ; mais il n'en est pas moins vrai qu'il faut absolument que je m'en aille.

— Je vois ce que c'est, mon gendre ; vous allez chercher de l'argent chez votre banquier.

— Plût au ciel que j'en eusse un, — pensa le jeune homme.

— Quelle plaisanterie !— reprit monsieur de Vieuxville ; — ma caisse n'est-elle pas à votre disposition.

— Certainement, je ne dis pas non ; mais...

— Ensuite, si vous tenez absolument à avoir des fonds de votre banquier, ne pouvez-vous y envoyer un domestique de confiance, que je mets à votre disposition, sans nous priver pour cela du plaisir de vous posséder ?

— Vous êtes mille fois bon ; cependant...

En parlant ainsi, Edouard avait insensiblement entraîné son interlocuteur vers la grille de sortie, qu'il se disposait à franchir.

— Vous êtes bien décidé ?

— Irrévocablement.

— Sans voir ces dames ?

— A cette heure matinale il serait indiscret...

— Quel diable d'homme faites-vous !

— Ecoutez, cher monsieur, — reprit Edouard, — votre réception m'a comblé...

— Quoi de plus simple ! un gendre !

— Aussi est-il de mon devoir de vous conter une chose qui ne laissera pas de vous étonner beaucoup.

— Quelle chose, mon gendre ?

— Figurez-vous qu'hier, fort peu de temps après mon arrivée à Paris, il m'est arrivé un accident.

— Peu grave, je l'espère ?

— Assez grave, au contraire ; d'autres diraient même très-grave.

— Vous m'effrayez !

— J'ai été attaqué d'une colique de *miserere* dont je suis mort.

— Pas possible !

— Je dois être enterré ce matin à dix heures, et vous comprenez que je ne puis me dispenser de m'y trouver.

— Perdez-vous la tête ? — demanda le châtelain.

— Je puis d'autant moins m'en dispenser, — poursuivit Edouard, — que, débutant dans ce pays où je suis inconnu, ce serait me faire une réputation d'inexactitude et de légèreté qui pourrait me nuire par la suite.

Et il s'en alla.

Qu'on juge de la stupéfaction du bonhomme. La plaisanterie lui parut d'abord un peu lugubre et d'un goût douteux. Cependant il finit par la trouver si extravagante, qu'il alla rejoindre sa femme et sa fille en riant aux larmes et se tenant les côtes.

— Quel gendre spirituel nous allons avoir ! — disait-il.

Clémence était un peu moins émerveillée ; elle eût préféré plus d'empressement et pas tant d'esprit.

Cependant la journée se passa, six heures sonnèrent, puis sept, puis huit.... On s'étonnait, on s'impatientait de ne pas voir revenir le jeune homme. Enfin, monsieur de Vieuxville expédia un courrier à l'hôtel Richelieu, d'où on rapporta cette réponse :

« Que monsieur Jules de Cérisy était mort l'avant-veille, quelques heures après son arrivée, et qu'on venait de l'enterrer le jour même, à dix heures du matin. »

Trois mois se passèrent ; le vivant ne reparut pas, le défunt encore moins.

La pauvre Clémence dépérissait à vue d'œil, tant le souvenir d'Edouard troublait ses jours et agitait ses nuits.

La famille de Vieuxville était au Havre, où la jeune personne prenait des bains de mer ordonnés par la Faculté.

Des bains de mer pour guérir l'amour ! Cette chère Faculté ne doute de rien.

Or, un soir qu'elle se promenait sur la jetée, mademoiselle Clémence tomba tout à coup dans les bras de son père, en poussant un de ces cris suprêmes qui vont à l'âme parce qu'ils en sortent.

C'est qu'elle venait de voir apparaître Edouard comme un fantôme, à quelques pas d'elle.

La sciatique de monsieur de Vieuxville était fort heureusement au repos pour le quart d'heure. Il put donc suivre le jeune homme jusqu'à son hôtel, y entra en même temps que lui, et lui demanda la faveur d'un instant d'entretien.

— Cher monsieur, — dit-il à Edouard lorsqu'ils furent seuls en face l'un de l'autre, — votre enterrement s'est bien passé, à ce que je vois ? — Le jeune homme creusait la terre du regard pour s'y enfouir. Il balbutia quelques mots inintelligibles. — Pour revenir de si loin, — poursuivit monsieur de Vieuxville, — il est impossible d'avoir meilleure mine... Je vous en félicite bien sincèrement.

Le jeune homme reprit quelque aplomb.

— Monsieur, — dit-il, vous avez le droit de m'accabler; j'ai eu envers vous les torts les plus graves.... Seulement, permettez-moi de vous expliquer....

— Je serais, pardieu ! curieux de savoir ce que vous pourriez alléguer pour votre justification. Que monsieur Jules de Cérisy est réellement mort ; que vous aviez fait avec lui la route de Marseille à Paris ; que vous avez surpris ses secrets, fouillé ses papiers, usurpé sa place... J'ai naturellement été mis au courant de quelques-unes de ces circonstances, monsieur, et j'ai deviné les autres.

— Soit, monsieur : mais, ce que vous n'avez pu deviner, — reprit Edouard, — c'est que j'allais à vous dans l'intention de remplir loyalement un devoir sacré ; c'est que vous, vos domestiques, tout le monde, vous ne m'en avez pas laissé le temps....

— Ce n'était pas une raison, ce me semble....

— Non, monsieur, ce n'était pas une raison pour tromper votre confiance, je l'avoue. Mais j'ai perdu ma mère dès le berceau, et, lorsque je me suis soudain vu au sein de votre famille, aimé, choyé, caressé, ce bonheur inconnu m'a grisé, voyez-vous, et je n'ai pas eu le courage d'écarter la coupe enivrante sans y mettre un instant les lèvres.

— Qui êtes-vous ? — demanda monsieur de Vieuxville.

— Je suis le fils du colonel Bernier. J'achevais mon droit... il y a quatre ans, lorsque j'ai eu le malheur de perdre mon père. Il n'avait pour toute fortune que sa pension, qui mourut naturellement avec lui... Que faire ? J'avais bien le diplôme, ce qui constitue l'avocat, mais il me manquait les clients, ce qui est essentiel pour le compléter. J'ai lutté d'abord, puis le découragement m'a pris. Bref, monsieur, j'étais venu à Paris, où j'avais quelque espoir d'être admis dans une administration de chemin de fer... C'est pendant ce voyage que j'eus l'occasion de connaître monsieur de Cérisy... Vous savez le reste.

— Cet espoir d'obtenir un emploi a été déçu, à ce qu'il paraît ?

— Oui et non.

— Comment ! oui et non.

— C'est-à-dire que les administrateurs du chemin de fer en question m'ont comblé de sourires et de promesses; seulement il s'est trouvé que mes bottes ne pouvaient plus suffire à la multiplicité des démarches... Enfin, que vous dirais-je ? je me suis adressé, de guerre lasse, à un ancien ami de mon père, armateur en cette ville... Si bien que je suis subrécargue à bord d'un navire marchand, et que je fais voile demain pour les Antilles.

— Demain ! — s'écria monsieur de Vieuxville.

— Mon Dieu ! oui.

— Et vous ne laissez rien derrière vous que vous regrettiez ?

Jules devint rouge comme un coquelicot.

— Ceci est mon secret, — reprit-il.

— Et si je vous priais bien instamment de me le confier ?

— Je refuserais, — dit le jeune homme; — qu'il vous suffise de savoir que la faute a amené son châtiment. J'emporte là, — ajouta-t-il en appuyant la main sur son cœur, — un souvenir qui me tuera bientôt, je l'espère.

— Bah ! — reprit monsieur de Vieuxville, — vous avez

une façon à vous de mourir qui ne tire pas à conséquence.

— Cette fois ce sera pour tout de bon.

— Ah ! diable, entendons-nous ! C'est que cela ne ferait pas mon compte... ni celui de Clémence.

— Que voulez-vous dire ?

— Rien, puisque vous êtes décidé à...

— Oh ! parlez ! parlez ! je vous en supplie !

— Il n'y a que si vous promettiez de vivre.

— Mais je vivrai, monsieur ! je vivrai !

— Vous en êtes sûr ?

— Parfaitement sûr... si...

— Si je vous donne ma fille, n'est-ce pas ? — De cramoisi qu'il était tout à l'heure, le jeune homme devint pâle comme un linceul. Il y a des personnes qui ont le bonheur de cette couleur-là. — Parbleu ! — reprit monsieur de Vieuxville, — puisque vous me l'avez prise là-bas, à Maisons, il faut bien que je vous la donne... Vous voilà revenu des Antilles sans y avoir été.

Et il ouvrit les bras dans lesquels Edouard se jeta à corps perdu.

S'il n'était cependant pas parti de Marseille pour Paris en même temps que Jules... ou s'il était seulement monté dans un autre vagon !

UNE TERRIBLE HISTOIRE

J'ai passé, il y a quelques années, une soirée charmante nonchalamment étendu sur une pelouse, les yeux sur la mer, à quelques portées de fusil des deux phares allumés du cap de la Hève, auxquels celui de Honfleur répondait de loin par sa lueur rouge.

Les flots moutonnaient; les galets frangés d'écume roulaient sur la grève ; quelques bateaux pêcheurs sortaient du port et leurs voiles latines se gonflaient sous le vent. On dansait à Frascati, dont les fenêtres illuminées se reflétaient dans la mer. L'orchestre alternait avec les grandes voix de l'Océan.

La maison de campagne où je recevais l'hospitalité la plus gracieuse se composait de deux pavillons.

L'un de ces pavillons était habité par la famille Duret : le père, la mère et leur fille Hortense, âgée de treize ans.

L'autre était habité par un veuf, monsieur de Restoul, auprès de qui son fils Ernest, élève de Saint-Cyr, dix-sept ans à dix-huit ans, était venu passer ses vacances.

Le soir venu, on se rassemblait sur la pelouse, et l'on racontait des histoires.

Le jour dont je parle, c'était au tour de monsieur de Restoul à faire les frais de la veillée.

Il commença comme suit :

— « Il y avait à Plymouth deux familles, deux riches négociants, qui vivaient dans l'intimité la plus parfaite. Monsieur Forster avait une fille et monsieur Philipson un fils, que, dès leur enfance, ils avaient destinés l'un à l'autre. Rapports d'âge, de fortune, de goûts, de caractère, tout semblait concourir à leur assurer le bonheur.

» Jusqu'à l'âge de seize ans, Jules et Cécile avaient grandi dans les mêmes études et dans les mêmes jeux. Ils mettaient en commun les belles pièces d'or toutes neuves que les étrennes et les anniversaires faisaient pleuvoir dans leur bourse. Et l'été, à la campagne, où les deux familles avaient des propriétés contiguës, on les voyait courir dès le jour, en se donnant la main, d'une chaumière à l'autre, d'où ils emportaient mille bénédictions et mille vœux en échange de l'offrande qu'ils y laissaient. »

— Quel dommage qu'il n'y ait pas de pauvres ici ! — dit un peu étourdiment mademoiselle Duret.

— Oh ! oui, — répondit non moins étourdiment le jeune Ernest de Restoul.

— Pourquoi cela ? — demanda madame Duret.

— Pour les soulager, petite mère.

— Il est bien plus consolant, ma fille, de penser qu'il n'y en a pas que de leur porter des secours, toujours insuffisants.

Mademoiselle Hortense fit une aimable petite moue et ne répondit rien, mais elle en pensa davantage.

— « A douze ans, — reprit monsieur de Restoul, — Jules fut mis au collège, et Cécile resta confiée aux soins d'une gouvernante instruite, qui, de concert avec sa mère, devait achever son éducation. Ni le grec, ni les versions, ni les pensums, ni le jeu de balles d'une part ; ni les sonates, ni les aquarelles, ni les travaux à l'aiguille, ni les soins du ménage de l'autre, n'eurent la puissance de les distraire de l'affection qu'ils s'étaient vouée. L'absence, qui effeuille les amitiés les plus robustes, n'avait pas de prise sur ces cœurs d'enfant. Les vacances étaient attendues et les jours comptés de part et d'autre avec une égale impatience, et c'étaient alors des causeries, des joies d'une ingénuité charmante.

» Cécile rendait gravement ses comptes à son jeune associé ; elle se parait à ses yeux, non de ses roses nouvelles et de ses bijoux d'hier, mais des heureux qu'elle avait faits, des larmes qu'elle avait taries, des petits garçons et des petites filles pauvres qu'elle avait vêtus, des cabanes froides et humides dont elle avait rallumé l'âtre éteint depuis longtemps, et des bonnes vieilles gens dont elle avait réjoui le cœur et raffermi la santé en leur portant de ces éloquents paniers recouverts d'une serviette blanche qui étaient autrefois du domaine des fées.

» Puis ils reprenaient leurs excursions matinales, et, comme Cécile avait répandu ses bienfaits au nom de Jules, celui-ci se trouvait récolter des moissons entières d'actions de grâces là où il n'en avait semé que la moitié. Alors il grondait, il se fâchait, mais de cette colère qui est plus douce que l'approbation, et la veille de son départ il ne manquait jamais de se venger. »

— Comment cela ? — demanda l'élève de Saint-Cyr.

— En allant distribuer à son tour, de la part de Cécile, tout ce dont il pouvait disposer.

— On prétend qu'il n'y a que des ébauches de bonheur en ce monde, — interrompit madame Duret ; — mais si l'on pouvait toujours rester à cet âge, avec la même candeur, la même fraîcheur de sensations, je crois que la terre serait fort voisine du paradis.

— « Quelques années se passèrent ainsi, — poursuivit monsieur de Restoul, leurs liens se resserrant toujours. Après le collège, l'université, après le bachelier, l'homme fait ; après la jeune fille, la jeune personne. En sorte que leur affection allait être consacrée par des liens éternels, lorsqu'une faillite et un naufrage vinrent, coup sur coup, ruiner complètement monsieur Philipson. »

— Ah ! — s'écria Ernest, — quel malheur !

— Je ne vois rien là de si désolant, — reprit mademoiselle Hortense.

— Comment l'entends-tu, ma fille ? — demanda monsieur Duret.

— J'entends par là, mon père, que Cécile n'en restait pas moins riche, et que la fortune ne serait pas une chose si secondaire qu'on le dit, s'il dépendait de ses caprices de ruiner le bonheur en même temps que le patrimoine.

— Et vous, Ernest, qu'en pensez-vous ?

— Moi, monsieur Duret ; en admettant que l'exception soit la règle et que de pareils désintéressements soient à l'état de monnaie courante dans la société, je trouve qu'il est toujours dur pour un homme de devoir sa position à une femme et de devenir en quelque sorte le protégé alors qu'il devrait être le protecteur.

— Bien ! mon garçon. Et si Cécile eût été ruinée au lieu de Jules ?

— Il me semble, — reprit mademoiselle Hortense en relevant la tête d'une certaine petite façon belliqueuse, — il me semble que nous avons bien le droit d'être aussi fières que ces messieurs.

— Le plus simple, — dis-je en riant, — aurait été de se ruiner tous les deux.

— « Jules, — reprit monsieur de Restoul, — était un garçon de résolution et de cœur. Il pensa, comme Ernest, que l'homme ne doit relever que de lui-même, et, au lieu de perdre son temps en désolations stériles, il fit une pacotille et s'embarqua pour les îles de l'archipel indien, après avoir obtenu de la famille Forster qu'on l'attendrait pendant deux années.

» Les deux années se passèrent, puis une troisième, puis une quatrième, sans qu'on entendît parler de l'absent. Cécile était riche, et de nombreux partis s'étaient présentés ; mais elle les avait tous refusés. »

— Je l'aime tout plein, cette Cécile ! — dit Hortense.

— « Jusque-là sa famille l'avait plutôt approuvée que blâmée : mais comme il faut en tout se défendre de l'excès, comme le dévouement même doit avoir des bornes, et qu'on ne pouvait laisser sacrifier sa vie entière à la poursuite d'une ombre, ses parents commencèrent à insister pour qu'elle fît un choix. Elle demanda une année de grâce, qu'on lui accorda. »

— Dépêchez-vous d'arriver, monsieur Jules ! dépêchez-vous donc ! — dit Hortense. — Je vous en prie, monsieur de Restoul, faites-le revenir !

— S'il ne s'agissait que d'un conte, mon enfant, — reprit ce dernier, — je ne demanderais pas mieux que de faire arriver à point nommé, en rade de Plymouth, un magnifique trois-mâts gorgé de richesses et commandé par Jules Philipson ; mais il s'agit d'une histoire où je suis esclave des événements :

« Jules ne revint pas... »

— J'aurais pris le voile, — dit Hortense.

— L'exagération, ma fille, — reprit madame Duret, — est l'ennemi du vrai. On a bien vite dit : « J'aurais pris le voile ; — on a même quelquefois bientôt fait de le prendre ; mais, autant cela peut avoir de son bon côté quand la vocation y est, autant il doit être affreux d'avoir à pleurer toute sa vie les résultats d'une précipitation inconsidérée, alors que la blessure est devenue cicatrice, et que la vocation ne s'est pas mise aux ordres du caprice et de l'irréflexion.

Mademoiselle Hortense hocha sa petite tête, comme si elle n'était pas absolument convaincue.

— « Je suppose, — reprit monsieur de Restoul, — que la pauvre Cécile dut se livrer de grands combats, qu'elle se prosterna bien souvent devant l'image de la Vierge et le buis bénit qui veillaient sur sa blanche alcôve ; je suppose qu'elle désespéra plus d'une fois d'elle-même et de l'avenir... Mais la résignation finit par l'emporter sur le désespoir, et il arriva un jour où, pâle encore mais courageuse, elle alla résolûment dire à sa mère : « Disposez de moi. » Quelque temps après, on la fiançait au fils d'un armateur fort riche. »

— Fort riche ! — murmura Hortense, — on croit avoir tout dit quand on a dit cela.

— « Or, un jour que les deux promis se promenaient au bord de la mer... »

— Le voilà ! — s'écria Ernest ; — il arrive !

— « Le jeune homme, — poursuivit monsieur de Restoul, — demanda à Cécile d'où lui venait un anneau qu'elle portait au doigt. Cécile répondit avec ingénuité que son ami d'enfance, monsieur Jules Philipson, le lui avait donné au moment où il s'embarquait pour les Indes.

» Mademoiselle, » reprit le jeune homme ; « bien loin de blâmer la constance avec laquelle vous avez attendu monsieur Philipson, je trouve qu'elle vous honore. Mais à présent qu'une barrière éternelle va séparer le passé de l'avenir, il me semble convenable que vous rompiez avec tout ce qui peut contribuer à raviver en vous le souvenir de Jules.

» Ce disant, le jeune homme s'empara tout doucement de l'anneau, qu'il jeta à la mer. »

Mademoiselle Hortense porta furtivement à ses yeux le coin de son tablier de taffetas noir, et comme il n'y avait guère de poussière sur la pelouse, nous avons tout lieu de penser qu'il s'agissait d'une larme.

— Où que tu sois, — dit Ernest, — ne songe plus à revenir, pauvre Jules ! Brûle tes vaisseaux, comme Fernand Cortez au Mexique... ou, si déjà tu t'es embarqué, demande à Dieu qu'il te fasse faire naufrage en route, ce qui sera toujours moins affreux pour toi que de faire naufrage au port.

— Je ne suis qu'une petite fille, — reprit Hortense, — mais si j'avais été à la place de Cécile, je sais bien ce que j'aurais répondu à ce monsieur.

— Voyons, ma fille ? — demanda madame Duret.

— Je lui aurais répondu que je n'étais pas le doge de Venise, et que je n'étais nullement dans l'intention d'épouser la mer Adriatique.

— Voyez-vous cela ! — dit monsieur Duret.

— « Le mariage avait eu lieu le matin même, — reprit le conteur. — Les jeunes époux, leurs amis et leur famille étaient à table, lorsqu'on vint annoncer à monsieur Forster qu'un étranger insistait pour lui parler à l'instant. »

— Aïe ! — m'écriai-je.

— « C'était Jules qui venait de débarquer à l'heure même, et dont la première démarche était de venir s'assurer si, en échange de la fortune nouvelle qu'il avait acquise, il n'avait pas perdu le bonheur. »

— Pourquoi aussi rester cinq ans sans donner de ses nouvelles ! — dit madame Duret.

— « Il avait eu plusieurs fois l'occasion d'écrire en Europe, et il s'était empressé d'en profiter ; mais, négligences ou accidents, aucune de ses lettres n'était parvenue à sa destination. »

— Quand une fois le guignon s'en mêle !... — m'écriai-je.

— « Il y a des gens, — continua monsieur de Restoul, — qui se figurent qu'il y a plus d'humanité à tuer un patient à coups d'épingles que d'un seul coup de hache. Ils vous conduisent par des chemins détournés, vous sapent, vous minent, vous battent un peu en brèche d'un côté, puis un peu de l'autre, et vous font ainsi souffrir mille morts au lieu d'une.... Monsieur Forster n'était pas de ces gens là : il tira sur Jules à bout portant, et lui annonça que Cécile s'était mariée le jour même. »

— J'aurais préféré recevoir une cheminée sur la tête, — dit Ernest, — ou le timon d'une voiture dans la poitrine.

— « Au fond, Jules était ce que l'on appelle un homme ; son départ l'a déjà prouvé. Il se couvrit le visage des deux mains, comme pour donner à sa raison et à ses traits le temps de se raffermir... Puis, tendant les mains à monsieur Forster : « Je serai son frère, » lui dit-il ; « mais » puisque nous sommes destinés à nous revoir et à vivre » dans le même monde, autant vaut que la crise ait lieu » aujourd'hui que demain. Je demande à être admis au » nombre de vos convives. »

» Fallait-il refuser cette grâce à un malheureux dont on venait de briser les espérances les plus chères ? Monsieur Forster ne le pensa pas. Il prit Jules par la main ; et, comme personne ne reconnaissait ce dernier, en raison de la barbe qu'il avait laissé croître, et de ses traits hâlés par le séjour des tropiques, « Messieurs, » dit-il, « j'ai l'honneur de vous présenter monsieur Jules Philip-» son, qui arrive de Sumatra, et qui, au lieu d'une épou-» se, se résigne courageusement à ne trouver ici qu'une » sœur. »

— Je suis bien sûre, — hasarda mademoiselle Hortense, — que Cécile n'avait pas eu besoin qu'on le nommât pour le reconnaître.

— « Jules s'avança vers les mariés, leur exprima ses félicitations d'un ton modeste et pénétré, puis il prit place à table à côté de Cécile. »

— J'aurais voulu être à mille pieds sous terre, — interrompit Hortense.

— Pourquoi cela ? — demanda madame Duret. — Qu'avait-elle à se reprocher ? N'avait-elle pas attendu bien au delà du terme prescrit ?

— Je ne dis pas non, — ajouta-t-elle.

— Il y a un malheur, — reprit monsieur Duret, — c'est que les jeunes têtes s'éprennent facilement de quelques fidélités à outrance, miracles fort apocryphes, qu'on rencontre çà et là dans l'histoire, Dante et Béatrix, Pétrarque et Laure, Éléonore et le Tasse, Héloïse et Abailard, la Fornarina et Raphaël leur paraissent des modèles de sentiment sur les traces desquels il est glorieux de marcher. Elles ne comprennent pas, ces jeunes têtes, que ces hommes ont voulu joindre à leur gloire le prestige de l'originalité, qu'ils se sont affublés d'une passion comme d'un costume éclatant, qu'ils n'ont pas subi la loi de leur cœur, mais que leur cœur a subi la loi de leur imagination, et que presque tous ont payé du malheur de leur vie entière l'excentricité de leurs rêves.

— Non pas que mon mari veuille faire le procès à la fidélité, — s'empressa de dire madame Duret, — mais parce qu'il distingue la fidélité dans le devoir de celle qui s'acharne en dehors des serments légitimes.

— « On venait de servir un turbot magnifique, — reprit monsieur de Restoul, — l'écuyer tranchant y mettait la truelle, lorsqu'on y trouva... »

— Je le sais, — s'écrièrent toutes les voix.

— J'en doute !

— La bague ! la bague !

— « Lorsqu'on y trouva tout simplement... une arête qui allait de la tête à la queue... »

— Ah ! mon père !... — dit Ernest.

— Ah ! monsieur de Restoul ! — dit Hortense.

— Si la bague s'y fût trouvée, — poursuivit le narrateur en riant, — je n'aurais aucun motif pour vous le cacher.

« Jusqu'au dessert, tout alla fort bien, et monsieur Forster se félicitait déjà d'avoir coupé dans le vif, quand Jules, profitant d'un instant où personne n'avait les yeux fixés sur lui, tira de sa poche un poignard... »

— Je m'en vais, — dit Hortense en se levant.

— Reste donc, petite folle ! — dit la mère.

— En ce cas, je me bouche les oreilles.

Et mademoiselle Hortense se les boucha en effet.

— « C'était un fort joli poignard, un bijou plutôt qu'une arme, et il s'en servit pour peler une poire qu'il venait d'accepter. »

— Est-ce fait ? — demanda Hortense en hasardant une oreille.
— Hélas ! oui, — dit le Saint-Cyrien, — il vient de la couper par quartiers.
— Elle ?... Le monstre ! — s'écria Hortense.

— « Après le dîner vint le bal... »

— Comment, le bal !... — ajouta-t-elle. — On ne l'arrête pas ? on ne le condamne pas ? on ne l'exécute pas ?
— Peuh ! — dit Ernest, — cette action n'est peut-être pas aussi atroce qu'elle en a l'air...
— Par exemple !
— Il faut se dire d'abord, — continua le jeune homme de l'air le plus doctoral et le plus sérieux, — que ce Jules arrivait d'une contrée à peu près sauvage, dont il était excusable jusqu'à un certain point d'avoir contracté les mœurs.
— Jolies petites mœurs, en vérité ! — s'écria Hortense.
— Ensuite, mademoiselle, pendant bien longtemps, ces crimes, qui nous paraissent justement si horribles aujourd'hui, ont été considérés comme de simples peccadilles. Ici même, en France, ce pays policé entre tous, il y avait une loi, la loi *gombette*, en vertu de laquelle tout crime était évalué et amendable en argent : un meurtre, tant ; un incendie, tant. L'essentiel était de consulter d'abord le tarif, et d'avoir soin de ne pas aller au delà de ses moyens. Un riche particulier pouvait abattre des hommes comme un bûcheron abat des arbres.
— Ah ! monsieur Ernest, — reprit mademoiselle Hortense, — je n'aurais jamais cru cela de vous !

— « Enfin, — poursuivit monsieur de Restoul, — le jour commençait à poindre lorsque chacun se retira chez soi. Jules se dirigea vers le bord de la mer et s'y jeta...»

— Tant mieux ! — s'écria mademoiselle Hortense ; — il se faisait justice lui-même.

— « Le temps était magnifique, la température fort douce, la mer fort calme... Il prit un bain, rentra chez lui, se coucha et s'endormit fort paisiblement. »

— Le lâche ! — s'écria la jeune fille, — s'endormir paisiblement après avoir coupé par quartiers son amie d'enfance !... Je ne le cache pas, je m'intéressais beaucoup à lui, je le plaignais de toute mon âme... mais, maintenant, j'espère bien que Dieu va le punir.

— « Il est à peu près certain, — continua monsieur de Restoul, — que si Jules fût resté livré à lui-même, il ne se serait jamais écarté de la modération qu'il avait montrée jusque-là... »

— Elle est jolie la modération !

— « Mais il eut bientôt des amis qui lui persuadèrent qu'il avait été indignement sacrifié, et, l'amour-propre se mettant de la partie, il crut de bon goût d'affecter une désolation ridicule et un dégoût de toutes choses, qu'il ne tarda pas à manifester par des extravagances sans nom ; La première idée qui lui passa par la tête fut d'acheter une mauvaise chaloupe ; et, quand survenait une tempête, que les pêcheurs et les bâtimetns se hâtaient de se réfugier dans le port, il en sortait. Se présentait-il une spéculation hasardeuse ou même notoirement mauvaise, il y jetait des capitaux.
» Un dompteur d'animaux féroces ou un aéronaute arrivaient-ils à Plymouth, il entrait dans la cage des tigres ou se confiait aux nuages. Non-seulement il était invulnérable, mais les entreprises les plus folles réussissaient à souhait. Il suffisait qu'il prît part à une affaire ruineuse pour qu'elle devînt excellente. »

— C'est que sa victime veillait encore sur lui de là-haut, — dit Hortense.

— « Le choléra s'étant, à cette époque, abattu sur l'Europe, il se mit à le suivre à la piste, et cela avec tant de persistance et de publicité qu'il n'était pas rare de lire dans les journaux que monsieur Philipson et le fléau asiatique étaient arrivés dans telle ou telle ville... »

— L'enragé ! — dit Ernest.

— « Si Cécile eût été une merveilleuse, comme il y en a beaucoup, ardente à fumer, habile à nager ou à monter à cheval, ayant sa loge à tous les théâtres et sa banquette réservée aux cours d'assises, elle se fût sans doute glorifiée de ravager ainsi l'existence de Jules... »

— Elle n'était donc pas morte ? — demanda Hortense.
— Il paraît que la blessure n'avait pas été mortelle, — dit en souriant madame Duret.
— La blessure !... tu appelles ça une blessure ? coupée par quartiers !
— Il y a des personnes fortement charpentées qui en reviennent, — reprit Ernest ; — voyez le polype d'eau douce : si vous le coupez en deux, trois, quatre morceaux, chaque morceau devient un polype complet.
— Je n'y comprends plus rien, — dit Hortense.
— Cela t'apprendra, ma fille, à te boucher les oreilles.

— « Mais Cécile, — continua monsieur de Restoul, — était une femme simple, pieuse et modeste ; ses grandes affaires étaient les affaires domestiques. Elle ne dédaignait, malgré sa fortune, ni de tricoter des bas à son mari, ni de passer au bleu les collerettes de ses enfants. Et, tout en demandant chaque jour à Dieu de mettre un terme aux extravagances de Jules Philipson, elle avait fini par se féliciter sincèrement de ne pas être sa femme. »

— Je le crois, — dit Hortense.

— « Une dernière folie devait couronner toutes les autres. On ne parlait dans Plymouth que d'une jeune personne, une espèce de diable à quatre, qui faisait le désespoir de sa famille. Jules considéra que c'était une bonne fortune qui lui tombait du ciel, et, ayant postulé sa main, qu'il obtint sans peine, il se maria comme d'autres se pendent ou se noient. Dès le lendemain, les deux époux se firent une existence très unie, très régulière..., en ce sens qu'ils se querellèrent sans cesse. »

— Quant à Cécile, — acheva madame Duret en manière de péroraison et de moralité, — on peut en conclure que, lorsqu'un coup du sort vient à renverser l'indéfini bonheur qu'on s'était laborieusement construit pour l'avenir, rien n'empêche de le recommencer avec des matériaux plus solides et sur un terrain moins mouvant.
Onze heures venaient de sonner à l'église d'Ingouville ; les deux familles se souhaitaient une bonne nuit et allaient se retirer, chacune dans son pavillon, lorsque mademoiselle Hortense se rapprochant d'Ernest :
— Voulez-vous me dire, — lui demanda-t-elle, — ce qui est arrivé pendant que je me bouchais les oreilles ?
— Très volontiers ; mais c'est que je crains de vous effrayer.
— C'est donc bien terrible ?
— Au delà de toute imagination. Figurez-vous... Si vous avez le cauchemar cette nuit, vous ne m'en voudrez pas ?
— Non ; je veux être courageuse, et je suis décidée à tout braver.

— Où mon père en était-il de son histoire lorsque vous vous êtes bouché les oreilles ?

— Jules venait de tirer son poignard et s'en servait pour...

— Et quand vous les avez rouvertes ?

— Dame ! je ne sais pas... il paraît qu'il venait de couper quelqu'un ou quelques chose par quartiers.

— Eh bien ! puisqu'il faut absolument vous le dire... on n'a jamais pu le savoir.

Et le plaisant prit la fuite en riant aux éclats.

Mais, au bout de quelques secondes, il revint sur ses pas. Cette fois il était presque triste, et la gaieté avait disparu de ses traits comme la moiteur du souffle sur l'acier.

— Mademoiselle Hortense, — demanda-t-il, — êtes-vous riche, vous ?

— Je n'en sais rien, monsieur Ernest ; et vous ?

— Je n'en sais rien non plus.

Il y a de cela sept ans. Ernest a aujourd'hui vingt-quatre ans et Hortense un peu plus de dix-neuf. J'ai assisté, l'autre semaine, à leur mariage, à Notre-Dame du Havre.

Puisse leur réunion être du petit nombre de celles réputées heureuses, par comparaison avec tant d'autres qui le sont moins !

ANGE SI PUR !

HISTOIRE D'HIER ET DE DEMAIN.

Par un des soirs de septembre dernier, à Londres, je me promenais avec sir Walter G... dans ce jardin de Crémorne que, par une singularité des mœurs britanniques, les femmes honnêtes fréquentent aussi bien que les femmes légères.

— Elle ici ! — s'écria sir Walter en tressaillant ; — et seule, sans le baron ! C'est extraordinaire.

Et il me désignait une jeune femme belle, mais d'une élégance exagérée.

— Qui elle ? — demandais-je à sir Walter G...

— La vicomtesse Ricci.

— Diable ! un vrai blason ?

— Si je ne l'avais reconnue que par les yeux, — reprit sir Walter, — je pourrais croire à une erreur, mais je l'ai reconnue par le cœur.

— Comment ! le cœur en est ?

— Je l'ai adorée pendant un mois.

— Un mois, à la bonne heure ! ce n'est pas long, mais ce devait être assez... Je suppose bien que vous n'avez perdu ni votre temps ni vos soupirs ?

— Je les ai parfaitement perdus, au contraire.

— Alors c'est qu'un autre les retrouvait.

— Au bout de ce mois, elle a tout à coup quitté Paris avec un monsieur de Potolskoff...

— Ah ! c'était à Paris.

— Et depuis lors, il y a de cela quelque chose comme une année, je ne l'avais plus revue.

— S'il y a véritablement une vicomtesse Ricci, j'aime à croire pour elle que vous vous trompez ; il y a de si étranges ressemblances...

— Je veux en avoir le cœur net, — reprit sir Walter. Et il m'entraîna dans la direction qu'avait prise sa fugitive apparition. Mais, soit que nous fussions restés trop longtemps indécis, soit qu'elle eût disparu du jardin, il nous fut impossible de remettre le cap sur la vicomtesse. — Je commençais à l'oublier, — me dit sir Walter, — et voilà ma blessure rouverte.

— Soyez tranquille, — repris-je, — nous la retrouverons bien un de ces jours, dans un bal quelconque.

Sir Walter était un homme de trente-cinq à quarante ans, élevé à Birmingham par un père qui avait eu le bon esprit de faire prospérer des manufactures. En fait de cotons, il distinguait parfaitement le Sumatra du Bengale, mais il n'avait que peu ou pas pratiqué de fouilles dans les arcanes du cœur féminin. Il croyait à la sincérité des enseignes, au bon teint de toutes les vertus ; il avait dû nécessairement avaler déjà beaucoup de couleuvres sans que sa candeur s'en fût altérée. Froid et réservé à l'épiderme, en raison de sa dignité d'Anglais, il n'en avait pas moins d'ardentes propensions à faire sagement le plus de folies possible.

Nous rentrâmes à Panton-Hôtel. Le front de sir Walter charriait de plus sombres nuages que le ciel anglais, teinté ce jour-là à l'encre de Chine.

— Avez-vous envie de dormir ? — me demanda-t-il.

— C'est selon ; et vous ?

— Moi, — reprit l'insulaire, — il me semble que je ne dormirai plus de ma vie.

— Voulez-vous que je fasse monter du thé chez moi ? vous me raconterez votre histoire.

Sir Walter ne répondit rien, mais il me donna une énergique poignée de main, dont je crois bien que mon épaule se ressent encore par les jours de pluie.

Une fois assis en face l'un de l'autre, séparés par un guéridon de laque et une théière du Japon, sir Walter commença comme suit :

— « Au mois d'octobre de l'année dernière, après m'être ennuyé à Baden et à Plombières, j'achevais de m'ennuyer à Paris, lorsque j'y fis la connaissance d'un étranger de distinction. Le hasard l'avait placé deux ou trois fois à côté de moi, à table, à l'hôtel du Louvre. C'était un *gentleman* parfait : il parlait toutes les langues et connaissait presque tous les pays. Enfant unique d'une des plus anciennes familles de...... le nom n'y fait rien, il avait servi pour son plaisir, et fait en amateur la campagne d'Italie. Son seul défaut était d'être ruiné ; il ne lui restait plus, de son propre aveu, qu'une soixantaine de mille francs de revenus. »

— Si je savais par quel procédé on se ruine ainsi, — dis-je à sir Walter, — je l'emploierais à coup sûr.

— « Brave, spirituel, généreux, — poursuivit l'insulaire, tout ce qui était beau le séduisait, tout ce qui était grand l'électrisait. Il était fou de musique, adorait la tragédie, ne détestait pas le vaudeville et avait le jeu en horreur. Il est vrai qu'il y avait perdu les trois quarts de ses revenus, si bien qu'il s'était juré, sur les cendres de sa première maîtresse, de ne plus toucher une carte de sa vie.

« Je ne sais comment cela s'était fait, mais nous avions sympathisé tout de suite. Il connaissait de nom notre maison de Birmingham ; ma physionomie lui était revenue, ses manières m'avaient charmé. Nos idées en toutes choses différaient juste assez pour susciter entre nous de légères querelles favorables à la digestion. Or, un soir que nous assistions aux Variétés, à la première représentation de je ne sais plus quelle pièce, la loge d'avant-scène qui faisait face à la nôtre s'ouvrit bruyamment après le premier entr'acte, et nous vîmes apparaître une élégante jeune femme, d'une beauté souveraine.

« Elle était accompagnée d'un fort beau garçon, très brun, très svelte, d'un air hautain et dédaigneux. Au bout de quelque temps, je remarquai que la jeune dame ne nous quittait pas des yeux, ni moi ni mon nouvel ami. Elle braquait sur l'actrice en scène sa lorgnette hypocrite pour nous regarder plus à l'aise ; aux passages comiques de la pièce, elle se retournait de notre côté, et riait juste assez pour que cela ressemblât assez bien à un sourire. N'osant pas m'attribuer l'honneur de cette attention flatteuse, je voulus le partager loyalement avec mon ami, et, me penchant à son oreille :

« — Voilà une admirable personne, — lui dis-je, — qui nous lorgne avec acharnement.

« — Je la connais, — reprit monsieur de Bergfeld (mon ami s'appelait ainsi); — c'est une noble Italienne séparée de son mari ; elle est fort belle, en effet.

« Et, s'inclinant légèrement vers la dame, il la salua avec une froideur marquée.

« Je jugeai qu'il y avait quelque anguille sous roche.

« — Que vous a-t-elle donc fait ? — demandai-je, — vous n'avez pas l'air de beaucoup l'aimer.

« — Au contraire, je la trouve charmante ; mais je n'aime pas le cavalier qui l'accompagne

« — Serait-il indiscret de vous demander le motif de cette aversion ? N'est-ce pas un homme de bonne compagnie ?

« — Certainement, — me répondit monsieur de Bergfeld, — c'est un homme tout à fait distingué, un baron russe immensément riche ; mais son orgueil me déplaît, et je donnerais volontiers tous les millions qu'il a pour qu'il eût l'air moins content de lui.

» À la sortie du spectacle, — poursuivit sir Walter, — pressés par deux courants de foule, nous nous trouvâmes arrêtés sous le péristyle précisément à côté de la belle étrangère et du baron russe. La situation était forcée ; monsieur de Bergfeld fit les présentations ; la conversation s'engagea, et, ma foi ! nous fûmes, mon ami et moi, accablés de tant de prévenances et de coquetteries aimables que nous finîmes par accepter à souper à l'hôtel Meurice, où la vicomtesse Ricci et le baron Potolskoff avaient chacun son appartement. J'en sortis ravi, transporté, amoureux fou, prêt à mettre aux pieds de l'Italienne, pour obtenir seulement la faveur de lui serrer la main, ma fabrique et mes douze cents ouvriers de Birmingham. »

— Ça valait bien cela, — repris-je en riant.

— Ah ! mon cher ! sans compter ma vie que j'aurais donnée par-dessus le marché.

— Bien entendu. La vie se donne toujours, d'autant que cela coûte peu et qu'on ne l'accepte guère.

— « Le soir même, — continua sir Walter, — ne voulant pas aller sur les brisées d'un ami, j'eus une explication avec monsieur de Bergfeld, que je supposais en intrigue avec madame de Ricci. Il m'avoua que, en effet, il lui avait fait la cour un instant, mais que, repoussé avec perte, il s'était philosophiquement mis à soupirer vers d'autres parages. Le champ me restait donc libre. »

— Et le baron russe ? — demandai-je.

— Vous le savez, — me dit sir Walter, — les femmes ont, en Italie, un sigisbée de naissance et de droit. Il est évident que le baron russe devait être un peu l'amant de la vicomtesse ; mais, le sigisbée étant presque un second mari, la chasse n'en reste pas moins ouverte...

— Si bien que vous vous fîtes braconnier.

— Du reste, — reprit sir Walter, — tout se passait entre eux, devant le monde, selon les convenances les plus strictes.

« Au bout de quelques jours nous étions devenus des inséparables. Je trouvais, moi, que ce Moscovite, dont mon ami de Bergfeld ne pouvait sentir la morgue, était un garçon charmant. Dans nos promenades, il me laissait presque toujours offrir le bras à madame de Ricci. Le soir, au spectacle, il la laissait porter mes bouquets et croquer mes bonbons avec un laisser-aller tout à fait marital et supérieurement parisien. Un jour, au moment où nous allions monter à cheval, il s'était trouvé légèrement indisposé, et m'avait prié lui-même d'accompagner au bois la ravissante Italienne.

— Et vous mettiez sans doute à profit ces circonstances favorables ?

— Pas le moins du monde.

« J'avais cependant été jusque-là un homme assez rond en affaires d'amour. J'avais toujours eu en horreur monsieur de Florian, ses bergères et ses houlettes, ses moutons si bien peignés et ses rubans si roses. Et voilà que je me mettais malgré moi à refaire la carte du Tendre, à m'attarder par les petits sentiers discrets, le long des ruisseaux limpides aux interminables détours... J'avais bien par-ci par-là quelques accès de courage, l'aveu de mon amour sollicitait mes lèvres et j'allais me risquer ; mais Carlotta, elle s'appelait Carlotta, prenait alors tout à coup un air de reine qui me paralysait complétement.

« Mon ami de Bergfeld m'avait bien souhaité toute espèce de prospérité dans la campagne que j'entreprenais ; mais il était aisé de voir que son amour-propre s'accommodait de me voir échouer comme lui. J'étais véritablement mordu au cœur. Chaque jour je prenais l'héroïque parti de fuir cette cruelle, de m'étourdir, de dépenser en menue monnaie de lorettes et de femmes légères tout cet amour accumulé pour une seule, et chaque jour je retournais lâchement à ma chaîne. Sur ces entrefaites, nous étions allés à Fontainebleau ; nous devions y rester quelques jours et visiter la forêt dans tous ses détails.

« Le second soir, nous nous disposions à faire une promenade au clair de la lune, lorsque tout à coup le ciel se fondit en eau. Il n'y avait là ni concerts, ni bals, ni spectacles. C'était une soirée entière à tuer à l'hôtel d'une façon quelconque. On bâillait un peu de part et d'autre, sauf moi, à qui la présence de l'objet aimé tenait lieu de tout. Le baron proposa un baccarat : vous savez que les Russes sont joueurs en diable. Mon ami de Bergfeld fit quelques façons en raison de sa rupture solennelle avec les dames de pique et de cœur, mais il se résigna à nous faire le sacrifice de sa haine. Je gagnai à monsieur de Potolskoff un millier de roubles.» Pardon pour ces détails, minutieux en apparence.

— Allez toujours, — dis-je à sir Walter ; — je sais que, par un phénomène étrange, le cœur se soulage en rouvrant ses blessures.

— « De retour à Paris, cette partie en amena d'autres. Je gagnais chaque jour de petites sommes, qui finissaient par en faire d'assez grosses et dont j'avais honte. Le baron, je lui dois cette justice, perdait avec une magnificence sans pareille. Il va sans dire que je cherchais à atténuer mes gains, en offrant, par-ci, par-là, à la vicomtesse quelques coûteuses bagatelles ; mais monsieur de Potolskoff était terriblement à cheval sur les bienséances, et je sentais bien qu'il y avait certaines limites que je ne pouvais dépasser. Un soir, cependant, la veine tourna et je m'acharnai jusqu'à perdre soixante mille francs.

— Diable ! et à quelle somme se montaient vos bénéfices précédens ? — demandai-je à mon insulaire.

— A quelque chose comme sept ou huit mille francs.

— « Le lendemain, comme j'apportais au baron mes livres sterling : «Allons donc ! » me dit-il, « est-ce que vous » croyez bonnement que je suis homme à vous dépouil- » ler de la sorte ? Les Potolskoff ne vivent pas du jeu, mais » de leurs revenus. Vous m'avez donné des revanches » tant que j'ai voulu, j'espère bien vous en offrir, à mon » tour, jusqu'à ce que nous soyons parfaitement quittes » J'insistai néanmoins, mais il me fallut toutes les peines du monde pour vaincre sa résistance. »

— Et votre ami de Bergfeld, que faisait-il au milieu de tout cela ?

— « A demi fidèle à son serment, il ne risquait que des sommes insignifiantes ; il assistait à nos parties plutôt qu'il n'y prenait part. Que vous dirai-je ? A dater de ce moment, sauf de rares retours, la Fortune me tourna complétement le dos. Ce pauvre baron était aux quatre cents coups. Quant à moi, je trouvais à mon malheur un dédommagement qui me le faisait bénir ; je justifiais le proverbe : Carlotta semblait se départir peu à peu de sa rigueur, elle était avec moi plus douce, meilleure, plus compatissante. Par instants, elle me prenait brusquement la main : « Fi ! monsieur, » disait-elle, « que c'est vilain » d'être joueur ! Je sens que je ne vais pas tarder à vous » détester ! » Ou bien : « Allons, mon ami, promettez- » moi de ne plus jouer, je vous en prie ; et, au besoin, je » vous le défends. » Le tout accompagné de petites mines si gentilles que le peu de cervelle qui me restait me disait adieu. Je n'aurais pas demandé mieux que de lui obéir, à cet ange protecteur, mais j'en étais déjà pour une centaine de mille francs ; mes lettres de crédit montraient la corde, je venais de demander des fonds à Birmingham, et, le démon du jeu commençant à s'en mêler, je ne renonçais pas à l'espoir de voir mes bank-notes perdues reprendre le chemin de mon portefeuille.

— Et ce fut tout le contraire qui vous arriva ?
— Précisément.

« Un jour, après le déjeuner, par un temps affreux, les temps affreux ne m'étaient guère favorables, j'avais perdu de nouveau sept mille francs, plus vingt-deux mille francs sur parole, lorsque, au moment où j'allais prendre congé, Carlotta s'approcha de moi et me glissa furtivement ces paroles : « Venez ce soir, je serai seule. »

— Une phrase composée de six mots, — repris-je en riant ; — total vingt-neuf mille francs. Ma parole d'honneur ! ce n'est pas trop cher, mais c'est bien payé.
— J'étais au quatrième ciel.
— Il y avait bien de quoi.
— Savez-vous que c'était rien moins qu'un rendez-vous.
— Mais, oui, cela y ressemblait assez.

— « Le soir venu, je trouvai madame de Ricci dans le salon de son appartement particulier. Le baron était allé à je ne sais plus quel théâtre, où, sous prétexte de migraine, elle avait refusé de l'accompagner. Carlotta avait un air triste et solennel que je ne lui avais jamais vu. Elle vint à moi et, me tendant la main :
« — Sir Walter, — me dit-elle sans autre préambule, — vous m'aimez ; je le sais. — J'avoue qu'un boulet ramé m'arrivant en pleine poitrine ne m'aurait pas mieux suffoqué que cette simple phrase tirée à brûle pourpoint.
— Ne niez pas, — reprit Carlotta, — ce serait peine perdue. Vous êtes un galant homme ; vingt fois j'ai surpris sur vos lèvres l'aveu de cet amour prêt à s'échapper, vingt fois vous avez compris qu'il ne serait pas généreux à vous de le risquer. C'est précisément parce que ma position est fausse, sir Walter, qu'on n'y peut toucher qu'avec une délicatesse extrême. Séparée de mon époux selon la loi, vous n'ignorez pas que j'en ai choisi un selon mon cœur. Sachant comment on nous marie, au hasard des dots et sans nul respect pour nos répugnances ou nos sympathies, le monde accepte avec une certaine indulgence ces situations anormales, pourvu qu'elles soient couvertes d'un voile, ce voile fût-il diaphane. Mais, alors le monde exige plus de la maîtresse qu'il n'a exigé de l'épouse ; sous peine de déchéance complète, il semble qu'elle doive plus de fidélité à sa liaison de choix qu'elle n'en a dû à sa chaîne forcée. Pour peu que nous nous respections encore, nous sommes désormais enfermées dans notre faute comme dans un cercle infranchissable. Voilà pourquoi, sir Walter, si touché que je puisse être, dans le secret de mon cœur, de la délicatesse de vos hommages, je sens la nécessité d'y mettre un terme.
« — Ah ! madame, — repris-je avec une ardeur mal contenue, — autant m'imposer la mort !
« — Ensuite, — continua la vicomtesse, — j'ai un re-

mords : c'est pour vivre autour de moi, c'est en berçant votre cœur d'espérances irréalisables, mais que ma faiblesse autorisait peut-être, c'est en vous prêtant, par amour-propre pour moi, aux goûts de monsieur Potolskoff, que vous avez perdu des sommes considérables…

« — Je suis au-dessus de ces misères, — m'écriai-je en m'emparant de sa main que je portai à mes lèvres, — et pourvu que vous me laissiez une lueur d'espoir…

« — Ah ! sir Walter, vous abusez de ma franchise.
« Mais, en disant cela, — poursuivit l'insulaire, — la voix de Carlotta était si tendre, son regard si plein d'indulgence, que je me précipitai à ses genoux. Au même instant la porte s'ouvrit, et monsieur de Potolskoff apparut sur le seuil.

« — Ne vous gênez pas, — dit froidement le baron.
« Et, prenant un journal sur le guéridon, il roula un fauteuil vers la cheminée et se mit tranquillement à lire. Carlotta poussa un cri ; je n'eus que le temps de la soutenir et de la traîner sur le divan. »

— Où elle ne tarda pas à s'évanouir.
— Tiens, — me demanda sir Walter tout ébahi de mon interruption, — comment savez-vous cela ?
— Je ne le savais pas au juste ; mais je m'en doutais.

« — Mon embarras était grand, — reprit le narrateur ; — je heurtais aux portes, j'arrachais les sonnettes, je cherchais des flacons, lorsque le baron se leva, et, venant à moi :
« — Monsieur, — me dit-il, avec une politesse excessive, — je suis ici à peu près chez moi ; souffrez que je vous dispense de ces soins… j'aurai demain matin l'honneur de vous envoyer mes témoins.
« — A vos ordres, monsieur, — repris-je, et je sortis la rage dans le cœur. Ce n'était rien que le duel probable que j'avais en perspective ; j'étais au contraire charmé d'avoir un danger à courir pour Carlotta, et de me créer ainsi quelque titre à sa sollicitude. Ensuite, si le sort me favorisait, ne pouvais-je pas tuer ce Potolskoff de malheur, enlever Carlotta devenue libre, passer la frontière, narguer la justice française, et aller enfouir mon bonheur dans quelque retraite ignorée ? Sous ce rapport, tout était donc pour le mieux. »

— Je vois avec plaisir, — dis-je à sir Walter, — que vous n'êtes pas difficile à contenter.

— « Ce qui causait ma rage, — poursuivit le digne insulaire, — c'est que je devais vingt-deux mille francs à mon rival, que mon portefeuille était vide, mon crédit épuisé, que je n'attendais pas avant une huitaine de jours les fonds que j'avais demandés à Birmingham, que je ne pouvais pas décemment me battre contre mon créancier, et que, si j'avais rencontré le diable, je lui aurais offert volontiers mon âme pour la somme susdite. »

— Sauf la queue et les cornes, ce genre de diables-là ne manque cependant pas à Paris, — dis-je à sir Walter. — Aux alentours de la Bourse et sur les boulevarts, il y en a autant que de pavés ; seulement, comme ils ne sauraient que faire de votre âme, ils vous prennent cent pour cent.

— « J'en fus quitte à meilleur marché ; je me rappelai fort à propos la présence à Paris d'un membre de la chambre des communes, à l'élection duquel j'avais fort aidé dans mon district. Comme ma fortune est notoire en Angleterre, je pouvais sans trop de scrupule m'adresser à lui. Le lendemain, à huit heures du matin, j'étais donc à l'hôtel Brighton, je prenais mon compatriote au saut du lit, il me donnait un bon sur son banquier, et, avant midi, j'avais envoyé à monsieur de Potolskoff ses 22,000 francs. »

— Qu'il accepta bel et bien.

— J'ai su depuis qu'il avait fait quelques difficultés ; mais vous pensez bien que, au terme où nous en étions, j'aurais été en droit de considérer son refus comme une offense.

— C'est juste, je n'y avais pas réfléchi.

— « Vers une heure, — reprit sir Walter, — comme j'achevais de déjeuner, je vis entrer, non pas deux témoins, comme je m'y attendais, mais notre ami commun, monsieur de Bergfeld, qui m'apportait des paroles de conciliation. Le baron aimait trop lui-même madame de Ricci pour ne pas comprendre que je m'en fusse épris ; il savait du reste par la vicomtesse, en laquelle il avait toute confiance, que je ne m'étais jamais écarté envers elle des bornes d'une tendre et respectueuse amitié ; il désirait donc que tout fût oublié, et s'en rapportait à moi pour mettre un terme à des relations désormais gênantes pour chacun...

» J'appris, quelques jours après, qu'ils étaient partis pour les Pyrénées. »

— Et monsieur de Bergfeld ?

— Je crois que monsieur de Bergfeld les avait suivis.

— Depuis lors, vous n'en avez plus entendu parler ?

— Mon Dieu ! non. Jugez de ma surprise et de mon émotion lorsque, tout à l'heure, j'ai cru reconnaître...

— Cher sir Walter, voulez-vous que je vous dise ma façon de voir ?

— Dites toujours, — reprit l'insulaire.

— Votre de Bergfeld est un chevalier d'industrie, votre Russe est un grec, votre vicomtesse est une de ces jeunes femmes qui servent d'appeaux aux joueurs. Au lieu de madame de Ricci, ce doit être mademoiselle de Banco. Vous avez été la dupe de filous.

— Impossible, mon cher ami ! Je pourrais peut-être douter de Dieu, mais d'elle, jamais !... Ah ! si vous l'aviez vue et entendue comme moi !...

La confiance de sir Walter était si absolue que je me pris à douter moi même. Après tout, le hasard est grand, il nous joue beaucoup de tours ici-bas, et l'amour vrai est une si douce chose, quoique souvent cruelle, que je ne me croyais pas suffisamment autorisé à le déloger de ce cœur loyal et candide.

— Si c'est réellement la vicomtesse Ricci que nous avons rencontrée à Crémorne, — me contentai-je de dire, — nous ne tarderons sans doute pas à la revoir, et alors le mystère s'éclaircira.

Sur ce, je fus me coucher et mon insulaire s'en alla rêver.

Le soir, à l'heure du dîner, je le vis arriver triomphant.

— C'était elle, mon ami, — me dit-il ; — mon heureuse étoile m'a fait la rencontrer tout à l'heure dans le Strand. Ah ! c'est une triste histoire que la sienne. Pauvre cher ange persécuté ! Figurez-vous que monsieur de Potolskoff l'a quittée à cause de moi ; je suis l'origine de tous ses malheurs. Réduite à un très mince douaire que lui paye irrégulièrement le vicomte Ricci, elle vit fort retirée dans un méchant petit appartement garni de Duke-Street, où elle m'a permis de la reconduire.

— Peste ! quelle faveur ! Et vous a t-elle dit ce qu'elle faisait seule au jardin de Crémorne ?

— Elle venait y respirer un peu d'air pur.

— Ah !

— Perdue par moi, qu'elle accepte mon amour ou seulement mon amitié, vous pensez bien que je vais réparer envers elle l'injustice du sort.

J'eus pitié de la cataracte que cet homme débonnaire avait sur le cœur.

— Sir Walter, — lui dis-je, — j'ai une prière à vous adresser ; voulez-vous y souscrire d'avance ?

— Vous avez ma parole, — reprit l'insulaire.

Et il me donna, pour la seconde fois depuis le matin, une de ces poignées de main qui déboîtent l'épaule.

— Vous allez retourner chez la vicomtesse. Vous lui direz que vous êtes forcé de partir ce soir pour Birmingham ; que votre absence durera huit jours...

— Huit jours sans la revoir !

— Soyez tranquille, vous ne bougerez pas de Londres, et vous la reverrez demain soir. Libre à vous alors de déposer à ses pieds votre fabrique et vos douze cents ouvriers.

Il s'exécuta d'assez mauvaise grâce ; si je n'avais pas eu sa parole, il aurait certainement refusé.

J'adressai à la soi-disant vicomtesse une invitation à dîner. Elle accepta. Le soir même, accompagnée de quelques unes de ses amies, elle se rendit à mon invitation. Elle croyait sir Walter sur la route du comté de Warwick, et, pour se dédommager de la vie à peu près décente qu'elle allait sans doute devoir mener avec sa victime, elle songeait naturellement à jouir de son reste.

Le festin eut lieu dans une des *oyster's houses* (maisons d'huîtres) de Hay-Market.

A dix heures, elle avait absorbé à elle seule plus de sherry et de punch qu'il n'en aurait fallu pour griser dix hommes.

L'hôtel Panton est à deux pas de Hay-Market. Je sortis sans être remarqué, et je fus chercher sir Walter, que j'installai plus mort que vif dans un cabinet voisin de celui que nous occupions.

— Prêtez l'oreille, — lui dis-je, — et, quand vous jugerez le moment venu, vous ferez votre apparition. Quand je rejoignis les convives, on ne s'était même pas aperçu de mon absence. La raison de l'ange si pur commençait à déménager. — A la santé de la vicomtesse ! — m'écriai-je après avoir rempli les verres.

— Tiens, — dit Carlotta, — vous savez donc que je me suis appelée comme cela ? Ah ! c'était le bon temps ! En avons-nous fait de ces noces avec le grand Oscar, monsieur de Potolskoff, un grec de la haute qui sortait de Newgate !... Et cet imbécile d'Anglais, sir Walter, qui se mourait pudiquement d'amour à mes petits pieds, et que nous avons plumé au baccarat pour quelque chose comme cent cinquante mille balles ! Sans compter que je l'ai repincé et que j'espère bien le plumer encore... Je vais faire la femme honnête ; ce sera drôle et en...nuyeux.

— Je ne le crois pas, — reprit sir Walter en apparaissant tout à coup.

Il était livide comme la mort.

— Ah ! c'te tête ! — s'écria Carlotta au comble de l'audace, de l'ivresse et de la folie.

Et, s'emparant de sir Walter, elle l'entraîna malgré lui dans un infernal galop.

Le malheureux eut une fièvre cérébrale qui le mit à deux doigts de la tombe.

Il dirige aujourd'hui sa manufacture. Si d'aventure, cher lecteur, vous en aviez une qui vous attendît quelque part, je vous conseillerais de boucler votre malle et d'y retourner aujourd'hui plutôt que demain.

UN MONSIEUR

QUI NE SAIT PAS LIRE.

Monsieur Coriolan Flicflac est un homme de cinquante-deux ans, très-vert encore, galantin, bien planté, droit comme un I, marchant les pieds en équerre, selon les préceptes de l'école du peloton, se dandinant, se penchant, grasseyant, croquignolant son jabot et pirouettant à miracle sur ses talons, tout simplement noirs faute de pouvoir être rouges.

Coriolan Flicflac est célibataire, il donne des leçons de danse et de maintien, et ne sait pas lire, en raison de l'éducation que ses parents, cultivateurs très-pauvres, ne lui ont pas donnée. De là la résolution prise par lui, dès son enfance, de faire son chemin par les jambes.

Il a toutefois les dehors et le jargon d'un homme à peu près comme il faut. Il s'est dégrossi dans les coulisses de l'Opéra, où il fait de la chorégraphie anonyme depuis une trentaine d'années, et ne paraît pas trop déplacé dans un certain monde ; semblable en cela à ces belles dames apocryphes, lesquelles, parlant comme des duchesses, ou peu s'en faut, écrivent à peine comme des portières.

Quant à Flicflac, il est superflu d'ajouter que, ne sachant pas lire, il n'écrit pas du tout... ce qui a bien son mérite.

Il est deux heures de l'après-dînée.

Flicflac vient de rentrer chez lui harassé, suant à grosses gouttes, le col lâche, le chapeau en arrière, sa pochette d'une main et son mouchoir de l'autre.

Il se jette sur une chaise et se livre, par soubresauts, au monologue que voici :

— C'est à en perdre la tête !... Je vais rue de Verneuil, 22, et je demande madame la marquise de Miraflorès, une grande dame à porte cochère et du meilleur monde, qui m'a écrit pour que j'aille lui donner des leçons de danse et de maintien !... On me répond qu'elle vient de transporter ses pénates rue Saint-Lazare, 14... Comme il n'y avait que Paris à traverser, je cours rue Saint-Lazare, où j'apprends qu'elle a déménagé de nouveau avant-hier pour aller habiter le numéro 8 de la rue d'Enfer... Je retraverse Paris par une pluie... quelle pluie ! et par un macadam... quel macadam !... Là, on m'apprend que madame de Miraflorès a redéménagé hier pour aller se fixer à Ville-d'Avray... Je n'avais pas un fil de sec de la tête aux pieds... mes jambes me disaient adieu, ce qui est assurément l'un des plus grands inconvénients que puisse subir un danseur... Bref, à Ville-d'Avray, d'où j'arrive à l'instant, on me dit que cette femme intangible est partie, ce matin même, pour Londres, où elle serait charmée, me dit-on, que j'allasse lui apprendre à danser trois fois par semaine, 44, Duke-street, Saint-James square... Il paraît que voilà ce que cette dame appelle se fixer à Ville-d'Avray... Quatre déménagements coup sur coup !... Quelle femme légère ce doit être ! et comme elle aurait appris à danser !... Il est vrai que, si la légèreté suffisait pour devenir un Vestris ou une Cerrito, la France ne serait bientôt plus un corps politique ; ce serait un corps de ballet... — Ici Coriolan Flicflac s'étancha le front, il massa laborieusement une magistrale pincée de tabac, puis, tirant une lettre de sa poche en même temps qu'un profond soupir de sa poitrine, il reprit : — Voilà bien le billet maudit qui m'a fait faire toutes ces courses... Il me semble impossible qu'il n'y ait pas là quelque *post-scriptum* pour me dire... pour m'expliquer... Mon Dieu ! que c'est donc bête de ne pas savoir lire, et que je regrette que

l'on m'ait exclusivement développé l'intelligence des muscles au détriment de celle-là !... — Et Flicflac se frappa le front. — Comme si les jetés battus et les participes, — reprit-il, — comme si la chorégraphie et la grammaire, Terpsychore et monsieur Lhomond ne pouvaient danser... marcher de concert, veux-je dire... Après tout, le seul moyen d'être aujourd'hui un homme un peu distingué... des autres, est peut-être de ne savoir pas lire... et de savoir danser... — En ce moment on frappa discrètement à la porte. — Entrez, — dit Flicflac. — Ah ! c'est vous, Trénis ?

Trénis était un des collègues de Flicflac à l'Académie impériale de danse et de musique.

Ici, pour donner plus de rapidité à cette très-véridique bluette, nous demandons au lecteur la permission de la diviser par scènes.

SCÈNE I.

FLICFLAC, TRÉNIS.

TRÉNIS.

Bonjour, Flicflac.

FLICFLAC.

Bonjour, Trénis.

TRÉNIS.

Je viens te dire en passant que la répétition du nouveau ballet commence à six heures, au lieu de sept.

FLICFLAC.

Très-bien ; merci. (Il fouille dans ses poches.)

TRÉNIS.

Que cherches-tu donc ?

FLICFLAC.

Mes lunettes.

TRÉNIS.

Adieu.

FLICFLAC.

Tu t'en vas ?

TRÉNIS.

Oui ; je suis pressé... (A part.) d'argent.

FLICFLAC.

Dis donc, Trénis ?

TRÉNIS.

Mon ami ?

FLICFLAC.

Est-ce que tu lis sans lunettes, toi !

TRÉNIS.

Je ne sais même lire que comme cela.

FLICFLAC.

Eh bien ! mon cher, tu devrais profiter de l'occasion...

TRÉNIS.

De quelle occasion ?

FLICFLAC.

De ce que tu n'as pas de lunettes.

TRÉNIS.

Ah ! Et pourquoi faire ?

FLICFLAC.

Pour me déchiffrer cette lettre.

TRÉNIS.

Très-volontiers. (Il ouvre la lettre.) Hum ! (A part.) Tiens ! tiens ! quelle drôle d'idée !

FLICFLAC.

Tu dis !

TRÉNIS.

Je dis que c'est affreusement écrit... Quelles pattes de mouche !

FLICFLAC.

Ainsi tu ne peux pas ?...

TRÉNIS.

Attends donc ! laisse-moi le temps... (Il lit.) « Mon cher monsieur... »

46

FLICFLAC.

C'est toujours ainsi que cela commence.

TRÉNIS, reprenant.

« Mon cher monsieur, je... j'ai l'honneur... » Tu as donc des dettes, toi ?

FLICFLAC.

Certainement, mon ami ; je n'ai même que cela.

TRÉNIS.

Ce n'est pas assez pour vivre.

FLICFLAC.

Aussi je ne marche plus que le nez en terre, comme les chiffonniers, dans l'espoir de heurter des billets de banque.

TRÉNIS.

En sorte que, si tu en trouvais, tu les garderais ?

FLICFLAC.

Ah ! mon ami, pour qui me prends-tu ?

TRÉNIS.

Dame... !

FLICFLAC.

Je ne suis pas ingrat à ce point ; la première chose que je ferais, au contraire, serait, comme le dit quelque part Alphonse Karr, d'envoyer une récompense honnête à celui qui aurait eu le bon esprit de les perdre... Mais il ne peut pas être question de créanciers dans cette lettre ?

TRÉNIS.

Si fait, mon ami ; écoute (il lit.) : « Mon cher monsieur... »

FLICFLAC.

Tu m'as déjà dit cela.

TRÉNIS, lisant.

« J'ai l'honneur de vous informer que je tire sur vous, au quinze du courant, pour la somme de trois cent soixante-quinze francs, que vous me devez depuis une éternité. Agréez, etc. »

FLICFLAC.

Comment ! il tire sur moi ? Quelle charge !

TRÉNIS.

Oui, mon ami, il tire sur toi.

FLICFLAC.

Je croyais que cela était défendu de tirer sur les gens... D'abord le chasse n'est pas ouverte.

TRÉNIS.

Cette chasse-là est ouverte toute l'année, cher ami... sauf le dimanche.

FLICFLAC.

Et ce tireur s'appelle ?...

TRÉNIS, essayant de déchiffrer la signature.

« Du... Dubourg .. » Non, ce n'est pas cela. « Mo... Moreau... » Attends ; il me semble que ce n'est ni Dubourg ni Moreau ; cela ressemble assez à... à Benoît.

FLICFLAC.

Voilà pourtant trois noms qui ne se ressemblent guère.

TRÉNIS.

Dame ! que veux-tu, mon ami ? c'est illisible... Vois plutôt toi-même.

FLICFLAC, regardant la lettre.

Mais non, pas trop... (Il se fouille.) Si j'avais seulement mes lunettes...

TRÉNIS.

Tu ne te connais pas de créancier de ce nom ?

FLICFLAC.

De quel nom ? Benoît, Dubourg ou Moreau ?

TRÉNIS.

De l'un des trois.

FLICFLAC.

Non ; mais ce n'est pas précisément un motif pour... J'ai toujours eu très-peu de mémoire...

TRÉNIS.

Pour solder ceux que tu devais.

FLICFLAC.

A qui diable dois-je trois cent soixante-quinze francs ?... Il y en a tant !... Et le quinze courant ! Mais c'est demain !...

TRÉNIS.

Oui, cher ami.

FLICFLAC.

Il tire donc à bout portant, cet homme-là !... Ne trouves-tu pas comme moi, Trénis, que les quinze et les trente arrivent toujours avec une célérité révoltante ?

TRÉNIS.

Parbleu ! Est-ce qu'on ne met pas toujours sur les traites et sur les billets de commerce le *quinze courant*, le *trente courant* ?

FLICFLAC.

Oui... Eh bien ?

TRÉNIS.

Eh bien ! mon ami, c'est parce qu'ils courent qu'ils arrivent si vite.

FLICFLAC.

Diable ! diable !... Figure-toi que j'ai fait ces jours derniers plusieurs achats... à crédit, et il en résulte que je suis absolument sans argent... Rien ne ruine comme le crédit.

TRÉNIS.

Surtout ceux qui le font..... Je t'offrirais bien ma bourse...

FLICFLAC, avec effusion.

Ah ! mon ami !...

TRÉNIS.

Mais elle est absolument vide... à ce point que les araignées y ont établi d'importantes filatures.

FLICFLAC, lui serrant la main.

Crois bien que, fussé-je réduit à la dernière extrémité, j'en aurai toujours autant à ton service.

TRÉNIS.

Adieu, Flicflac ; n'oublie pas que la répétition est à six heures.

FLICFLAC.

Adieu, mon ami ; à ce soir.

SCÈNE II.

FLICFLAC seul.

Rassemblons un peu mes idées... Hier, je reçois une lettre ; je prie un de mes amis de me la lire, et j'apprends qu'il s'agit d'une marquise de Miraflorès, laquelle désire des leçons de danse et de maintien. Je cours, je vais, je patauge de la rue de Verneuil à la rue Saint-Lazare, de la rue Saint-Lazare à la rue d'Enfer, de la rue d'Enfer à Ville-d'Avray... Cette marquise fuit devant moi comme une ombre... Je fais lire aujourd'hui cette même lettre par Trénis, et il se trouve que c'est un créancier quelconque, Dubourg, Moreau, Benoît, que sais-je ! qui me réclame de l'argent... Evidemment, si c'est l'un, ce ne peut pas être l'autre ; si c'est l'autre, ce ne peut être l'un... Mon ami d'hier se sera peut-être trompé ; il m'aura rendu une lettre à lui au lieu de me rendre la mienne... à moins que ce ne soit mon ami d'aujourd'hui qui... que... Je m'y perds totalement.

(Ici entre mademoiselle Lise. C'est une *jeune* personne d'une trentaine d'années, fleuriste, rosière au besoin, ayant manqué plusieurs mariages, on ne sait pourquoi, fort démangée de s'appeler légitimement madame, et s'étant précautionnée de toutes sortes d'appeaux pour prendre Flicflac dans les filets du mariage. Mademoiselle Lise a de beaux grands yeux bruns qui font le tour de sa tête. Sa lèvre supérieure est estompée d'une légère moustache noire. Son maintien est décidé, sa voix mâle, son corsage splendide ; elle a la colère facile et la main prompte. C'est une de ces faibles femmes qui mènent par le nez le sexe fort.)

SCÈNE III.

FLICFLAC, LISE.

FLICFLAC, à part.

Bon ! voilà Lise… Je parie qu'elle va me parler mariage.

LISE.

Qu'est-ce que vous dites donc là, monsieur?

FLICFLAC.

Je dis, Lise, que l'amour est comme une tendre fleur qui a besoin pour ne pas se flétrir de rester sur sa tige… Or, la tige de l'amour c'est le treizième arrondissement.

LISE.

Voilà de jolis principes !

FLICFLAC.

Le mariage est le séducteur de l'amour, qui tombe et se fane aussitôt.

LISE.

A merveille ! monsieur.

FLICFLAC.

Je sais bien qu'on ramasse avec soin la pauvre fleur tombée… on la met dans un vase, on en renouvelle l'eau tous les jours pour prolonger de quelques instants son existence factice… mais rien ne fait, et il faut bientôt la jeter.

LISE.

A moins qu'on ne préfère la conserver flétrie sur son cœur.

FLICFLAC.

Ah ! oui, parlons de cela !… dans un sachet, n'est-ce pas?… Quelque chose comme une relique… Et dire que c'est à cet état-là, à l'état de momie d'Egypte, que l'amour en est réduit dans les ménages !…

LISE.

Qu'est-ce qu'une momie, monsieur?

FLICFLAC:

Une momie, Lise, c'est un cadavre truffé au moyen de je ne sais quelles herbes, et qu'on entoure de bandelettes et de pains à cacheter pour qu'il puisse se tenir debout, tant bien que mal, dans une caisse ou contre un mur, comme un espalier… C'est très-joli !

LISE.

Ainsi, monsieur, je vous aurai sacrifié ma jeunesse (Flicflac éternue.), mon avenir (Il éternue toujours.), ma réputation (Il éternue plus que jamais.), j'aurai cru à vos serments…

FLICFLAC.

Ah ! voilà où vous avez eu tort, chère amie… Les serments… les serments d'amour, bien entendu… n'ont jamais été faits pour être tenus… Ce n'est pas leur spécialité.

LISE.

Comment, monsieur, ce n'est pas leur spécialité !

FLICFLAC.

Non chère amie ; leur spécialité, au contraire, est d'être violés… il y a toujours des cosaques pour cela.

LISE.

Ah ! l'horreur !

FLICFLAC.

Un serment, chère amie, c'est tout simplement un billet que l'on prend à la porte d'un cœur pour y entrer : on y reste tant que la pièce dure ; quelquefois un acte, quelquefois trois, quelquefois cinq… Mais, la toile tombée, c'est-à-dire la passion éteinte, comme on aime le spectacle et que le même billet ne peut plus servir, on en prend un autre, et ainsi de suite.

LISE.

Et c'est sans doute parce que la comédie de votre amour est jouée, monsieur, que je ne vous ai pas revu depuis…?

FLICFLAC.

Non, chère amie, la comédie de mon amour n'est pas jouée. J'espère même que nous n'en sommes encore qu'au prologue ; mais plus une pièce est longue… suive bien mon raisonnement…

LISE.

Il est joli, votre raisonnement !

FLICFLAC.

Plus il y a naturellement d'entr'actes ; on sort quelquefois pour se rafraîchir… Eh bien ! chère amie, j'ai pris une contremarque, voilà tout… Mais je rentre.

LISE.

Fort bien, monsieur ; mais au moins dans toutes les pièces que j'ai vues au théâtre, on se marie à la fin ; tandis que…

FLICFLAC.

Sois tranquille, nous aussi, nous nous marierons.

LISE.

Bien sûr?

FLICFLAC.

Nous nous mettrons des bandelettes et des pains à cacheter… Tu seras une momie superbe.

LISE.

Et à quand la noce, monsieur ?

FLICFLAC.

Attends donc au moins le cinquième acte.

LISE.

C'est que c'est bien long… les entr'actes surtout.

FLICFLAC.

Eh bien ! chère amie, je t'engage ma parole que nous nous marierons dès que…

LISE.

Dès que… ?

FLICFLAC.

Dès que le divorce sera rétabli.

LISE.

Ingrat ! séducteur ! infâme !… (Se laissant tomber sur une chaise.) Ah ! j'en mourrai !

FLICFLAC.

De cela ou de vieillesse… de vieillesse surtout, dans une cinquantaine d'années.

LISE.

Je m'explique tout maintenant : cette tiédeur, ces trois jours passés sans me voir… Une autre femme, sans doute !

FLICFLAC.

Quel blasphème !… Une autre femme !. .D'ailleurs c'est impossible, car il n'y a au monde qu'une seule femme, vois-tu, chère amie, et cette femme c'est toi.

LISE.

Comment ! une seule femme ?

FLICFLAC.

Oui, il n'y a jamais au monde qu'une seule femme… à la fois ; c'est celle que l'on aime ; toutes les autres n'existent plus ou n'existent pas encore.

LISE.

En ce cas, vous avez raison, je ne vais pas mourir… car je suis morte, n'est-ce pas ! et enterrée par une autre ?… Quelle est cette lettre ?… La preuve de votre trahison peut-être… Je veux lire cette lettre !…

FLICFLAC, à part.

Tiens, au fait, moi qui l'avais oubliée. (Haut.) Lisez, chère amie, lisez !… Vous me ferez même plaisir, car… D'abord, à qui est-elle adressée ? ..

LISE.

Mais à vous, monsieur ; à monsieur Coriolan Flicflac, professeur de danse et de maintien.

FLICFLAC.

C'est étonnant, ma parole d'honneur ! de sorte que c'est bien sur moi que l'on tire…

LISE.

Comment ! sur vous que l'on tire ?…

FLICFLAC.

Trénis m'avait bien dit que cette chasse-là était ouverte toute l'année.

LISE. (Elle lit.)

« Horreur d'homme !... »

FLICFLAC.

Vous dites.

LISE.

Je dis : Horreur d'homme !... Vous voyez bien que c'est de vous qu'il s'agit, il n'y a pas à s'y tromper.

FLICFLAC, à part.

Trénis ne m'avait pas dit cela.

LISE, continuant.

« Horreur d'homme ! tant qu'il ne s'est agi que de
» moi, je n'ai rien voulu demander à l'indigne époux qui
» m'a délaissée... »

FLICFLAC.

Plaît-il ?

LISE, continuant.

« J'ai préféré devoir au travail de mes mains le pain
» de chaque jour... »

FLICFLAC.

Que diable me chantez-vous là ? Ce n'est pas là la lettre que je viens de vous donner.

LISE.

Quelle lettre voulez-vous donc que ce soit ?... Ah çà ! mais vous êtes donc marié ?... Oh ! Coriolan !... (Elle ne s'évanouit que d'un œil.)

FLICFLAC.

Marié, moi !... (Fouillant dans ses poches.) Je suis donc à l'état de boîte aux lettres !.. Mais non, je n'ai que celle-là !...

LISE.

Je comprends maintenant pourquoi vous ne pouviez m'épouser sans que le divorce fût rétabli... sous peine d'être bigame...

FLICFLAC.

Bigame !... un célibataire bigame !... ce serait odieux, par exemple !... (A part.) Cela regarde Trénis, c'est sûr... Il m'aura rendu une lettre à lui par mégarde... Oui, mais l'adresse... ! Décidément je m'y perds... (Se frappant le front.) Juste ciel ! si c'était !... Ah ! mais non... Ah ! mais oui !...

LISE.

Voyons vos iniquités jusqu'au bout, monsieur. (Continuant de lire.) « Mais maintenant que je viens de don-
» ner le jour à deux frêles créatures... »

FLICFLAC.

Deux !

LISE, continuant.

« A deux frêles créatures, dont vous êtes, devant Dieu
» et devant les hommes, le déloyal éditeur, je vous an-
» nonce que je tire sur vous pour la somme de... »

FLICFLAC.

Encore !... Mais on me pend donc pour une cible ?... (Piteusement.) Ce doit être signé Pénélope, n'est-ce pas ?

LISE, à part.

Et d'une ! (Haut.) Non, scélérat !

FLICFLAC, à part.

Qui donc ?... (Il réfléchit.) Ah ! pardon ! je confondais... c'est Ariane...

LISE, à part.

Et de deux ! (Haut.) Non, monstre !

FLICFLAC.

Comment ! ce n'est ni Pénélope ni Ariane !... Ce sont cependant bien là deux noms de femmes abandonnées, l'une à Ithaque, l'autre dans l'île de Naxos... (Réfléchissant.) Mais non, c'est impossible ; ce n'est pas, ce ne peut pas être Artémise...

LISE, à part.

Et de trois ! (Haut.) Non, Barbe-Bleue !

FLICFLAC.

Alors c'est une imposture... Au fait, par qui est-elle signée, cette lettre ?...

LISE.

Signée ?

FLICFLAC.

Oui.

LISE.

Vous voulez absolument le savoir ?

FLICFLAC.

Je l'exige.

LISE.

Eh bien !...

FLICFLAC.

Eh bien ?

LISE.

Elle ne l'est pas du tout.

FLICFLAC, à part.

Cela devient de plus en plus clair. (Haut.) Une lettre anonyme ! Fi donc !... Si elle n'était qu'anonyme, encore, passe... ! mais ajouter à cela qu'elle n'est pas signée... Et vous avez pu croire ?

LISE.

Il me semble, monsieur, que, lorsqu'on écrit à son mari ou au père de ses enfants, il est superflu de signer. Je ne vois guère que votre femme qui puisse vous appeler son époux... et, comme on n'a généralement qu'une seule femme...

FLICFLAC.

Certainement, on n'a généralement qu'une seule femme... (A part.) à moins d'en avoir plusieurs ou pas du tout, ce qui vaut encore mieux.

LISE.

Vous avouez donc ?

FLICFLAC.

Je n'avoue rien, si ce n'est que mon cœur a toujours été comme un rosier en fleur auquel il poussait de nouveaux boutons à mesure qu'on les cueillait... J'avais beau le disperser, le partager, ce phénix du cœur, il renaissait toujours de ses cendres avec plus de boutons que jamais... Maintenant, qu'il en soit résulté çà et là quelques dégâts, chère amie, c'est chose possible !... Le hasard est grand, et l'on prétend qu'il n'y a pas d'endroit où il se passe plus de choses que dans l'univers...

LISE, avec explosion.

Ainsi, vous êtes marié ?

FLICFLAC.

Quant à cela, je jure que non !

LISE.

Je n'ajoute aucune foi à vos serments.

FLICFLAC.

Cependant...

LISE.

Il ne s'agit plus de vaines paroles, monsieur ; le moment est venu d'agir.

FLICFLAC.

D'agir !

LISE.

A cette seule condition je vous croirai... Epousez-moi ; il y a précisément un notaire dans la maison... et, si vous voulez...

FLICFLAC.

Diable ! vous oubliez, chère amie, que le divorce n'est pas rétabli, et que je tiens...

LISE.

Donc vous êtes marié ?

FLICFLAC.

Mille fois non !

LISE.

Mille fois si ! Une fois, deux fois... le voulez-vous ?

FLICFLAC.

Je ne dis pas non, chère amie... on verra... (Il tire sa montre.) plus tard.

SCÈNE IV.

FLICFLAC, LISE, TRÉNIS.

TRÉNIS.

Comment ! mon ami, tu restes là à t'amuser; et la répétition ? Bonjour, mademoiselle Lise.

LISE.

Bonjour, Trénis.

FLICFLAC.

Au fait, oui, je suis là à m'amuser... prodigieusement... et j'oublie... A propos, Trénis, fais-moi donc le plaisir de me relire la lettre de tantôt... tu sais, Moreau...?

TRÉNIS.

Dubourg...

FLICFLAC.

Ou Benoît.

TRÉNIS.

Très-volontiers, mon ami... Tu n'as donc pas retrouvé tes lunettes ?

(Flicflac occupe le milieu de la scène; Lise est à sa droite, Trénis à sa gauche. Le malheureux professeur de danse et de maintien va alternativement de l'un à l'autre, sa lettre à la main.)

FLICFLAC, à Trénis.

Lis, je t'écoute.

TRÉNIS, lisant.

« Mon cher monsieur... »

FLICFLAC.

Tu es sûr qu'il y a cela ?

(Lise fait signe à Trénis de se taire.)

TRÉNIS.

Parbleu ! si j'en suis sûr.

FLICFLAC, allant à Lise.

A votre tour, chère amie.

LISE. (Elle lit.)

« Horreur d'homme !...

(C'est maintenant Trénis qui fait signe à Lise de se taire.)

FLICFLAC, stupéfait et les regardant alternativement.

Mais il y en a donc un de vous deux qui ne sait pas lire !

TRÉNIS.

Comment! qui ne sait pas lire ! (Il prend la lettre des mains de Flicflac et la lit avec une grande volubilité.) « Mon
» cher monsieur, j'ai l'honneur de vous informer que je
» tire sur vous, au quinze courant, pour la somme de... »

LISE.

Comment ! je ne sais pas lire ? (Elle arrache à son tour la lettre des mains de Trénis et lit très-vivement.) « Horreur
» d'homme ! tant qu'il ne s'est agi que de moi, je n'ai rien
» voulu demander à l'indigne époux qui m'a délais-
» sée, etc... Mais maintenant que je viens de donner le
» jour à deux frêles créatures, etc... je vous annonce que
» je tire sur vous pour la somme de... »

FLICFLAC.

Et cætera... Tirer ! il n'y a que sur cela qu'ils sont d'accord ! C'est à en perdre la tête !

LISE.

Pour cela il faut en avoir. (Elle s'approche de Trénis et lui fait des signes d'intelligence et de supplication.) Voyons, monsieur Trénis, soyez de bon compte ! il se peut que vous sachiez lire, mais assurément vous ne connaissez pas la valeur des lettres, et vous prononcez mal. (Le cajolant et lui faisant de jolies petites mines.) Voulez-vous me suivre et épeler avec moi ?

TRÉNIS, à part.

Où veut-elle en venir ? (Haut.) Certainement, mademoiselle.

LISE, épelant.

M-o-n c-h-e-r, horreur... Cela fait bien *horreur*, n'est-ce pas ?

TRÉNIS, la regardant, puis regardant Flicflac.

Qu'en penses-tu, toi ?

FLICFLAC.

Moi, mon cher, je... Que veux-tu que j'en pense, puisque je n'ai pas mes lunettes ?

LISE, continuant.

M-o-n-s-i-e-u-r, d'homme, *horreur d'homme*... C'est cependant bien simple.

TRÉNIS.

Très-simple, en effet.

LISE.

Vous lisez d'après l'ancienne méthode, qui est la mauvaise.

TRÉNIS.

Tandis que vous lisez d'après la nouvelle, qui est la bonne.

LISE.

Justement.

FLICFLAC, à part.

Il paraît qu'il y en a encore une troisième, puisqu'il s'agissait hier de leçons de danse et de la marquise de Miraflorès.

TRÉNIS.

Décidément, mademoiselle, c'est votre méthode qui est la meilleure. (A part.) Ce que femme veut... (Haut.) Je vais à la répétition... Viens-tu, Flicflac ?

FLICFLAC.

Je te suis, mon ami, je te suis... Annonce-moi.

TRÉNIS, à part.

Il aura beau retrouver ses lunettes, je réponds bien que voilà une gaillarde qui l'empêchera bien d'y voir clair.

(Il sort.)

SCÈNE V.

FLICFLAC, LISE.

LISE.

Et moi, monsieur, je vais annoncer à ma tante que vous m'épouserez, et que, m'ayant ravi l'honneur, vous allez me le rendre.

- SCÈNE VI.

FLICFLAC seul.

Les femmes prétendent toujours qu'on leur a ravi l'honneur... Faut-il qu'elles en aient, pour que, le leur ravissant si souvent, il leur en reste toujours ! (Marchant de long en large et les bras croisés.) Serais-je par hasard devenu fou sans le savoir ? Parbleu ! c'est toujours sans le savoir qu'on devient fou... Madame de Miraflorès... trois leçons par semaine, à Londres, 44, Duke-street... une traite de trois cent soixante-quinze francs tirée par Moreau, Dubourg ou Benoît... une femme... deux enfants, Artémise, Ariane, Pénélope, Lise... tout cela me bourdonne dans la tête comme si j'y avais des couvées de hannetons.

SCÈNE VII.

FLICFLAC, LE PORTIER.

(Le portier range et époussette les meubles.)

FLICFLAC, se parlant à lui-même.

C'est la boîte de Pandore que cette lettre... tous les maux en sortent... Ah ! voilà mon portier, l'innocence même... celui-là n'aura aucun intérêt à me tromper, et je vais enfin savoir... Monsieur Cerbère ?

LE PORTIER,

Monsieur ?

FLICFLAC.

Vous n'avez rencontré mes lunettes nulle part ?

LE PORTIER.

N'ayant pas les miennes, monsieur, il m'eût été impossible de trouver les vôtres... Mais je vais... (Il met ses lunettes.)

FLICFLAC.

Voudriez-vous me faire le plaisir de me déchiffrer cette lettre ?

LE PORTIER.

C'est infiniment d'honneur que monsieur me fait... Je suis entré dans bien des appartements, dans bien des boudoirs, dans bien des laboratoires de toilettes, où les beaux cheveux se faisaient avec de fausses nattes, les teints roses avec du carmin, les hanches avec de la ouate, mais c'est la première fois que j'entre aussi avant dans la confiance d'un de mes locataires.

FLICFLAC.

Tenez.

LE PORTIER, parcourant la lettre.

Hum ! hum !

FLICFLAC.

Eh bien !

LE PORTIER.

Diable ! c'est... Vous vous êtes donc querellé hier soir, monsieur ?

FLICFLAC.

Querellé, moi !

LE PORTIER, lisant.

» Monsieur... »

FLICFLAC.

Tout court, cette fois ?

LE PORTIER.

« Monsieur, » tout court, « vous avez eu beau vous esqui-
» ver, après l'insulte que vous m'avez faite hier soir à la
» sortie du spectacle... »

FLICFLAC.

J'ai insulté quelqu'un à la sortie du spectacle ?

LE PORTIER.

Il paraîtrait.

FLICFLAC.

Qui cela ? quelle insulte ? à quel théâtre ?

LE PORTIER, continuant de lire.

« J'ai fait suivre vos pas, et je sais qui vous êtes... »

FLICFLAC.

Il est bien heureux ; moi je commence à n'en plus rien savoir du tout.

LE PORTIER, lisant.

« Une pareille injure ne peut se laver que dans le
» sang... »

FLICFLAC.

Les lessives de ce monsieur ne me regardent pas.

LE PORTIER, lisant.

« ... Que dans le sang ; demain, à six heures du ma-
» tin, je vous attends à la porte Maillot avec des témoins
» et des armes... »

FLICFLAC.

Oui, attends-moi, je te le conseille.

LE PORTIER, lisant.

« ... Et des armes ; je vous préviens que, si vous n'y
» étiez pas à l'heure dite, j'irais vous arracher de chez
» vous pour vous traîner au combat.

» Signé : BATAILLARD. »

FLICFLAC, se laissant tomber sur une chaise.

C'en est trop... j'en mourrai !

LE PORTIER.

Il faut espérer que non, mon pauvre monsieur Flicflac. (A part.) Je voudrais bien voir qu'un de mes locataires mourût en décembre ! après les étrennes, je ne dis pas.

FLICFLAC. (Il se tâte et se regarde dans une glace.)
Suis-je bien moi-même ?

LE PORTIER.

On ne se tue pas toujours en duel, monsieur ; cela n'arrive même que très-rarement... il arrive parfois que les
balles de plomb sont en liége ; souvent il n'y en a pas du
tout.

FLICFLAC.

Encore un gaillard qui veut tirer sur moi ! c'est un véritable feu de peloton.

LE PORTIER, rangeant et époussetant.

Moi qui vous parle, monsieur, j'ai connu un particulier
à qui Gillet, le restaurateur de la porte Maillot, donnait
cinquante écus par mois pour entamer chaque soir des
duels qui venaient se terminer, le verre à la main, dans
ses cabinets particuliers.

FLICFLAC.

Comment sortir de tout cela, bon Dieu ?

LE PORTIER.

Il me semble qu'on a tiré le cordon... Si c'était ce monsieur Bataillard, je lui dirais que vous êtes délogé, et que
vous demeurez actuellement dans une des nouvelles rues
qu'on a le projet de percer. (Il va pour sortir et revient.)
Oui, mais s'il me demandait le numéro ?

FLICFLAC, avec explosion et le poussant par les épaules.

Allez-vous-en ! allez-vous-en ! car je ne réponds plus de
moi ; j'ai des démangeaisons de tuer quelqu'un !...

SCÈNE VIII,

FLICFLAC, TRÉNIS.

TRÉNIS.

En ce cas j'arrive mal. (Flicflac court par l'appartement,
bousculant tout avec rage.) Quel mouche t'a piqué ?

FLICFLAC, découvrant sa poitrine.

Et toi, est-ce que tu ne tires pas aussi sur moi ?

TRÉNIS.

Non, mon ami, je ne tire pas sur toi : mais je viens
t'annoncer que la répétition est finie, et que tu es à l'a-
mende.

FLICFLAC.

Il s'agit bien de cela ! (Se calmant un peu.) Voyons, Trénis, tu es mon ami ?

TRÉNIS.

En doutes-tu ?

FLICFLAC,

Mon véritable ami, n'est-ce pas ?

TRÉNIS.

Tu sais bien que nous n'avons jamais fait qu'une seule
jambe, que deux jambes, veux-je dire, et qu'un cœur.

FLICFLAC.

Eh bien ! dis-moi sincèrement, loyalement, authenti-
quement, ce que contient cette lettre.

TRÉNIS.

Tu le veux ?

FLICFLAC,

Je l'exige.

TRÉNIS,

Tu sauras que, ce matin, j'ai voulu m'amuser un instant, te faire peur... entre amis...

FLICFLAC, lui serrant la main.

Bien reconnaissant ! (A part.) Il n'y a que les amis pour
avoir de ces attentions-là.

TRÉNIS.

La traite, les créanciers, tout cela était de mon invention.

FLICFLAC.

La traite, c'est possible ; mais, quant aux créanciers, tu
te trompes, ils ne sont pas de ton invention... ils sont de
la mienne.

TRÉNIS.

Puis Lise s'en est mêlée ; elle a inventé à son tour je ne sais quelle fable...

FLICFLAC.

Comme c'est ingénieux ! En ce cas, c'est donc décidément madame de Miraflorès qui m'écrit... j'aime mieux cela, car c'est la seule qui n'ait pas tiré sur moi.

TRÉNIS.

Madame de Miraflorès ?

FLICFLAC.

Oui, mon ami, une grande dame à porte cochère, actuellement à Londres... Elle peut se vanter de m'avoir fait faire bien des pas...

TRÉNIS, parcourant la lettre, et sans trop songer à ce qu'il dit.

Des pas de deux ?

FLICFLAC.

Mon Dieu ! non ; des pas tout seuls, comme tout le monde en fait, en mettant un pied devant l'autre... mais je me suis arrêté au pas de Calais.

TRÉNIS, même jeu.

Et tu dis qu'elle est à Londres ?

FLICFLAC.

Parbleu !

TRÉNIS.

Je ne comprends pas bien... Ah çà ! mon ami, qui est-ce qui est à Londres ?

FLICFLAC.

Madame de...

TRÉNIS.

Mais c'est qu'il n'est pas question du tout de cela dans cette lettre.

FLICFLAC.

Encore !

TRÉNIS, lisant.

« Vendôme, ce 12 décembre... »

FLICFLAC.

Tiens ! c'est de chez moi.

TRÉNIS, lisant.

« Mon cher fils... »

FLICFLAC.

De ma bonne vieille mère !

TRÉNIS, lisant.

« La grande Adèle, que tu te rappelles sans doute... »

FLICFLAC.

Parfaitement. Elle était laide à faire peur, cette grande Adèle.

TRÉNIS, reprenant.

« La grande Adèle, que tu te rappelles sans doute, » vient d'hériter de soixante mille francs... »

FLICFLAC.

Quand je dis laide, elle avait les yeux fort beaux et le nez très-bien fait.

TRÉNIS, reprenant.

« De soixante mille francs en terres labourables d'un » excellent rapport. »

FLICFLAC.

Oui, son nez était bien fait. Il n'y a que sa bouche qui est trop petite, parce qu'elle a de très-jolies dents, et que ça empêche de les voir.

TRÉNIS, lisant.

« Elle a toujours gardé de toi le souvenir le plus tendre... »

FLICFLAC.

C'est absolument comme moi. (A part.) Avec cette différence que je l'avais complétement oubliée.

TRÉNIS, lisant.

« Et elle m'a laissé clairement entrevoir qu'elle serait » heureuse de t'offrir son cœur... »

FLICFLAC.

Et ses terres labourables ?

TRÉNIS.

Cela ne s'y trouve pas, mais l'un ne peut guère aller sans l'autre. (Lisant.) « Arrive donc bien vite achever ta » victoire... Je t'embrasse, etc. »

FLICFLAC, battant un entrechat.

A la bonne heure ! Cette fois, c'est moi qui tire sur l'amour une lettre de change de soixante mille francs... O grande Adèle ! (Il entasse précipitamment des vêtements dans une valise.)

TRÉNIS.

Tu pars !

FLICFLAC.

Un peu que je pars !

SCENE IX.

LES PRÉCÉDENTS, LISE, UN NOTAIRE.

LISE.

J'ai rencontré par hasard monsieur le notaire sur l'escalier, et je l'ai prié...

LE NOTAIRE.

Monsieur est décidé à s'établir ?

FLICFLAC.

Oui, monsieur, je me marie.

LISE.

Nous nous marions.

FLICFLAC, continuant de faire ses paquets.

Toi aussi tu te maries ?

LISE.

Cette question !

FLICFLAC.

Toute seule ?

LE NOTAIRE.

La loi exige généralement que l'on soit deux pour cet acte important... c'est une coutume fort ancienne : Adam et Eve...

FLICFLAC.

Oui, nous savons cela... mais ce n'est pas ici que j'épouse ; c'est à Vendôme. (Il prend sa valise et met son chapeau.)

LISE.

A Vendôme !

LE NOTAIRE.

La loi exige également que le mariage ait lieu là où réside la future.

FLICFLAC.

Précisément, la grande Adèle...

LISE.

Que dites-vous là, grand dadais ?

FLICFLAC.

Je dis, mademoiselle, que votre ruse est éventée, que je sais maintenant ce que contient cette lettre...

LISE.

N'est-ce que cela ?

FLICFLAC.

Qu'une femme de soixante mille francs m'offre son cœur et ses terres labourables, à Vendôme, et que je vais ne faire qu'un saut jusque-là.

LISE.

Un sot jusque-là, et plus sot encore quand vous y serez.

FLICFLAC, donnant la lettre au notaire.

Lisez, tabellion.

LISE.

Oui, monsieur, lisez.

TRÉNIS.

Je ferais peut-être bien de m'en aller.

FLICFLAC.

Et que la vérité coule de vos lèvres... c'est authentique cela, un notaire !...

LE NOTAIRE, saluant.

Monsieur !

FLICFLAC.

C'est infaillible, c'est sacré...

LE NOTAIRE. (Même jeu.)

Monsieur !

FLICFLAC.

C'est paraphé, c'est timbré...

LE NOTAIRE.

Ah ! monsieur !

LISE.

Lisez donc, monsieur, lisez donc ! et que le traître aille ensuite épouser sa grande Adèle.

FLICFLAC, à Trénis qui va pour sortir.

Où vas-tu donc, mon ami ?

TRÉNIS.

Je vais... c'est-à-dire j'allais à la répétition.

FLICFLAC.

Mais tu en arrives ! (Le ramenant.) Attends donc ! tu me conduiras jusqu'au chemin de fer.

LE NOTAIRE. (Il met ses bésicles et ouvre magistralement la lettre.)

« Lorsque monsieur Coriolan Flicflac, qui ne sait pas lire... »

FLICFLAC.

Hein !... qu'est-ce que c'est ?

LE NOTAIRE, continuant.

« Qui ne sait pas lire, et que nous voulons mystifier, vous demandera le contenu de cette lettre, vous lui direz, à l'aventure, tout ce qui vous passera par la tête...»

FLICFLAC, laissant tomber sa valise et tombant lui-même sur une chaise.

Mystifié ! comme c'est spirituel ! et ils se sont mis à une demi-douzaine pour cela !

LISE, à Flicflac.

C'est authentique, cela ! c'est sacré !... c'est paraphé !... c'est timbré ! c'est...

FLICFLAC, d'un ton de reproche.

Et toi aussi, Trénis, toi !...

TRÉNIS.

Que veux-tu ?... entre amis...

FLICFLAC.

C'est juste ; si j'étais un étranger pour toi, tu ne te le pardonnerais jamais... mais, comme tu es mon ami...

LISE.

Et moi ?

FLICFLAC.

Toi, je veux te punir, et je t'épouse.

TRÉNIS, à part.

Pourvu que le châtiment ne lui retombe pas sur la tête !

UN

CHARMANT PETIT MONSTRE.

Personnages :

Le général DE GOERITZ.
Le comte LEONARD ORTIS.
M. DE LANDROL.
La baronne FAUSTINE DE KŒLLER.
Une DOUAIRIÈRE.
ESTELLE.

ACTE I.

(A Paris, chez la baronne de Kœller.)

SCÈNE Ire.

ESTELLE seule.

Quatre heures... Madame va rentrer du bois... Qui désolera-t-elle aujourd'hui ? Quelle femme que madame !

Les fait-elle trotter, ces pauvres galants ! Sait-elle se composer à volonté des sourires tristes, des regards de tendresse et des semblants d'émotion !... Et ils s'y laissent tous prendre comme des benêts... Après cela elle a raison ; elle exploite les droits précieux que donne le veuvage pour déclarer une guerre sentimentale à ses amis et à ses ennemis. Elle se venge sur eux de l'époux qu'elle a eu le bonheur de perdre : un butor de baron allemand, carré comme un bataillon, entêté comme une mule, emporté comme une soupe au lait... Il est vrai qu'il remuait les millions à la pelle, et que c'était un Pérou de mari, ce qui est bien une compensation.

SCÈNE II.

ESTELLE, LE COMTE.

ESTELLE, à part.

Ah ! voilà le comte Ortis. Celui-ci est le plus assidu ; c'est le caniche par excellence.

LE COMTE, harassé de fatigue et se jetant sur un canapé.

Ouf !... il était temps que j'arrivasse ! je n'en puis plus ! Etait-elle belle au bois, dans sa calèche, comme une fleur dans sa coque de feuilles !

ESTELLE.

Qu'avez-vous donc, monsieur le comte ?

LE COMTE, se parlant à lui-même.

Maintenant que j'y réfléchis, ce qu'elle m'a fait faire là n'en est pas moins odieux... Me défier de courir à pied de la barrière de l'Etoile à la rue de Varennes, et de devancer ses chevaux !

ESTELLE, à part.

Quand je disais tout à l'heure qu'elle les faisait trotter !

LE COMTE.

Une simple fluxion de poitrine, et j'en mourrais trèsbien. Elle me pleurerait peut-être, et ce serait toujours ça.

ESTELLE.

Pauvre jeune homme ! (Prenant des fleurs dans un vase.) Tenez, baisez ce bouquet ; il y a dessus un baiser de ma maîtresse. (A part.) Ça le ranimera, j'en suis sûre.

LE COMTE, prenant les fleurs avec effusion et donnant quelques louis à Estelle.

Merci ! je le garde. Jamais je ne l'avais vue plus radieuse, plus brillante !... Etait-elle assez coquette, assez provoquante même, avec tous ces fringants cavaliers qui caracolaient autour d'elle ! Ah ! je suis lâche ! Cette femme piétine sur mon cœur comme sur ce tapis... Suis-je bien toujours le comte Léonard Ortis ? Est-ce bien moi qui, l'un des premiers, ai jeté aux échos de Venise asservie le noble cri de l'indépendance ? J'aime et je souffre... Ce n'était guère la peine d'échapper aux tortures du Spielberg.

ESTELLE, à part.

Quel dommage qu'il ne soit pas consolable ! Mais j'entends la voiture de madame. (Elle va à une fenêtre.) C'est une justice à rendre aux chevaux, ils sont moins essoufflés que ne l'était ce pauvre comte. (Elle sort.)

SCÈNE III.

LE COMTE, LA BARONNE.

LA BARONNE, riant aux éclats.

Ah çà ! mon cher comte, mais vous courez à ravir. C'est phénoménal, en vérité ! Mon cocher est furieux, et mes chevaux sont capables d'en mourir de honte... Figurezvous donc un attelage superbe !

LE COMTE.

Le fait est que, si vos chevaux en mouraient, ce serait fort grave... Si je mourais, moi, ce ne serait rien.

LA BARONNE.

Bon! voilà que vous allez jeter de l'élégie à travers ma gaieté! Pourquoi ne pas faire votre épitaphe tout de suite? Cela vous chagrine donc que je m'amuse?

LE COMTE.

Vous avez raison; je ne me rappelle pas assez que les femmes sont des enfants de tout âge.

LA BARONNE.

Si vous croyez que ce que vous dites là est aimable?

LE COMTE.

Je vous aime trop pour être galant.

LA BARONNE.

En ce cas, vous feriez peut-être bien de m'aimer moins.

LE COMTE.

J'y tâche, mais je ne réussis pas.

LA BARONNE.

Véritablement les hommes sont inouïs de fatuité et d'exigence; c'est toujours la phrase de César : « Je suis » venu, j'ai vu, j'ai vaincu. » Parce qu'il plaît à monsieur le comte de venir courber devant moi des genoux qui se sont usés sur les tapis de vingt maîtresses dont il a oublié les noms...

LE COMTE, la main sur le cœur.

Jamais! je n'avais eu jusqu'ici qu'un seul amour : ma patrie !

LA BARONNE.

C'est juste; j'oubliais... Et, comme elle vous a trahi...

LE COMTE.

Non, pas elle; mais on a étouffé les battements de son cœur.

LA BARONNE.

Comme vous ne pouvez plus conspirer à Venise contre la monarchie autrichienne, vous êtes venu vous attaquer à la royauté d'une jeune femme et faire l'amour à Paris, sans doute pour continuer à faire de la politique et de la guerre.

LE COMTE.

Que voulez-vous que je réponde? Vous avez de l'esprit et je n'ai que du cœur.

LA BARONNE.

Si encore vous étiez amusant !... L'amour est un thème si banal ! Il n'y a pas un orgue de Barbarie qui ne l'écorche plus ou moins. Cela ne se sauve quelquefois que par la douceur de la mélodie et l'imprévu des variations.

LE COMTE, avec émotion.

Dire que le bonheur est là, à deux pas de moi, que je ne lui demande qu'un sourire pour être heureux. et qu'il préfère me vouer aux larmes !...

LA BARONNE.

Pleurez, mon ami, ne vous gênez pas... cela fait du bien; seulement dites-vous bien une chose balsamique et rafraîchissante : c'est qu'on n'est jamais aussi malheureux qu'on se l'imagine. Ensuite le bonheur est tout simplement une chimère inventée par les malheureux... Et puis, au choix, voyez-vous, je crois que le chagrin vaut encore mieux que l'ennui.

LE COMTE.

Votre cœur est donc mort, que vous ne croyez plus au bonheur ?

LA BARONNE.

Peut-être bien ; en cas, il faudrait vous en prendre à feu monsieur le baron de Kœller, mon mari, qui l'aurait tué. J'ai juré de ne plus être fidèle qu'à l'infidélité.

LE COMTE.

Oh ! les femmes !

LA BARONNE.

C'est cela, monsieur, faites la guerre aux femmes... je

vous le conseille !... Sachez que les femmes sont bonnes... quand rien ne les oblige à être le contraire. Supprimez les hommes, et vous verrez un peu si nous ne sommes pas des anges.

LE COMTE.

Vous ne savez pas une chose, madame la baronne

LA BARONNE.

Laquelle? monsieur le comte.

LE COMTE.

C'est que, par instants, il me semble que je vous hais.

LA BARONNE.

Fi ! le maussade !

LE COMTE.

Seulement je m'aperçois bientôt que cette haine n'est que de l'amour porté à son extrême puissance.

LA BARONNE.

Encore !... Ah ! je vous en prie, ne me parlez pas toujours de ce petit bonhomme que Watteau et Boucher ont si souvent peint avec un carquois en bandoulière et une compresse sur l'œil... cela finit par agacer.

LE COMTE.

Je ne vous en parlerai plus, madame.

LA BARONNE, avec étonnement.

Ah ! et comment ferez-vous pour cela ?

LE COMTE.

Je pars, madame; le conspirateur retourne à Venise, où l'attend la mort, qui est l'oubli de toutes choses.

LA BARONNE, légèrement émue et tendant la main au comte.

Vous ne ferez pas cela.

LE COMTE, sans prendre la main de la baronne.

Je le ferai, madame.

LA BARONNE.

A propos, toute victoire suppose une récompense. Ne vous avais-je pas promis quelque chose si vous devanciez mes chevaux?... (Abaissant son front vers le comte.) mon front à baiser, je crois,

LE COMTE, saluant.

Souffrez que je n'accepte rien... Adieu, madame.

LA BARONNE, interdite et après avoir hésité un instant.

Au revoir, cher comte.

SCÈNE IV.

LA BARONNE seule.

Décidément, son amour n'a fait que croître... et enlaidir... Quel bonheur de n'aimer personne, en voyant le mal de ceux qui nous aiment! Ce grand enfant me menace de partir, mais il n'en fera rien... Et, du reste, s'il partait, sa folie n'en deviendrait que plus complète. L'absence diminue les petites amours et augmente les grande passions... C'est comme le vent qui éteint les bougies et qui rallume le feu. . J'admire les incendies ; l'essentiel est que je ne laisse pas venir les étincelles jusqu'à moi. Défunt monsieur de Kœller était un de ces maris qui excitent au célibat; aussi n'échangerai-je pas ma liberté contre une nouvelle chaîne. Quelle royauté plus charmante que la mienne! trôner en despote sur les coussins de son boudoir, faire de son éventail un sceptre révéré, d'un seul regard dicter des lois, récompenser par un sourire, châtier par un épigramme...

SCÈNE V.

LA BARONNE, LA DOUAIRIÈRE.

LA BARONNE.

Bonjour, ma tante.

LA DOUAIRIÈRE, l'embrassant au front.

Bonjour, ma nièce.

LA BARONNE.

De quel air morose vous me dites cela !

LA DOUAIRIÈRE.

C'est que je sors de chez madame de Gontrac, ma nièce,
et j'y ai entendu des choses !...

LA BARONNE.

Oui, je devine : le concert de lamentations des soupi-
rants que j'ai désolés... Madame de Gontrac a vingt-neuf
ans depuis trois lustres ; aussi est-il tout simple que son
salon soit devenu le champ d'asile de l'amour dédaigné...

LA DOUAIRIÈRE.

Tout cela est bel et bon ; mais je crains que vous ne
jouiez là un vilain jeu, ma nièce.

LA BARONNE.

Mon Dieu ! les amoureux éconduits ressemblent à tous
les plaideurs de ce monde : une fois la cause perdue, ils
maudissent leur juge et le jugent à leur tour, le dépit et
la médisance instruisent le procès, et on le condamne à
mort... heureusement que c'est par contumace.

LA DOUAIRIÈRE, secouant la tête.

Il n'y a pas de fumée sans feu... Je viens d'entendre
pleuvoir sur toi une grêle de méchants propos et de sornettes malicieuses.

LA BARONNE.

Je me bouche les oreilles, ma bonne tante, et je brave
la tempête.

LA DOUAIRIÈRE.

Mais pour moi qui ne les bouche pas... tu devrais au
moins attendre que je fusse devenue sourde.

LA BARONNE.

La jalousie aura beau faire, le dépit aura beau dire,
l'espionnage aura beau suivre, dans l'ombre ou au grand
jour, la trace de mes petits pieds, je défie qu'on découvre
le plus léger vestige d'un faux pas.

LA DOUAIRIÈRE.

Te voilà bien belliqueuse et bien fière, ma nièce ! Moi
j'ai toujours remarqué que l'on ne découvre la première
faute chez les femmes que lorsqu'elles en ont commis
une seconde... Après cela, on cite un nom...

LA BARONNE.

Quel nom, ma tante ?

LA DOUAIRIÈRE.

Monsieur de Massy, ma nièce... On parle même d'une
correspondance, d'un pari de produire des lettres... (La baronne court à la sonnette et l'agite violemment, après quoi
elle s'assied et trace avec précipitation quelques lignes.)
(A part.) Qu'est-ce qui lui prend donc ?... Il paraît que ma
mouche l'a piquée néanmoins.

LA BARONNE, écrivant.

Vous permettez, n'est-ce pas, ma tante ?

LA DOUAIRIÈRE.

Oui, ma nièce ; d'ailleurs c'est l'heure de ma migraine,
et je rentre dans mon appartement. (Allant à sa nièce, dont
elle prend les deux mains et qu'elle baise au front après l'avoir
un instant regardée avec une espèce d'attendrissement.) Allons,
un peu de courage ! tâche d'arranger cela gentiment, en
famille, sans esclandre ; et, rappelle-toi bien que les péchés cachés... ne sont pas connus.

LA BARONNE.

Mais, ma tante, je vous jure...

LA DOUAIRIÈRE, lui fermant la bouche.

A quoi bon jurer ? Si encore cela servait à quelque
chose ! (Elle sort.)

SCÈNE VI.

LA BARONNE, ESTELLE.

ESTELLE.

Madame a sonné ?

LA BARONNE.

Oui, et vous vous empressez d'accourir, n'est-ce pas ?

ESTELLE, à part.

Le temps est à l'orage.

LA BARONNE.

Vite, cette lettre à Germain... pour le comte Ortis...

ESTELLE, à part.

Il y a de l'anguille sous roche. (Elle sort et rentre aussitôt.
Annonçant.) Monsieur de Landrol.

LA BARONNE, vivement.

Je n'y suis pas.

SCÈNE VII.

LES PRÉCÉDENTS, MONSIEUR DE LANDROL.

MONSIEUR DE LANDROL, forçant la consigne, s'asseyant
et prenant un livre.

Puisque vous n'y êtes pas, ma cousine, permettez moi
de vous attendre.

LA BARONNE.

Mais c'est de la tyrannie, cela !

MONSIEUR DE LANDROL, feuilletant son livre.

Ne vous gênez pas, ma cousine ; faites comme si, moi
aussi, je n'y étais pas.

LA BARONNE.

Voyons, qu'avez-vous à me dire ? Dépêchez-vous.

MONSIEUR DE LANDROL.

D'abord, ma cousine. j'ai à vous répéter, pour la mil-
lième fois, que je vous aime.

LA BARONNE.

Ah ! ne me parlez pas d'amour, j'en suis harassée !

MONSIEUR DE LANDROL.

Alors ce sera pour une autre fois... Je suis allé hier à
l'Opéra.

LA BARONNE, distraite.

Et que donnait-on ?

MONSIEUR DE LANDROL.

Je ne sais pas trop. Il me semble bien n'avoir vu que
des doublures qui chantaient devant des banquettes.

LA BARONNE, à part.

J'espère bien que le comte va venir.

MONSIEUR DE LANDROL.

A propos, vous savez, j'ai placé les billets que vous
m'aviez donnés pour cette loterie de bienfaisance.

LA BARONNE, distraite.

Ah ! très-bien.

MONSIEUR DE LANDROL.

Je suis allé commander les fleurs chez Prévost pour votre bal de demain.

LA BARONNE, même jeu.

Je vous remercie.

MONSIEUR DE LANDROL.

Je suis allé aussi chez ce médecin des bêtes...

LA BARONNE, à part.

Si encore il y était resté... pour se faire guérir !

MONSIEUR DE LANDROL.

Il paraît que votre épagneul n'a qu'un simple catarrhe

on lui donne des juleps et de la pâtée de macarons délayés dans du lait d'amandes... ce ne sera rien.

LA BARONNE, regardant à la pendule.

Cinq heures et demie?

MONSIEUR DE LANDROL.

Le temps vous paraît-il long ou court, ma cousine?

LA BARONNE.

Long, mon cousin... surtout depuis que vous êtes là.

MONSIEUR DE LANDROL.

Merci. Où diable ai-je encore été? Ah! je savais bien, chez Froment-Meurice pour votre parure, et chez Susse pour ces petits bronzes...

LA BARONNE.

Vous devez être l'homme le plus occupé de France.

MONSIEUR DE LANDROL, pirouettant sur lui-même.

Mon Dieu! oui, ma cousine : de France et de Cythère... C'est à n'y pas tenir, ma parole d'honneur!

LA BARONNE, à part.

Le fat!... La suffisance et l'insuffisance en personne!

SCÈNE VIII.

LES PRÉCÉDENTS, ESTELLE.

ESTELLE, bas à sa maîtresse.

Monsieur le comte Ortis.

LA BARONNE, haut.

Faites entrer.

MONSIEUR DE LANDROL.

Tiens, vous n'êtes plus sortie?

LA BARONNE.

Je ne l'étais que pour vous.

MONSIEUR DE LANDROL, à part.

Je lui produis trop d'effet; elle a peur de moi.

LA BARONNE.

Mon cousin, voulez-vous me faire le plaisir de vous en aller?

MONSIEUR DE LANDROL.

Comment donc, ma cousine, mais rien de plus juste! Maintenant que mon quart est terminé, c'est le tour d'un autre. (Il lui baise la main.) A bientôt.

LA BARONNE.

Ou plus tard.

MONSIEUR DE LANDROL, prenant Estelle par le menton.

Toujours plus fraîche que l'aurore, toujours mignonne, toujours des yeux qu'il ne serait pas prudent de laisser entrer dans une poudrière.

ESTELLE, à part.

De tous ceux que madame mène de front, c'est cet alezan-là que je trouve le mieux.

(M. de Landrol sort au moment où entre le comte; ils se toisent un instant et finissent par se saluer.)

SCÈNE IX.

LA BARONNE, LE COMTE ORTIS.

LE COMTE.

Vous m'avez appelé, madame; me voici.

LA BARONNE, in liquant un fauteuil.

Asseyez-vous là, Léonard, et écoutez-moi bien.

LE COMTE.

Léonard!

LA BARONNE.

Ne vous est-il pas arrivé quelquefois de me nommer Faustine tout simplement?

LE COMTE.

Oui, je m'en souviens avec autant de tristesse que de bonheur.

LA BARONNE.

Les femmes, mon ami, sont souvent coquettes sans le savoir; elles ont aussi bien des torts et commettent bien des fautes peut-être.

LE COMTE.

Quelle faute avez-vous commise, madame?

LA BARONNE.

D'abord je vous ai rendu amoureux sans le vouloir.

LE COMTE.

En le voulant, madame.

LA BARONNE.

Vous croyez?... Ensuite j'ai fait le tourment et la désolation de votre amour; pardonnez-moi; quand on est jeune, libre, riche, ennuyée, il faut bien faire quelque chose.

LE COMTE.

C'est juste; on s'amuse à tuer le bonheur d'un homme .. pour tuer le temps!...

LA BARONNE.

Enfin imaginez-vous, Léonard, qu'un jour... il n'y a pas bien longtemps de cela, le ciel était sombre, il y avait de l'orage dans l'air, j'étais mal coiffée, mes robes n'allaient pas, mes nerfs s'insurgeaient... savez-vous ce que je me suis avisée de faire?

LE COMTE.

Non, madame, je ne le sais pas.

LA BARONNE.

Je m'avisai d'exercer ma coquetterie et mon esprit contre un fat qui se trouvait là par hasard, et que vous connaissez à merveille.

LE COMTE, avec explosion et se levant.

Nommez-le-moi, madame! nommez-le-moi!

LA BARONNE.

Etes-vous donc jaloux de ceux-là même que je persifle?

LE COMTE.

Je suis jaloux de tous deux qui vous aiment, madame!

LA BARONNE.

Oh! le naïf et admirable jaloux que vous faites!

LE COMTE.

Eh bien! madame, de quel fat me parliez-vous tout à l'heure? Voulez-vous que je châtie l'insolence qu'il a eue de vous plaire... ou de vous déplaire, car je ne sais pas au juste.

LA BARONNE.

De me déplaire, cher comte, et de m'écrire... comme s'il me plaisait.

LE COMTE.

Il a osé vous écrire?

LA BARONNE.

Et j'ai osé lui répondre.

LE COMTE.

Souvent?

LA BARONNE.

Trop souvent!... Oh! rassurez-vous, Léonard, mes réponses à monsieur de Massy ne sont guère que des tournois d'esprit dans lesquels le cœur n'a rien à voir. Eh bien! vous le dirais-je? monsieur de Massy a trouvé le moyen...

LE COMTE.

De vous compromettre.

LA BARONNE.

C'était impossible!

LE COMTE.

De vous calomnier.

LA BARONNE.

C'était plus facile ! Si j'avais eu un ami véritable qui daignât protéger l'honneur d'une veuve, j'aurais déjà brûlé à la flamme de mon bougeoir cette frivole correspondance qui sert de prétexte au babillage d'un indiscret... Il y avait bien monsieur de Landrol, mon cousin, celui avec lequel vous vous êtes croisé tout à l'heure en entrant ici ; mais ce n'est pas un homme ; c'est une poupée à ressorts montée sur vernis, moitié cravale, moitié éperons. Aujourd'hui seulement, Léonard, j'ai pensé à vous ; ai-je bien fait ?

LE COMTE, gravement.

Oui, madame, vous avez bien fait.

LA BARONNE, avec toutes sortes de câlineries dans la voix et des regards qui versent du champagne.

Vous sied-il d'obliger monsieur de Massy à faire amende honorable ? Voulez-vous le contraindre à me rendre quelques lettres inutiles ? Nous les brûlerons ensemble : il n'en restera que le souvenir de votre dévouement pour moi et de ma reconnaissance pour vous.

LE COMTE.

Nous les brûlerons demain, madame.

LA BARONNE.

Surtout pas de querelle !

LE COMTE.

Soyez tranquille, madame, tout se passera dignement.

(Il salue et sort.)

SCÈNE X.

LA BARONNE seule.

LA BARONNE.

Si on allait me le tuer ! Je ne me le pardonnerais de ma vie. (Elle porte son mouchoir à ses yeux et le regarde ensuite comme pour y chercher une larme absente.) Rien ! absolument rien !... Je voulais, j'espérais pleurer ; mais il n'y a pas moyen.

ACTE II.

(Le salon de la baronne.)

SCÈNE Iʳᵉ.

LA BARONNE, LE GENERAL. (Ils entrent ensemble.)

LA BARONNE.

Eh quoi ! général, à peine à Paris depuis quelques jours, vous repartez déjà ?

LE GÉNÉRAL.

Sa Majesté l'empereur m'appelle au commandement militaire de Venise. J'ai reçu ce matin du cabinet de Vienne une dépêche qui m'enjoint de me rendre immédiatement à mon poste.

LA BARONNE, minaudant.

Et moi qui espérais vous garder pendant tout l'hiver.

LE GÉNÉRAL.

Vous espériez !... prenez garde, chère baronne ; vous avez tort de me dire une chose si gracieuse.

LA BARONNE, même jeu.

Pourquoi donc cela ?

LE GÉNÉRAL.

Parce qu'elle augmente mes regrets... Ah ! la discipline ! la discipline !...

LA BARONNE.

Et la discipline autrichienne surtout !

LE GÉNÉRAL.

Si on m'en avait laissé le temps, je vous aurais peut-être persuadée ?

LA BARONNE.

Persuadée... ?

LE GÉNÉRAL.

Ecoutez, chère baronne ; je ne vous parlerai pas de mon amour ; j'ai cinquante ans passés, et cette expression grimacerait un peu sous ma moustache grise ; mais je vous aurais peut-être persuadée de mon profond attachement.

LA BARONNE.

C'est chose faite, général, je vous assure.

LE GÉNÉRAL.

Le baron de Kœller était mon frère d'armes, mon ami d'enfance, un autre moi-même. En mourant il m'a légué, non pas le droit, mais la tâche bien douce de veiller sur vous.

LA BARONNE, riant.

Je suis donc en tutelle ? Je n'en savais rien.

LE GÉNÉRAL.

Il ne s'agit pas de tutelle, chère baronne, mais de cette sollicitude discrète qui se manifeste sans s'imposer, et à laquelle on est toujours sûr de pouvoir recourir aux jours de péril.

LA BARONNE, riant.

Ah ! mon Dieu ! est-ce que je côtoyerais un abîme, par hasard ?

LE GÉNÉRAL.

Je ne dis pas cela... Seulement la position d'une jeune et jolie veuve dans le monde est pleine d'embûches... Il y a tant de fanfarons qui n'ont pas autre chose à faire qu'à tuer la vertu des femmes...

LA BARONNE.

Et qui ne la blessent même pas.

LE GÉNÉRAL.

Le malheur est que, en pareil cas, le mensonge a souvent plus de poids que la vérité... La femme ne doit pas être seule ; il lui faut une égide, un bras légal sur lequel elle s'appuie et qui la défende au besoin... Savez-vous ce que je m'étais dit, chère baronne ?

LA BARONNE.

Voyons cela, général.

LE GÉNÉRAL.

Je m'étais dit que la femme est le cœur, la grâce, le rêve, la fantaisie ; mais qu'à ce cœur il faut allier de la tête ; à cette grâce, de la force ; à ce rêve, la raison ; à cette fantaisie, le bon sens.

LA BARONNE, riant.

Comme on ajoute une unité à un zéro pour lui donner de la valeur... Et vous veniez m'offrir ces appoints ?

LE GÉNÉRAL.

Je venais mettre à vos pieds un dévouement sans bornes, un nom honorable, une position presque souveraine...

LA BARONNE, tendant la main au général.

Général, vous êtes une nature loyale ; j'aime cette tendresse germanique et sérieuse qui me repose des clinquants de la galanterie parisienne... Je ne dis pas non.

LE GÉNÉRAL.

Quoi !... il se pourrait ?

LA BARONNE.

Je ne dis pas oui... J'irai peut-être un de ces jours en Italie, et je vous porterai ma réponse ; mais à une condition...

LE GÉNÉRAL.

Dictez votre *ultimatum.*

LA BARONNE.

C'est que Venise ne soit pas trop triste, et que les Vénitiens ne se figurent pas trop qu'ils sont en Autriche.

LE GÉNÉRAL.

Je ferai de mon mieux ; au revoir donc, madame la baronne.

LA BARONNE.

Oui, général, à bientôt... je vous le promets.

LE GÉNÉRAL, lui baisant la main.

J'en emporte l'espérance.

SCÈNE II.

LA BARONNE seule.

Pauvre général ! l'espérance ! cela coûte si peu de leur en laisser ! Quel dommage que ce qu'il me propose là soit si raisonnable ! sans cela, j'accepterais peut-être.

SCÈNE III.

LA BARONNE, LE COMTE.

(Le comte a le bras en écharpe.)

LA BARONNE.

Eh bien ! mon brave chevalier ? Que vois-je, mon ami, vous êtes blessé ?

LE COMTE.

Une simple égratignure... Malheureusement monsieur de Massy n'en sera pas quitte à si bon marché. Du reste, il s'est conduit en loyal adversaire et en galant homme. Il m'a remis ce paquet de lettres...

LA BARONNE, distraite et comptant les lettres.

Bon Léonard !... noble cœur !

LE COMTE.

Ah ! madame !

LA BARONNE.

Je veux que vous m'appeliez Faustine.

LE COMTE.

Faustine, si vous saviez combien je vous aime !

LA BARONNE, achevant de compter les lettres.

Vous êtes sûr qu'elles y sont bien toutes ?

SCÈNE IV.

LES PRÉCÉDENTS, LA DOUAIRIÈRE.

.LA BARONNE, allant, toute joyeuse, au-devant de la douairière.

Bonjour, ma chère tante... que je suis heureuse !... Le voilà, ce fameux grimoire... Si on peut appeler cela des lettres !... des billets musqués tout au plus...

LA DOUAIRIÈRE.

Il y en avait donc, petite sournoise ? Je le savais bien, moi, que la fumée annonçait du feu... Et ces billets musqués te sont revenus, comme cela, tout seuls ?

LA BARONNE, présentant le comte.

Je les dois à l'officieuse intervention de monsieur le comte Ortis.

LA DOUAIRIÈRE, d'un ton un peu goguenard.

Mais savez-vous que c'est très-beau cela, monsieur, très-chevaleresque ? (Elle s'assied, et prend un ouvrage de tapisserie.) Quel dommage que le temps des tournois et des cours d'amour soit passé ! Ce temps-là était le bon... les femmes comptaient pour quelque chose... on se contentait d'une écharpe brodée par leurs mains mignonnes... Les hommes avaient la galanterie de mourir d'une passion... aujourd'hui ils ne meurent plus que de vieillesse ou d'une chute de cheval... L'écurie a tué le boudoir.

(La baronne a roulé un fauteuil devant la cheminée, où flambe un bon feu. Elle s'y étend, arbore ses petits pieds sur les

chenets, et fait signe au comte de venir s'asseoir à côté d'elle.)

LA BARONNE.

Nous allons donc faire un auto-da-fé. (Pendant cette toute cette scène, la baronne prend les lettres une à une, les parcourt rapidement des yeux, et les passe tout ouvertes au comte, qui les jette au feu.) Celle-ci ne dit absolument rien... Celle-là pas davantage... En voici une où il n'est question que de Tamberlick, de madame Sand et de l'Alboni... Deux lignes de réponse à un assez mauvais madrigal qu'il m'avait adressé... oh ! oh ! je lui renvoie son *âme* et sa *flamme*, qu'il faisait rimer. Il m'a demandé pardon ; il m'a offert de se tuer... la belle avance ! je le renvoie aux douches et au docteur Blanche... Allons ! c'était bien la peine de les écrire... les voilà toutes anéanties.

LA DOUAIRIÈRE, à part.

Il n'y a que la coquette que l'on oublie de brûler.
(Une jolie petite fille de trois ans traverse la scène en sautant à la corde.)

LA BARONNE.

Qu'est-ce que c'est, mademoiselle ! est-ce que l'on entre comme cela ? Allons, venez ici, et ne pleurez pas.
(Elle l'embrasse et la pousse vers le comte, qui l'embrasse à son tour juste à la place que les lèvres maternelles viennent de toucher.)

LA DOUAIRIÈRE, à part.

Il me semble bien que, de mon temps, les amoureux n'étaient pas aussi bêtes que cela.

LA BARONNE.

Allez, mademoiselle, et soyez bien sage. (La petite sort.) (Au comte.) Voulez-vous me conduire à l'Opéra, ce soir... avec ma tante ?

LE COMTE.

Mais je serai trop heureux !

LA BARONNE, au comte, lui tendant sa main à baiser.

Au revoir donc, mon ami... à ce soir.

SCÈNE V.

LA BARONNE, LA DOUAIRIÈRE.

LA DOUAIRIÈRE.

Je crois que ce sera un bon mari.

LA BARONNE.

Comment ! un bon mari ?... le mari de qui ? de quoi ?

LA DOUAIRIÈRE.

Ce n'est donc pas une chose décidée ?

LA BARONNE.

Mais où avez-vous donc l'esprit, ma bonne tante ?

LA DOUAIRIÈRE.

Voilà ce qui s'appelle sortir d'une ornière pour se jeter dans un précipice... Tu n'étais que compromise, te voilà affichée... Un homme qui réclame des lettres en ton nom, qui se bat pour toi, qui paraîtra ce soir dans ta loge... mais c'est plus que si le notaire y avait passé !

LA BARONNE.

Ah ! mon Dieu ! que me dites-vous là ? Ce pauvre comte !... Mais je vais le décommander. (Réfléchissant.) Il n'y a qu'une chose à faire... oui... un parti décisif !

LA DOUAIRIÈRE.

Moi je l'épouserais.

LA BARONNE.

Par exemple !

LA DOUAIRIÈRE.

Mais, comme il ne m'offre pas sa main, je ne puis la lui demander.

LA BARONNE.

Et votre migraine, ma tante ?

LA DOUAIRIÈRE.

Mais ce n'est pas l'heure.

LA BARONNE.

Je vous demande pardon ; voyez la pendule.

LA DOUAIRIÈRE.

Et moi qui n'y songeais pas !... Je remonte bien vite dans mon appartement.

(Dès que sa tante est partie, la baronne sonne avec violence.)

SCÈNE VI.

LA BARONNE, ESTELLE.

LA BARONNE.

Mes malles tout de suite... quelques robes... une douzaine seulement... des chevaux de poste à la berline de voyage !... Dépêchez-vous ! je devrais déjà être partie...

ESTELLE.

Est-ce que madame m'emmène ?

LA BARONNE.

Oui ! Mais allez donc !

ESTELLE.

Où va madame ?

LA BARONNE.

Est-ce que je sais ?...

SCÈNE VII.

LA BARONNE seule. (Elle se met à une table et écrit.)

« Léonard, votre folie commence à m'inquiéter ; vous
» me compromettez horriblement. Forcée de vous plain-
» dre par reconnaissance, je me hâte de vous fuir par
» précaution. N'essayez pas de me suivre, mon ami ;
» j'ai trouvé un moyen de me soustraire à vos adorations
» par trop acharnées. Un parent, un ami intime de feu
» monsieur de Kœller, commande en Italie une garnison
» autrichienne. Je serai dans quelques jours à Venise,
» bien loin de vous, Léonard, et sous le toit même des
» persécuteurs qui ont mis votre tête à prix... Nous nous
» reverrons en France, je l'espère, dès qu'il vous plaira
» de devenir raisonnable. »

SCÈNE VIII.

LA BARONNE, MONSIEUR DE LANDROL.

MONSIEUR DE LANDROL.

Ma cousine, c'est moi ; voulez-vous que je m'en aille ?

LA BARONNE.

Au contraire, mon cousin, restez... vous allez me rendre un service.

MONSIEUR DE LANDROL.

Parlez, ma cousine ; voulez-vous que je me jette dans le feu pour vous ?

LA BARONNE.

A quoi bon ?

MONSIEUR DE LANDROL.

Voulez-vous que je traverse le détroit de Gibraltar à la nage ? Voulez-vous que j'aille chercher des perles à Ceylan ?

LA BARONNE.

Pourquoi faire ? Ce que j'attends de vous, c'est que vous vous installiez tout simplement sur ce fauteuil, et que vous remettiez, de ma part, cette lettre à monsieur le comte Ortis lorsqu'il se présentera tout à l'heure.

MONSIEUR DE LANDROL.

Un congé, peut-être !

LA BARONNE.

Précisément.

MONSIEUR DE LANDROL.

Ah ! ma cousine, que vous êtes bonne ! Et c'est moi que vous choisissez ?

LA BARONNE,

Oui... pour mon facteur. (Elle sort.)

SCÈNE IX.

MONSIEUR DE LANDROL seul.

Avec de l'adresse et de l'aplomb on vient à bout de toutes les femmes... Ce pauvre comte va-t-il faire une mine ! Le voici.

SCÈNE X.

MONSIEUR DE LANDROL, LE COMTE.

LE COMTE.

Vous attendez madame la baronne ?

MONSIEUR DE LANDROL.

Non, monsieur, je ne l'attends pas... Voici, du reste, une lettre qu'elle m'a chargé d'avoir l'honneur de vous remettre.

LE COMTE, lisant.

Partie !... Elle est partie !... Ce n'est pas possible !...

MONSIEUR DE LANDROL.

Vraiment ?... (A part.) Tiens, elle ne m'avait pas dit cela.

LE COMTE, à part.

Tâchons d'être homme, et comprimons notre cœur à deux mains.

MONSIEUR DE LANDROL.

Après cela, mon cher monsieur, vous savez, il n'y a pas au monde de mécanisme plus compliqué que la femme... Les serrures Fichet ne sont rien auprès... (A part.) Où diable peut-elle être allée ?

LE COMTE. (Il écrit et répète tout haut ce qu'il écrit.)

« Puisque vous allez à Venise... »

MONSIEUR DE LANDROL, à part.

Tiens ! elle est à Venise.

LE COMTE, continuant.

« Nous nous reverrons bientôt, non pas en France
» mais en Italie. J'irai braver auprès de vous les juges
» qui m'ont condamné... »

MONSIEUR DE LANDROL, à part.

Est-il assez candide ! J'ai bien envie de le consoler...

LE COMTE, écrivant toujours.

« Je mourrai à vos pieds, dans mon amour et dans ma
» patrie... »

MONSIEUR DE LANDROL.

La femme, mon cher monsieur, c'est tout simplement un joli petit monstre qui charme les yeux et choque la raison. (Le comte plie sa lettre et sort.) Ma foi ! puisqu'ils vont tous à Venise, j'ai bien envie d'y aller aussi.

ACTE III.

(A Venise, chez le général.)

SCÈNE Ire.

LA BARONNE. (Elle tient une lettre à la main.)

Le comte Ortis m'écrit qu'il va venir... Je ne puis le croire... Tout le monde me connaît ici... Il y a encore dans cette ville de Venise je ne sais quel sombre reflet du conseil des Dix. On entend des pas dans les murs, selon l'expression de Victor Hugo, et je croirais volontiers comme lui que, avant que les serrures soient faites, la police autrichienne en a les clefs dans ses poches... Ce serait courir à une mort certaine. Oh! il ne viendra pas... Après cela, quelle plus vaillante preuve d'amour donner à une femme! Oui, mais avoir la mort d'un homme sur la conscience ce doit être lourd... quoique bien porté. J'en ai le frisson...

SCÈNE II.

LA BARONNE, LE GÉNÉRAL.

LE GÉNÉRAL, baisant la main de la baronne.

On n'est pas plus charmante! Vous arrivez presque en même temps que moi... Voilà un empressement qui est de bon présage, et, si j'avais un peu de vanité...

LA BARONNE, souriant.

Je dois vous avouer, général, qu'elle ferait fausse route.

LE GÉNÉRAL.

Serait-ce donc pour me fuir que vous êtes venue?

LA BARONNE.

J'avoue que le moyen serait désastreux... Mais je suis tout simplement exilée...

LE GÉNÉRAL, effrayé.

Exilée!...

LA BARONNE.

Volontairement, bien entendu.

LE GÉNÉRAL.

J'aime mieux cela.

LA BARONNE.

Tenez, général, je veux être confiante avec vous... Vos conseils ont porté leurs fruits. J'étais poursuivie par une espèce de fou, un cerveau exalté, qui aurait fini par me compromettre.

LE GÉNÉRAL.

Un jeune homme?

LA BARONNE.

Certainement.

LE GÉNÉRAL.

Sotte demande que je vous fais là!... comme si l'exaltation et la folie pouvaient grisonner! (Soupirant.) Ah! c'est que c'est une si belle chose que cette déraison du cœur, qui fait que plus les obstacles qui la combattent sont forts, plus elle devient invincible!

SCÈNE III.

LES MÊMES, UN DOMESTIQUE.

LE DOMESTIQUE.

Un voyageur demande la faveur de présenter ses respects à madame la baronne de Kœller.

LA BARONNE, à part.

Juste ciel! serait-ce déjà lui? (Au général.) Vous permettez?... (Le domestique sort.)

SCÈNE V.

LES MÊMES, LE COMTE.

LE COMTE.

Madame la baronne, souffrez que je ne passe pas à Venise sans...

LA BARONNE.

Ah! mon cher cousin, soyez le bienvenu! Que c'est aimable à vous! Vous arrivez de Paris? Que s'y passe-t-il depuis quarante-huit heures que je l'ai quitté? Avez-vous recueilli des lettres, des journaux, des modes et des compliments pour votre cousine? Nous repartirons ensemble, n'est-il pas vrai! sous peu de jours, si cela vous plaît. C'est convenu... Mais embrassez-moi donc!

LE GÉNÉRAL, à part.

Quelle effusion!

LA BARONNE, à part au comte.

Ne me démentez pas. (Haut.) Général, je vous présente mon cousin, monsieur de Landrol, un gentilhomme charmant, que vous aimerez, j'en suis sûre,

LE GÉNÉRAL, pressant la main du comte.

Monsieur, soyez le bienvenu.

LE COMTE.

Général...

LA BARONNE.

A propos, général, je vous demande un service, dans l'intérêt de notre cher voyageur, dans le mien surtout. Permettez-moi de lui offrir, jusqu'au jour de notre départ pour la France, une petite pièce sous le toit de votre maison si hospitalière...

LE GÉNÉRAL.

N'êtes-vous pas souveraine ici? Je vais donner des ordres. (Il sort.)

LA BARONNE, à part.

Il sera plus en sûreté ici que partout ailleurs...

SCÈNE VI.

LA BARONNE, LE COMTE.

LA BARONNE.

Ah! Léonard, qu'avez-vous fait?

LE COMTE.

Je suis décidé à tout. Si je vous ennuie, vous n'avez qu'à me dénoncer.

LA BARONNE, tendrement.

Ah! mon ami, une pareille horreur! N'avez-vous pas vu à mon accueil, à cette ruse que je n'ai pas craint d'employer...?

LE COMTE.

Oui, madame, vous avez été ravissante de présence d'esprit, pleine de commisération et de bonté... J'en rends grâce à ma tête, qui ne tient plus que très-superficiellement à mes épaules...

LA BARONNE.

Vous êtes un ingrat?... Nous allons repartir pour Paris, n'est-ce pas? demain... ce soir... sur-le-champ! Et, d'ici-là, vous ne sortirez pas de l'hôtel... Il ne faudrait qu'une personne pour vous reconnaître.

LE COMTE, tristement.

C'est ici, à Venise, madame, que ma mère est morte, il y a deux ans... Sa tombe, que nul ne songe à fleurir, doit être bien abandonnée... Je ne partirai pas sans aller m'y agenouiller et prier.

LA BARONNE.

Vous n'irez pas... je vous le défends?...

LE COMTE, simplement.

J'irai, madame.

LA BARONNE, avec tendresse.

Léonard!

LE COMTE.

Que redoutez-vous?... qu'un sbire, qu'un ennemi reconnaisse en moi le comte Ortis? Mais, puisque je ne demande qu'à mourir...

LA BARONNE, avec impatience.

Mes yeux, mes terreurs, mon impatience de partir ne vous disent donc rien?

LE COMTE.

J'y ai trop mal lu jusqu'à présent.

LA BARONNE. (Elle met précipitamment son châle et son chapeau qui se trouvent sur un divan.

Je vais avec vous.

LE COMTE.

Où cela, madame ?

LA BARONNE.

Prier sur la tombe de votre mère... Elle croira que je suis sa fille.

LE COMTE.

Merci pour cette bonne pensée !

SCÈNE VII.

LE GÉNÉRAL, entrant par la droite au moment où la baronne et le comte viennent de sortir par la porte du fond.

Je le trouve très-bien, ce jeune homme, trop bien même... à ce point que je le voudrais plus mal. Assurément je ne puis que perdre à la comparaison. Ah ! les cousins ! quels rongeurs dans l'ordre social, et comme j'aurai soin d'en écheniller mon ménage !

SCÈNE VIII.

LE GÉNÉRAL, UN DOMESTIQUE, puis MONSIEUR DE LANDROL.

LE DOMESTIQUE, annonçant.

Monsieur de Landrol.

MONSIEUR DE LANDROL.

Général, je vous présente mes respects. Je vous prie de m'excuser si... mais j'arrive de Paris, et je croyais rencontrer ici ma cousine, madame la baronne de Kœller.

LE GÉNÉRAL, à part.

Encore un cousin ! mais il en pleut donc ? (Haut.) En effet, monsieur, madame de Kœller a bien voulu me faire la grâce d'accepter cette résidence... Mais vous êtes deux frères, je suppose... ?

MONSIEUR DE LANDROL.

Pas que je sache, général.

LE GÉNÉRAL.

Vous êtes bien monsieur de Landrol ?

MONSIEUR DE LANDROL.

Oui, général.

LE GÉNÉRAL.

En ce cas... mais alors... c'est qu'il me semblait que vous étiez déjà arrivé il y a une heure, cher monsieur...

MONSIEUR DE LANDROL, à part.

Est-ce que cet Autrichien se moquerait de moi, par hasard ?

LE GÉNÉRAL.

Et voilà pourquoi je vous demande si c'est à vous ou à monsieur votre frère que j'ai l'honneur de parler.

MONSIEUR DE LANDROL, à part.

Je le trouve stupide, ma parole d'honneur ! (Se frappant le front.) Ah ! à moins que le comte Ortis, pour mieux se cacher...

LE GÉNÉRAL.

Hein ! qu'est-ce que vous dites, monsieur ? Le comte Ortis, pour mieux se cacher...

MONSIEUR DE LANDROL.

Moi, général ?... je n'ai rien dit... Le comte Ortis ?... où prenez-vous cela, le comte Ortis ? En voilà un de nom !...

LE GÉNÉRAL.

J'aurai mal entendu... Madame de Kœller doit être chez elle, monsieur ; et, si vous vouliez vous donner la peine de vous faire annoncer...

MONSIEUR DE LANDROL, à part.

J'aime mieux cela... Je crois que j'allais me fourrer dans un guêpier... (Haut et saluant.) Général... (Il sort.)

SCÈNE IX.

LE GÉNÉRAL. (Il sonne violemment et marche à grands pas.)

(A un domestique qui paraît.) Allez me demander le registre des signalements au bureau de l'état-major... (Le domestique sort.) Plus j'y songe... le trouble de la baronne, ce déluge de paroles incohérentes à l'arrivée de l'autre cousin. Ici !... chez le général qui commande la place !... ce serait d'une témérité... ! On a beau s'attendre à tout avec les femmes, il y a toujours un moment où elles trouvent le moyen de vous étonner... (On apporte le registre.) Voyons un peu... Ortis... Ortis... ah ! voilà : Léonard Ortis, vingt-huit ans, bouche moyenne, nez moyen, menton moyen... Il paraît que tout est moyen dans cette figure-là... Signes particuliers : une cicatrice au coin de l'œil gauche.

SCÈNE X.

LE GÉNÉRAL, LE COMTE qui est rentré.

LE GÉNÉRAL, allant droit au comte.

La cicatrice y est... Vous êtes le comte Léonard Ortis.

LE COMTE.

Oui, général.

LE GÉNÉRAL.

A la bonne heure ! vous ne savez pas mentir, vous !

LE COMTE.

Non, mais je sais mourir.

LE GÉNÉRAL.

Veuillez me suivre, monsieur.

LE COMTE.

A vos ordres, général.

SCÈNE XI.

LA BARONNE seule.

Je croyais trouver Léonard ici... Qu'il me tarde d'être partie !... On ne respire pas dans cette maudite ville... Il me semblait que tous les yeux étaient dardés sur lui... Ah ! que je préfère mon Paris !... Mais où est-il donc ? Ici, je n'ai pas le courage de le désoler...

SCÈNE XII.

LA BARONNE, LE GÉNÉRAL.

(Le général s'arrête un instant sur le seuil de la porte, pâle, muet, regardant gravement sa jolie parente, et finit par aller se jeter dans un fauteuil, les yeux fixés sur le cadran de la pendule.)

LA BARONNE.

Bonté du ciel ! général, qu'avez-vous donc ? que se passe-t-il donc ? que regardez-vous ainsi ?

LE GÉNÉRAL.

Je regarde l'aiguille de cette pendule.

LA BARONNE.

Qu'attendez-vous de cette aiguille ?

LE GÉNÉRAL.

J'attends que l'heure soit venue de vous parler.

LA BARONNE.

A Venise, il y a donc des heures pour parler.

LE GÉNÉRAL.

Oui, madame, en certains cas.

LA BARONNE.

Puisqu'il le faut, général, attendons. (A part.) Je ne sais mais il n'est plus le même qu'à Paris ; je lui trouve ici des airs de geôlier qui me font frémir. (La pendule sonne six heures.) Eh bien ! général, est-ce là le moment ?

LE GÉNÉRAL, se levant.

Ecoutez-moi, Faustine, et tâchez d'avoir du courage.

LA BARONNE, à part.

Que va-t-il dire ?

LE GÉNÉRAL.

Votre cousin, madame, n'est-il pas votre amant ?

LA BARONNE.

L'amant de madame de Kœller !

LE GÉNÉRAL.

Ou votre amoureux... qu'importe !

LA BARONNE.

Il m'importe beaucoup, général.

LE GÉNÉRAL.

Un mot encore : la personne que vous appelez monsieur de Landrol se nomme véritablement Léonard Ortis !

LA BARONNE.

Léonard ?

LE GÉNÉRAL.

Il n'est pas Français : c'est un Italien condamné à mort.

LA BARONNE.

Condamné à mort ?

LE GÉNÉRAL.

Il vous a longtemps adorée en France, et il a eu la sublime sottise de venir vous adorer jusque sous le glaive de la loi... C'est bien insipide, n'est-ce pas? et il faut qu'un homme ait le diable au corps... Mais rassurez-vous, Faustine ; désormais vous n'aurez rien à craindre des poursuites insensées de votre adorateur... vous ne le verrez plus... Ce pauvre Léonard, il m'a tout avoué ; il a bien souffert, allez !... Croyez-moi, Faustine, une jolie femme qui ne sait point aimer sera toujours la plus inutile des femmes ; une jolie chose bien mieux qu'une personne ; un ornement, un meuble de luxe, une pendule à répétition et à musique, une fleur artificielle, tout ce que vous voudrez enfin, excepté une femme... Une femme qui n'a pas de cœur finit par n'être plus d'aucun sexe ; elle plumerait des oiseaux vivants... Vous pleurez, chère baronne, et des deux yeux encore, sans le moindre mélange de sourire ! Mais c'est très bien cela ! Je vous disais donc que, au mépris de l'hospitalité, des ordres supérieurs m'ont forcé à l'arrêter dans ma propre maison... J'ai dû être impitoyable.

(Le bruit d'une fusillade se fait entendre.)

LA BARONNE, tombant évanouie.

Vous êtes un assassin !

LE GÉNÉRAL, à part, la traînant vers un fauteuil.

Il n'a fallu rien moins que des coups de fusil pour réveiller le cœur de cette femme... un cœur qui sommeillait depuis sa naissance... la belle au cœur dormant !

SCÈNE XIII.

LES PRÉCÉDENTS, LE COMTE.

LE COMTE, se jetant aux pieds de la baronne et cherchant à la faire revenir à la vie.

Faustine ! ma Faustine adorée, reviens à toi ! Je suis là !... Ah ! général, si vous me l'aviez tuée !
(La baronne rouvre les yeux, pousse un cri de joie, et se jette dans les bras du comte.)

LE GÉNÉRAL.

Quand je vous le disais ! Maintenant mes enfants, aimez-vous le plus loin de Venise qu'il vous sera possible !... Léonard, j'ai peut-être joué ma vie pour sauver la vôtre...

LE COMTE.

Général, comment jamais reconnaître...?

LE GÉNÉRAL.

Vous m'en remercîrez plus tard en France.

LA BARONNE, tendant la main au général.

Vous êtes digne d'être aimé, et, si je n'épousais pas Léonard...

LE GÉNÉRAL, à part.

Toute réflexion faite, je lui cède volontiers la place.

SCÈNE XIV.

LES MÊMES, MONSIEUR DE LANDROL.

MONSIEUR DE LANDROL, sur le seuil de la porte.

Enfin je la trouve ! Ce n'a pas été sans peine... Bonjour, ma cousine.

LA BARONNE.

Adieu, mon cousin : le comte Ortis et moi nous repartons pour Paris.

(Elle sort avec le comte et le général.)

SCÈNE XV.

MONSIEUR DE LANDROL seul.

Comment ! elle ose le nommer à la barbe du général !... Elle le hait donc bien, ce pauvre comte, pour exposer ainsi sa tête ; et elle repart au moment où j'arrive !... mais c'est une véritable partie de barre que nous jouons là. Décidément, pour me fuir ainsi, il faut que je lui produise un bien grand effet,

FIN DES NOUVELLES DIVERSES.

HUIT JOURS AU MONTÉNÉGRO

FRAGMENTS.

I

Que le Monténégro n'a pas été aussi récemment inventé que certaines personnes paraissent le croire. — Topographie. — Gouvernement ancien et actuel. — De l'importance de la moustache au Monténégro. — Un homme pour une pipe de tabac. — Quittance d'un débiteur. — Costume national des Monténégrins.

A part ceux qui savent tout et même autre chose, comme Pic de la Mirandole, on ne savait guère, avant l'opéra de monsieur Limnander, ce que c'est que les Monténégrins; on ne l'a guère su depuis ; et aujourd'hui que le prince Danilo est venu à Paris, il y a quelques mois, aujourd'hui que nous avons vu de farouches montagnards promener, du faubourg Montmartre à la Chaussée-d'Antin, leur éclatante guniae et leur arsenal de poignards ; aujourd'hui enfin que le Monténégro préoccupe la diplomatie et fait plus de bruit qu'il n'est grand, bien des personnes se demandent encore d'où cela sort, et si, de même que certaines îles, inconnues la veille, naissent tout à coup des caprices de la mer, ce peuple exotique ne serait pas récemment descendu de quelque lune habitée pour planter sa tente en Europe.

En effet, qu'y aurait-il d'étonnant à cela, par cette époque d'émigration, de voyages, de *steamships* et de *railways* à laquelle nous vivons ?

D'ailleurs Vosgien n'en parle pas ; Lamartine et l'*Encyclopédie* elle-même se taisent sur ce point du globe ; et, quant à la *Géographie universelle*, qui prétend que les Monténégrins étaient soumis aux Vénitiens, dont ils n'ont même jamais été tributaires, elle aurait tout aussi bien fait de n'en rien dire.

Cependant le Monténégro existe , on aurait mauvaise grâce à vouloir le nier. Il date même de loin, car, avant d'être soumis aux Romains, il l'avait été aux rois d'Illyrie, qui avaient leur résidence à *Scodca*, aujourd'hui Scutari.

Mais il ne suffit pas de dire qu'il existe, il faut encore le prouver, et dire où il perche... *perche* est le mot.

Le Monténégro est donc situé entre les 36e et 37e degrés de longitude et les 42e et 43e de latitude.

Il est borné à l'est par le cadalik d'Antivari et la Zante supérieure; au midi, par les bouches du Cattaro, depuis le Pastrowichio jusqu'à la province de l'Herzégovine ; à l'ouest, par l'Herzégovine; au nord, toujours par l'Herzégovine et par les montagnes supérieures de l'Albanie propre, ce qui équivaut à être environné de trois côtés par le territoire turc et du quatrième par l'Albanie ex-vénitienne.

Le Monténégro se divise en cinq parties nommées *nahids*, c'est-à-dire départements, qui sont : la Katunska, la Rieska, la Pessiwaska, la Siesanska, et la Czerniska. Tout cela rime, comme l'on voit, et les poëtes nationaux doivent avoir beau jeu.

Chacune de ces parties se compose de différents comtés; ces comtés se forment de plusieurs communes, dont ils sont les chefs-lieux.

Dans l'origine, le peuple monténégrin choisissait immédiatement ses chefs. Chaque village nommait un voïvode, ou capitaine de la commune. Chaque nahia, ou province, élisait deux chefs nommés sardars.

La réunion des sardars choisissait le chef suprême de la nation, qui prenait le titre de gouverneur. Quelquefois c'était le peuple en masse qui l'élisait lui-même; il arrivait aussi que le peuple le destituait et lui tranchait la tête. Malgré cet inconvénient, peu à peu cette dignité, ou cette décollation, selon que vous voudrez l'appeler, était devenue transmissible de père en fils. Ses attributions (de la dignité, bien entendu) consistaient dans la direction générale des affaires politiques et militaires du pays.

Aujourd'hui, le chef ou *vladika* et les cinq sardars sont élus par les knès, plus la Russie, qui s'en mêle bien un peu par-ci par-là, sinon beaucoup (1); ceux-ci le sont par les voïvodes, et ces derniers par les communes.

Le vladika vit de ses revenus particuliers ; ils consistent en possessions foncières, en nombreux troupeaux, et en une part à la pêche.

Il est toujours plus ou moins décoré de quelque ordre de Sainte-Anne ou de Saint-Vladimir, et on prétend que le czar lui fait et lui retire tour à tour, selon que le vent tourne, quelques mille ducats de pension.

Le Monténégro est une chaîne de hautes montagnes qui

____

(1) Knès signifie le plus ancien des primats; il jouit d'une grande influence, et a le premier voix délibérative dans les assemblées. C'est en un mot l'oracle de la contrée. Il ne porte aucune marque distinctive.

s'étendent depuis la vallée de Garba, le long de l'Herzégovine, jusqu'aux confins du district de Castel-Nuovo, du nord au sud, et, sur toute la province de Cattaro, de l'est à l'ouest. La situation est assez semblable à celle des Alpes et de la Suisse, mais en général d'un style plus sévère et d'une physionomie plus lugubre, en sorte qu'au premier aspect de tant d'effroyables rochers qui se dressent les uns sur les autres, comme Pélion sur Ossa (la comparaison est bien vermoulue), ce pays, pour quiconque n'a pas eu le temps de l'observer dans ses détails, paraît dénué de toutes ressources. On verra toutefois qu'il s'en trouve d'assez importantes, susceptibles d'accroissement par une industrie plus appropriée au sol qu'elle ne l'a été jusqu'aujourd'hui et qu'elle ne le sera sans doute de longtemps.

Le climat est infiniment plus doux que celui de la Suisse. Au fait, c'est celui de l'Epire de Pyrrhus et de la Macédoine d'Alexandre, dont le Monténégro est un démembrement. Il tira son nom de sa situation et de son aspect même ; ses masses énormes, autrefois couvertes de sapins, paraissaient noires de tous les côtés et sous tous les points. De là le nom illyrien de *Czernagora*, ou montagne Noire.

Les Monténégrins sont, en général, grands et bien faits ; ils ont les traits réguliers, le port noble, la démarche libre mais fière, théâtrale et presque audacieuse. Tous portent la moustache ; elle est d'obligation, et le plus grand outrage qu'on puisse leur faire est de la toucher ou d'en parler avec dédain.

Un trait suffira pour le démontrer.

Le 6 août 1810,, jour de *bazaro*, c'est-à-dire de marché, un Monténégrin était attablé dans un *casin*, d'où nous avons fait *cassins*, je suppose. Deux soldats italiens s'y présentent : l'un prend, en entrant, la moustache du campagnard et lui dit : « *Dobro jutro brate.* » Ce qui signifie : Bonjour, frère.

Il semble, n'est-ce pas, que l'aménité de la phrase devait amoindrir un peu l'insolence du geste ?

Eh bien, non ! Le montagnard tire un pistolet de sa ceinture, l'arme, ajuste le soldat, lui fait sauter la cervelle, et disparaît aussitôt sans que personne songe à l'arrêter, tant l'action paraît juste et le châtiment mérité.

Ceux des monts supérieurs se distinguent par leur cruauté ; ce sont de vrais sauvages retranchés dans des lieux inaccessibles, et que la justice divine peut seule atteindre.

Qu'on en juge :

Un d'eux voit sur une hauteur un homme qu'il ne reconnaît pas, et dit à son compagnon :

— Je parie le tuer du premier coup.

— Je t'en défie.

— Une pipe de tabac.

— Soit.

Il tire, tue le voyageur, reçoit le tabac, l'allume et court chercher la dépouille du malheureux... C'était son frère !

Un autre réclame d'un habitant de Cattaro une somme que ce dernier se trouve dans l'impossibilité de lui payer à l'instant.

— Payes-tu ou non ? — lui dit-il.

— Non, je ne puis.

— En ce cas, voilà la quittance.

Et il le tue net d'un coup de pistolet.

Hâtons-nous d'ajouter que ces atrocités ne se renouvellent pas tous les jours.

Les Monténégrins rasent habituellement leurs cheveux sur le front jusqu'au milieu de la tête. L'homme, disent-ils à ce sujet, doit montrer son front à découvert s'il n'a point à rougir ; et, s'il a à rougir, il doit encore montrer son front à découvert pour se corriger par l'aiguillon de la honte.

La plupart portent la barbe longue ; jamais ils ne se coupent les ongles ; ils sont agiles, prompts, ardents chasseurs, et habiles à tous les exercices du corps. Ils s'abor-

dent et se saluent de la main, comme on fait dans le meilleur monde.

Leurs habits sont d'une étoffe grossière ; c'est un tissu de tricot dans le genre de celui connu sous le nom de *cadis*. Le gris blanc est généralement en usage pour la partie principale du costume ; quant au reste, toutes les couleurs, et surtout le bleu, sont mises à contribution.

L'habillement consiste en une *gunine* ou casaque à manches larges, de coupe grecque, agrafée sur la poitrine ; l'un des deux pans est retroussé triangulairement sur le côté gauche. La veste se porte dessous et ne se voit pas. La chemise, sans collet, et non sujette aux entraves du pantalon, flotte en pleine liberté jusqu'aux genoux, et forme une espèce de jupon court. On porte indistinctement des pantalons serrés ou des culottes à la demi-turque, fort larges. Elles sont fixées à la ceinture par un fort cordon de cuir passé dans une gaîne ; on les arrête au bas par une garniture de mailles, au luxe de laquelle on attache beaucoup de prix. Les chaussures, de laine, sont brochées de couleurs très-vives. Les Monténégrins dédaignent les semelles de cuir ; ils portent les espadrilles ou *opankes*, espèce de chaussons de peau de chèvre, d'une seule pièce, qui prennent la forme du pied par la manière dont ils y sont attachés.

Les jours de gala, ils portent par-dessus la gunine une veste sans manches, de velours vert, cramoisi ou noir, brodée de soie. Un bonnet d'étoffe rouge ou violette couvre leur tête l'été comme l'hiver ; il y est fixé par un mouchoir de couleur qui lui donne la forme d'un turban assez mesquin.

Indépendamment des agraffes, la casaque est fixée par une longue écharpe de laine bariolée ; au-dessous de la ceinture est une espèce de ceinturon auquel pendent deux petites gibernes de cuir : l'une pour la poudre, l'autre pour les balles, qui sont *articulées* et fort dangereuses.

Ajoutez à cela un pistolet à droite, un pistolet à gauche, un kanjiar au milieu, un fusil en bandoulière, une outre et un havresac sur les épaules, une *struka* imperméable, c'est-à-dire un grand châle de poil de chèvre, garni de longues franges aux extrémités, par-dessus le tout, et vous aurez un Monténégrin au grand complet, prêt à affronter toutes les privations, toutes les fatigues et tous les périls. J'allais oublier une longue pipe garnie d'un bout d'ambre, qu'ils ont toujours à la main quand ils ne l'ont pas à la bouche, et à la bouche quand ils ne l'ont pas à la main.

Jamais un Monténégrin ne fait un pas sans être muni de toutes ses armes ; il pourrait lui arriver peut-être d'oublier sa gunine ou ses espardilles ; mais, n'allât-il que chez le voisin pour lui demander l'heure qu'il est à sa sa clepsydre, vous le rencontrerez toujours armé de pied en cap.

Nul ne peut changer l'habit national, ni le modifier, ni l'augmenter dans la moindre de ses parties. Dès qu'un Monténégrin revient de l'étranger, fût-ce du boulevard de Gand, où il se sera, je suppose, promené en bottes vernies et en paletot, il doit aussitôt reprendre le costume de son pays.

II

Les femmes du Monténégro. — Leur beauté. — Costume. — De l'inutilité des sages-femmes dans ce pays. — Mœurs. — Baptêmes. — Comment on y traite les infidèles. — Maria Glawinovich et Sara Jussich. — Jeanne Stilich et Dragho Collorovich. — D'une Monténégrine trop tendre et d'un sergent français trop volage. — Statistique conjugale.

La nature devait aux femmes du Monténégro cette courtoisie de ne pas se montrer moins prodigue de ses faveurs envers elles qu'envers l'autre moitié de l'espèce, celle que nous appelons la *vilaine*, et qui chez nous a de si justes titres à cette distinction.

Les Monténégrines ont des grands yeux bien fendus et pleins d'expression ; ce ne sont pas des dents, mais de véritables colliers de perles qu'elles ont dans la bouche ; aussi, pendant l'occupation de 1806 à 1807, les Français leur ont-ils rendu de fervents hommages. Leur teint est bien en général un peu basané, en raison de la poudre de riz qui leur manque et du travail des champs qui, en général, ne leur manque guère ; mais cette chaude carnation mauresque ne leur sied pas mal ; et d'ailleurs celles qui ne se livrent qu'aux soins domestiques sont fraîches, blanches et roses comme la plus vaporeuse héroïne des ballades allemandes.

Toutes ont la poitrine large, les formes franches et robustes ; il n'y a pas à s'y tromper , elles sont ce qu'elles sont.

On sent que la vie doit circuler à l'aise chez ces belles créatures, que ces corps, dégagés de toute entrave et de tout mensonge, doivent puissamment engendrer, et qu'il y a là, dans ces poitrines maternelles, les trésors d'un lait généreux qu'elles ne doivent mendier à personne.

Nous sommes à mille lieues de la façon de vivre des Monténégrines pendant leur grossesse; rien n'y est soumis, comme chez nous, aux calculs de la mollesse, aux manéges de la sensualité et de la coquetterie. Jamais femme n'y a mis à profit sa position *intéressante* pour se faire octroyer, sous peine d'affreuse catastrophe, un cachemire impossible, un attelage fabuleux, ou le soleil monté en épingle et entouré de deux rangs d'étoiles.

Quoique enceintes, les Monténégrines n'interrompent en aucune façon ni leur manière de vivre habituelle, ni leurs travaux, ni leurs voyages ; et, jusqu'à la dernière extrémité, elles se chargent des mêmes fardeaux. Elles accouchent au hasard, en plein champ ou dans les bois, seules, sans autre secours qu'elles-mêmes, sans pousser le plus faible cri, sans faire entendre la moindre plainte.

Après s'être un peu remises, elles prennent l'enfant dans leur tablier, le portent au premier ruisseau ou à la plus proche fontaine, le lavent, suivant un certain usage de leur pays, et retournent tout simplement à leurs travaux, sans plus de fracas.

— Juste ciel ! — s'écrie la lectrice.

Et peut-être va-t-elle se trouver mal rien que d'y penser.

Quant aux enfants, on les laisse pousser au grand air, comme la première plante venue. Etonnez-vous donc que ces gaillards-là deviennent des Alcides et qu'ils escaladent des rocs escarpés à l'âge où nous ne marchons encore qu'à la lisière !

Lorsque la naissance d'un enfant est arrivée à la connaissance des parents et des amis, chacun s'empresse d'apporter un cadeau à l'accouchée : ce sont des gâteaux de miel, de maïs, ou autres mets dont elle compose un ambigu, toujours fort agréable en raison de la variété des plats et de la joie des convives. On l'appelle *babiné*.

Les enfants ont deux parrains ; mais, en revanche, ils n'ont pas de marraine. A part cela, les cérémonies du baptême ne diffèrent pas essentiellement des nôtres ; seulement on asperge le nouveau-né à outrance, et si la mère n'avait eu la sage précaution, ainsi que nous l'avons dit, de l'acclimater à l'eau dès sa venue au monde, nous ne savons pas trop comment il prendrait la chose.

Sur une table, entre quatre cierges, est un vase plein de grain macéré dans de l'eau et du miel. Après la dernière aspersion, le pope en offre une cuillerée à chacun des assistants; le reste est répandu à poignées par la chambre, puis on baise les mains de l'officiant et on se donne l'accolade.

En plaçant les enfants dans le berceau, on met à côté d'eux les attributs de leur sexe.

Pour les garçons, ce sont le fusil, les pistolets et le kanjiar. Le père, avant de déposer ces armes à côté de son fils, les montre aux assistants, les baise et les donne à baiser avec un sérieux et une solennité qui attestent l'importance attachée à ces usages. Le tir des boîtes, la mousqueterie, le son des cloches, rien n'y manque, bien que la cérémo-

nie ait lieu dans une maison privée. On donne toujours à cette occasion un grand repas, où l'on ne manque jamais de remplir les verres dès qu'ils sont vides et de les vider dès qu'ils sont pleins. On y porte les santés les plus variées ; on y forme des vœux dans le genre de ceux-ci :

« Que la sagesse soit son unique héritage !

» Qu'il brille comme l'étoile du matin !

» Que son âme soit douce comme la douce clarté de la lune !

» Qué le miel coule dans son cœur!

» Qu'il soit toujours sain comme le plus beau chêne de nos forêts!

» Qu'il se batte comme moi !

» Qu'il meure hors de son lit !

» Qu'il reste toujours libre ! etc. »

Lorsqu'il y a trop d'enfants dans la maison, ce qui arrive fréquemment, les amis et les voisins se les partagent. Il suffit pour cela d'avertir le knès et le curé. Cette formalité bien simple une fois remplie, c'est à qui se disputera l'honneur de l'adoption.

Le père adoptif, accompagné de plusieurs personnes, emmène l'enfant chez lui, et, arrivé sur le seuil de la porte, il lui dit :

— Je t'adopte, car mon cœur t'a nommé mon fils. Cette maison est la tienne ; tout ce qui est mien est tien ; que rien ne nous sépare que la mort !

Il lui pose ensuite la main sur la tête en signe de protection, et le baise au front. L'enfant s'incline profondément, baise la main de son père adoptif, et témoigne de sa reconnaissance en mettant la main sur son cœur. Le père adoptif distribue alors aux témoins, ainsi qu'à l'enfant, une pièce de monnaie sur laquelle il a fait une marque semblable à celle qu'il garde lui-même comme un acte d'authenticité.

Ces pièces, à mesure que meurent les témoins, sont déposées à la maison d'adoption. A la mort de l'adopté, on les réunit dans son cercueil.

L'habillement des Monténégrines consiste en une longue et large tunique, sans manches, sur une chemise plus longue encore et brodée, à l'antique manière grecque, des couleurs les plus éclatantes ; un tablier, formé d'un petit carré d'étoffe également brodé et frangé, est attaché sous la tunique qui reste ouverte ; une large ceinture garnie d'ornements émaillés, à cette ceinture un kanjiar fixé par une grosse chaîne d'argent, beaucoup de pierreries, de bagues d'or et d'argent aux doigts, aux oreilles et sur la tête; de longues nattes tressées pendant sur les côtés ; la barrette, les espardilles et la *struka* comme les hommes.

La coiffure des filles à marier consiste en une barrette ordinaire, où sont attachées en quantité certaines monnaies qui en couvrent tout le devant. Ce sont des paras turcs, des piastres, des jetons, des médailles.

Les plus riches (peut être est-ce un appât) se distinguent par des monnaies d'or, notamment des sequins.

Les Monténégrines sont, en général, douces, chastes, ingénues, laborieuses; elles aiment avec constance : aussi sont-elles très-jalouses et capables de se porter à tous les excès pour venger l'humiliation d'un abandon coupable.

Donnons-en quelques exemples :

Maria Glavinovitch, d'une bonne famille, s'était éprise d'un jeune Monténégrin nommé Lara Jussich. Elle céda au sentiment qui l'entraînait. Le jeune homme profite de son ascendant, comme un sauvage de Paris, et même de n'importe où, eût pu le faire, obtient tout et s'éloigne. Maria, qui voit approcher le moment où sa honte sera publique, le demande à tous les échos et finit par le rejoindre. Elle emploie tous les arguments possibles et impossibles pour déterminer le séducteur à l'épouser; elle pleure, caresse, menace, supplie, et toujours en vain. Enfin, indignée, elle lui dit :

— M'épouses-tu, oui ou non ?

— Nous verrons.

— Explique-toi sur l'heure !

— Eh bien! oui, je t'épouserai... peut-être.

— Quand ?

— Pus tard.

— C'est une date précise qu'il me faut.

— Dans un mois... ou deux.

— Il sera trop tard ; tu sais ma position : d'ici là je serai perdue.

— Soit, — dit enfin le jeune homme, dans le seul but de se débarrasser de son inflexible maîtresse ; — ce sera dans huit jours.

— Jure-le, — dit Maria en lui présentant l'image de la Vierge, — jure-le par la madone ! A l'aspect de cette image vénérée, sur laquelle les Monténégrins ne jurent pas en vain, l'infidèle se trouble, hésite, balbutie. — Eh bien ? — demande l'amante inquiète.

— Mais, Maria, il faut...

— Il faut... il faut jurer.

— Je ne puis.

— Jures-tu ?

— Non.

A ce mot, la jeune fille se précipite sur Jussich. Elle tire son kanjiar, l'en frappe au cœur, et se tue elle-même en disant :

— Voilà nos fiançailles !

Aussi, pourquoi diable les femmes portent-elles des kanjiars ?

Cependant toutes les Monténégrines ne sont pas aussi vigoureusement trempées. Voici un exemple de touchante résignation :

Jane Stilich recevait depuis plus d'un an l'hommage de Dragho Collorovich ; déjà les conditions du mariage étaient arrêtées entre les parents, lorsque des événements inattendus vinrent séparer les deux fiancés.

Six ans s'écoulent pendant lesquels Jane demeure scrupuleusement fidèle à l'absent et refuse tous les partis.

Cependant Dragho revient après avoir parcouru les échelles du Levant ; mais les voyages l'ont *civilisé*, il a appris les charmantes roueries de l'inconstance, il a laissé partout des miettes de son cœur, il a juré à vingt belles à la fois une éternelle fidélité de huit jours ; aussi forme-t-il bientôt d'autres liaisons et daigne-t-il à peine regarder son ancienne amie.

La bonne Jane en sèche de douleur ; elle dépérit à vue d'œil, car le parjure, en raison même de ses prouesses et de ses dédains, se trouve avoir acquis je ne sais quelle irritante saveur qui a doublé la passion de Jane. On a beau être Monténégrine, on est toujours un peu femme, et je ne sais trop qui a dit que, en affaires de cœur, toutes les femmes sont *la même*.

La pauvre délaissée ne connaît pas encore sa rivale, mais ses chères amies ont bientôt fait de la lui désigner. Il n'y a que les chères amies pour avoir de ces attentions délicates. Dans ses premiers transports, Jane veut l'immoler à ses ressentiments ; mais les pleurs succèdent bientôt aux emportements ; des pleurs elle passe à la réflexion.

— Je saurai souffrir, — se dit-elle avec l'accent d'une profonde douleur ; — si ma rivale, si Biela aime Dragho, quel crime a-t-elle commis dont je ne sois moi-même coupable ? Biela est plus heureuse que moi, voilà tout. J'envie son bonheur, mais de quoi l'accuserais-je ? Le criminel, c'est Dragho... L'ingrat ! il n'est plus digne de moi... je l'oublierai... si je puis.

Mais la pauvre Jane comptait sans son cœur ; elle lutta quelque temps... puis, vaincue, elle se laissa mourir de faim.

Qu'arriva-t-il alors ?

Instruits du manque de foi de Dragho, les parents de Biela lui refusèrent leur fille ; les jeunes gens le désavouèrent pour leur ami ; ils composèrent une complainte en faveur de Jane. Dragho fut mis au ban du pays, et il n'y eut plus de jeune femme dans tout le Monténégro qui daignât lui adresser la parole.

Bel exemple à suivre que ce Lovelace condamné à l'ostracisme ! Seulement, à qui les femmes parleraient-elles désormais chez nous, s'il fallait mettre ainsi les Draghos en charte privée ?

Citons encore un trait de justice populaire.

Un homme est injurié publiquement par son créancier, un créancier mal élevé, bien entendu, et qui eût infiniment mieux mérité d'être débiteur.

Survient un voisin, qui s'indigne et vend, séance tenante, une vache pour libérer son ami.

Plusieurs années s'écoulent ; le débiteur prospère et ne s'acquitte pas, tandis que l'homme généreux tombe à son tour dans l'infortune.

Hélas ! ainsi va le monde que... Mais à quoi bon redire ce que chacun sait !

Un dimanche, au sortir de la messe, à bout d'expédients et de ressources, le pauvre honteux prend le parti d'accoster son obligé, et le prie, avec tous les ménagments de l'amitié, de lui accorder quelques secours.

— Je ne puis, — répondit l'ingrat.

— Rends-moi, en ce cas, la petite somme que tu sais.

— Quelle somme ?

— Tu dois te rappeler...

— Je ne me rappelle pas ; je ne dois rien.

Le pauvre éconduit se retire la tête basse et le cœur gros, mais sans se plaindre, car il craint d'ébruiter sa ruine et de précipiter son discrédit.

Cependant, bien qu'ils eussent parlé bas, quelqu'un les avait entendus ; l'affaire transpire et vole de groupe en groupe ; chacun s'indigne d'une pareille félonie... puis on se cotise pour indemniser la victime, et l'entrée de l'église est interdite au coupable, qui voit désormais toutes les mains s'écarter de la sienne.

Nous avons dit que les Monténégrines étaient chastes ; elles le sont jusqu'au fanatisme, à désespérer Lucrèce, à distancer Suzanne ; et, s'il est vrai que le bien même a ses limites, nous dirions presque qu'elles poussent un peu trop loin cette vertu charmante.

Qu'on en juge !

Si une fille accuse les résultats flagrants de sa faute, ce n'est pas seulement un malheur de famille, mais une calamité générale. On fait des prières publiques dans les églises ; on s'en entretient partout comme d'une affaire d'État. La malheureuse victime de sa faiblesse ou de son amour est impitoyablement maltraitée, souvent exposée à la mort. Chassée de la maison paternelle, personne n'oserait lui offrir ouvertement un asile. Elle est réduite à aller se cacher dans quelque antre, où elle finit par mourir de besoin, quand elle n'est pas dévorée par les bêtes féroces. Quelquefois elle s'expatrie. Il en est aussi qui, pour ne pas survivre à leur honte, se précipitent des rochers les plus escarpés.

Mais peut-être les femmes ont-elles au moins l'une pour l'autre de ces muettes condescendances, de ces pitiés à charge de revanche, de ces complicités clandestines que le cœur inspire toujours en pareil cas aux mères, aux amies ou aux sœurs ?

Hélas ! non.

En 1807, une très-belle fille du Monténégro, nommée Hika, allait fréquemment à Cattaro, où elle se laissa séduire par les grâces d'un sergent français. Elle devint enceinte... Longtemps elle cacha son état ; mais sa sœur l'ayant découvert, une sœur ! en informa sa mère. Ces deux femmes, subjuguées par le fanatisme et par l'opinion, entraînent l'infortunée dans les bois, l'attachent à un arbre, l'éventrent et lui arrachent l'enfant palpitant.

Cela est à peine croyable, n'est-ce pas ? et pourtant cela est.

Ces atrocités sont heureusement fort rares au Monténégro, où il y a, nous le répétons, beaucoup de retenue parmi les femmes. L'adultère y est presque ignoré. Les mariages s'y contractent, comme nous le verrons plus loin, non par des motifs de spéculation et de vanité, mais par affection ou reconnaissance. En un mot, les Monténégrins aiment pour aimer, quelquefois par devoir, jamais par intérêt.

On conçoit que ce n'est pas au Monténégro que peut s'appliquer cette désolante statistique que nous avons trouvée quelque part, et de laquelle il résulterait que, sur 872,474 mariages, on compte :

1,352 femmes qui ont quitté leurs maris pour suivre leurs amants ;

2,361 maris qui ont pris la fuite pour éviter leurs femmes ;

4,120 couples séparés volontairement ;

191,023 couples se détestant cordialement, mais cachant leur haine sous une feinte politesse ;

510,132 couples vivant en guerre sous le même toit;

162,230 couples vivant dans une indifférence marquée ;

1,102 couples réputés heureux dans le monde, mais qui ne conviennent pas intérieurement de leur bonheur ;

135 couples heureux par comparaison avec d'autres plus malheureux ;

9 couples véritablement heureux.

Neuf !

Mais à quel pays, juste ciel ! cela peut-il s'appliquer ? Ah ! voilà... l ceci est une question délicate, et que nous ne nous chargerons pas de trancher.

III

De l'ignorance des Monténégrins. — Industrie. — Agriculture. Commerce. — Ressources du pays. — Métiers. — Professions. — Trafics. — Echanges. — Contrats. — Débiteurs et créanciers. — Tête pour tête. — Langage.

La plupart des Monténégrins ne savent ni écrire, ni lire, ni calculer. Ils se servent, pour faire leurs comptes, d'un bâton sur lequel ils font des entailles : à l'extrémité la plus mince sont les unités et les dizaines, à l'autre les centaines et les mille.

Ils ignorent non-seulement l'histoire du monde, mais celle de leur propre pays. Voisins de la Macédoine, ils peuvent bien parler quelquefois du vainqueur de Darius, mais ils n'en savent que le nom. Aucun d'eux ne sait où est le mont Athos. Pharsale, si voisine, n'exista jamais pour eux. La gloire de Thémistocle, les vertus d'Aristide, Xénophon, Thucydide, Hérodote, Socrate, Platon, Phidias, Appelles, tout cela est lettre morte, et à ceux qui leur parleraient de ces grands hommes, ils répondraient volontiers, comme la fausse Agnès à monsieur Desmazures : « Ces messieurs ne sont jamais venus chez ma tante depuis que j'y suis. »

Toutefois, le génie national est là. La terre est féconde, mais la semence, c'est-à-dire l'instruction, manque. Figurez-vous un diamant brut et perdu, auquel il ne faudrait qu'un lapidaire habile pour le faire chatoyer de ses mille facettes.

Il n'y a au Monténégro aucun genre d'enseignement, ni école publique, ni école privée. Aucun art, aucun métier n'y sont en honneur; les instruments aratoires attestent encore les temps les plus barbares, et il semble que, depuis Triptolème, rien n'ait été fait pour la charrue.

Toutes les étoffes en usage au Monténégro sont du travail le plus grossier; le poil de chèvre y est employé sans aucune préparation, ce qui lui donne une rudesse, une épaisseur et un poids très-incommodes. Les femmes elles-mêmes n'ont pas encore perfectionné l'art modeste des Noémi : le premier bâton venu leur sert de quenouille.

De boulangers, de bouchers, de serruriers, de menuisiers, de cordonniers, de tailleurs, il n'y en a pas ; chacun fait tout par soi-même. De cette façon, un Monténégrin n'est à la merci de personne ; il ne dépend de personne, il ne reçoit de rebufades de personne, et si sa gunine ne lui va pas bien, il a le droit de se la jeter au nez et de se traiter lui-même de ganache, sans que sa dignité soit le moins du monde compromise.

Eu égard à son étendue, le Monténégro est peu cultivé.

Il n'y a pas de manufactures, et le pays ne produit rien qui soit susceptible d'échanges. Il semblerait donc qu'il n'y a là ni exportation, ni importation possibles. Et nous nous demandons comment fait le Monténégrin pour être bien vêtu, bien nourri, pour être toujours à la tête de quelques épargnes, pour qu'il n'y ait chez lui ni mendicité, ni haillons, ni misère ?

Il ne doit, à notre avis, ce bien-être relatif qu'à l'entière liberté de son humble trafic.

La principale richesse du Monténégro consiste dans ses nombreux troupeaux ; c'est aussi sa principale branche de commerce.

Il s'exporte annuellement, par le canal du Cattaro, plus de cent cinquante mille moutons et de trente mille chèvres. Ils sont transportés de là à Venise, où l'on en consomme une partie et où le reste sert aux approvisionnements maritimes. On nomme leur chair salée et préparée *castradina*. Des quantités considérables de laine, de peaux, de graisse, se débitent en partie dans la province même de Cattaro.

Il s'exporte aussi, pour les approvisionnements de mer, un certain fromage fort bon, et pour la préparation duquel ils ont un procédé dont ils font le plus grand mystère.

Les rivières de Schinitza et de la Ricowerernovich abondent en poissons de toutes les espèces qui remontent du lac Scutari. Ils vendent aussi quelques bœufs et des mulets.

Voilà pour le négoce en gros.

Le commerce de détail consiste en bois de chauffage, charbon, fruits, maïs, miel, cire, veaux, agneaux, beurre, fromages frais, œufs, gibier de toute espèce, légumes, etc.

Leurs principaux débouchés immédiats sont : Cattaro, Risano, Robrota, Perasto, Budna, Pastrowichio, quelque fois même Castel-Nuovo et Raguse.

Ils trafiquent aussi avec les Morlaques, fréquentent les marchés de Hixich, dans l'Herzégovine, et, selon les temps et la politique du quart d'heure, ils se montrent aux marchés de Zabiak, l'un des points commerciaux les plus considérables de l'Albanie turque.

Les femmes sont seules chargées d'approvisionner les marchés qui se tiennent à Cemaïch, près de la porte de Cattaro. Elles y arrivent courbées sous des fardeaux que nos plus vigoureux campagnards pourraient à peine porter pendant une heure, tandis qu'elles descendent les montagnes les plus escarpées avec une miraculeuse agilité.

Rien n'est curieux comme de les voir, à certains passages rapides, sur le roc sec et nu, saisir la queue du dernier mulet, l'entortiller autour de leur bras, se raidir, s'incliner en arrière, et glisser ainsi à la guise et à la remorque de l'animal, qui semble dressé à ce manége, car il n'y a pas d'exemple d'un malheur survenu en pareille occasion.

Au retour des marchés qu'ils ont fournis, les Monténégrins rapportent chez eux, le plus souvent par échange, les étoffes, toiles et autres articles de mercerie qui leur manquent.

Les très-rares transactions pécuniaires se font en piastres turques et de Raguse ; on voit encore, par-ci, par-là, quelques sequins de Venise, non pas de la Venise d'aujourd'hui, mais de celle qui épousait tous les ans la mer Adriatique.

Les Monténégrins n'ont jamais eu de monnaie nationale.

Leur commerce est facile et loyal. Comme ils ne savent pas écrire, ils s'engagent verbalement en étalant la main gauche sur la poitrine, tandis qu'ils donnent l'autre à la partie contractante.

Survient-il des troubles, une guerre, des difficultés de communication, le Monténégrin ne recule devant aucun obstacle pour remplir ses engagements à l'époque fixée. Quelquefois alors le débiteur pousse l'acharnement jusqu'à gravir des rochers inaccessibles d'où il espère être vu et entendu : il crie ou fait des signaux, le digne homme, jusqu'à ce que son créancier l'ait aperçu ; alors il montre une bourse, ce qui signifie :

— Je vous apporte votre argent.

Puis il la dépose à terre, ce qui signifie :

— Venez la chercher.

Après quoi il s'en retourne aussi tranquille que s'il avait une quittance dûment notariée dans sa poche.

Le créancier arrive à son tour, le jour même s'il a le temps, le lendemain s'il ne l'a pas, fût-ce au bout d'une semaine, et il ne manque jamais une obole.

O caisses Fichet, ô coffres-forts bardés de serrures, que vous auriez donc l'air bête dans ce pays-là !

Tous les Monténégrins cependant ne circonscrivent pas leurs relations commerciales aux seules bouches du Cattaro. Il en est qui s'associent avec les armateurs de l'intérieur du canal. D'autres sont propriétaires de bâtiments en mer et font le commerce immédiat de la Méditerranée. Quelques-uns entreprennent des voyages de long cours.

Ils font aussi avec leurs voisins un singulier trafic de pâturages, sans bourse délier, et dans lequel les intérêts réciproques se trouvent parfaitement équilibrés.

Voici comment :

Pendant l'été, les chaleurs excessives arrêtent la végétation dans la province de Cattaro, à ce point que les prairies et les communaux n'offrent plus qu'une surface aride et calcinée. Les Monténégrins accueillent alors dans leurs montagnes les troupeaux des territoires de Pastrowichio et de Budna, ceux des comtés de Turovich, Lazarovich, Gluibanovich, Téodo et Cattaro.

Jusque-là tout l'avantage est pour ces derniers.

Mais pendant les froids rigoureux de leurs montagnes, ne pouvant faire refluer tous leurs troupeaux sur les points les plus propices de leur pays, où leur nombre excéderait bientôt la proportion des étrangers, les Monténégrins les envoient, à leur tour, dans les territoires de la province de Cattaro ci-dessus désignés.

C'est une sorte d'hospitalité en partie double, qui se pratique *tête pour tête*, au moyen de laquelle on conjure les inclémences du ciel, et dont tout le monde se trouve bien.

Que d'abîmes comblés, que de douleurs taries, que de catastrophes prévenues, si l'on en agissait ainsi pour toutes choses ! Dieu a mis l'équilibre partout, mais c'est nous qui semblons prendre à tâche de déranger la bascule.

Les Monténégrins parlent l'illyrien ; l'illyrien est un dialecte, bien que quelques-uns lui fassent l'honneur de le confondre avec l'esclavon ou l'ancien sarmate. Cette langue est à la fois riche et concise, énergique et harmonieuse ; elle sied également dans la bouche des deux sexes, et s'emploie aussi heureusement à moduler l'amour qu'à fulminer la haine.

Seulement, si l'instrument est bon, les instrumentistes font défaut.

IV

Lorsque, au Monténégro, une fille est recherchée en mariage par un jeune homme qui habite un village éloigné du sien, ce qui arrive fréquemment en raison de l'isolement des habitations, ce sont les vieillards qui s'abouchent pour traiter cette grave question, et cela souvent sans que les fiancés se soient jamais vus.

C'est à peu près ainsi que se marient les têtes couronnées, sauf le portrait que les fiancés du Monténégro n'échangent fort heureusement pas, en raison de ces bouches stupides, de ces yeux ronds et de ces nez rectangulaires dont je vous ai parlé plus haut ; car il est évident que la maladresse des peintres finirait par entraîner l'abolition du mariage, tandis que chez nous, où les artistes excellent à dissimuler les pattes d'oie, c'est le contraire qui arrive.

Nous sommes toujours disposés à nous marier sur portraits, quittes à regretter quelquefois plus tard de ne plus l'être en peinture seulement.

Le père du garçon, ou quelqu'un de ses plus proches parents, accompagné de deux témoins, comme pour un duel, se transporte donc chez ceux avec lesquels il désire contracter alliance. On lui présente toutes les filles comme une carte d'échantillons, et il choisit la nuance qui lui convient le mieux, sans trop se préoccuper des préférences de l'épouseur, qui est cependant bien aussi pour quelque chose dans l'affaire.

Rarement on éprouve un refus, car les distinctions d'état et de fortune n'ont aucune signification dans cet heureux pays. Les rois y épousent parfaitement des bergères, les bergers des reines, et il n'est pas rare du tout de voir un riche Monténégrin accorder sa fille à son fermier, quelquefois même à son serviteur.

La fille obtenue, on va prendre le futur et on le conduit chez elle ; dès qu'ils se sont vus, et pour peu qu'ils se conviennent, le mariage est déjà conclu. Il n'y a pas de contrat, partant pas de notaire ; leur parole suffit, d'autant que la femme n'apporte jamais en dot qu'un simple trousseau.

Dès que tout le monde a consenti, le pope se présente chez la fiancée : il s'enferme avec elle dans l'endroit le plus retiré de la maison, reçoit sa confession générale, et lui accorde la rémission de ses péchés moyennant dix *paras*, c'est-à-dire deux sous. On conviendra que ce n'est guère, et qu'il faut avoir bien peu péché, bien peu, pour racheter à ce prix toutes ses peccadilles.

Le jour suivant, le pope publie à l'église le mariage convenu, et cela, à peu de chose près, avec les mêmes formalités que dans l'Église romaine.

Pendant cette publication, les parents de la fiancée présentent à ceux de l'époux des épis de blé, un pot de lait, et un gâteau de maïs sur lequel on a figuré tant bien que mal une quenouille, des aiguilles à tricoter, et divers autres emblèmes des vertus domestiques.

Les épis témoignent à l'époux de l'abondance que la femme, par ses soins constants, entretiendra dans le ménage.

Le lait exprime la douceur de caractère et la candeur qui présidera à toutes ses actions.

Le gâteau désigne l'industrie qui la rendra propre à être à la tête de sa maison.

Emblèmes naïfs mais éloquents, qui valent bien les Spartacus dessinés d'après la bosse, les sonates chaudronnées sur le piano, les romances langoureuses, les soupirs étouffés et les œillades assassines, qui sont les glaïeux habituels de nos demoiselles à marier.

En retour, les parents du jeune homme envoient à ceux de la future un gâteau de pur froment, des grappes de raisin, quand c'est la saison, ou quelques pots de leur meilleur vin. Ils y joignent des instruments aratoires conservés de père en fils, et par conséquent fort usés, ce qui signifie que l'époux sera infatigable au travail, qu'il suivra l'exemple de ses aïeux, dont il saura honorer la mémoire en faisant fructifier des instruments qui ont été entre ses mains la source d'une existence heureuse et facile.

A Noël, les parents et amis des deux familles se réunissent chez la promise, qui, accompagnée d'un nombreux cortége, se rend à la maison de l'époux, où elle est fêtée de tous avec d'incroyables démonstrations. Sa mère la suit, portant un voile blanc dont elle couvre le visage et le sein de la jeune personne, pour lui rappeler que la modestie, la candeur, et une obéissance aveugle aux volontés de son mari doivent présider à toutes ses actions.

Après avoir reçu la bénédiction paternelle, la fille, ainsi voilée et placée entre son père et le plus proche parent de son époux, qui sont les parrains du mariage, se prépare à se rendre à l'église.

Alors commencent des décharges de mousqueterie qui ne discontinueront plus pendant trois jours.

Le pope arrête les époux à la porte de l'église, les asperge abondamment, et leur adresse des questions si bizarres qu'elles ne sauraient trouver leur place ici.

Qu'il vous suffise de savoir que ces popes sont curieux et indiscrets au possible.

Viennent ensuite les prières et une cérémonie si longue, si accidentée de signes de croix, de génuflexions et d'exercices divers, que les détails en échappent nécessairement à l'observateur le plus intrépide. Un voyageur rapporte qu'il a compté jusqu'à vingt-deux signes de croix en moins de deux minutes; il est à remarquer qu'ils ne se signent pas comme nous, mais dans le sens inverse, de gauche à droite, et que, au lieu d'ouvrir entièrement la main, ils n'y emploient que trois doigts, en s'inclinant jusqu'à terre.

La cérémonie achevée, le pope se joint au cortége et reconduit la mariée, au milieu des acclamations et de la mousqueterie, d'abord chez son père, ensuite chez son époux, où se trouve préparé un abondant repas. Elle mange séparément, sur une petite table, entre ses deux parrains. Après le dîner, on danse et l'on chante en l'honneur des époux.

Le pope est naturellement le maître des cérémonies; il tient le haut bout, porte les santés, improvise les épithalames, et sert de diapason à la joie générale, qui n'en dégénère pas moins en tumulte, mais jamais en orgie.

Pendant ces fêtes, qui durent plusieurs jours, les époux, toujours suivis de leur cortége, se promènent régulièrement dans toutes les rues et par les chemins qui conduisent aux hameaux dépendants du village ou du bourg principal. A défaut d'acte notarié, c'est un acte de notoriété qui constate l'authenticité du contrat.

Toutefois la lune de miel n'en est pas encore à son premier quartier, et le bonheur complet des époux n'est encore qu'en expectative. En effet, pendant toutes ces réjouissances, ils ne peuvent s'approcher que furtivement. La nuit, c'est bien pis encore, ils ne s'approchent pas du tout; l'épouse est gardée à vue dans sa chambre par les deux impitoyables parrains, qui s'amusent de ses impatiences.

Il n'arrive pas toujours que le postulant à la main d'une jeune fille soit agréé. Quelquefois le cœur a déjà secrètement parlé pour un autre, mais, en ce cas, le résultat est le même, et le *non* vaut le *oui*, car le jeune homme rassemble ses amis, enlève la récalcitrante, et la conduit, bon gré, mal gré, devant le pope, qui, pour quelques *paras*, les unit, en dépit de toutes les réclamations. C'est une espèce de forgeron de Gretna-Green que l'on a toujours sous la main.

Les *paras* sont, on le voit, dans ce pays-là comme dans beaucoup d'autres, des arguments irrésistibles.

L'anneau nuptial joue un grand rôle dans tout cela. Ainsi, dès qu'il a été échangé, les prétendus ne peuvent plus former d'autres liens sans un consentement mutuel, c'est-à-dire sans que l'anneau ait été bénévolement restitué, et, qui plus est, *accepté.*

Une fiancée, par exemple, se laisse prendre au doux langage d'un nouvel aspirant; elle va franchement trouver le premier en date, et lui dit :

— Voici ton anneau.

— Je n'en veux pas, — répond l'autre.

Et voilà la jeune fille réduite à rester indéfiniment *in statu quo.*

Le même pope qui bénit les enlèvements sans scrupule ne prêterait pas son ministère à une pareille union pour tous les *paras* du monde, à moins que l'anneau en litige ne fût bien identiquement présenté.

Le dépit aidant, on se voue ainsi quelquefois, de part et d'autre, à un célibat forcé; il en résulte souvent de ces longues haines de famille qui font couler tant de sang, et dont nous aurons à parler.

On divorce au Monténégro; mais ne croyez pas que l'incompatibilité d'humeur, l'infidélité, les sévices, et que sais-je encore? y soient pour quelque chose; c'est un pays de ricochets, et souvent des inimitiés survenues entre les parents les plus éloignés des époux déterminent entre ces derniers de cruelles séparations.

La femme n'a, dans aucun cas, le droit de provoquer le divorce. L'époux, lui, peut acheter ce droit, dont le pope fait trafic. On réunit alors une espèce de conseil de famille, devant lequel le susdit pope énumère longuement les griefs que le mari élève contre sa femme; puis, d'avocat ce même pope devient juge, et, sans le concours d'aucun autre tribunal, il déclare le mariage dissous.

La cérémonie du divorce consiste à présenter un bocal plein de vin aux parents de la femme, qui y trempent leurs lèvres; on le passe ensuite à l'époux, lequel refuse d'en faire autant, ce qui signifie qu'il persévère dans ses intentions de rupture. Le pope boit le reste, toujours le pope, et, prenant aussitôt le tablier de la femme, laquelle ordinairement fond en larmes, il en donne un bout à tenir à chacun des plus proches parents des conjoints; puis il le sépare en deux, au moyen d'une serpe uniquement destinée à cet usage, et prononce à haute voix ces paroles :

— Le ciel vous a désunis.

Et tout est dit... comme si le ciel pouvait être pour quelque chose dans cette serpe, dans cette coupe refusée par l'un, vidée par l'autre, et dans ce jugement inique basé sur des *paras.*

V

Les Monténégrins n'ont rien d'écrit, ni chants politiques, ni constitution civile, et cela n'a rien de bien étonnant dans un pays où, en général, on ne sait pas lire.

Tous les intérêts, tous les droits des citoyens sont subordonnés à quelques usages, dont les uns se conservent par tradition, et dont les autres, consignés dans certains manuscrits sacrés où les matières se confondent, sont déposés aux archives du couvent de Cettinge, à la disposition exclusive des chefs; ce qui n'implique pas contradiction avec ce que nous avons dit tout à l'heure que les Monténégrins, en général, ne savent pas lire et n'ont rien d'écrit.

Dans les causes civiles et ordinaires, les chefs de commune, joints à un ou deux primats, exercent les fonctions de juges; et l'on ne dira pas d'eux qu'ils s'endorment sur leurs siéges, car ils restent debout. Chacun y défend sa propre cause en place publique, à la manière de plusieurs peuples d'Orient.

Dans les circonstances solennelles, les knès, les primats, les voïvodes s'adjoignent aux premiers juges; mais cela ne s'entend toujours que des causes purement civiles.

Lorsqu'il s'agit de crimes, d'homicides surtout, la famille de la victime se venge immédiatement sur la famille de l'agresseur par la dévastation, l'incendie des propriétés et la mort des consanguins, à quelque degré que ce soit.

Il en résulte que, fussiez-vous le plus débonnaire des hommes, vous n'êtes jamais bien sûr d'être à l'abri d'une vengeance horrible, en raison des méfaits de quelque arrière-cousin dont vous avez l'agrément d'être devenu solidaire.

Heureusement que ces cas se présentent rarement, car

c'est comme une rage qui s'empare des deux familles et volcanise tous les partis. L'homme disparaît pour faire place à la brute... On s'attend à l'angle des défilés, on se lacère... Alors les usages deviennent nuls, les lois impuissantes... Trop d'intérêts sont à ménager, trop de coupables seraient à punir.

Toutefois ces vendette ne sont pas éternelles. Lorsqu'ils sont bien fatigués de carnage et repus de sang ; lorsque des siècles d'assassinats ont asouvi leur soif de vengeance; lorsqu'il s'agit de se réunir contre un ennemi commun, ou que leur âme, excédée de cruautés, succombe enfin sous le poids de l'opinion qui les repousse, les plus acharnés se décident à provoquer la *réconciliation publique*.

On réunit alors un *kmeti* ou tribunal spécial, composé de vingt-quatre vieillards des plus notables, dont douze au choix de chaque famille. Le curé de la résidence du dernier offensé ou de la dernière victime est le président-né de cette commission spéciale ; il emporte les voix si elles sont partagées ; mais cela arrive rarement, parce que les intérêts sont généralement discutés et le résultat prévu à l'avance.

Le jour de la séance, il y a messe solennelle ; des drapeaux flottent autour de l'église et à toutes les avenues ; les cloches sont en branle. Il n'y a que la mousqueterie qui, pour écarter tout emblème de guerre, n'est pas de la partie. Les membres du *kmeti* doivent être à jeun, et tous les assistans, hommes et femmes, se piquent d'étaler ce jour-là leur costume le plus brillant.

Le *kmeti* s'assemble avant la messe, pour faire le calcul des *sangs répandus*.

Une blessure, qu'on appelle *un sang*, est évaluée à dix sequins.

La mort d'un homme, qu'on appelle *tête*, équivaut à dix blessures, et par conséquent à cent sequins.

Ainsi, moyennant la bagatelle de 125 francs, un Monténégrin peut se débarrasser de quiconque l'importune. Le prix est fait d'avance, comme celui des petits pâtés, et cela nous remet en mémoire ce plaisant de Rome, fort riche, lequel, se faisant suivre dans les rues par un esclave porteur d'un sac d'argent, s'amusait à donner des soufflets aux passants et leur payait immédiatement le maximum de l'indemnité à laquelle il savait que les tribunaux avaient le droit de le condamner.

Par exemple, la tête d'un prêtre et celle d'un chef de commune coûtent sept fois plus.

Parfois, lorsque les circonstances sont atténuantes, il arrive qu'on y déroge et que l'on traite de gré à gré.

Sur les sommes comptées, le *kmeti* a le droit de retenir quarante sequins pour les honoraires de ses membres. Mais il n'use de cette prérogative qu'au bénéfice du coupable, à qui il en fait la remise aussitôt après l'acte de réconciliation.

Au jour annoncé pour la cérémonie, et par conséquent pour le payement, le greffier envoie, dès le matin, à la maison de l'offensé, douze enfants à la mamelle portés par leurs nourrices. Chacun de ces enfants tient un petit mouchoir de toile. Ils frappent à la porte, et, à la faveur de leur innocence, ils sont censés devoir attendrir l'offensé. Celui-ci résiste quelque temps, pour la forme, à leurs cris et à leurs larmes; puis il finit par ouvrir et par accepter les mouchoirs.

C'est ordinairement dans l'enceinte d'un couvent ou aux environs de l'église que le *kmeti* s'assemble. L'offensé s'y présente escorté de tous ses parents, des chefs et des vieillards de la commune, précédés du pope.

Il se forme, à l'extrémité de l'enceinte, un grand demi-cercle séparé de la multitude; c'est là que siége le *kmeti*.

L'agresseur, également escorté de ses proches, paraît aussitôt et se jette à genoux au milieu de l'enceinte. Il porte suspendue au cou l'arme meurtrière qui fut l'instrument du dernier assassinat. Puis, dans cette humble posture, il se traîne sur ses mains jusqu'en face du tribunal.

Ce doit être une souffrance terrible et une humiliation bien grande pour ces hommes indomptés.

Le pope détache alors l'arme suspendue au cou du meurtrier et la lance aussi loin que possible ; les assistants s'en emparent et la brisent en mille pièces.

Le patient déclare au tribunal qu'il accepte formellement sa décision, et demande à son adversaire s'il renonce à la vengeance et à l'inimitié.

L'offensé s'agite, pleure, semble réfléchir, il regarde le ciel, soupire, hésite. Les parents des deux partis se pressent autour de lui. On l'invite à la concorde et à l'oubli ; les colloques se multiplient, s'animent.

— Qu'attends-tu, cœur de glace ? — lui demandent les vieillards qui ont le plus d'autorité.

— *Mon âme n'est pas encore prête*, — reprend fièrement l'offensé, car il veut donner du prix à son pardon.

Alors tous s'éloignent de lui ; on l'abandonne un moment à ses réflexions, tandis que l'agresseur, toujours à ses pieds, n'ose lever les yeux, dans la crainte de rencontrer son regard.

Enfin un prêtre s'avance seul vers l'offensé, lui parle à l'oreille, et, levant la main, lui montre le ciel sans proférer un seul mot. Cette fois le courroux expire.

— Grand Dieu, — dit-il, — sois témoin que je lui pardonne !

Et, tendant une main à son ennemi, il le relève et l'embrasse.

Ce serait assurément une scène dramatique et puissante, si l'on ne savait que tout est prévu à l'avance, et que ces hésitations, ces combats, ces retours soudains à la haine et à la colère, sont dans le programme.

Immédiatement après, les arbitres et les parents des deux partis se mettent en marche, ayant en tête les deux nouveaux amis. On se rend au village de l'agresseur, qui a fait préparer un grand repas où les viandes, le vin, l'eau-de-vie, les gâteaux de maïs, le fromage et le miel sont servis à profusion. On y voit des moutons, des porcs, des veaux, renouvelés de la cuisine d'Ajax et rôtis entiers.

Les parents, les amis, les voisins, les passants, les curieux, tous ont le droit de prendre part au festin, pour lequel on a eu soin de choisir un terrain spacieux.

La somme convenue, le prix des *sangs répandus*, se compte au moment où les convives sont à table. L'argent, l'or et les joyaux sont dans un grand bassin servant aux cérémonies de l'église ; les objets d'un plus grand volume s'offrent à la main.

Quelquefois, par un sentiment de générosité et de grandeur d'âme, l'offensé refuse le tout.

De la réconciliation individuelle ainsi consacrée résulte la pacification de tous les membres des deux familles, devenues solidaires par des sermens réciproques. Il n'y a pas d'exemple que de pareils sermens aient été enfreints. Les mêmes familles peuvent bien se diviser de nouveau mais pour des motifs ultérieurs, et sans jamais revenir sur le passé.

Quant un Monténégrin a juré sur *sa moustache* et sur son honneur, tout est dit.

Une chose digne de remarque, chez ce peuple moitié sauvage, c'est que, dans aucune circonstance, ils ne comprennent les femmes dans leurs querelles.

Est-ce délicatesse ou dédain ? Prononce qui voudra.

Au Monténégro, les amendes pécuniaires, et l'ostracisme pratiqué comme au temps d'Aristide, sont les seules peines afflictives ; dans aucun cas, chez ce peuple, le moins civilisé de l'Europe, il n'y a de condamnation légale à la peine de mort. Ce qui n'empêche pas qu'on s'y tue en amateur, et très-proprement.

L'usage des contributions annuelles fixes est absolument ignoré au Monténégro, mais on s'y cotise selon les événements et les intérêts de l'Etat.

Chacun a sa propriété entourée d'une limite naturelle pas de murs mitoyens, pas d'empiétements, pas de voisins: onc pas d'avocats, pas de procès, pas d'épices, pas de magistrature à défrayer autre que celle dont nous avon parlé, et qui ne coûte rien.

L'agriculture, le commerce, l'importation, l'exportation, la chasse, l'usage des eaux et du bois, sont libres à tous ; donc pas d'huissiers, de douanes, de gardes forestiers, de gendarmes... Heureux pays que celui qui peut se passer de tout cela ?

La pêche seule a quelques entraves.

Reste la guerre, qui motive accidentellement des subsides. Mais le Monténégrin est si sobre, la guerre est tellement son élément naturel, il a si peu de chose à faire pour passer de l'état de citoyen à celui de soldat, que ces subsides se réduisent à presque rien.

Ajoutez qu'il n'y a ni ministères, ni administrations, ni bureaux, ni commis qui causent, bâillent, lisent le journal et taillent périodiquement leur plume de dix heures du matin à quatre heures du soir, et vous reconnaîtrez que c'est bien là le gouvernement à bon marché dans sa primitive essence.

Le nombre des hommes d'armes, selon l'importance des besoins, se compose de tous les hommes valides ; il n'est pas jusqu'aux centenaires qui, lorsqu'il s'agit de la défense de leurs foyers, n'offrent les dernières gouttes de leur sang. On peut donc, le cas donné, compter sur autant de soldats qu'il y a d'hommes dans le pays.

Sans doute tous ne pourraient pas résister aux fatigues d'une campagne, mais tous sont propres à un coup de main.

En calculant d'après des documents authentiques, sept à huit mille hommes peuvent se réunir, en moins de douze heures, sur le point d'attaque, quel qu'il soit. Ce nombre peut facilement s'accroître jusqu'à vingt mille, du jour au lendemain. Les moins ingambes gardent les débouchés, assurent les communications et les approvisionnements, gardent l'intérieur, et observent les mouvements de l'ennemi.

Tous manient les armes avec une adresse extraordinaire, exercés qu'ils sont dès leur enfance, au tir à la cible, au bruit, au mouvement, à toutes les images de la guerre.

Les hommes physiquement incapables d'agir s'abstiennent seuls ; encore arrive-t-il souvent qu'ils se font violence et oublient leurs maux pour voler à la défense de leur terre natale

Un exemple.

Dans la guerre contre Mahmoud Busaklia, pacha de Scutari, Giuro Lottochick (pardonnez-moi ces noms que je n'invente pas), était cloué sur son grabat par une fracture grave à la jambe. Pendant l'action, qui eut pour résultat la défaite et la mort du pacha, Giuro exigea qu'on le portât sur un rocher d'où il pouvait tirer sur l'ennemi ; on s'y opposa d'abord, mais rien ne put arrêter sa résolution ; il s'y serait traîné lui-même, à défaut d'aide. Adossé contre un roc, il tira pendant trois heures sur l'ennemi, et, quand on vint lui annoncer la victoire,

— Il était temps, — s'écria-t-il, — je n'avais plus de cartouches, et je serais mort de rage s'il m'eût fallu céder.

— Tu mourras dans ton lit, — disent à leurs enfants les pères indigènes, lorsqu'ils veulent leur prédire un avenir déshonorant.

C'est la plus terrible de leurs imprécations.

Un extrait de la *Gazette d'Augsbourg* du 10 juin dernier (1858), à propos du combat de Grahowo, entre les Turcs et les Monténégrins, en prouvera d'ailleurs plus que tout ce que nous pourrions dire à ce sujet.

Cet extrait, le voici :

« Une femme du Monténégro avait perdu ses deux fils
» dans le combat. Elle se rendit sur le champ de bataille,
» y trouva leurs cadavres et les y enterra. Elle dit à son
» mari :
» — Le sang de tes fils retombera sur ta tête si tu ne
» les venges dans les vingt-quatre heures.
» Le mari prit son fusil, passa la frontière près de Koro-
» niev, y trouva la bande de Bukelowitz qui se battait

» avec les restes de l'armée turque, chercha le chef du
» village turc, le noble Distarewitch, le tua, et lui coupa
» la tête, qu'il vint jeter aux pieds de sa femme.
» — Ta volonté est-elle accomplie ? — lui demanda-t-il.
» — Oui, — répondit-elle, — mon cœur est satisfait. »
» Le prince Danilo a partagé le butin en parts égales
» entre tous les guerriers : les blessés ont reçu deux parts
» chacun ; les familles des tués cinq parts. »

Et nous qui nous sommes tant extasiés, au collége, à propos des mères spartiates !

VI

Manière de se parler et de s'entendre à distance en usage dans le pays. — Dialogues à coups de fusil. — Fêtes de famille ou sacra. — Longévité. — Six générations à la même table. — Hospitalité des Monténégrins. — Milice canine.

Il est d'un usage très fréquent, ou plutôt général, au Monténégro, de se parler de très loin. Aussitôt que des caravanes ou des voyageurs isolés s'aperçoivent, à quelque distance que ce soit, ils se demandent d'où ils viennent, où ils vont, pourquoi et depuis quand ils sont en route.

Chez nous, de pareilles questions seraient indiscrètes ; mais il paraît que, au Monténégro, on se raconte assez volontiers ses petites affaires.

Pour se héler ainsi de loin, ils placent les deux mains aux deux coins de la bouche, en manière de porte-voix ; à chaque syllabe, ils les poussent en avant comme s'ils lançaient la parole.

Leur mode d'articulation par syllabes interrompues se combine avec le temps nécessaire à la transmission des sons d'un point à un autre et avec la durée de ces mêmes sons, comme s'ils étaient initiés aux lois de l'acoustique. Ils ont d'ailleurs la voix si nettement timbrée, et les organes si parfaits, qu'ils soutiennent ainsi de longues conversations à plus d'une demi-lieue de distance.

Les Monténégrins ont encore une langue à eux, pour laquelle il n'y a pas de grammaire, que je sache ; ils se parlent à coups de fusil, et chaque explosion, plus ou moins rapprochée, exprime une phrase entière. Ils s'annoncent ainsi les grands événements, et s'avertissent réciproquement pour les fêtes de village. C'est un idiome précieux en cas de maladie du larynx, et dont on ferait bien de créer une chaire, non pas au collége de France, mais au polygone de Vincennes.

Les Monténégrins ont des fêtes de famille ou *sacra*, consacrées annuellement à la réunion de tous les rameaux d'une même tige, depuis les centenaires jusqu'à l'enfant au berceau ; chacun étale alors à l'envi ce qu'il a de plus beau et de plus précieux. Si quelque chef de famille s'avisait de manquer à cet usage immémorial, on en préjugerait le désordre de ses affaires, et il en perdrait tout crédit. Aussi s'y prend-on longtemps à l'avance pour ne pas manquer d'argent à l'époque désignée.

Le trafic des bestiaux n'a-t-il pas été fructueux, les rentrées de fonds n'ont-elles pas eu lieu, la gêne a-t-elle frappé à la porte d'une maison ? on a soin d'aller vendre au loin quelques objets précieux, pour satisfaire honorablement au cérémonial des repas usités en pareille circonstance. C'est le seul cas où le Monténégrin mange son blé en herbe.

Il y a toujours un ou plusieurs popes qui président à la fête. Les repas se font en trois ou quatre actes ; c'est un mélange de cérémonies civile, gastronomique et sacrée.

Il n'est pas rare de voir six générations réunies à ces fêtes de famille.

Le colonel Vilia, qui a été gouverneur de la province

de Cattaro, de 1807 à 1813, rapporte avoir assisté à ce touchant spectacle, renouvelé d'Abraham et de Jacob : Le sixième aïeul avait cent dix-sept ans, — son fils en avait cent, le petit-fils touchait à le fin de sa quatre-vingt-deuxième année, l'arrière-petit-fils en avait soixante accomplis, — le descendant de celui-ci en comptait déjà quarante-trois, — le suivant vingt et un, — et enfin le dernier avait deux ans... Le vieillard but jusqu'à la dernière rasade, et resta à table jusqu'à la dernière prière ; après quoi tous allèrent, dans le plus respectueux silence, le baiser à la poitrine et recevoir sa bénédiction.

Ils ont des nuances très subtiles de déférence et de vénération pour l'aînesse graduée.

Quelles sont les sources précieuses d'une pareille longévité ? Eh ! mon Dieu ! la tempérance, l'activité, les occupations régulières, une nourriture simple et saine, des mœurs pures, l'absence des soucis qui rongent et de l'ambition qui dévore : voilà tout le secret.

Ne dirait-on pas, après cela, qu'il est bien facile de vivre longtemps ?

Hélas ! il paraît que non.

Les Monténégrins sont très hospitaliers.

— Nous mourrons avant toi ;

— Sois compté parmi ceux de notre famille ;

— Plutôt notre tête qu'un seul de tes cheveux ;

Telles sont les formules par lesquelles ils accueillent les étrangers.

Cependant chaque village, surtout ceux des montagnes supérieures, est gardé comme une forteresse dans laquelle on n'entre pas sans préliminaires. Les indigènes savent cela ; aussi, arrivés à quinze ou vingt pas d'un hameau, le chef de la caravane s'avance seul et crie à haute voix :

— Que le premier qui m'entend avertisse que nous voulons entrer dans ce village.

Alors les hommes d'armes du hameau se rassemblent à la hâte ; tous les chiens du pays, réunis au sifflet, forment un bataillon prêt à en défendre l'entrée, et le colloque suivant s'établit à distance :

— Que voulez-vous ?

— Etre parmi vous.

— Attendez.

Arrive un vieillard escorté de deux hommes armés, absolument comme le caporal qui va *reconnaître troupe*.

— Qui êtes-vous ?

— Monténégrins.

— Que demandez-vous ?

— L'asile.

— Combien êtes-vous ?

— Tant.

— Où allez-vous ?

— A tel endroit.

— Qu'allez-vous faire ?

— Telle chose.

— Vous promettez de ne pas troubler notre repos ?

— Nous le promettons.

— Faites vos signaux.—Le chef fait alors certains signes de la main et des armes, sorte de franc-maçonnerie au moyen de laquelle ils se reconnaissent comme concitoyens. — Avancez, et soyez les bienvenus.

Etonnez-vous, après cela, que ce peuple, pâtre aujourd'hui, soit soldat le lendemain sans s'apercevoir de la transition.

Nous venons de parler d'une milice canine qui mérite bien quelque détail. D'un gris sombre, le poil hérissé et dur, ces chiens sont d'une espèce toute particulière. Sans être d'une grosseur démesurée, ils ont la forme et la férocité du loup, et font un vacarme horrible à l'aspect d'un étranger. Malheur à celui contre lequel ils sont provoqués ! Avec cela que, comme les lamproies de Trimalcyon, les murènes de Crassus, ils sont très friands de pâtée humaine.

VII

La religion chrétienne qu'on professe au Monténégro est le rite grec schismatique, ou, pour mieux dire, c'est le rite grec servien, qui diffère beaucoup de celui de l'Eglise grecque proprement dite, et dont néanmoins il dérive.

On y reconnaît les mêmes sacrements que chez nous, mais non les mêmes dogmes. Le clergé y est *donatiste*, puisqu'il nie la valeur du baptême de l'Eglise catholique romaine ; aussi rebaptise-t-il les néophytes en leur adressant les trois interrogations suivantes :

— Renonces-tu au pape ?

— Renonces-tu à la croix romaine ?

— Renonces-tu au jeûne du samedi ?

Le néophyte renonce, cela va sans dire, et tout le monde est content.

Le pope monténégrin a en horreur nos cérémonies et nos sanctuaires ; pour rien au monde, il ne consacrerait sur nos autels avant de les avoir fait gratter et purifier ; mais le plus souvent il les détruit pour en faire édifier d'autres.

Ils sont iconoclastes, et honorent néanmoins certaines images peintes sur bois, selon l'usage antérieur au quatrième siècle ; mais ils affectent le mépris le plus outrageant pour nos peintures à fresque ou sur toile, ainsi que pour les statues des saints.

Somme toute, cela est fort heureux ; car, s'ils aimaient les tableaux, ce serait une pauvre bien malheureuse.

Ils croient à force d'aumônes (nous aimons cette croyance), tirer les âmes *du plus profond abîme des enfers*, et les faire monter à *la région des béatitudes*.

Ils n'admettent pas le péché par pensée, tolèrent les enlèvements, ainsi que nous l'avons vu, et consacrent le divorce.

Le clergé est simoniaque en ce qu'il absout le voleur, pourvu que ce dernier lui abandonne une part du vol ; en d'autres termes, moyennant une certaine remise pécuniaire, le confesseur prend sur soi la responsabilité du péché et la satisfaction que le pénitent doit à Dieu. C'est fort commode assurément, mais reste à savoir comment Dieu s'arrange de cette substitution.

Les popes n'administrent le viatique qu'après en avoir stipulé le prix, soit en argent, en effets ou en denrées. Tant pis pour vous si vous mourez avant la conclusion du marché.

Dépourvu de livres et ne sachant que la langue esclavone, le clergé grec a longtemps vécu dans la plus dégradante ignorance ; de là devait résulter évidemment celle du peuple. Aussi, peu de Monténégrins, même aujourd'hui, savent-ils les prières ordinaires. De prêcher la morale, il n'en est pas question ; tout se passe en cérémonies bizarres et en oraisons qui ne unissent pas.

Les disciples de Pythagore, interrogés sur le *pourquoi* de leurs opinions, se bornaient à répondre :

— Le maître l'a dit !

Eh bien ! il suffit qu'un prêtre grec désire ou dise quelque chose pour que le peuple s'y conforme avec une abnégation qui fait plus d'honneur à sa docilité qu'à son intelligence. Jamais un Monténégrin ne rencontre un pope sans se découvrir, sans porter une de ses mains sur sa poitrine, et, de l'autre, prendre celle du prêtre qu'il baise respectueusement. Dès qu'il entre dans une maison, chacun se prosterne à ses pieds.

Les jeunes filles ne paraissent à l'église que deux fois

par an : à Pâques et à Noël. Les femmes y sont séparées
pes hommes par une tribune grillée, située au-dessus
de la porte principale, là où nous plaçons les orgues.

Ils ont un chant nasillard et d'une discordance insupportable ; joignez à cela un abandon dans les gestes et
un dandinement qu'il est difficile de voir sans oublier le
respect que l'on doit à la maison du Seigneur.

Un usage respectable et solennel est celui de la bénédiction des maisons deux fois par an, au commencement
du printemps et de l'hiver. C'est une grande époque au
Monténégro, où l'on croit que la prospérité ou la déca-
dence d'une famille dépend du degré de ferveur que
l'on a apporté à cette cérémonie.

Disons en passant que les maisons à un seul étage sont
toutes construites sur le même plan, en très-grosses
pierres taillées avec beaucoup de soin, et couvertes de
dalles brunes placées au hasard et sans régularité. Aussi
résulte-t-il de ce laisser-aller d'une part et de cette symétrie de l'autre les aspects les plus bizarres. Qui entre chez
l'un entre chez l'autre.

A part quelques sybarites, les Monténégrins couchent
en général par terre, sur des nattes et sur des tapis de
lisière. Les meubles sont réduits à leur plus simple expression, ce qui exclut toute idée d'entreprise de démé-
nagement et de commissaires-priseurs dans ce primitif
pays.

On s'y assied sur des pierres ou des escabeaux de gros
bois. Une ou deux planches suspendues à des tringles
supportent le laitage et les aliments. Les habits sont
accrochés à des chevilles dans quelque angle. Les papiers
précieux (on pense bien qu'ils sont rares), l'argent, la
vaisselle, les bijoux, sont renfermés dans des coffres.

Le seul luxe national consiste dans la quantité, l'excellence et la richesse des armes.

Les popes sont mariés, mais non les moines. On leur
assigne une portion de terre qu'ils doivent cultiver en
personne, aidés de leur famille.

Les Monténégrins ont plusieurs carêmes très-longs et
très-rigoureusement observés.

L'usage des grenouilles leur est interdit, et ils considè-
rent avec le plus souverain mépris ceux qui en mangent,
à quelque culte qu'ils appartiennent.

Cette expression vulgaire : *Manger la grenouille*, ap-
pliquée aux concussionnaires, nous viendrait-elle, par
hasard, du Monténégro ?

VIII

Des morts. — Funérailles. — Pleureuses. — La barque de Caron. — Commissions pour l'autre monde. — Qu'il suffit de
mourir pour être parfait. — Causeries d'outre-tombe. — Virgile et Scarron.

Lorsque meurt un Monténégrin ou une Monténégrine,
on n'entend que pleurs, gémissements et cris dans toute
la famille ; les femmes, extrêmes en tout, se frappent
d'une manière effrayante, s'arrachent les cheveux, se
déchirent le visage et la poitrine,

Le mort, exposé pendant vingt-quatre heures, le visage
découvert, est parfumé d'essences, jonché de fleurs et
d'aromates, à la manière des anciens. Dès que survient
un nouveau venu, les lamentations recommencent de plus
belle. Et ne croyez pas que ce soit là un simulacre d'affliction, des comédies d'héritiers charmés et de veuves
ravies de l'être ; ce sont de vrais sanglots, des hurlements
à fendre un rocher. Quand arrive le pope, les cris redou-
blent.

Au moment où l'on va porter le défunt hors de la
maison, les parents lui parlent à l'oreille, le chargent de
mille choses aimables et de commissions à l'adresse des
défunts de leur connaissance. On ne dit pas s'il a soin
d eles inscrire sur son carnet pour ne pas les oublier.

Ensuite le mort, recouvert d'un suaire, sauf le visage
qu'on ne cache jamais, est porté à l'église ; pendant la
marche, des femmes spécialement vouées à cet emploi
chantent en *pleurant*, la vie du défunt lequel, cela va
sans dire, a toujours eu beaucoup de vertus.

Avant de le mettre en terre, les plus proches parents
lui attachent au col un morceau de gâteau et lui mettent
en main une pièce de monnaie... peut-être pour payer
au nautonier Caron le prix de son passage.

Alors, à travers des fleuves de douloureux sanglots, on
entend les apostrophes suivantes :

— Pourquoi nous as-tu quittés, mon ami ?
— Pourquoi délaisser ta famille ?
— Ta pauvre femme t'aimait si tendrement !
— Elle te soignait de si bon cœur !
— Elle te préparait de si bonnes petites choses !
— Tes fils t'obéissaient si respectueusement !
— Tes amis te secouraient en tout ?
— Tu possédais de si beaux troupeaux !
— Le ciel ne bénissait-il pas toutes tes entrepri-
ses ? etc., etc.

Dès que la poussière est retournée à la terre d'où elle
est sortie, le pope et tout le cortége s'en reviennent à la
maison mortuaire, où l'on assiste à un grand repas alternativement interrompu par des chants bachiques et des
prières en l'honneur du mort.

On le voit, les Monténégrins, et surtout les popes, sai-
sissent volontiers toutes les occasions de manger.

Il est de rigueur qu'un des convives improvise une
complainte, laquelle arrache des larmes à toute l'assistance, et la force ainsi, malgré elle, à mettre de l'eau
dans son vin. Le chanteur se fait accompagner de deux
ou trois monocordes dont l'aigre discordance ferait volontiers pleurer d'un œil et rire de l'autre.

Les hommes laissent croître leur barbe en signe de
deuil. Pendant la première année, les femmes se couvrent la tête d'un ruban noir ou bleu, selon le degré de
parenté et le temps écoulé depuis le décès.

Il y a toujours et partout des rubans dans la douleur
de la femme.

A chaque fête solennelle, les Monténégrines vont pleurer au tombeau de leur mari ou de leurs fils ; elles y
jettent des fleurs nouvelles et des plantes odorantes. Si,
par hasard, elles ont manqué une seule fois à ce pieux
devoir, elles en demandent pardon au mort, et lui ren-
dent compte des motifs de leur absence, comme s'il vivait
encore et pouvait les entendre ; puis elles causent avec
lui, lui demandent des nouvelles de l'autre monde, ce
qu'il y fait, s'il s'y amuse, et si, comme le prétend Scarron,
d'après Virgile :

> On y voit l'ombre des cochers,
> Armés de l'ombre d'une brosse,
> En frotter l'ombre d'un carrosse.

IX

Préjugés populaires. — Superstition. — Sorciers. — Brucolaques. — La résurrection de Zanetto. — Ni médecins ni malades. — La bûche de Noël. — Saint Basile. — D'un poirier,
d'une tige de persil, d'une morsure et d'un soufflet.

Dans aucun pays du monde, la croyance aux revenants,
aux sorciers, aux malins esprits, n'est plus invétérée
qu'au Monténégro. Les fantômes, les rêves, les hallucinations les plus bizarres y bouleversent toutes les cervelles.

Rien n'égale, par exemple, la terreur qu'inspirent à ces
farouches guerriers les *brucolaques*, c'est-à-dire les cadavres des individus frappés d'excommunication, jetés au
hasard sans sépulture et à la merci de tous les outrages.
Ils feraient dix lieues de détour pour les éviter. Bien habile
e démonographe qui ferait la longue histoire des démons

ayant cours chez eux, et de toutes les aventures surhumaines qu'on en raconte !

Quelques-uns poussent la monomanie jusqu'à se figurer qu'ils voient les ombres de leurs aïeux planer dans les nuages et sur leurs têtes.

Lorsque la cause de la mort d'un Monténégrin reste inconnue, soit qu'on suppose cette mort violente ou naturelle, les parents font crier par trois jeunes enfants, dans tous les quartiers du village, la formule suivante en langue illyrienne.

« Le vautour est venu dans notre hameau ; il nous
» annonce que notre frère, notre cousin, notre ami (selon
» le cas), a péri par punition divine ou par le ressenti-
» ment d'un cruel ennemi. Dans le premier cas, plaignez-
» le ; dans le second, vengez-le, et que le sang paye le
» sang ! »

Il y a quarante à cinquante ans tout au plus que l'usage de laisser les morts exposés pendant vingt-quatre heures avant de les inhumer a prévalu. Au Monténégro, et en général dans toute la Grèce, on les enterrait au bout de huit ou dix heures, et il en résultait parfois d'étranges résurrections. Quant à celles qui pouvaient survenir trop tard dans le sein de la terre, Dieu seul en a le secret.

Un ivrogne, du nom de Zanetto, est surpris un soir par une averse épouvantable. Il rentre chez lui tant bien que mal ; ses espadrilles, comme les bottes de Panurge, prenaient l'eau par le col de sa chemise ; il se jette tout habillé sur son lit. Brûlé d'alcool et glacé de pluie, le voilà en proie à d'horribles convulsions... Il est bientôt sans chaleur, sans mouvement, sans respiration. A huit heures du matin, on l'inhume sans lui tenir aucun des discours habituels, dans la persuasion où l'on est qu'un homme mort dans l'ivresse n'a plus sa raison, ce qui abrège la cérémonie.

Pour transporter le défunt de chez lui à l'église, il fallait gravir un affreux chemin, et en descendre un plus affreux encore. L'inégalité du sol, accidenté partout de rocs et de grosses pierres, suscitait aux porteurs, et par contre à l'ivrogne, de violents soubresauts dont l'un réveilla Zanetto... Il s'agite, se frotte les yeux, se lève brusquement, regarde autour de lui, et s'écrie d'une voix formidable :

— Où diable me conduisez-vous, ivrognes que vous êtes ?

A ces mots, les porteurs, comme frappés de la foudre, le laissent tomber et prennent la fuite à toutes jambes ; ceux qui suivaient le cercueil se précipitent dans les vignes en poussant de grands cris. Ceux qui le précédaient courent pêle-mêle vers la ville voisine, où ils vont jeter la consternation et l'épouvante.

Les popes seuls, rendons-leur cette justice, se prosternent et font assez bonne contenance.

— Voilà ce que c'est que d'avoir laissé de quoi se faire enterrer, — poursuivit Zanetto ; — à l'avenir, je boirai tout... Menez-moi au cabaret ! — Les popes se récrient : — Menez-moi au cabaret, vous dis-je, — reprend le ressuscité. — Vous n'aviez qu'à me laisser chez moi... Maintenant que je suis sorti, et puisque aussi bien je suis en voiture, je veux en profiter.

— Mais, malheureux... !

— Allons, attelez-vous, où je vous jette pour tout de bon là où vous alliez me conduire.

Les popes s'attelèrent, et Zanetto, qui était sorti pour aller au cimetière, descendit du corbillard à la porte du cabaret.

Mais c'est là un trait d'irrévérence fort rare au Monténégro, où les esprits forts n'abondent pas.

Ils n'ont ni médecins, ni chirurgiens... ni malades.

Et de quoi voudriez-vous que souffrissent des hommes tempérants, vigoureux et actifs ? Par-ci, par-là, une fracture, une hernie, un coup de feu, une balafre... Mais il y a de vieux paysans initiés aux vertus de certaines plantes,

qui entreprennent gratuitement ces cures-là et y réussissent parfaitement.

Les Monténégrins ont été des premiers à comprendre les bienfaits de la vaccine et à l'adopter.

L'usage de mettre une grosse bûche au foyer la veille de Noël date, chez eux comme chez nous, de fort loin ; seulement, ils l'entourent de pratiques superstitieuses qui nous sont inconnues. Ainsi, ils dépouillent de son écorce un tronçon d'arbre de cinq à six pieds de long, l'ornent de fleurs et de branches de laurier disposées en guirlandes spirales ; on l'arrose de parfums, ou, à défaut, de résine et de plantes odorantes. Les femmes seules, parées de leurs plus beaux atours, la mettent au feu en grande cérémonie. Viennent ensuite l'inévitable festin, les chants et la danse, interrompus à chaque instant pour aller observer les résultats de la combustion. Si quelques feuilles de laurier réduites en cendre ont conservé leur forme, c'est de bon augure ; si au contraire elles tombent divisées, c'est un présage sinistre que l'on cherche à conjurer par des invocations et des prières.

Voyez un peu à quoi tient le bonheur ou le malheur d'une famille !

Le saint patriarche Basile est le patron du Monténégro. Ses reliques sont offertes à la vénération des pèlerins, dans le monastère qui porte son nom, situé près de Comani. Les Bosniaques, les Serviens, les Morlaques, les Albanais y accourent en foule.

Quelques traits feront juger du crédit dont jouit ce saint :

Un jour qu'il mangeait une poire, appuyé sur le parapet de sa terrasse, il en jeta les pépins au hasard : le lendemain, on vit planté dans le roc sec un magnifique poirier couvert de fleurs d'un côté, et, de l'autre, chargé d'une quantité innombrable de fruits magnifiques prêts à être cueillis. Notez que cela se passait au mois de février.

Une autre fois, le saint, qui était aussi un habile docteur, avait besoin de persil pour un remède : or, il n'y en avait nulle part. Saint Basile se met en prières. Aussitôt un oiseau, au plumage de pourpre et d'azur, paraît dans sa cellule et se repose sur le prie-Dieu du pieux anachorète. Il portait, l'oiseau, à son bec d'or une tige de persil en semence... Le saint la sème aussitôt sur sa terrasse, de la pierre bien entendu, et le lendemain le persil était prêt à être employé.

Depuis ce temps, il paraît qu'il se reproduit spontanément tous les ans, dans un coin où le soleil et la pluie ne pénètrent jamais .. Seulement, il est interdit aux profanes de le voir.

Il y a un siècle environ, un Turc, au fond très-incrédule, se présente à l'ermitage, sous les dehors de l'humilité la plus profonde ; il demande et obtient la faveur de contempler les restes du bienheureux... mais, feignant de lui baiser religieusement la main, il en mord vigoureusement l'index... O merveille ! Sensible à l'outrage, plus qu'à la morsure, je suppose, tout à coup le saint, bien qu'enseveli dans le sommeil des siècles, retire brusquement sa main, et, l'appliquant violemment sur la joue du sacrilége, il le renverse mort à ses pieds.

Ça lui aura appris à mordre, à ce Turc.

X

Protectorat de la Russie. — Turcs et Monténégrins. — Têtes coupées. — Que les Monténégrins descendent des Argonautes et de Jason. — Scanderbeg. — Conclusion.

Bien que les Monténégrins soient le plus souvent sous la protection spéciale de la Russie, qui de tous temps a fait à leur Eglise des dons de beaucoup d'importance en pierreries, et autres objets d'or et d'argent, ils ne s'en vantent pas moins d'être dans l'indépendance la plus absolue. Or, c'est là une légère satisfaction d'amour-propre, au sujet de laquelle nous serions désolés de leur chercher querelle.

C'était vers 1804, à l'époque où l'empereur méditai déjà la conquête de la Dalmatie, que le conseiller d'Etat Sankoski sût engager les Monténégrins à prêter foi et hommage à l'empereur Alexandre.

Il peut, au premier coup d'œil, sembler étonnant qu'ils soient allés chercher des protecteurs aussi loin, alors que l'Autriche est à leur porte. Mais, en y regardant de plus près, cette prédilection pour la puissance moscovite s'explique, non-seulement par la religion qui leur est commune, mais encore par les habitudes nationales, par leur manière de vivre et leurs inclinations domestiques. On ne peut imaginer une plus parfaite concordance de mœurs entre des hommes que la nature a placés géographiquement si loin les uns des autres.

Dans les deux pays, les popes sont pour le menu peuple des espèces de demi-dieux ; et cette influence, qui absorbe tout, devait naturellement avoir des résultats identiques.

Ensuite ce voisinage immédiat des forces autrichiennes ne devait-il pas, précisément à leur point de vue, leur paraître plus à craindre pour l'indépendance du Monténégro que la distance considérable qui les sépare de la Russie ?

Ajoutons que des décorations accordées aux vladikas, des égards et des honneurs habilement dispensés aux notables du pays, dont plusieurs ont paru à la cour de Saint-Pétersbourg, n'ont pas moins contribué que la force des circonstances à rattacher ce peuple au sort de la Russie.

Quant aux Turcs, le Monténégrin, laissé à sa libre impulsion, est convaincu qu'il lui est permis, qu'il est même méritoire et légitime de lui faire tout le mal possible ; aussi use-t-il de cette faculté sans scrupule ni remords. Il ne passera jamais par la tête d'un pope de refuser l'absolution à un homme qui vient de voler un Turc ; il tendra plutôt la main pour avoir sa part du larcin.

Il y a peu d'années encore que le couvent de Saint-Basile, un lieu d'oubli, de silence et de paix, était encore entouré d'une véritable forêt de perches surmontées de têtes musulmanes coupées et meurtries. Aimez-vous donc après cela !

Maintenant, comment cette contrée s'est-elle conservée intacte au milieu des bouleversements successifs de toutes les provinces voisines ? D'abord, elle est séparée par des pics formidables, par des sentiers, par des *étranglements* sans nom, de tout ce qui l'entoure. Ensuite, les Vénitiens, les Autrichiens, les Turcs, n'ont jamais considéré les montagnes du Monténégro comme assez riches pour exciter leur convoitise. Cependant Venise n'aurait pas vu d'un bon œil que l'Autriche ou la Porte s'en emparât. Le même esprit d'antagonisme et de jalousie dominant ces trois puissances, et cette conquête offrant d'ailleurs de sérieuses difficultés locales, le résultat naturel en a été la quasi indépendance de ces montagnards.

Aucun auteur de l'antiquité ni du moyen âge ne fait mention des Monténégrins, et l'on ne sait pas l'époque précise à laquelle ils ont adopté ce nom. Ils étaient autrefois confondus sous la dénomination générale d'Epirotes, puis d'Albanais.

Paul Jove et la *Chronique de Mélancthon*, qui parlent avec quelques détails des anciennes possessions de Pyrrhus, roi d'Epire, ne précisent pas la région particulière connue aujourd'hui sous le nom de Monténégro. Ces auteurs disent en bloc que, dans les montagnes qui cou-

vrent la partie occidentale de l'Albanie, se trouvent des peuplades presque inconnues, nomades, indisciplinées, et ne reconnaissant d'autres lois que leurs antiques coutumes. Ils ajoutent qu'elles sont remarquables par leur courage, leur indépendance et leur attachement à la parole donnée.

Ce sont évidemment les Monténégrins d'aujourd'hui.

Aucun prince, jusqu'à nos jours, n'ayant fait de ces montagnards une nation constituée, ils seraient sans doute restés dans l'obscurité la plus complète, qui est le bonheur, à ce qu'on prétend, sans les événements du siècle dernier, qui ont réuni sur la même scène les Russes, les Français et le fameux Ali, pacha de Janina.

Dans tous les cas, si les Monténégrins n'avaient pas été découverts plus tôt, ils n'eussent pas manqué de l'être aujourd'hui.

On a recherché avec quelque curiosité d'où la nation épirote ou albanaise a tiré son origine. Quelques-uns ont prétendu que les anciens habitants de ces contrées descendaient primitivement d'un peuple d'Italie dont une colonie émigra dans la Colchide, province d'Asie, sur la côte orientale de la mer Noire, actuellement la Géorgie, et qui devint fameuse par l'expédition de Jason et des Argonautes. On ne peut nier dans le caractère aventureux des chefs de cette expédition, qui tient de la fable, quelque chose d'analogue au génie téméraire du peuple qu'on dit en descendre. Thésée, Pirithoüs, étaient dignes de servir de souche aux Monténégrins.

En quel temps et comment ont-ils embrassé le christianisme ? Rien d'avéré à cet égard. On présume que, tantôt alliés de la république vénitienne, tantôt dominés par elle, l'Evangile leur sera venu de l'épouse de l'Adriatique.

On ignore également à quelle occasion ils ont adopté le rite grec ; car ils suivaient autrefois la communion romaine, ainsi que le démontrent leurs institutions monacales et leur ferveur plus qu'ultramontaine à saint Spiridion et à saint Basile. Il est possible que ce soit à l'époque où Venise elle-même se sépara de Rome quant à la discipline temporelle et établit un patriarche dans ses lagunes.

Il est toutefois évident que cette révolution dans les idées religieuses des Monténégrins n'est pas antérieure au seizième siècle, puisque le fameux Castrioto, autrement dit Scanderberg, était, ainsi que tout le pays, catholique romain en 1450.

Scanderberg avait cependant été élevé chez les Turcs, et même circoncis, ce qui ne l'empêcha nullement de mourir dans le giron de Pie II.

Résumons-nous :

Les Monténégrins sont hardis et intrépides dans les combats, rusés, irascibles, terribles dans leurs vengeances.

Ignorants et vains, ils sont superstitieux.

Avides de nouvelles, ils sont d'une crédulité stupide.

Intéressés en affaires, ils n'en sont pas moins de la plus parfaite loyauté dans leurs relations commerciales.

Bons et hospitaliers envers les étrangers qui réclament loyalement l'asile, fidèles à leur parole, constants en amitié, pleins de piété envers la famille et de vénération pour la vieillesse, très-attachés à leur patrie et jaloux à l'excès de leur sauvage indépendance ; il y a là, on le voit, dans la balance morale de ces espèces de Scythes, un assez juste équilibre de qualités et de défauts.

Mais quel est, après tout, le peuple civilisé qui puisse se targuer de plus de bagage dans le plateau des vertus ?

TABLE

DES OUVRAGES CONTENUS DANS CE VOLUME.

FIN DE LA TABLE DE LA VINGT-HUITIÈME SÉRIE.

Paris. — Imprimerie J. Voisvenel, rue du Croissant, 16.

9 782014 051315